insel taschenbuch 2347

Milan Kundera

Das Leben ist anderswo

Milan Kundera
Das Leben ist anderswo

Roman

Aus dem Tschechischen
von Susanna Roth

Mit einem Nachwort
des Autors

Insel Verlag

insel taschenbuch 2347
Erste Auflage 1995
Insel Verlag Frankfurt am Main und Leipzig

Lizenzausgabe mit freundlicher Genehmigung
des Carl Hanser Verlags München Wien
Hinweise zu dieser Ausgabe am Schluß des Bandes
Vertrieb durch den Suhrkamp Taschenbuch Verlag
Umschlag nach Entwürfen von Willy Fleckhaus
Satz und Druck: Wagner GmbH, Nördlingen
Printed in Germany

1 2 3 4 5 6 – 00 99 98 97 96 95

Das Leben ist anderswo

Erster Teil
oder
Der Dichter wird geboren

I.

Wenn die Mutter des Dichters darüber nachdachte, wo dieser empfangen worden war, kamen nur drei Möglichkeiten in Betracht: auf einer Bank in einem abendlichen Park, an einem Nachmittag in der Wohnung, die einem Kollegen des Vaters gehörte, oder vormittags in einer romantischen Gegend unweit von Prag.

Wenn sich der Vater des Dichters dieselbe Frage stellte, kam er zum Schluß, daß der Dichter in der Wohnung des Kollegen empfangen worden war, denn an jenem Tag hatte er nichts als Pech gehabt. Die Mutter des Dichters hatte nicht in die Wohnung des Kollegen mitgehen wollen, zweimal hatten sie sich gestritten und zweimal wieder versöhnt, und während sie sich liebten, drehte jemand in der Nachbarwohnung den Schlüssel herum, die Mutter des Dichters erschrak, sie hielten inne und liebten sich dann zu Ende, und zwar in beiderseitiger Nervosität, und ebendieser schrieb der Vater die Schuld an der Empfängnis zu.

Die Mutter des Dichters ließ die Möglichkeit, daß der Dichter in einer geliehenen Wohnung empfangen worden sein könnte, jedoch keineswegs gelten (die Wohnung war junggesellenhaft unordentlich gewesen, und die Mutter hatte sich vor dem ungemachten Bett geekelt, wo auf dem Leintuch ein zerknitterter, fremder Pyjama lag), desgleichen verwarf sie die Möglichkeit, er könnte auf einer Parkbank empfangen worden sein, wo sie sich nur ungern und gegen ihren Geschmack hatte zur Liebe bewegen lassen, da es sie anwiderte, daß gerade diese Parkbänke von den Prostituierten benutzt wurden. Es war ihr also klar, daß der Dichter einzig an jenem sonnigen Sommervormittag empfangen worden sein konnte, und zwar hinter der Wand eines hohen Felsblocks, der in einem Tal, wo die Prager ihre Sonntagsspaziergänge machen, inmitten anderer Felsen pathetisch aufragte.

Diese Kulisse eignet sich aus mehreren Gründen als Ort für die Empfängnis eines Dichters: von der Mittagssonne beschienen, ist es eine Kulisse der Helle und nicht des Dunkels, des Tages und nicht der Nacht; es ist ein Ort inmitten einer offenen Landschaft, ein Ort also, der beschwingt und beflügelt; und schließlich ist es, obwohl von den letzten Mietskasernen der Stadt nicht allzu weit entfernt, eine romantische Gegend voller Felsklippen, die aus einem wild modellierten Boden ragen. Das alles schien ihr ein vielsagendes Bild dessen zu sein, was sie damals erlebt hatte. War ihre große Liebe zum Vater des Dichters nicht eine romantische Revolte gegen das Prosaische und Ordentliche ihrer Eltern gewesen? War der Mut, mit dem sie als Tochter eines reichen Kaufmanns einen mittellosen, gerade diplomierten

Ingenieur erwählt hatte, dieser ungebändigten Gegend nicht wesensverwandt?

Die Mutter des Dichters hatte damals die große Liebe erlebt, und die Enttäuschung, die bald schon auf den schönen Vormittag folgte, änderte nichts daran. Als sie nämlich ihrem Geliebten freudig erregt mitteilte, daß die intime Indisposition, die ihr jeden Monat das Leben verleide, bereits mehrere Tage ausgeblieben sei, verkündete der Ingenieur mit aufreizender Teilnahmslosigkeit (mag sie uns auch gespielt und unsicher vorkommen), es handele sich um eine belanglose Störung des körperlichen Zyklus, der seinen wohltuenden Rhythmus gewiß wiederfinden werde. Die Mutter spürte, daß ihr Geliebter ihre Hoffnungen und Freuden nicht teilen wollte, war beleidigt und sprach bis zu dem Moment nicht mehr mit ihm, da der Arzt ihr mitteilte, daß sie schwanger sei. Der Vater des Dichters sagte, er sei mit einem Gynäkologen befreundet, der sie diskret von den Sorgen befreien werde, und die Mutter brach in Tränen aus.

Rührendes Ende einer Revolte! Zuerst lehnte sie sich im Namen des jungen Ingenieurs gegen ihre Eltern auf, und dann lief sie zu den Eltern zurück, um Hilfe gegen ihn anzufordern. Und die Eltern enttäuschten nicht; sie trafen sich mit ihm, nahmen ihn ins Gebet, und der Ingenieur, der offenbar begriffen hatte, daß es kein Entrinnen gab, willigte in eine prunkvolle Hochzeit ein und nahm widerspruchslos die ansehnliche Mitgift an, die es ihm erlaubte, ein eigenes Bauunternehmen zu gründen; seine spärliche Habe, die in zwei Koffern Platz fand, brachte er mit in die Villa, in der seine frischgebackene Ehefrau von Geburt an mit ihren Eltern lebte.

Die bereitwillige Kapitulation des Ingenieurs konnte die Mutter des Dichters aber nicht darüber hinwegtäuschen, daß das, worein sie sich in einer Kopflosigkeit gestürzt hatte, die ihr wunderbar vorkam, nicht die gegenseitige große Liebe war, auf die sie ihrer Überzeugung nach ein volles Anrecht hatte. Ihr Vater war Besitzer zweier florierender Prager Drogerien, und die Tochter bekannte sich zur Moral der beglichenen Rechnungen; hatte sie selbst alles in die Liebe investiert (schließlich war sie bereit gewesen, die eigenen Eltern und deren trautes Heim zu verraten!), so verlangte sie, daß der Partner den gleichen Betrag an Gefühlen in die gemeinsame Kasse einzahlte. Sie versuchte, die Ungerechtigkeit auszugleichen, und wollte der Gefühlskasse nun entnehmen, was sie investiert hatte, und begegnete ihrem Gatten nach der Hochzeit mit stolzem, strengem Gesicht.

Vor kurzem war die Schwester der Mutter aus der Familienvilla ausgezogen (sie hatte geheiratet und eine Wohnung in der Stadtmitte gemietet); der alte Kaufmann und seine Frau bewohnten weiterhin die Zimmer des Erdgeschosses, der Ingenieur und die Tochter konnten die drei darüberliegenden Räume beziehen, zwei größere und ein kleineres Zimmer, die noch genauso aussahen, wie es der Vater der Frischvermählten vor zwanzig Jahren angeordnet hatte, als er die Villa bauen ließ. Dem Ingenieur kam es bis zu einem gewissen Grad gelegen, daß er als Heim eine fertig eingerichtete Wohnung erhielt, da er außer dem Inhalt der beiden erwähnten Koffer nichts besaß; dennoch schlug er vor, das Aussehen der Zimmer durch kleine Umstellungen zu verändern. Die Mutter des Dichters war jedoch nicht gewillt zuzulassen, daß der Mann, der sie unter das Messer des Gynäkologen hatte schikken wollen, die alte Ordnung des Interieurs störte, in dem der Geist ihrer Eltern und viele Jahre süßer Gewohnheit, Vertrautheit und Geborgenheit walteten.

Der junge Ingenieur kapitulierte auch diesmal kampflos und erlaubte sich nur einen einzigen, kleinen Protest, den wir uns merken wollen: In dem Zimmer, in dem sich das Ehepaar zur Ruhe legte, stand ein kleines Tischchen, auf dessen breitem Bein eine schwere, runde Platte aus grauem Marmor ruhte, darauf stand die Statuette eines nackten Mannes; der Mann hielt in der linken Hand eine Lyra, die er auf die leicht vorgestreckte Hüfte stützte. Mit der rechten Hand holte er pathetisch aus, als hätten die Finger eben erst die Saiten angeschlagen, das rechte Bein hielt er vorgestellt, den Kopf leicht nach hinten geneigt, so daß seine Augen nach oben blickten. Wir wollen weiter hinzufügen, daß das Antlitz des Mannes über alle

Maßen schön und sein Haar lockig war, daß das Weiß des Alabasters, aus dem die Statuette gemeißelt war, der Gestalt etwas zärtlich Mädchenhaftes oder göttlich Jungfräuliches verlieh; übrigens haben wir das Wort *göttlich* nicht grundlos gebraucht: der in den Sockel gravierten Aufschrift zufolge handelte es sich bei dem Mann mit der Lyra um den griechischen Gott Apollo.

Die Mutter des Dichters konnte den Mann mit der Lyra allerdings selten ansehen, ohne sich zu ärgern. Meistens stand er so da, daß er dem Zimmer sein Hinterteil zukehrte, einmal war er in einen Ständer für den Hut des Ingenieurs verwandelt, ein andermal trug er einen Schuh über sein zartes Haupt gestülpt, dann wieder war er in eine Socke des Ingenieurs gehüllt, was eine ganz besondere Entweihung des Herrschers der Musen darstellte, denn die Socke stank.

Wenn die Mutter des Dichter das alles gereizt zur Kenntnis nahm, so war daran schwerlich nur ihr fehlender Sinn für Humor schuld, sie fühlte vielmehr richtig, daß ihr Mann ihr mit seiner über Apollos Leib gezogenen Socke unter dem Deckmantel eines Spaßes mitteilte, was er sonst höflich verschwieg: daß er ihre Welt ablehnte und nur vorläufig kapituliert hatte.

Auf diese Weise wurde der Alabastergegenstand zu einem wirklichen antiken Gott, also zu einem Wesen der außermenschlichen Welt, das in die Welt der Menschen eingreift, deren Geschichten verknotet, Intrigen spinnt und manches Geheimnisvolle verrät. Die Jungvermählte sah es als Verbündeten an, und ihre träumerische Weiblichkeit machte aus ihm ein lebendiges Wesen, dessen Augen sich bisweilen in den Farben einer trügerischen Iris verschleierten und dessen Mund zu atmen schien. Sie schloß diesen nackten Jüngling, der für sie und ihretwegen geschmäht wurde, ins Herz. Sie sah in sein liebliches Antlitz und wünschte sich, das Kind, das in ihrem Bauch heranwuchs, möge diesem schönen Feind ihres Mannes gleichen. Sie wollte, daß es ihm so sehr gleiche, daß sie sich glauben machen konnte, nicht ihr Mann, sondern dieser Jüngling sei der Erzeuger; sie flehte ihn an, durch einen Zauber die unglückselige Empfängnis zu korrigieren, sie umzuprägen, zu übermalen, wie einst der große Tizian, der eines seiner Bilder auf die verpfuschte Leinwand eines Dilettanten gemalt hatte.

Sie fand unwillkürlich ein Vorbild in der Jungfrau Maria, die ohne menschlichen Erzeuger Mutter geworden war und so ein Ideal der Mutterliebe geschaffen hatte, in die kein Vater sich einmischte oder störte, und sie verspürte ein provokatives Verlangen, ihr Kind Apollo zu nennen, was für sie dasselbe bedeutete, wie wenn es *Wer keinen menschlichen Vater hat* hieße. Freilich wußte sie, daß ihr Sohn mit einem so gewählten Namen ein schweres Leben haben und alle über sie und über ihn lachen würden. Sie suchte also nach einem tschechischen Namen, der des jugendlichen griechischen Gottes würdig wäre, und es fiel ihr der Name Jaromil ein (was *Wer den Frühling liebt* oder *Wer vom Frühling geliebt wird* bedeutet); damit waren alle einverstanden.

Übrigens war es gerade Frühling und der Flieder blühte, als man sie eines Tages in die Klinik fuhr; dort entschlüpfte ihr nach einigen Schmerzensstunden der junge Dichter auf das befleckte Leintuch der Welt.

2.

Dann legte man den Dichter in eine Wiege und stellte sie neben ihr Bett, und sie lauschte seinem süßen Plärren; ihr schmerzender Körper war von Stolz erfüllt. Beneiden wir diesen Körper nicht um seinen Stolz; bisher hatte er ihn nicht oft genossen, obwohl er recht hübsch war: zwar hatte er einen etwas ausdruckslosen Hintern und eher kurze Beine, dafür aber außergewöhnlich frische Brüste und unter den feinen Haaren (die so leicht waren, daß sie sich nur schwer frisieren ließen) ein keinesfalls blendendes, aber unauffällig liebliches Gesicht.

Die Mutter war sich immer eher ihrer Unauffälligkeit als ihres Liebreizes bewußt gewesen, zumal sie von klein auf in Gegenwart ihrer älteren Schwester gelebt hatte, die hervorragend tanzte, sich in der besten Prager Schneiderei einkleiden ließ und mit einem zierenden Tennisschläger mühelos in die Welt der eleganten Männer eindrang und dem Elternhaus den Rücken kehrte. Durch das effektvolle Ungestüm ihrer Schwester wurde die Mutter in ihrer trotzigen Bescheidenheit noch bestätigt, so daß sie aus Protest lernte, den sentimentalen Ernst von Musik und Büchern zu lieben.

Vor dem Ingenieur war zwar schon irgendein junger Mann mit ihr gegangen, ein Medizinstudent, Sohn einer befreundeten Familie, doch war es dieser Bekanntschaft nicht vergönnt gewesen, ihren Körper mit einem substantielleren Selbstvertrauen zu erfüllen. Einen Tag nachdem er sie in einem Wochenendhaus zum ersten Mal geliebt hatte, trennte sie sich in der melancholischen Gewißheit von ihm, daß weder ihren Gefühlen noch ihren Sinnen eine große Liebe bestimmt war. Und weil sie gerade damals das Abitur machte, hatte sie Gelegenheit zu verkünden, das Ziel ihres Lebens in der Arbeit sehen zu wollen, und sie beschloß (gegen den Willen ihres praktisch veranlagten Vaters), sich an der philosophischen Fakultät einzuschreiben.

Als ihr enttäuschter Körper in der Universität schon ungefähr den fünften Monat die breite Bank des Auditoriums drückte, begegnete er einmal auf der Straße einem frechen jungen Ingenieur, der ihn ansprach und sich seiner nach drei Rendezvous bemächtigte. Und da der Körper damals (überraschenderweise) sehr zufrieden war, vergaß die Seele den Ehrgeiz einer fachlichen Karriere rasch und eilte dem

Körper (wie es sich für eine rechte Seele gehört) zu Hilfe: sie akzeptierte die Ansichten des Ingenieurs, seine sorglose Nachlässigkeit, seine liebenswürdige Verantwortungslosigkeit, bereitwillig. Und obwohl sie wußte, daß ihr diese Eigenschaften von Haus aus fremd waren, wollte sie sich damit identifizieren, denn der zuvor traurig bescheidene Körper hörte in deren Gegenwart auf, an sich zu zweifeln und begann verwundert, sich zu genießen.

War die Mutter also endlich glücklich? Nicht ganz: sie schwankte zwischen Zweifel und Glaube: wenn sie sich vor dem Spiegel entblößte, schaute sie sich mit seinen Augen an und kam sich bald erregend, bald fade vor. In ihrer Hörigkeit hatte sie ihren Körper fremden Augen ausgeliefert – und darin lag eine große Unsicherheit.

Doch wie sehr sie auch zwischen Hoffnung und Ungläubigkeit schwanken mochte, aus ihrer vormaligen Resignation war sie vollkommen herausgerissen; der Tennisschläger der Schwester deprimierte sie nicht mehr; ihr Körper lebte endlich als Körper, und die Mutter begriff, daß es schön war, so zu leben. Sie wünschte sich sehnlichst, daß dieses neue Leben nicht nur arglistiges Versprechen, sondern ewige Wahrheit wäre; sie wünschte sich sehnlichst, der Ingenieur möge sie aus der Fakultätsbank und dem Elternhaus führen und ihre Liebesgeschichte in eine Lebensgeschichte verwandeln. Deshalb hatte sie die Schwangerschaft mit Begeisterung begrüßt: sie sah sich, den Ingenieur und ihr Kind, und es schien ihr, als ob diese Triade zu den Sternen emporragte und das All erfüllte.

Wir haben im vorangehenden Kapitel bereits darüber gesprochen: Die Mutter hatte rasch begriffen, daß derjenige, dem an der Liebesgeschichte lag, sich vor der Lebensgeschichte fürchtete und kein Verlangen verspürte, sich zusammen mit ihr in eine Statue zu verwandeln, die zu den Sternen emporragte. Und wir wissen auch schon, daß ihr Selbstvertrauen damals unter der Kälte des Geliebten nicht zusammenbrach. Etwas sehr Wichtiges hatte sich nämlich verändert. Der Körper der Mutter, bis vor kurzem noch auf Gedeih und Verderben den Augen des Geliebten ausgeliefert, war in eine weitere Phase seiner Geschichte getreten: er hatte aufgehört, ein Körper für fremde Augen zu sein, er war zu einem Körper für jemanden geworden, der bislang noch keine Augen hatte. Die Oberfläche verlor an Wichtigkeit; der Körper berührte einen anderen Körper mit seiner inneren, noch nie von jemandem gesehenen Wand. Die Augen der Außenwelt konnten an ihm also nur das Unwesentlich-Äußerliche wahrnehmen, und selbst die Meinung des Ingenieurs bedeutete nichts mehr für ihn, denn sie konnte sein großes Schicksal in keiner Weise mehr beeinflussen; erst jetzt war er vollkommen selbständig und selbstgenügsam geworden; der Bauch, der immer mächtiger und häßlicher wurde, war für den Körper ein wachsendes Reservoir des Stolzes.

Nach der Niederkunft trat der Körper der Mutter in eine neue Phase ein. Als sie zum ersten Mal den suchenden Mund ihres Sohnes an ihrer Brust saugen spürte, schwoll ihr Busen an in süßem Beben, das seine zitternden Strahlen in den ganzen Körper aussandte; es glich der Liebkosung des Geliebten, hatte aber noch etwas anderes: ein großes, ruhiges Glück, eine große, glückliche Ruhe. Das war nie zuvor so gewesen; küßte der Geliebte ihre Brust, war das nur eine Sekunde, die Stunden des Zweifels und Mißtrauens wiedergutmachen sollte; jetzt aber wußte sie, daß der Mund sich an ihre Brust preßte zum Beweis unaufhörlicher Ergebenheit, deren sie sich sicher sein durfte.

Und noch etwas war anders: Immer wenn der Geliebte ihren entblößten Körper berührte, schämte sie sich; die gegenseitige Annäherung bedeutete stets Überwindung des Fremden, und der Augenblick der Annäherung war gerade deshalb berauschend, weil er bloßer Augenblick war. Die Scham schlief nie, sie ließ die Liebe erregend werden, wachte aber zugleich über den Körper, damit dieser sich nicht ganz und gar hingab. Diesmal jedoch war die Scham verschwunden; sie war nicht mehr da. Die beiden Körper hatten sich füreinander ganz und gar geöffnet, und es gab nichts mehr, was sie voreinander versteckt hätten.

Nie hatte sie sich einem anderen Körper so hingegeben, nie hatte ein anderer Körper sich ihr so hingegeben. Der Geliebte konnte ihren Schoß benutzen, doch darin gewohnt hatte er nie, er konnte ihre Brüste berühren, doch daraus getrunken hatte er nie. Ach, das Stillen! Liebevoll beobachtete sie die Fischbewegungen des zahnlosen Mundes und malte sich aus, wie mit der Milch auch ihre Gedanken, Vorstellungen und Träume in ihr Söhnchen einflossen.

Es war ein *paradiesischer* Zustand: der Körper durfte ganz Körper sein und brauchte sich nicht mit einem Feigenblatt zu bedecken; sie waren beide ins Grenzenlose einer ruhigen Zeit getaucht; sie lebten miteinander, wie Adam und Eva gelebt hatten, bevor sie den Apfel vom Baum der Erkenntnis kosteten; sie lebten in ihren Körpern jenseits von Gut und Böse; und nicht nur das: im Paradies werden Schönheit und Häßlichkeit nicht unterschieden, so daß alles, woraus der Körper ihres Sohnes bestand, für sie weder schön noch häßlich, sondern wonnevoll war; wonnevoll war das zahnlose Mündchen, wonnevoll die Brust, wonnevoll der Bauchnabel, wonnevoll der winzige Hintern, wonnevoll die Därme, deren Tätigkeit aufmerksam verfolgt wurde, wonnevoll der Flaum, der auf dem lächerlichen Schädel sproß. Sie kümmerte sich besorgt um Bäuerchen, Pipi und Kackerchen ihres Sohnes, und es war dies nicht nur die Sorge einer Krankenschwester um die Gesundheit des Kindes;

nein, sie kümmerte sich um sämtliche Vorgänge in seinem Körperchen *mit Leidenschaft.*

Das war etwas ganz Neues, denn die Mutter empfand seit ihrer Kindheit eine ausgeprägte Abscheu nicht nur vor fremder, sondern auch vor der eigenen Körperlichkeit; sie war sich selbst zuwider, wenn sie sich auf die Toilette setzen mußte (sie bemühte sich immer, daß wenigstens niemand sie sah, wenn sie hineinging), und es hatte sogar eine Zeit gegeben, da sie sich geschämt hatte, vor Leuten zu essen, denn Kauen und Schlucken waren ihr ekelhaft vorgekommen. Die über alles Häßliche erhabene Körperlichkeit ihres Söhnchens reinigte und rechtfertigte jetzt auf wunderbare Weise auch ihren eigenen Körper. Die Milch, von der manchmal ein Tröpfchen auf der runzeligen Brustwarze hängenblieb, schien ihr schön wie Tau; oft faßte sie ihre Brüste an und preßte sie leicht, um dieses Zaubertröpfchen zu sehen; sie nahm es auf den Zeigefinger und kostete es; sie sagte sich, sie wolle den Geschmack des Getränks kosten, mit dem sie ihren Sohn ernährte, viel eher aber wollte sie erfahren, wie ihr eigener Körper schmeckte; und da diese Milch süß schmeckte, versöhnte dieser Geschmack sie mit all ihren anderen Säften und Ausscheidungen, sie begann sich selbst als appetitlich zu empfinden, ihr Körper war ihr angenehm, positiv und selbstverständlich wie jedes andere Ding der Natur, wie ein Baum, ein Strauch, wie Wasser.

Leider vernachlässigte die Mutter vor lauter Glück über den Körper ebendiesen Körper selbst; eines Tages wurde ihr klar, daß es zu spät war und die Haut auf dem Bauch faltig bleiben würde, mit weißen Streifen im Bindegewebe, eine vom Fleisch gelöste Haut, die nicht mehr festen Bestandteil des Körpers, sondern eher eine locker aufgenähte Hülle zu sein schien. Erstaunlicherweise war sie aber nicht verzweifelt, als sie das feststellte. Trotz der Falten auf dem Bauch war der Körper der Mutter glücklich, weil er ein Körper für Augen war, die die Welt bislang erst in nebelhaften Konturen wahrnahmen und nicht wußten (es waren ja *paradiesische* Augen!), daß es eine grausame Welt gab, in der die Körper in schöne und häßliche unterteilt wurden.

Wenn die Augen des Kindes es nicht sahen, so sahen es die Augen des Ehemanns, der nach Jaromils Geburt versuchte, sich mit der Mutter zu versöhnen. Nach sehr langer Zeit schliefen sie wieder einmal miteinander; aber es war anders als früher; sie räumten der körperlichen Liebe nur unauffällige Augenblicke ein, liebten einander verhalten und im Halbdunkel. Das kam der Mutter gerade recht: sie war sich des verunstalteten Körpers bewußt und fürchtete, sie könnte in allzu leidenschaftlicher und offener Liebe den wonnevollen inneren Frieden, den ihr Sohn ihr geschenkt hatte, bald wieder verlieren.

Nein, nein, sie wird nie mehr vergessen, daß ihr

Mann ihr Erregung voller Unsicherheit, ihr Sohn hingegen Ruhe voller Glück geschenkt hatte; darum flüchtete sie sich wie zum Trost auch weiter zu ihm (er krabbelte schon, ging schon, redete schon). Einmal erkrankte er schwer, und die Mutter schloß vierzehn Tage lang kein Auge, sie war ununterbrochen neben seinem heißen Körperchen, das sich vor Schmerzen wand; doch selbst diese Zeit durchlebte sie in Verzükkung; als die Krankheit abgeklungen war, schien ihr, als hätte sie mit dem Körper ihres Sohnes auf den Armen das Reich der Toten durchschritten und sei von dort wieder zurückgekehrt; es schien ihr, daß sie beide nach diesem gemeinsamen Erlebnis nie mehr etwas voneinander trennen könnte.

Der durch Anzug oder Pyjama verhüllte Körper ihres Mannes, ein diskreter, verschlossener Körper, wurde ihr fremder und verlor von Tag zu Tag an Vertrautheit, wogegen der Körper des Sohnes ständig auf sie angewiesen war; sie stillte ihn zwar nicht mehr, brachte ihm aber bei, die Toilette zu benutzen, sie zog ihn an und zog ihn aus, sie bestimmte seinen Haarschnitt und seine Kleidung, täglich berührte sie ihn von innen mittels der Speisen, die sie mit Liebe für ihn zubereitete. Als er mit vier Jahren an Appetitlosigkeit zu leiden begann, wurde sie streng; sie zwang ihn zu essen und spürte zum ersten Mal, daß sie nicht nur die Freundin, sondern auch die *Beherrscherin* dieses Körpers war; dieser Körper wehrte sich, wollte nicht schlucken, mußte es aber tun; mit merkwürdigem Gefallen blickte sie auf diesen vergeblichen Widerstand und diese Unterwerfung, auf dieses zarte Hälschen, auf dem sich der Weg des verabscheuten Bissens abzeichnete.

Ach, der Körper des Sohnes, ihr Zuhause und ihr Paradies, ihr Königreich …

3.

Und die Seele des Sohnes? War sie nicht auch ihr Königreich? O doch, gewiß! Als Jaromil zum ersten Mal ein Wort aussprach und dieses Wort Mami lautete, war die Mutter wahnsinnig glücklich; sie sagte sich, daß sie, sie allein das Denken ihres Sohnes, das bislang aus einem einzigen Begriff bestand, ganz und gar ausfüllte, wodurch sie selbst auch in späteren Zeiten, wenn sein Denken wachsen, sich verzweigen und Frucht ansetzen würde, für immer und ewig dessen Wurzel bliebe. Angenehm aufgemuntert verfolgte sie aufmerksam alle weiteren Wortversuche ihres Sohnes, und da sie ahnte, daß das Gedächtnis unzureichend und das Leben lang war, kaufte sie sich ein dunkelrot eingebundenes Tagebuch und notierte darin alles, was aus dem Mund des Sohnes kam.

Nehmen wir das Tagebuch der Mutter zu Hilfe, stellen wir fest, daß dem Wort Mami bald weitere Wörter folgten, wobei das Wort Papi erst an siebter

Stelle verzeichnet ist, nach Omi, Opi, Hamham, Tutu, Wauwau und Pipi. Nach diesen einfachen Wörtern (im Tagebuch der Mutter stehen daneben jeweils ein kurzer Kommentar und das Datum) finden wir die ersten Satzversuche; wir erfahren, daß Jaromil schon lange vor seinem zweiten Geburtstag verkündete: *Mami ist brav.* Einige Wochen später sagte er: *Mami ist bös.* Für diesen Ausspruch, den er tat, als die Mutter sich weigerte, ihm vor dem Mittagessen Himbeersaft zu geben, bekam er einen Klaps auf den Hintern und schrie dann unter Tränen: *Ich will eine andere Mami!* Dafür bereitete er der Mutter eine Woche später große Freude, als er sagte: *Meine Mami ist die Schönste.* Ein andermal sagte er: *Mami, ich geb dir einen Lutscherkuß*, worunter er verstand, daß er die Zunge herausstreckte und der Mutter das Gesicht ableckte.

Überspringen wir einige Seiten, finden wir einen Ausspruch, der uns durch seine rhythmische Form fesselt. Die Großmutter hatte Jaromil einmal einen Apfel versprochen, dann aber ihr Versprechen vergessen und ihn aufgegessen; Jaromil fühlte sich damals hintergangen, wurde sehr wütend und wiederholte mehrere Male: *Mein böses Omilein hat geklaut das Äpfelein.* In gewissem Sinne konnte man diesen Ausspruch dem bereits zitierten Gedanken *Mami ist bös* zuordnen, bloß bekam er diesmal keinen Klaps auf den Hintern: alle, selbst die Großmutter, lachten und wiederholten diesen Ausspruch später dann oft und amüsiert untereinander (was dem wachsamen Jaromil nicht entging). Jaromil konnte damals den Grund seines Erfolgs kaum begreifen, wir aber wissen, daß es der Reim war, der ihm die Prügel ersparte und daß ihm die Poesie auf diese Weise erstmals ihre magische Macht offenbarte.

Gereimte Aussprüche finden wir auf den folgenden Seiten des Tagebuchs mehrere, und aus den Kommentaren der Mutter geht hervor, daß Jaromil damit dem ganzen Haus Freude und Vergnügen bereitete. So schuf er zum Beispiel ein folgendermaßen verkürztes Porträt des Dienstmädchens Grete: *Das Dienstmädchen Grete ist wie in Reh*. Oder etwas weiter lesen wir: *Gehn wir in den Wald, freut das Herz sich bald.* Die Mutter selbst vermutete, daß es neben dem ganz natürlichen Talent, das Jaromil besaß, die Wirkung von Kinderreimen war, die diese Verse hervorbrachte; sie las sie ihm in solchen Mengen vor, daß er leicht dem Eindruck erliegen konnte, das Tschechische bestehe aus lauter Trochäen, doch müssen wir die Mutter an dieser Stelle berichtigen; eine weit größere Rolle als Talent und literarische Vorbilder spielte hier der Großvater, nüchterner Praktiker und flammender Feind von Gedichten, der sich absichtlich die albernsten Zweizeiler ersann und diese seinem Enkel heimlich beibrachte.

Jaromil merkte bald, daß seine Wörter mit großer

Aufmerksamkeit verfolgt wurden, und er begann sich dementsprechend zu verhalten; hatte er die Sprache ursprünglich zur Verständigung genutzt, redete er nun, um Zustimmung, Bewunderung oder Lachen zu hören. Er freute sich schon im voraus, wie die andern auf seine Wörter reagieren würden, und da es oft geschah, daß das erhoffte Echo ausblieb, versuchte er es mit Ungeheuerlichkeiten, um die Aufmerksamkeit auf sich zu lenken. Das machte sich einmal nicht bezahlt; als er zu Vater und Mutter *Ihr seid alle Pimmel* sagte (das Wort Pimmel hatte er von einem kleinen Jungen im Nachbargarten gehört, und er erinnerte sich, daß die anderen Jungen brüllend gelacht hatten), verpaßte ihm der Vater eine Ohrfeige.

Seit dieser Zeit verfolgte er aufmerksam, was die Erwachsenen an seinen Wörtern schätzten, welche sie billigten, welche nicht, und was sie konsternierte; das ermöglichte ihm einmal, als er mit der Mutter im Garten stand, folgenden von der Melancholie großmütterlicher Lamentationen getränkten Satz auszusprechen: *Mama, das Leben ist eigentlich wie Unkraut.*

Schwer zu sagen, was er sich unter diesem Ausspruch vorstellte; sicher ist, daß er nicht jene üppige Nutzlosigkeit und nutzlose Üppigkeit im Sinn hatte, durch die Unkraut sich auszeichnet, sondern vermutlich bloß die relativ vage Vorstellung umschreiben wollte, daß das Leben traurig und eitel sei. Obwohl er also etwas anderes sagte, als er zu sagen beabsichtigt hatte, war die Wirkung seiner Worte großartig; die Mutter verstummte, strich ihm übers Haar und sah ihm mit feuchtem Blick in die Augen. Von diesem mit gerührtem Lob erfüllten Blick war Jaromil dermaßen berauscht, daß er ihn noch einmal sehen wollte. Er trat auf einem Spaziergang gegen einen Stein und sagte dann zur Mutter: *Mama, ich habe einen Stein getreten, jetzt tut er mir so leid, daß ich ihn streicheln möchte* – und bückte sich tatsächlich zum Stein hinunter und streichelte ihn.

Die Mutter war davon überzeugt, daß ihr Sohn nicht nur begabt war (lesen konnte er bereits mit fünf), sondern auch außergewöhnlich sensibel und anders als die übrigen Kinder. Sie äußerte diese Meinung des öfteren dem Großvater und der Großmutter gegenüber, was den still mit Zinnsoldaten oder einem Pferdchen spielenden Jaromil ungemein interessierte. Er sah dann allen ankommenden Gästen in die Augen und stellte sich verzückt vor, daß diese Augen ihn als außergewöhnliches und besonderes Kind sahen, das möglicherweise gar kein Kind war.

Als sein sechster Geburtstag nahte und er in wenigen Monaten zur Schule gehen mußte, bestand die Familie darauf, daß er ein eigenes Zimmer bekam und allein schlief. Der Mutter tat es leid um die Zeit, die viel zu schnell verrann, doch sie erklärte sich einverstanden. Sie kam mit ihrem Mann überein, dem Sohn zum Geburtstag das dritte, kleinste Zimmer des oberen Stockwerks zu geben, ihm eine Couch sowie weitere für ein Kinderzimmer geeignete Möbel zu kaufen: ein kleines Büchergestell, einen Spiegel, der ihn zu Reinlichkeit und adrettem Aussehen anhalten sollte, und einen kleinen Arbeitstisch.

Der Vater erbot sich, das Zimmer mit Jaromils Zeichnungen auszuschmücken, und begann sofort, dessen kindliche Schmierereien von Äpfeln und Gärtchen in Passepartouts zu kleben. Da trat die Mutter zu ihm hin und sagte: »Ich möchte etwas von dir.« Er sah sie an, und ihre Stimme, schüchtern und doch entschlossen, fuhr fort: »Ich möchte einige Bogen Papier und bunte Tusche.« Dann setzte sie sich in ihrem Zimmer an den Tisch, legte das erste Blatt vor sich hin und zeichnete lange die Buchstaben vor; schließlich tunkte sie den Pinsel in rote Tusche und begann den ersten Buchstaben auszumalen, ein großes D. Darauf folgte ein a, und daraus entstand der Spruch: *Das Leben ist wie Unkraut.* Sie betrachtete ihr Werk und war zufrieden: die Buchstaben standen gerade und waren ungefähr gleich groß; trotzdem nahm sie ein neues Papier und malte den Spruch anders, füllte die Buchstaben diesmal mit dunkelblauer Tusche, denn dies schien ihr farbig viel besser zu der unübersehbaren Traurigkeit in dem Gedanken des Sohnes zu passen.

Dann erinnerte sie sich daran, wie Jaromil gesagt hatte *Mein böses Omilein hat geklaut das Äpfelein*, und mit einem glücklichen Lächeln auf den Lippen begann sie zu schreiben (diesmal mit leuchtend roter Tusche): *Unser liebes Omilein ißt so gerne Äpfelein.* Dann erinnerte sie sich noch mit einem inneren Lächeln an *Ihr seid alle Pimmel*, doch diesen Ausspruch zeichnete sie nicht, dafür (grün) *Gehn wir in den Wald, freut das Herz sich bald*, dann (lila) *Unsere Grete ist wie ein Reh* (Jaromil hatte zwar Dienstmädchen Grete gesagt, doch der Mutter kam das Wort Dienstmädchen grob vor), und dann erinnerte sie sich daran, wie Jaromil sich zu einem Stein niedergebeugt und ihn gestreichelt hatte, und nach kurzem Nachdenken begann sie (hellblau) *Ich könnte keinem Stein etwas zuleide tun* zu schreiben, und erst zum Schluß und ein bißchen beschämt, aber um so lieber zeichnete sie (orange) *Mami, ich geb dir einen Lutscherkuß* und dann auch noch (golden) *Meine Mami ist die Schönste von allen.*

Am Vorabend des Geburtstags schickten die Eltern den aufgeregten Jaromil zur Großmutter schlafen und machten sich daran, die Möbel aufzustellen und die Wände zu behängen. Als sie dem Kind am Morgen erlaubten, das Zimmer zu betreten, war die Mutter ganz aufgeregt. Jaromil zerstreute ihre Verlegenheit keineswegs; er stand betroffen da und sagte nichts; sein größtes Interesse (aber auch dies nur unsicher und schüchtern) galt dem Arbeitstischchen: es war ein eigenartiges Möbelstück, das einer Schulbank glich; die Schreibplatte (schräg und aufklappbar, darunter war Platz für Hefte und Bücher) bildete mit der Sitzfläche ein Ganzes.

»Na, was sagst du dazu, freust du dich denn nicht?« konnte die Mutter sich nicht mehr zurückhalten.

»Doch, ich freue mich«, antwortete das Kind.

»Und was gefällt dir am meisten, erzähl!« sagte der Großvater, der zusammen mit der Großmutter dem langerwarteten Auftritt zuschaute.

»Die Bank«, sagte das Kind, setzte sich hin und begann, den Deckel auf- und zuzuklappen.

»Und was sagst du zu den Bildchen?« Der Vater deutete auf die Zeichnungen in den Passepartouts.

Das Kind hob den Kopf und lächelte: »Die kenn' ich schon.«

»Und wie gefallen sie dir, wenn sie so an der Wand hängen?«

Das Kind saß immer noch hinter seinem Tischchen und nickte, die Zeichnungen an der Wand gefielen ihm.

Das Herz der Mutter krampfte sich zusammen, sie wäre am liebsten aus dem Raum verschwunden. Doch sie war hier und konnte die Sprüche, die an der Wand hingen, nicht mit Schweigen übergehen, denn dieses Schweigen hätte wie eine Verurteilung geklungen; darum sagte sie: »Und schau dir diese Sprüche an!«

Das Kind hielt den Kopf gesenkt und schaute ins Innere des Tischchens.

»Weißt du, ich wollte«, fuhr die Mutter ganz verwirrt fort, »ich wollte, daß du eine Erinnerung an deine Entwicklung hast, von der Wiege bis zur Schulbank, du warst ja ein kluges Kind und hast uns allen Freude gemacht ...« Sie sagte es, als wollte sie sich entschuldigen, und vor lauter Lampenfieber wiederholte sie es mehrere Male, bis sie nicht mehr wußte, was sie sagen sollte, und verstummte.

Sie hatte sich jedoch geirrt, als sie meinte, Jaromil habe ihr Geschenk nicht gebührend gewürdigt. Er wußte zwar nicht, was er sagen sollte, war aber nicht unzufrieden; schließlich war er immer stolz gewesen auf seine Worte und wollte sie nicht einfach so in den Wind sprechen; als er sie nun sorgfältig mit Tusche abgeschrieben und in Bilder verwandelt sah, empfand er ein Gefühl des Erfolgs, und zwar eines derart großen und unerwarteten Erfolgs, daß er nicht darauf reagieren konnte und Lampenfieber hatte; er begriff, daß er ein Kind war, *das bedeutungsvolle Wörter von sich gab*, und er wußte, daß ein solches Kind auch in diesem Moment etwas Bedeutungsvolles hätte vorbringen müssen, doch fiel ihm nichts ein, also senkte er den Kopf. Wenn er aber aus den Augenwinkeln seine eigenen Worte auf den Wänden sah, versteinert, erstarrt, dauerhafter und bedeutender als er selbst, war er berauscht; es schien ihm, als sei er von sich selbst umgeben, als sei er viel, ein ganzes Zimmer, ein ganzes Haus voll.

4.

Noch bevor Jaromil in die Schule kam, konnte er lesen und schreiben, so daß die Mutter beschloß, ihn gleich in die zweite Klasse einzuschulen; nach langen Laufereien erhielt sie vom Ministerium eine Sondergenehmigung, und nachdem Jaromil von einer Kommission geprüft worden war, durfte er sich in die Bank zwischen Schüler setzen, die ein Jahr älter waren als er selbst. Er wurde von allen bewundert, so daß das Klassenzimmer ihm wie ein Spiegelbild seines Zuhause vorkam. Am Muttertag, als die Schüler die Feier mit eigenen Produktionen bestritten, stieg er als letzter aufs Podium und trug ein rührendes Gedicht über die Mütter vor, wofür er vom Elternpublikum mit großem Applaus belohnt wurde.

Eines Tages jedoch stellte er fest, daß hinter dem applaudierenden Publikum heimtückisch ein anderes, ihm feindlich gesinntes Publikum lauerte. Er stand im überfüllten Warteraum des Zahnarztes und entdeckte unter den wartenden Patienten einen Mitschüler. Sie lehnten sich nebeneinander ans Fenster, und da beobachtete Jaromil, daß ein älterer Herr mit freundlichem Lächeln zuhörte, was sie sich erzählten. Das ermunterte ihn, und er fragte den Mitschüler (er hob seine Stimme, damit die Frage niemandem entging), was er tun würde, wenn er Erziehungsminister wäre. Da der Mitschüler nicht wußte, was er sagen sollte, begann

Jaromil selbst seine Betrachtungen zu entwickeln, was ihm keineswegs schwerfiel, genügte es doch, die Reden zu wiederholen, mit denen der Großvater Jaromil regelmäßig amüsierte. Also, wenn Jaromil Erziehungsminister wäre, würden die Schule nur zwei und die Ferien zehn Monate dauern, der Lehrer müßte den Kindern gehorchen und ihnen das Pausenbrot aus der Konditorei bringen, und es würden noch weitere wunderbare Dinge geschehen, die Jaromil sehr ausführlich und lautstark erörterte.

Da öffnete sich die Tür zum Behandlungszimmer, und die Sprechstundenhilfe führte einen Patienten hinaus. Eine Frau, die ein halbgeschlossenes Buch im Schoß liegen hatte und mit dem Finger die Seite markierte, auf der sie zu lesen aufgehört hatte, wandte sich mit fast weinerlicher Stimme an die Sprechstundenhilfe: »Ich bitte Sie, machen Sie etwas mit diesem Kind. Das ist ja entsetzlich, wie der Bub sich aufführt.«

Nach Weihnachten zitierte der Lehrer die Kinder vor die Wandtafel, um sie nacheinander erzählen zu lassen, was sie unter den Christbaum bekommen hatten. Jaromil begann aufzuzählen, einen Baukasten, Skier, Schlittschuhe, Bücher, merkte aber bald, daß die Kinder ihn nicht so anstrahlten wie er sie, daß ihre Blicke gleichgültig oder sogar feindselig waren; er stockte und verschwieg die restlichen Geschenke.

Nein, nein, seien Sie ohne Sorge, wir wollen keineswegs die tausendmal erzählte Geschichte vom reichen Söhnchen wiederholen, das seinen armen Mitschülern zuwider ist; es gab in der Klasse durchaus Jungen aus vermögenderen Familien, die mit den anderen freundschaftlich verkehrten und denen niemand ihren Reichtum verübelte. Was also war es, das den Mitschülern an Jaromil mißfiel, was reizte sie bloß an ihm, was unterschied Jaromil von ihnen?

Wir schämen uns fast, es zu sagen: es war nicht der Reichtum, es war die Liebe der Mutter. Diese Liebe hinterließ ihre Spuren auf allem und jedem; sie haftete an seinem Hemd, an seiner Frisur, an den Wörtern, die er gebrauchte, am Schulranzen, in den er seine Hefte packte, und selbst an den Büchern, die er daheim zu seinem Vergnügen las. Alles war speziell für ihn ausgewählt und hergerichtet. Die Hemden, die seine sparsame Großmutter für ihn nähte, sahen Gott weiß warum Mädchenblüschen ähnlicher als Knabenhemden. Seine langen Haare mußten über der Stirn von einer mütterlichen Haarspange zusammengehalten werden, damit sie ihm nicht in die Augen fielen. Wenn es regnete, erwartete ihn Mama vor der Schule mit einem großen Regenschirm, während die Mitschüler ihre Schuhe auszogen und in den Pfützen herumwateten.

Mutterliebe sengt ein Brandmal auf die Stirn eines kleinen Jungen, ein Brandmal, das die Sympathie der Kameraden zurückstößt. Jaromil lernte im Laufe der

Zeit zwar, dieses Mal gekonnt zu verbergen, durchlebte aber dennoch nach seinem glorreichen Schuleintritt eine bittere Zeit (sie dauerte ungefähr zwei Jahre), da seine Mitschüler ihn leidenschaftlich gern verspotteten und einige Male zum Spaß auch verdroschen. In dieser schlimmsten Zeit hatte er aber trotz allem einige Kameraden, und er vergaß ihnen das nie im Leben; zu erwähnen sind:

Kamerad Nummer eins war der Vater: Manchmal nahm er einen Ball (als Student hatte er Fußball gespielt) und stellte Jaromil im Garten zwischen zwei Bäume; er kickte den Ball gegen Jaromil, und dieser stellte sich vor, im Tor zu stehen und die Bälle für die tschechoslowakische Nationalmannschaft aufzufangen.

Kamerad Nummer zwei war der Großvater: Er nahm Jaromil jeweils in seine beiden Geschäfte mit; das eine war die große Drogerie, die nun vom Schwiegersohn selbständig geführt wurde, das andere eine Spezial-Parfümerie, in der eine anmutige Dame verkaufte, die dem kleinen Jungen höflich zulächelte und ihn an allen Parfums riechen ließ, so daß Jaromil bald lernte, die verschiedenen Marken nach ihrem Duft zu unterscheiden; er schloß jeweils die Augen, und der Großvater mußte ihm die Flacons unter die Nase halten und ihn prüfen. »Du bist ein Geruchsgenie«, lobte er ihn, und Jaromil träumte davon, Erfinder neuer Parfumsorten zu werden.

Kamerad Nummer drei war Alik; Alik war ein närrisches Hündchen, das seit geraumer Zeit die Villa bewohnte; obwohl es ungezogen und ungehorsam war, verdankte Jaromil ihm viele schöne Träumereien; er stellte sich ihn als ergebenen Freund vor, der im Korridor vor dem Klassenzimmer auf ihn wartete und ihn nach dem Unterrichtsende treu von der Schule nach Hause begleitete, so daß ihn alle Mitschüler beneideten und mit ihm gehen wollten.

Hundeträume wurden zur großen Leidenschaft seiner Einsamkeit und verleiteten ihn zu einem kuriosen Manichäismus: die Hunde verkörperten für ihn das animalisch *Gute*, die Gesamtheit aller Tugenden der Natur; er stellte sich im Geist gewaltige Kriege von Hunden gegen Katzen vor (Kriege mit Generälen, Offizieren und allen Kriegslisten, die er zuvor im Spiel mit den Zinnsoldaten erprobt hatte), und er stand stets auf seiten der Hunde, wie der Mensch stets auf seiten der Gerechtigkeit stehen sollte.

Und da er viel Zeit im Zimmer seines Vaters mit Bleistift und Papier verbrachte, wurden Hunde auch zum wichtigsten Motiv seiner Zeichenkünste: er zeichnete Unmengen von epischen Szenen, in denen Hunde Generäle, Soldaten, Fußballer und Ritter darstellten. Da sie jedoch in diesen menschlichen Rollen mit ihrer vierbeinigen Gestalt nicht gut zurechtkamen, zeichnete Jaromil sie mit Menschenkörpern. Eine große Erfindung! Wollte er einen Menschen zeichnen, stieß er nämlich auf eine beachtliche Schwierigkeit: er konnte kein menschliches Gesicht zeichnen; dafür gelang ihm die längliche Form eines Hundekopfs mit dem Klecks der Schnauze an der Spitze vortrefflich, so daß aus Träumerei und Unvermögen eine merkwürdige Welt von Menschen mit Hundeköpfen entstanden war, eine Welt von Gestalten, die einfach und schnell zu zeichnen und in Fußballspielen, Kriegszügen und Räubergeschichten miteinander zu verbinden waren; Jaromil zeichnete diese Geschichten in Fortsetzungen und bemalte damit eine Menge Papier.

Erst Kamerad Nummer vier war ein Junge; es war ein Mitschüler Jaromils, dessen Vater der Hausmeister der Schule war; ein galliges Männchen, das sich beim Direktor oft über die Schüler beschwerte; diese rächten sich dann an seinem Sohn und machten ihn zum Geächteten der Klasse. Als Jaromils Mitschüler sich einer nach dem anderen von ihm abwandten, blieb der Hausmeisterssohn sein einziger treuer Bewunderer; und so kam es, daß er eines Tages in die Vorstadtvilla eingeladen wurde. Er bekam ein Mittagessen, er bekam ein Abendbrot, baute mit Jaromil etwas aus Bauklötzchen und machte dann zusammen mit ihm die Hausaufgaben. Am darauffolgenden Sonntag nahm der Vater die beiden mit zu einem Fußballspiel; die Partie war großartig, und großartig war auch der Vater, der sämtliche Spieler beim Namen kannte, das

Spiel fachkundig kommentierte, so daß der Hausmeistersohn ihn nicht aus den Augen ließ und Jaromil stolz sein durfte.

Es war eine fürs Auge komische Freundschaft. Jaromil stets adrett gekleidet, der Hausmeistersohn mit durchgescheuerten Ellbogen; Jaromil mit sorgfältig gearbeiteten Aufgaben, der Hausmeistersohn im Lernen schwerfällig. Und dennoch fühlte sich Jaromil neben seinem ergebenen Kameraden wohl, denn der Hausmeistersohn war außergewöhnlich stark; als die Mitschüler die beiden im Winter einmal angriffen, kamen sie nicht auf ihre Rechnung; Jaromil war stolz darauf, daß sie beide einer Übermacht getrotzt hatten, doch der Ruhm einer erfolgreichen Verteidigung reicht nicht an den Ruhm des Angriffs heran.

Als sie einmal durch die öden Parzellen der Vorstadt gingen, begegneten sie einem Jungen, der so blitzsauber gewaschen und so schön herausgeputzt war, als ginge er zu einem Kinderfest. »Muttersöhnchen«, sagte der Hausmeistersohn und trat dem Jungen in den Weg. Sie stellten ihm spöttische Fragen und freuten sich über seine Angst. Schließlich faßte der Junge Mut und versuchte, die beiden zur Seite zu stoßen. »Was erlaubst du dir! Das wird dich teuer zu stehen kommen!« schrie Jaromil, gekränkt durch diese verwegene Berührung, aus der Tiefe seiner Seele; der Hausmeistersohn hielt das für ein Signal und schlug dem Jungen ins Gesicht.

Intellekt und Körperkraft können sich hervorragend ergänzen. Hat Byron nicht eine ergebene Liebe für den Boxer Jackson empfunden, der den kränklichen Lord in allen möglichen Sportarten aufopfernd trainierte? »Schlag ihn nicht, halt ihn nur fest!« sagte Jaromil zu seinem Kameraden und ging Brennesseln pflücken; dann zwangen sie den Jungen, sich auszuziehen, und peitschten ihn am ganzen Körper mit den Brennesseln. »Weißt du überhaupt, wie sehr sich die Mutti über ihr herrlich rotes Söhnchen freuen wird?« sagte Jaromil dabei und empfand ein großes Gefühl inniger Freundschaft für den Mitschüler und ein großes Gefühl innigen Hasses für alle Muttersöhnchen.

5.

Warum aber war Jaromil eigentlich ein Einzelkind geblieben? Hatte die Mutter kein zweites Kind gewollt?

Im Gegenteil: sie wünschte sich innig, die beseligende Zeit der ersten Mutterjahre zu wiederholen, doch ihr Mann führte stets Gründe ins Feld, um die Geburt eines weiteren Kindes zurückzustellen. Der Wunsch nach einem zweiten Kind erlosch zwar nicht in ihr, doch wagte sie es nicht, weiter zu drängen; weil sie fürchtete, ihr Mann könnte es abermals ablehnen, und sie wußte, daß eine solche Ablehnung sie gedemütigt hätte.

Je mehr sie es sich aber versagte, über ihren Mutterwunsch zu sprechen, desto mehr dachte sie daran; sie dachte daran wie an etwas Unerlaubtes, Geheimes, also Verbotenes; der Gedanke, daß ihr Mann ihr ein Kind machen könnte, reizte sie schließlich nicht mehr wegen des Kindes selbst, er nahm vielmehr in ihren Vorstellungen einen aufreizend unanständigen Charakter an; *komm, mach mir eine Tochter*, sagte sie im Geiste zu ihrem Mann, und es klang für sie ungeheuer lasziv.

Eines Abends kam das Ehepaar spät und gutgelaunt von Freunden zurück, und als Jaromils Vater sich zu seiner Frau legte und das Licht löschte (wir wollen anmerken, daß er sich ihrer seit der Hochzeit nur im Dunkeln bemächtigte, indem er sich vom Tastsinn und nicht von den Augen leiten ließ), warf er die Bettdecke zurück und schlief mit ihr. Die Seltenheit ihrer Liebesbezeugungen sowie der vorangegangene Weinrausch bewirkten, daß sie sich ihm in einer Verzückung hingab, die sie schon lange nicht mehr erlebt hatte. Die Vorstellung, daß sie zusammen *ein Kind machten*, erfüllte wiederum ihre Sinne, und in dem Augenblick, da ihr Mann sich dem Höhepunkt der Lust näherte, konnte sie sich nicht mehr beherrschen und begann, in Ekstase zu schreien, er wolle die gewohnte Vorsicht ablegen und nicht unterbrechen, er solle ihr ein Kind, er solle ihr ein schönes Töchterchen machen, und sie klammerte sich so fest und krampfhaft an ihn, daß er sich gewaltsam von ihr befreien mußte, um sicherzugehen, daß ihr Wunsch nicht in Erfüllung ging.

Als sie dann ermattet nebeneinander lagen, kuschelte sich die Mutter wieder an ihn und flüsterte ihm ins Ohr, sie wünsche sich sehnlichst noch ein Kind von ihm; nein, sie wolle ihn nicht drängen, sie wolle ihm auf diese Weise vielmehr entschuldigend erklären, weshalb sie ihren Wunsch nach einem Kind gerade so gewaltsam und unerwartet (und vielleicht auch unpassend, das wolle sie gern zugeben) geäußert habe; sie plapperte, daß diesmal ganz gewiß ein Töchterchen zur Welt komme und er sich in diesem Töchterchen genauso sehen könne wie sie sich in Jaromil.

Und da sagte der Ingenieur zu ihr (es war das erste Mal seit der Hochzeit, daß er ihr das in Erinnerung rief), daß er selbst nie ein Kind mit ihr gewollt habe; wenn er beim ersten Kind habe nachgeben müssen, so sei jetzt sie an der Reihe nachzugeben; und wenn sie wünsche, daß er sich im zweiten Kind sehen könne, so versichere er ihr, daß er sich am wenigsten verfälscht in einem Kind sehe, das nie geboren werde.

Dann lagen sie nebeneinander, die Mutter sagte nichts und begann nach kurzem zu schluchzen, und sie schluchzte die ganze Nacht, ihr Mann berührte sie nicht, sagte ihr nur ein paar besänftigende Sätze, die nicht einmal in die oberste Welle ihres Weinens einzudringen vermochten; sie hatte das Gefühl, endlich alles zu verstehen; der, neben dem sie lebte, hatte sie nie geliebt.

Die Traurigkeit, in die sie verfiel, war die tiefste Traurigkeit, die sie bisher gekannt hatte. Da ihr Mann es nicht tat, kam zum Glück jemand anders, um ihr Trost zu spenden: die Geschichte. Ungefähr drei Wochen nach jener Nacht, die wir geschildert haben, bekam ihr Mann die Einberufung, er packte seine Koffer und fuhr an die Grenze. Der Krieg stand unmittelbar bevor, die Leute kauften sich Gasmasken und bauten in den Kellern Luftschutzräume. Wie nach einer rettenden Hand streckte sich die Mutter nach dem Unglück ihres Landes aus; pathetisch durchlebte sie es, und sie verbrachte lange Stunden mit ihrem Sohn, indem sie ihm in bunten Farben schilderte, was geschah.

Dann einigten sich die Großmächte in München, und Jaromils Vater kehrte von der kleinen Festung zurück, die von der deutschen Armee besetzt worden war. Seit jener Zeit saß die ganze Familie unten in Großvaters Zimmer und debattierte Abend für Abend die einzelnen Etappen der Geschichte, die, wie es ihnen allen schien, bis vor kurzem geschlafen hatte (oder gelauert, indem sie Schlaf nur vortäuschte) und nun plötzlich aus ihrem Versteck gesprungen war, um alles übrige im Schatten ihrer großen Gestalt unsichtbar werden zu lassen. Oh, wie wohl fühlte sich die

Mutter in diesem Schatten! Scharen von Tschechen flüchteten aus dem Grenzgebiet, Böhmen blieb mitten in Europa liegen wie eine geschälte, durch nichts geschützte Orange, und ein halbes Jahr später tauchten eines Morgens in der Früh deutsche Panzer in den Straßen von Prag auf, und die Mutter saß währenddessen ständig neben einem Soldaten, der sein Land nicht verteidigen durfte, und sie hatte ganz vergessen, daß es derjenige war, der sie nie geliebt hatte.

Doch selbst in Zeiten, in denen sich die Geschichte stürmisch voranwälzt, tritt früher oder später der Alltag aus dem Schatten, und das Ehebett erscheint wieder in seiner monumentalen Trivialität und bestürzenden Dauerhaftigkeit. Als Jaromils Vater eines Abends seine Hand wieder auf die Brust der Mutter legte, wurde ihr bewußt, daß der, der sie berührte, identisch war mit jenem, der sie gedemütigt hatte. Sie schob seine Hand weg und erinnerte ihn in einer zarten Anspielung an die groben Worte, die er ihr vor einiger Zeit gesagt hatte.

Sie wollte nicht böse sein; sie wollte mit dieser Zurückweisung sagen, daß die bescheidenen Geschichten des Herzens sich nicht vergessen lassen zugunsten der großen Geschichten der Völker; sie wollte ihrem Mann die Gelegenheit geben, jetzt seine Worte von damals zu widerrufen und das, was er erniedrigt hatte, wieder zu erhöhen. Sie glaubte, die Tragödie seines Volkes habe ihn empfindsamer gemacht, und sie war gewillt, auch eine zaghafte Liebkosung dankbar als Buße und Beginn eines neuen Kapitels ihrer Liebe anzunehmen. Aber oh weh: der Mann, dessen Hand von der Brust seiner Frau geschoben worden war, drehte sich auf die andere Seite und schlief relativ rasch ein.

Nach der großen Studentendemonstration in Prag wurden die tschechischen Hochschulen von den Deutschen geschlossen, und die Mutter wartete vergeblich darauf, daß ihr Mann unter der Bettdecke wieder die Hand auf ihre Brust legen würde. Der Großvater stellte fest, daß die anmutige Verkäuferin in seiner Parfümerie ihn schon seit zehn Jahren bestahl, regte sich schrecklich auf und starb an einem Schlaganfall. Die tschechischen Studenten wurden in Viehwaggons in Konzentrationslager transportiert, und die Mutter suchte ihren Arzt auf, der den schlechten Zustand ihrer Nerven beklagte und ihr empfahl, zur Erholung wegzufahren. Er erzählte ihr von einer Pension am Rande eines Badestädtchens, das von einem Fluß und Teichen umgeben war, wo im Sommer Scharen von Ausflüglern hinkämen, die Wasser, Fischerei und Schlauchbootfahrten liebten. Es war früh im Frühling, und die Mutter war bezaubert von der Vorstellung, an stillen Gewässern zu spazieren. Doch dann erschrak sie bei der Vorstellung fröhlicher Tanzmusik, die vergessen über den Gartenrestaurants in der Luft hängengeblieben war wie eine wehmütige

Erinnerung an den Sommer; sie erschrak über ihre eigene Wehmut und entschied, nicht allein dorthin zu fahren.

Ach, natürlich wußte sie sofort, mit wem sie fahren würde! Über all den Qualen mit dem Ehemann und all der Sehnsucht nach einem zweiten Kind hatte sie ihn in letzter Zeit fast vergessen. Wie dumm sie gewesen war, wie sehr gegen sich selbst, als sie ihn vergessen hatte! Reumütig beugte sie sich zu ihm nieder: »Jaromil, du bist mein erstes und mein zweites Kind.« Sie preßte ihr Gesicht an das seine und setzte den verrückten Satz fort: »Du bist mein erstes, mein zweites, mein drittes, mein viertes, mein fünftes, mein sechstes und mein zehntes Kind ...«, und sie bedeckte sein Gesicht mit Küssen.

6.

Auf dem Bahnhof wurden sie von einer hochgewachsenen, aufrecht gehenden Frau mit grauem Kopf empfangen; ein stattlicher Mann vom Land bückte sich nach den zwei Koffern und trug sie vor den Bahnhof, wo bereits ein Pritschenwagen mit Pferd stand; der Mann setzte sich auf den Kutschbock, während Jaromil und die Mutter zusammen mit der hochgewachsenen Frau auf den zwei einander gegenüberliegenden Sitzen Platz nahmen, sie ließen sich durch die Straßen des kleinen Städtchens bis zum Hauptplatz kutschieren, dessen eine Seite von Renaissance-Arkaden, die andere von einem grünen Zaun abgeschlossen wurde, hinter dem ein Garten und darin ein von alten Reben umranktes Schloß lagen; dann fuhren sie zum Fluß hinunter; vor Jaromil tauchten eine Reihe gelber Holzkabinen auf, ein Sprungbrett, weiße Tischchen mit Stühlen, im Hintergrund säumten Pappeln das Ufer, und dann fuhr sie der Pritschenwagen weiter zu verlassenen Villen, die verstreut am Wasser standen.

Vor einer dieser Villen verlangsamte das Pferd seine Schritte, der Mann stieg vom Kutschbock, nahm die beiden Koffer, und Jaromil folgte ihm mit der Mutter in den Garten, die Halle und das Treppenhaus, bis sie sich in einem Zimmer befanden, in dem zwei Betten so aneinandergerückt waren wie Ehebetten, eines der beiden Fenster ließ sich wie eine Tür öffnen und führte auf einen Balkon, von dem aus man den Garten und an dessen Ende den Fluß sehen konnte. Die Mutter trat an das Balkongeländer und atmete tief ein: »Ach, hier herrscht göttliche Ruhe«, sagte sie, atmete wieder tief und schaute zum Fluß, wo ein rotes, an einer Holzbrücke vertäutes Schiffchen schaukelte.

Beim Abendessen, das unten im Salon serviert wurde, freundete sich die Mutter noch am selben Tag mit einem älteren Ehepaar an, das ein weiteres Zimmer der Pension bewohnte, so daß nun allabendlich ein langes, ruhiges Gespräch durch den Raum rauschte; Jaromil war allen lieb, und die Mutter lauschte gern seinen Erzählungen, Einfällen und diskreten Prahlereien; ja, *diskret*: Jaromil wird die Frau im Wartezimmer nie mehr vergessen und immer einen Schild suchen, hinter dem er sich vor ihrem bösen Blick verstecken kann; allerdings hat er nicht aufgehört, sich nach Bewunderung zu sehnen, jedoch gelernt, sie durch knappe, naiv und bescheiden vorgetragene Sätze zu gewinnen.

Die Villa im stillen Garten, der dunkle Fluß mit dem vertäuten Schiffchen, das Träume von langen Reisen weckte, der schwarze Pritschenwagen, der ab und zu vor der Villa hielt und die hochgewachsene Frau fortführte, die den Fürstinnen aus Büchern über Burgen und Schlösser glich, die verlassene Badeanstalt, die man vom Pritschenwagen aus betreten und so gleichsam umsteigen konnte wie von einem Jahrhundert ins andere, von einem Traum in den anderen, von einem Buch ins andere, der Renaissanceplatz mit den schmalen Arkaden, hinter dessen Säulen einst Ritter gefochten hatten, das alles war die Welt, die Jaromil bezaubert betrat.

Zu dieser schönen Welt gehörte auch ein Mann mit einem Hund; das erste Mal hatten sie ihn gesehen, als er reglos am Ufer des Flusses stand und auf die Wellen schaute; er trug einen Ledermantel, und an seiner Seite saß ein schwarzer Schäferhund; beide sahen in ihrer Erstarrung aus wie Gestalten aus einer anderen Welt. Das zweite Mal begegneten sie ihm an derselben Stelle; der Mann (wiederum im Ledermantel) warf Holzstücke, und der Hund brachte sie zurück. Als sie ihm das dritte Mal begegneten (die Kulisse war immer dieselbe: Pappeln und Fluß), verneigte sich der Mann leicht vor der Mutter und sah ihnen dann, wie Jaromil neugierig bemerkte, noch lange nach. Als sie am folgenden Tag von ihrem Spaziergang zurückkehrten, sahen sie den schwarzen Schäferhund vor dem Villeneingang sitzen. Als sie die Halle betraten, hörten sie aus einiger Entfernung ein Gespräch und zweifelten nicht, daß die Männerstimme dem Hundebesitzer gehörte; sie waren so neugierig, daß sie eine Weile untätig in der Halle stehenblieben, sich umsahen und sich unterhielten, bis endlich die Frau des Hauses aus einem der Zimmer trat.

Die Mutter wies auf den Hund: »Wo ist denn sein Herr? Wir begegnen ihm immer auf unserem Spaziergang.« »Es ist der Kunstprofessor des hiesigen Gymnasiums.« Die Mutter sagte, sie würde sich sehr gern mit dem Zeichenlehrer unterhalten, da Jaromil gern zeichne und die Meinung eines Fachmanns sie interessiere. Die Frau des Hauses stellte der Mutter den Mann vor, und Jaromil mußte aufs Zimmer laufen, um seinen Zeichenblock zu holen.

Sie saßen dann zu viert im Salon, die Frau des Hauses, Jaromil, der Hundebesitzer, der sich die Zeichnungen anschaute, und die Mutter, die die Begutachtung mit einem Kommentar begleitete: sie erzählte, daß Jaromil immer behauptet habe, daß es ihn nicht amüsiere, Landschaften oder Stilleben zu zeichnen, sondern Geschehnisse; und in der Tat, scheine ihr, seien seine kleinen Zeichnungen von bemerkenswerter Lebendigkeit und hätten Bewegung, obwohl sie nicht begreife, weshalb die Figuren des Geschehens lauter Leute mit Hundeköpfen seien; wenn Jaromil wirkliche menschliche Figürchen zeichnete, hätten seine Werkchen vielleicht einen gewissen Wert, so aber sei sie sich leider nicht sicher, ob diese Beschäftigung ihres Sohnes überhaupt einen Sinn habe.

Der Hundebesitzer sah sich die Zeichnungen mit Vergnügen an; dann erklärte er, gerade die Verbindung von Tierkopf und Menschenkörper fasziniere ihn an den Zeichnungen. Diese phantastische Verbindung sei nämlich kein zufälliger Einfall, sondern, wie die Menge der von dem Jungen gezeichneten Szenen bezeuge, eine Zwangsvorstellung, etwas, das in den unergründlichen Tiefen seiner Kindheit wurzele. Die Mutter solle das Talent des Kindes nicht nach der bloßen Fertigkeit der Nachahmung der äußeren Welt beurteilen; eine solche Fertigkeit könne sich jedermann aneignen; was ihn als Maler (nun gab er zu verstehen, daß die Schulmeisterei für ihn nur das notwendige Übel zum Broterwerb war) an den Zeichnungen des Jungen fessele, sei die originelle innere

Welt, die sich aus dem Jungen heraus aufs Papier dränge.

Die Mutter hörte sich das Lob des Mannes gerne an, die Frau des Hauses strich Jaromil übers Haar und behauptete, er habe eine große Zukunft vor sich, und Jaromil sah unter den Tisch und prägte sich dabei alles, was er hörte, gut ein. Der Maler sagte, daß er im kommenden Jahr an einem Prager Gymnasium unterrichten werde und es ihn freuen würde, wenn die Mutter ihm dann noch weitere Arbeiten ihres Sohnes zur Begutachtung bringen könne.

Die innere Welt! Das waren große Worte, und Jaromil hörte sie mit außerordentlicher Freude. Er hatte zu keiner Zeit vergessen, daß er schon als Fünfjähriger für ein außergewöhnliches, von den übrigen sich unterscheidendes Kind gehalten worden war; auch bestätigte ihn das Benehmen der Mitschüler, die sich über seinen Schulranzen oder sein Hemd lustig machten, immer wieder (wenn auch auf bittere Weise) in seinem Anderssein. Bis dahin war seine Andersartigkeit für ihn nur etwas Leeres und Unbestimmtes gewesen; sie war entweder unverständliche Hoffnung oder unverständliche Verdammnis; nun aber hatte sie einen Namen bekommen: originelle innere Welt; und diese Benennung hatte sogleich auch einen ganz konkreten Inhalt: Zeichnungen von Menschen mit Hundeköpfen. Dabei wußte Jaromil gut, daß er die bewunderte Entdeckung der Hundemenschen zufällig gemacht hatte und nur, weil er kein menschliches Gesicht zeichnen konnte; das führte ihn zu dem unklaren Gedanken, daß die Andersartigkeit seiner inneren Welt nicht das Ergebnis irgendeiner mühseligen Anstrengung war, sondern in allem lag, was ihm unwillkürlich und zufällig durch den Kopf ging; daß sie ihm als Geschenk gegeben war.

Seit jener Zeit verfolgte er seine Einfälle viel aufmerksamer und begann sie zu bewundern. So fiel ihm beispielsweise ein, daß die Welt, in der er lebte, zu existieren aufhörte, wenn er stürbe. Dieser Gedanke fuhr ihm zunächst einfach so durch den Kopf; belehrt durch seine innere Originalität, ließ er ihn diesmal jedoch nicht entwischen (wie vor diesem vermutlich so viele andere Gedanken), sondern packte ihn sofort beim Schopf, beobachtete und betrachtete ihn von allen Seiten. Er ging den Fluß entlang; für Momente schloß er die Augen und fragte sich, ob der Fluß existiere, auch wenn er die Augen geschlossen hielt. Selbstverständlich floß der Fluß jedesmal, wenn er die Augen öffnete, wie zuvor dahin, bemerkenswert aber war, daß der Fluß dadurch noch keineswegs beweisen konnte, auch dagewesen zu sein, als Jaromil ihn nicht sah. Dies kam ihm ungemein interessant vor, er beschäftigte sich mindestens einen halben Tag lang mit dieser Beobachtung und erzählte dann seiner Mutter davon.

Je mehr der Aufenthalt sich seinem Ende näherte,

desto größer wurde das Wohlgefühl, das die gemeinsamen Gespräche den beiden vermittelten. Sie gingen nun nach Einbruch der Dämmerung allein hinaus, saßen auf einer halb vermoderten Holzbank am Ufer, hielten einander die Hand und schauten auf die Wellen, auf denen sich der große Mond wiegte. »Ach, ist das schön«, seufzte die Mutter, und das Söhnchen sah auf den von der Luna beleuchteten Wasserkreis und träumte von der langen Reise des Flusses; und da dachte die Mutter an die öden Tage, in die sie bald schon zurückkehren würden, und sie sagte: »Mein Junge, ich trage eine Trauer in mir, die du nie verstehen wirst.« Dann sah sie die Augen ihres Sohnes, und es schien ihr, als läge darin große Liebe und das Verlangen, sie zu verstehen. Sie erschrak darüber; sie konnte sich mit ihren Frauensorgen doch nicht einem Kind anvertrauen. Gleichwohl zogen diese verständigen Augen sie aber an wie ein Laster. Sie und Jaromil lagen nebeneinander im Ehebett, und die Mutter erinnerte sich, wie sie so mit ihm gelegen hatte, bis er sechs Jahre alt war, und wie glücklich sie damals gewesen war; und es fiel ihr ein: er ist der einzige Mann, mit dem ich im Ehebett glücklich bin; sofort begann sie in ihrem Innern über diesen Gedanken zu lachen, doch dann sah sie abermals seinen zärtlichen Blick und sagte sich, daß dieses Kind nicht nur imstande war, sie von den Dingen wegzuführen, die sie betrübten (ihr also den *Trost des Vergessens* zu schenken), sondern auch, ihr aufmerksam zuzuhören (ihr also den *Trost des Verstehens* zu schenken). »Nur damit du es weißt, mein Leben ist nirgends von der Liebe erfüllt«, hatte sie damals zu ihm gesagt; und ein andermal sogar: »Als Mutter bin ich glücklich, aber eine Mutter ist neben dem Mutterdasein auch noch Frau.«

Ja, diese nicht zu Ende gesprochenen Vertraulichkeiten zogen sie an wie eine Sünde, und sie war sich dessen bewußt. Als er ihr einmal unvermutet antwortete: »Mama, ich bin nicht mehr so klein, ich verstehe dich«, erschrak sie beinahe. Der kleine Junge ahnte natürlich nichts Konkretes und wollte seiner Mutter nur mitteilen, daß er fähig war, alle Trauer mit ihr zu teilen, nichtsdestoweniger waren die Worte, die er gesagt hatte, mehrdeutig, und die Mutter sah in sie hinein wie in einen sich jäh öffnenden Abgrund: den Abgrund verbotener Vertraulichkeit und unerlaubten Einverständnisses.

7.

Und wie entfaltete sich Jaromils originelle innere Welt weiter?

Es ging ihm nicht besonders gut; der Lehrstoff, den der Junge auf der Grundschule spielend gemeistert hatte, wurde auf dem Gymnasium schwieriger, und in dessen Grau verlor sich der Ruhm seiner inneren

Welt. Eine Lehrerin erwähnte einmal pessimistische Bücher, die in dieser Welt nichts als Leid und Verderben sähen, was seine Behauptung, daß das Leben wie Unkraut sei, beschämend banal erscheinen ließ. Jaromil war sich jetzt keineswegs mehr sicher, ob das, was er einst gedacht und gefühlt hatte, sein ursprüngliches Eigentum war oder aber alle Gedanken hier auf der Welt schon seit Urzeiten fertig existierten und von den Menschen nur ausgeliehen wurden wie aus einem öffentlichen Leihhaus. Wer also war er selber? Welches war die eigentliche Essenz seines Innern? Er neigte sich immer wieder forschend darüber, war jedoch unfähig, dort etwas anderes zu entdecken als das Bild seiner selbst, wie es sich forschend über sein Inneres neigte ...

Und so verspürte er Sehnsucht nach jenem Mann, der vor zwei Jahren seine innere Originalität erstmals beim Namen genannt hatte; da er aus den Zeichenstunden regelmäßig eine Drei nach Hause brachte (wenn er mit Wasserfarben malte, lief ihm das Wasser stets über die mit Bleistift gezogenen Striche hinaus), entschied die Mutter, den Bitten des Sohnes nachzugeben, den Maler aufzusuchen und ihn mit gutem Grund zu bitten, sich um Jaromil zu kümmern und in Privatstunden die Mängel auszumerzen, die sein Schulzeugnis verdarben.

Eines Tages betrat Jaromil also die Wohnung des Malers. Sie war ein ausgebauter Dachboden eines

Mietshauses und bestand aus zwei Räumen; im ersten stand eine große Bibliothek; im zweiten war anstelle der Fenster eine große Milchglasscheibe in die Dachschräge eingelassen, und es standen dort Staffeleien mit angefangenen Bildern, ein großer Tisch, auf dem Papier und Fläschchen mit farbiger Tusche wild durcheinanderlagen, an der Wand hingen wunderliche schwarze Gesichter, von denen der Maler sagte, es seien Abgüsse von Negermasken; auf der Couch in der Ecke lag ein Hund (der, den Jaromil bereits kannte) und beobachtete reglos den Besucher.

Der Maler setzte Jaromil an den langen Tisch und blätterte in seinem Zeichenblock. »Das ist immer noch dasselbe«, sagte er dann, »das würde nirgendwohin führen.«

Jaromil wollte einwenden, gerade diese Menschen mit den Hundeköpfen hätten dem Maler doch gefallen und er habe dies hier für ihn und seinetwegen gezeichnet, doch vor lauter Enttäuschung und Bedauern brachte er kein Wort hervor. Der Maler legte ein weißes Papier vor ihn hin, öffnete ein Tuschefläschchen und gab ihm einen Pinsel in die Hand. »Jetzt fang an zu zeichnen, was dir gerade einfällt, überleg nicht lange und zeichne ...« Jaromil war aber dermaßen aufgeschreckt, daß er überhaupt nicht wußte, was er zeichnen sollte, und als der Maler ihn erneut aufforderte, suchte er in seiner Angst wieder bei einem Hundekopf auf irgendeinem unförmigen Körper

Zuflucht. Der Maler war unzufrieden, und Jaromil sagte verlegen, er wolle mit Wasserfarben malen lernen, da er in der Schule immer über die Striche hinausmale.

»Das habe ich schon von deiner Mutter gehört«, sagte der Maler, »vergiß das jetzt genauso wie die Hunde.« Dann legte er ein dickes Buch vor den Jungen und öffnete es auf einer Seite, wo sich eine klare schwarze Linie im Zickzack auf einem farbigen Hintergrund schlängelte, sie erinnerte Jaromil an Tausendfüßler, Seesterne, Käfer, Sterne und Monde. Der Maler wollte, daß der Junge aus der Phantasie heraus etwas Ähnliches zeichnete. »Aber *was* soll ich zeichnen?« fragte der Junge, und der Maler sagte zu ihm: »Zeichne eine Linie; zeichne eine Linie, die dir gefällt. Und merk dir, ein Maler ist nicht auf der Welt, um etwas abzuzeichnen, sondern um auf dem Papier die Welt seiner Linien zu schaffen.« Und so zeichnete Jaromil Linien, die ihm aber absolut nicht gefielen, er zeichnete einige Bögen voll, gab dem Maler dann den Instruktionen der Mutter entsprechend eine Banknote und ging nach Hause.

Der Besuch war also etwas anders ausgefallen, als er es sich vorgestellt hatte, es war ganz und gar nicht ein Wiederfinden seiner verlorenen inneren Welt gewesen, ganz im Gegenteil: der Besuch hatte Jaromil das einzige genommen, was er für sich allein besaß, die Fußballer und die Soldaten mit den Hundeköpfen.

Als jedoch die Mutter ihn fragte, wie es ihm in der Stunde gefallen habe, redete er dennoch mit Begeisterung darüber, und es war keine Heuchelei: hatte der Besuch ihm seine innere Welt nicht bestätigt, so hatte er ihn zumindest eine einzigartige äußere Welt finden lassen, die nicht jedermann zugänglich war und die ihm von allem Anfang an kleine Privilegien verschaffte: er hatte bewundernswerte Bilder gesehen, die ihn verwirrten, jedoch den Vorteil hatten (augenblicklich war ihm bewußt geworden, daß es sich um einen Vorteil handelte!), in keiner Weise den Stilleben und Landschaften zu gleichen, die bei ihm zu Hause hingen; er hatte einige bemerkenswerte Äußerungen gehört, die er sich auf der Stelle zu eigen machte; zum Beispiel hatte er begriffen, daß das Wort Bürger ein Schimpfwort war: ein Bürger ist jemand, der möchte, daß Bilder wie lebendig aussehen und der Natur ähneln; über Bürger darf man aber lachen, denn (das gefiel ihm sehr!) sie sind längst tot, wissen es bloß noch nicht.

Und so besuchte er eifrig den Maler und wünschte sich sehnlichst, den Erfolg zu wiederholen, den ihm die Zeichnungen der Hundemenschen einst gebracht hatten; aber vergebens: die Kritzeleien, die Variationen auf Mirós Bilder sein sollten, wirkten gewollt und ließen den Charme kindlicher Spielerei vermissen; die Zeichnungen nach den Negermasken blieben plumpe Nachahmungen der Vorlagen und weckten keineswegs, wie der Maler sich das wünschte, die eigene Phantasie des Jungen. Und als es ihm dann unerträglich vorkam, daß er den Maler schon so oft besucht hatte und noch nie bewundert worden war, entschloß er sich zur Tat; er nahm seinen Geheimblock mit, in den er nackte Frauenkörper gezeichnet hatte.

Als Vorlagen dienten ihm in den meisten Fällen Fotografien von Statuen, die er von den Bildbänden der ehemaligen großväterlichen Bibliothek her kannte; es waren also (insbesondere auf den ersten Blättern) lauter reife, stattliche Frauen in majestätischen Positionen, wie wir sie aus den Allegorien des vergangenen Jahrhunderts kennen. Erst die folgenden Blätter brachten etwas Interessanteres: dort gab es eine Frau, die keinen Kopf hatte; und nicht nur das, an der Stelle des Halses war das Papier durchschnitten, so daß es aussah, als sei der Kopf abgehackt worden und auf dem Papier eine Spur des imaginären Beils zurückgeblieben. Der Schnitt im Papier stammte von Jaromils Taschenmesser; Jaromil besaß nämlich ein Foto einer Mitschülerin, die ihm gefiel und deren bekleideten Körper er oft betrachtete in dem vergeblichen Verlangen, ihn nackt zu sehen. Das ausgeschnittene Bildchen ihres Kopfes besänftigte dieses Verlangen, wenn man den Kopf in den Schlitz steckte. Darum waren von der erwähnten Zeichnung an sämtliche Frauenkörper ohne Kopf und mit einem Einschnitt versehen; einige erschienen in sehr prekären Situationen, zum Beispiel in der Hocke, was vermuten ließ, daß sie pinkelten, aber auch in Flammen auf dem Scheiterhaufen wie Jeanne d'Arc; diese Folterszene, die wir durch den Geschichtsunterricht erklären (und also vielleicht auch entschuldigen) könnten, fand eine reiche Fortsetzung: die weiteren Zeichnungen zeigten eine kopflose Frau auf einem spitzen Pfahl, eine kopflose Frau mit abgehacktem Bein, eine kopflose Frau ohne Hände sowie in Stellungen, über die wir uns lieber ausschweigen möchten.

Jaromil konnte sich allerdings nicht sicher sein, ob seine Zeichnungen dem Maler gefielen; sie glichen keineswegs dem, was er in dessen dicken Büchern oder auf den Leinwänden der Staffeleien des Ateliers sah; trotzdem schien ihm, als gäbe es etwas, das die Zeichnungen in seinem Geheimblock dem annäherte, was sein Lehrer machte: es war etwas Verbotenes; es war die Verschiedenheit von den Bildern, die bei ihm zu Hause hingen; es war die Mißbilligung, die seine Zeichnungen nackter Frauen ebenso betroffen hätte wie die unverständlichen Bilder des Malers, wenn sie von einer aus Jaromils Familie und deren üblichen Gästen zusammengesetzten Jury beurteilt worden wären.

Der Maler blätterte den Block durch, sagte nichts und gab dem Jungen dann ein dickes Buch. Er selbst setzte sich in einiger Entfernung hin und zeichnete etwas auf ein Blatt Papier, während Jaromil auf den

Seiten des Buches einen nackten Mann sah, dessen eine Hälfte des Hinterteils dermaßen in die Länge gezogen war, daß sie von einer Krücke gestützt werden mußte; er sah ein Ei, dem eine Blume erwuchs; er sah ein Gesicht voller Ameisen; er sah einen Mann, dessen Hand sich in einen Felsen verwandelt hatte.

»Beachte«, sagte der Maler und trat zu Jaromil, »wie hervorragend Salvador Dalí zeichnet«, und er stellte eine kleine Gipsstatue einer nackten Frau vor ihn hin: »Wir haben das Handwerkliche des Zeichnens vernachlässigt, und das war ein Fehler. Zuerst müssen wir die Welt so kennenlernen, wie sie ist, um sie danach radikal verändern zu können.« Und Jaromils Zeichenblock füllte sich mit Frauenkörpern, deren Proportionen der Maler verbesserte und nachzeichnete.

8.

Lebt eine Frau nicht genügend mit ihrem Körper, beginnt sie, in diesem Körper einen Feind zu sehen. Die Mutter war nicht sonderlich zufrieden gewesen mit den seltsamen Kritzeleien, die ihr Sohn aus den Malstunden nach Hause gebracht hatte, doch als sie die vom Maler verbesserten Frauenzeichnungen sah, empfand sie eine heftige Abneigung. Einige Tage später beobachtete sie vom Fenster aus, wie Jaromil im Garten dem Dienstmädchen Magda die Leiter hielt, als dieses sich nach den Kirschen ausstreckte, und wie er mit seinen Augen unter ihrem Rock verweilte. Es kam ihr vor, als würde sie rundum von Regimentern nackter Frauenhintern angegriffen, und sie beschloß, nicht länger zu zögern. Jaromil sollte am Nachmittag die gewohnte Lektion beim Maler absolvieren; die Mutter zog sich rasch an und war vor ihm dort.

»Ich bin gar nicht puritanisch«, sagte sie, als sie sich im Atelier in einen Sessel gesetzt hatte, »Sie wissen aber, daß Jaromil ins gefährliche Alter kommt.«

So sorgfältig sie im Geist vorbereitet hatte, was alles sie dem Maler sagen würde, so wenig war nun davon übriggeblieben. Sie hatte sich die Sätze in ihrer häuslichen Umgebung zurechtgelegt, in die durch die Fenster das sanfte Grün des Gartens drang, das all ihren Gedanken still applaudierte. Doch hier gab es kein Grün, hier standen auf den Staffeleien seltsame Bilder, auf der Couch lag ein Hund, den Kopf zwischen den Pfoten, und er musterte sie wie eine zweifelnde Sphinx mit seinem unverwandten Blick.

Der Maler wies die Bedenken der Mutter mit einigen Sätzen zurück und fuhr dann fort: er müsse ihr ehrlich gestehen, daß Jaromils Zensuren im obligatorischen Zeichnen, das ohnehin nur das Maltalent der Kinder abtöte, ihn absolut nicht interessierten. An den Zeichnungen ihres Sohnes fasziniere ihn die absonderliche, fast ins Krankhafte gesteigerte Phantasie.

»Beachten Sie diese merkwürdige Übereinstimmung. Auf den Zeichnungen, die Sie mir vor Jahren gezeigt haben, hatten die Menschen Hundeköpfe. Auf den Zeichnungen, die er mir kürzlich gebracht hat, waren nackte Frauen, aber alle ohne Kopf. Kommt Ihnen dieser verbissene Widerwille, dem Menschen ein menschliches Gesicht, dem Menschen die Menschlichkeit zuzuschreiben, nicht bezeichnend vor?«

Die Mutter wagte einzuwenden, ihr Sohn sei doch wohl kaum ein solcher Pessimist, dem Menschen die Menschlichkeit abzusprechen.

»Natürlich ist er nicht durch pessimistische Betrachtungen zu seinen Zeichnungen gekommen«, sagte der Maler. »Die Kunst nährt sich aus anderen Quellen als dem Verstand. Menschen mit Hundeköpfen oder kopflose Frauen zu zeichnen, ist Jaromil spontan eingefallen, er wußte sicher nicht einmal, wie. Es war das Unbewußte, das ihm diese Vorstellungen eingab, die merkwürdig und dennoch nicht unsinnig sind. Meinen Sie nicht, daß zwischen seiner Vision und dem Krieg, der jede Stunde unseres Lebens erschüttert, ein geheimer Zusammenhang besteht? Hat nicht der Krieg dem Menschen Gesicht und Kopf genommen? Leben wir nicht in einer Welt, in der kopflose Männer nichts anderes können, als nach einem Stück Frau ohne Kopf zu verlangen? Ist der realistische Blick auf die Welt nicht die wüsteste Täuschung?

Ist eine Kinderzeichnung Ihres Sohnes nicht viel wahrhaftiger?«

Sie war hierhergekommen, um den Maler zu tadeln, wurde nun aber unsicher wie ein kleines Mädchen, das fürchtete, getadelt zu werden; sie wußte nichts zu sagen und schwieg.

Der Maler erhob sich von seinem Sessel und ging in eine Ecke des Ateliers, in der noch ungerahmte Leinwände an der Wand lehnten. Er zog eine davon hervor, drehte die bemalte Fläche zum Raum hin, trat vier Schritte zurück, kauerte sich nieder und schaute sie lange an. »Kommen Sie her«, sagte er zur Mutter, und als sie (gehorsam) zu ihm getreten war, legte er ihr die Hand um die Hüfte und zog sie zu sich herunter, so daß sie nun nebeneinander kauerten und die Mutter sich die eigenartigen Formierungen brauner und roter Farben anschaute, die etwas wie eine Landschaft darstellten, eine öde, versengte Landschaft voller verglimmender Feuer, die man auch als Blutstreifen deuten konnte; in dieser Gegend war (mit dem Spachtel) eine Gestalt geritzt, eine seltsame Gestalt, die aus weißen Schnüren gewoben schien (ihre Struktur wurde von der rohen Leinwand gebildet) und eher schwebte als schritt und eher durchsichtig als gegenwärtig war.

Die Mutter wußte wieder nicht, was sie sagen sollte, aber dafür redete der Maler, er sprach von der Phantasmagorie des Kriegs, die angeblich die Phantasie der modernen Malerei bei weitem überträfe, er sprach von dem entsetzlichen Bild, das ein Baum suggeriere, in dessen Zweige Stücke menschlicher Leiber geflochten seien, von einem Baum, der Finger habe und aus dessen einem Ast ein Auge schaue. Und dann sprach er darüber, daß ihn in dieser Zeit nichts anderes interessiere als der Krieg und die Liebe; die Liebe, die durch die blutige Welt des Krieges hindurchschimmere wie die Gestalt, die die Mutter auf dem Bild sehe. (Die Mutter glaubte jetzt erstmals in diesem Gespräch, den Maler zu verstehen, denn auch sie sah auf dem Bild eine Art Schlachtfeld, und die weißen Schnüre hielt sie ebenfalls für eine Gestalt.) Und der Maler erinnerte sie an den Weg am Fluß, wo sie sich zum ersten Mal und danach noch viele Male gesehen hatten, und er sagte zu ihr, daß sie damals vor ihm aus Nebel, Feuer und Blut aufgetaucht sei wie ein schüchterner, weißer Körper der Liebe.

Und dann drehte er die kauernde Mutter zu sich hin und küßte sie. Er küßte sie, noch bevor ihr überhaupt hatte einfallen können, daß er sie küssen würde. Das war übrigens das Chrakteristische an ihrer ganzen Begegnung: die Ereignisse überfielen die Mutter unverhofft, sie kamen den Vorstellungen und Absichten stets zuvor; der Kuß war da, noch bevor sie über ihn hatte nachdenken können, und nachträgliches Nachdenken konnte das Geschehene nicht mehr ändern, sie konnte nur gerade noch bemerken, daß eventuell etwas passiert war, was nicht hätte passieren dürfen; doch selbst dessen konnte sich die Mutter nicht sicher sein, sie überließ die Lösung dieser strittigen Frage daher der Zukunft und konzentrierte sich auf das, was war, wobei sie es annahm, wie es war.

Sie spürte seine Zunge in ihrem Mund und wurde sich im Bruchteil einer Sekunde bewußt, daß ihre Zunge erschrocken und matt war und der Maler sie als feuchten Lappen empfinden mußte; sie schämte sich, und fast zornig schoß ihr durch den Kopf, es sei kein Wunder, daß die Zunge sich in einen Lappen verwandelt habe, wenn sie so lange nicht mehr geküßt habe; rasch antwortete sie mit ihrer Zungenspitze der Zunge des Malers, und dieser zog die Mutter vom Boden hoch, führte sie zu der Couch, die etwas weiter weg stand (der Hund, der die beiden nicht aus den Augen gelassen hatte, sprang hinunter und ließ sich vor der Tür nieder), legte sie auf die Couch und streichelte ihre Brüste, und sie empfand Genugtuung und Stolz; das Gesicht des Malers schien ihr jung und wild, und sie dachte daran, daß sie selbst sich schon lange nicht mehr wild oder jung fühlte, und sie fürchtete, sie könnte es bereits verlernt haben, und gerade deshalb befahl sie sich, sich jung und wild zu verhalten, bis ihr plötzlich einfiel (wieder war das Ereignis eingetroffen, noch bevor sie daran hatte denken können), daß es der dritte Mann in ihrem Leben war, den sie nun in ihrem Körper spürte.

Und da begriff sie, daß sie überhaupt nicht wußte, ob sie ihn wollte oder nicht, und sie sagte sich, daß sie noch immer ein dummes, unerfahrenes Mädchen war; wenn sie nur in einem Winkel ihres Denkens in Betracht gezogen hätte, daß der Maler sie hier küssen und lieben wollte, hätte nie geschehen können, was geschehen war. Diese Gedanken waren ihr eine beruhigende Entschuldigung, denn sie bedeuteten, daß nicht Sinnlichkeit, sondern ihre Unschuld sie zu dieser ehelichen Untreue geführt hatte; in den Gedanken an die Unschuld mengte sich sofort wieder die Wut auf denjenigen, der sie immerfort in diesem Zustand unschuldigen Halberwachsenseins belassen hatte, und diese Wut zog sich wie eine Jalousie vor ihre Gedanken, so daß sie nur noch ihren sich beschleunigenden Atem vernahm und nicht mehr nachforschte, was sie tat.

Als der Atem der beiden sich wieder beruhigt hatte, erwachten ihre Gedanken erneut, und um ihnen zu entfliehen, verbarg sie ihren Kopf an der Brust des Malers: sie ließ sich über die Haare streicheln, roch den beschwichtigenden Duft der Ölfarben und wartete, wer von beiden als erster etwas sagen würde.

Es war weder er noch sie, sondern die Klingel. Der Maler stand auf, knöpfte sich rasch die Hose zu und sagte:

»Jaromil.«

Sie erschrak fürchterlich.

»Bleib ruhig hier«, sagte er zu ihr, strich ihr übers Haar und verließ das Atelier.

Er begrüßte den Jungen und setzte ihn an den Tisch im ersten Zimmer.

»Im Atelier habe ich Besuch, wir bleiben hier. Zeig, was du mitgebracht hast.« Jaromil reichte dem Maler das kleine Heft, der Maler sah sich an, was Jaromil zu Hause gezeichnet hatte, stellte die Tusche vor ihn hin, gab ihm Papier und Pinsel, nannte das Thema und forderte ihn auf zu zeichnen.

Dann kam er in das Atelier zurück, wo er die Mutter angekleidet und bereit zum Aufbruch fand. »Warum haben Sie ihn bleiben lassen? Warum haben Sie ihn nicht weggeschickt?«

»Hast du es so eilig, von mir wegzukommen?«

»Das ist Wahnsinn«, sagte die Mutter, und der Maler nahm sie wieder in die Arme; sie wehrte sich nicht, erwiderte diesmal aber auch seine Berührungen nicht; sie hing in seinen Armen wie ein Körper, dem man die Seele geraubt hatte, und der Maler flüsterte ins Ohr dieses leblosen Körpers: »Ja, es ist Wahnsinn. Die Liebe ist Wahnsinn, oder sie ist nicht.« Und er setzte sich auf die Couch, küßte sie und streichelte ihre Brüste.

Dann ging er wieder zu Jaromil, um nachzusehen, was dieser zeichnete. Das Thema, das er ihm aufgegeben hatte, sollte diesmal nicht die manuelle Fertigkeit des Jungen trainieren; er wollte, daß er eine Szene aus irgendeinem Traum zeichnete, den er in letzter Zeit geträumt hatte und an den er sich erinnerte. Und jetzt kam er über diese Szene ins Reden: was an den Träumen das Schönste sei, seien unglaubliche Begegnungen von Menschen und Dingen, die im alltäglichen Leben nicht aufeinanderträfen; im Traum könne ein Kahn durchs Fenster ins Schlafzimmer segeln, im Bett könne eine Frau liegen, die schon zwanzig Jahre tot sei und sich dennoch jetzt in ein Boot setze, das Boot könne sich im Nu in einen Sarg verwandeln und dieser Sarg einem blühenden Flußufer entlangschwimmen. Er zitierte Lautréamonts berühmten Satz von der Schönheit, die *auf der Begegnung eines Regenschirms und einer Nähmaschine auf einem Operationstisch* beruhe, und sagte dann: »Diese Begegnung ist jedoch nicht weniger schön als die Begegnung einer Frau und eines Jungen in der Wohnung eines Malers.«

Jaromil bemerkte, daß sein Lehrer diesmal anders war als sonst, die Glut in seiner Stimme war nicht zu überhören, als er eingehend von Träumen und von Poesie redete. Das gefiel Jaromil nicht nur, es freute ihn, daß er, er selbst, der Anlaß für diese feurigen Erklärungen geworden war, und besonders aufmerksam hatte er den letzten Satz des Malers von der Begegnung eines Jungen und einer Frau in der Wohnung eines Malers registriert. Als der Maler ihm gleich zu Beginn gesagt hatte, sie würden im vorderen Zimmer bleiben, hatte Jaromil begriffen, daß im Atelier wahrscheinlich eine Frau war, und bestimmt nicht irgendeine, wenn er sie nicht zu Gesicht bekommen durfte. Die Welt der Erwachsenen war ihm jedoch noch so fern, daß er sich nicht bemühte, hinter dieses Geheimnis zu kommen; vielmehr interessierte ihn, daß der Maler mit jenem letzten Satz ihn, Jaromil, auf die gleiche Stufe mit dieser für den Maler zweifellos äußerst bedeutenden Frau gestellt hatte, und daß die Ankunft dieser Frau gerade durch Jaromil irgendwie noch wichtiger und schöner geworden war; er schloß daraus, daß der Maler ihn mochte, daß er in ihm jemanden sah, der für sein eigenes Leben etwas bedeutete, vielleicht eine tiefe und geheimnisvolle innere Ähnlichkeit, die Jaromil, weil er immer noch ein Junge war, jedoch nicht so genau ausmachen konnte, wogegen der Maler, erwachsen und weise, von ihr wußte. Das versetzte ihn in eine stumme Begeisterung, und als der Maler ihm die nächste Aufgabe stellte, beugte er sich fleißig über das Papier.

Der Maler ging ins Atelier zurück und fand die Mutter in Tränen aufgelöst. »Bitte, lassen Sie mich sofort nach Hause!«

»Geh, ihr könnt zusammen gehen, Jaromil macht gerade seine Aufgabe fertig.«

»Sie sind ein Teufel«, sagte sie weinend, und der Maler umarmte und küßte sie. Dann ging er wieder in den Nebenraum, lobte, was der Junge gezeichnet hatte (ach, Jaromil war an diesem Tag sehr glücklich!) und schickte ihn nach Hause. Er kehrte ins Atelier zurück, legte die Mutter auf die alte, farbbekleckste Couch, küßte ihren weichen Mund und ihr feuchtes Gesicht und liebte sie noch einmal.

9.

Die Liebe zwischen der Mutter und dem Maler wurde das Vorzeichen nicht mehr los, das die erste Begegnung ihr aufgeprägt hatte: es war nicht die Liebe, die sie lange träumend ersehnt hatte, indem sie ihr fest in die Augen sah; es war eine unerwartete Liebe, die ihr von hinten in den Nacken gesprungen war.

Diese Liebe erinnerte sie wieder an ihre mangelnde erotische *Vorbereitung* darauf: sie war unerfahren, wußte nicht, wie sie handeln und ebensowenig, wie sie sprechen sollte; vor dem originellen, Ansprüche stellenden Gesicht des Malers schämte sie sich von vornherein für jedes ihrer Worte und jede ihrer Gesten; ihr Körper war auch nicht besser vorbereitet; zum ersten Mal bereute sie schmerzlich, daß sie ihn nach der Geburt so schlecht gepflegt hatte, und sie war beim Anblick ihres Bauches im Spiegel entsetzt, angesichts dieser faltigen, kläglich herabhängenden Haut.

Ach, sie hatte sich immer nach einer Liebe gesehnt, in der sie harmonisch alt werden würde, Körper und

Seele Hand in Hand (ja, *eine solche* Liebe hatte sie sich seit langem ersehnt, indem sie ihr träumend in die Augen sah); hier aber, in diesem fordernden Wettkampf, in dem sie sich unvermittelt engagiert hatte, kam ihr die Seele peinlich jung und der Körper peinlich alt vor, so daß sie durch diese Geschichte schritt, als hätte sie ihren zitternden Fuß auf einen schmalen Steg gesetzt, ohne zu wissen, ob die Jugend der Seele oder das Alter des Körpers ihn zum Einsturz bringen würde.

Der Maler überhäufte sie mit exzentrischer Aufmerksamkeit und bemühte sich, sie in die Welt seiner Bilder und Betrachtungen miteinzubeziehen. Darüber war die Mutter froh; es war für sie der Beweis, daß ihre erste Begegnung nicht bloß eine Verschwörung der Körper gewesen war, die die Situation ausgenutzt hatten. Wenn die Liebe außer dem Körper aber auch die Seele besetzt, kostet sie mehr Zeit: die Mutter mußte die Existenz neuer Freundinnen erfinden, um (vor allem der Großmutter und Jaromil gegenüber) ihre häufige Abwesenheit von zu Hause einigermaßen zu rechtfertigen.

Wenn der Maler malte, saß sie neben ihm auf einem Stuhl, doch das genügte ihm nicht; er belehrte sie, daß die Malerei, wie er sie verstand, nur eine von mehreren Methoden sei, wie man dem Leben das Wunderbare entlocken könne; das Wunderbare könne nämlich auch von einem Kind beim Spielen oder von einem einfachen Menschen beim Aufzeichnen eines Traums entdeckt werden. Die Mutter bekam Papier und farbige Tusche; sie mußte auf dem Papier Kleckse machen und hineinblasen; ungleichmäßige Strahlen verteilten sich über den Bogen und bedeckten ihn mit bunten Binsen; der Maler stellte ihre kleinen Werke hinter die Scheibe seines Bücherschranks und brüstete sich damit vor seinen Gästen.

Gleich bei einem ihrer ersten Besuche hatte er ihr zum Abschied einige Bücher in die Hand gedrückt. Die Mutter mußte sie zu Hause lesen, und sie mußte sie heimlich lesen, da sie fürchtete, der neugierige Jaromil könnte sie fragen, woher sie die Bücher habe, oder jemand anders in der Familie könnte ihr eine ähnliche Frage stellen und sie müßte sich dann mühsam eine glaubwürdige Lüge ausdenken, da sich die Bücher auf den ersten Blick von denen unterschieden, die in den Regalen ihrer Freundinnen oder Verwandten standen. Sie mußte die Bücher also in den Wäscheschrank unter die Büstenhalter und Nachthemden legen und sie in Momenten lesen, da sie allein war. Vielleicht waren es das Gefühl einer verbotenen Tätigkeit und die Angst vor dem Entdecktwerden, die sie daran hinderten, sich auf das zu konzentrieren, was sie las, denn es kommt uns so vor, daß sie nicht sehr viel von der Lektüre hatte, ja, sie kaum verstand, obwohl sie viele Seiten zwei- oder dreimal las.

Sie kam dann zum Maler mit der Angst eines

Schulmädchens, das fürchtet aufgerufen zu werden, denn der Maler fragte sie immer sofort, ob ihr das Buch gefallen habe, und die Mutter wußte, daß er von ihr mehr hören wollte als nur ein bloßes Ja, sie wußte, daß ein Buch für ihn ein Gesprächsthema war und Sätze enthielt, über die er sich mit der Mutter verständigen wollte wie über eine Wahrheit, zu der sie sich gemeinsam bekannten. Das alles wußte die Mutter, es half ihr aber keineswegs zu begreifen, was eigentlich in dem Buch stand oder was daran so bedeutungsvoll wäre. Wie eine listige Schülerin griff sie auf eine Ausrede zurück: sie beklagte sich, daß sie die Bücher heimlich lesen müsse, um einer Entdeckung aus dem Weg zu gehen, und sich deshalb nicht gebührend konzentrieren könne.

Der Maler akzeptierte die Ausrede und fand einen witzigen Ausweg: als Jaromil zur nächsten Lektion kam, erzählte er ihm von den verschiedenen Richtungen der modernen Kunst und lieh ihm zum Studium einige Bücher, die der Junge wißbegierig entgegennahm. Als die Mutter sie zum ersten Mal auf Jaromils Tisch liegen sah und begriff, daß dies für sie bestimmte Schmuggelware war, erschrak sie. Bislang hatte das ganze Gewicht ihres Abenteuers einzig auf ihr gelastet, während jetzt plötzlich ihr Sohn (dieses Bild der Reinheit!) zum unfreiwilligen Boten ihrer ehebrecherischen Liebe wurde. Aber es half nichts, die Bücher lagen auf seinem Tisch, und es blieb der

Mutter nichts anderes übrig, als unter dem Deckmantel berechtigter mütterlicher Sorge einen Blick hineinzuwerfen.

Einmal erdreistete sie sich, dem Maler zu sagen, die Gedichte, die er ihr ausgeliehen habe, kämen ihr unnötig neblig und dunkel vor. Kaum hatte sie das ausgesprochen, bedauerte sie es, denn der Maler betrachtete jede noch so geringfügige Abweichung von seinen Ansichten als Verrat. Die Mutter versuchte hastig wiedergutzumachen, was sie verdorben hatte. Während der Maler sich mit düsterer Miene seiner Leinwand zuwandte, zog sie Bluse und Büstenhalter aus, ohne daß er es sah. Sie hatte schöne Brüste und wußte es; sie trug sie jetzt stolz (wenngleich nicht ganz selbstsicher) durchs Atelier, bis sie zuletzt, halb verdeckt von dem an der Staffelei befestigten Bild, dem Maler gegenüberstand. Er ließ mißmutig seinen Pinsel über die Leinwand kreisen und sah die Mutter, die dahinter hervorlugte, ein paarmal böse an. Dann riß die Mutter dem Maler den Pinsel aus der Hand, nahm ihn zwischen die Zähne und sagte ein Wort, das sie bisher noch nie zu jemandem gesagt hatte, ein vulgär wollüstiges Wort, das sie mehrere Male wiederholte, bis sie sah, daß die Wut des Malers sich in Liebeslust zu verwandeln begann.

Nein, sie war es nicht gewohnt, so zu handeln, und sie tat es mühevoll und verkrampft; sie hatte jedoch gleich am Anfang ihrer gegenseitigen Annäherung begriffen, daß der Maler ungezwungene und überraschende Liebesbezeugungen von ihr verlangte und wollte, daß sie sich mit ihm völlig frei fühle, durch nichts gebunden, durch keine Konvention, keine Scham, keine Schranken; mit Vorliebe sagte er zu ihr: »Ich will nichts anderes, als daß du mir deine Freiheit schenkst, deine eigene, vollkommenste Freiheit!«, und er wollte sich immer und immer wieder von dieser Freiheit überzeugen. Die Mutter war fast schon in der Lage zu verstehen, daß ein solch ungebundenes Verhalten vielleicht sogar schön war, fürchtete jedoch um so mehr, sich nie so verhalten zu können. Und je mehr sie sich bemühte, *ihre Freiheit zu vollbringen*, desto mehr wurde diese Freiheit zu einer schwierigen Aufgabe, zur Pflicht, zu etwas, worauf sie sich zu Hause vorbereiten mußte (nachdenken, mit welchem Wort, welchem Wunsch, welcher Tat sie den Maler überraschen und ihm so ihre Spontaneität vorführen könnte), so daß sie vom Imperativ der Freiheit niedergedrückt wurde wie von einer Bürde.

»Das Schlimmste ist nicht, daß die Welt unfrei ist, sondern daß die Menschen die Freiheit verlernt haben«, sagte der Maler oft zu ihr, und es fiel ihr ein, daß dies ganz besonders auf sie zutraf, die sie zu jener alten Welt gehörte, von der der Maler behauptete, daß man sie in Bausch und Bogen ablehnen müsse. »Wenn wir schon nicht die Welt verändern können, wollen wir wenigstens unser eigenes Leben verändern und es frei leben«, sagte er jedesmal. »Wenn jedes Leben einzigartig ist, so wollen wir daraus sämtliche Konsequenzen ziehen; wir wollen alles ablehnen, was nicht neu ist. Man muß absolut modern sein«, zitierte er Rimbaud, und sie hörte ihm andächtig zu, erfüllt vom Glauben an seine Worte und vom Unglauben an sich selbst.

Ihr kam der Gedanke, die Liebe, die der Maler für sie empfand, müsse auf einem Mißverständnis beruhen, und sie fragte ihn manchmal, warum er sie eigentlich liebe. Er antwortete, er liebe sie wie der Boxer den Schmetterling, wie der Sänger die Stille, wie der Räuber die Dorflehrerin; er sagte, er liebe sie wie der Metzger die angsterfüllten Augen des Kälbchens und der Blitz die Idylle der Dächer; er sagte zu ihr, er liebe sie wie eine geliebte, einem stumpfsinnigen Zuhause entrissene Frau.

Sie lauschte verzückt und ging zu ihm, wann immer sie sich wegstehlen konnte. Ihr war zumute wie einer Touristin, die die herrlichsten Landschaften sah, dabei aber dermaßen abgehetzt war, daß sie sich nicht daran erfreuen konnte. Sie hatte keinen Genuß an ihrer Liebe, wußte jedoch, daß diese Liebe groß und schön war und sie sie nicht verlieren durfte.

Und Jaromil? Er war stolz darauf, daß der Maler ihm Bücher aus seiner Bibliothek lieh (der Maler hatte dem Jungen gegenüber mehrmals betont, daß er niemandem Bücher ausleihe und Jaromil der einzige sei, der dieses Privileg genieße), und da er mehr als genug Zeit hatte, verweilte er träumend über den Seiten. Die moderne Kunst war damals noch nicht zum Besitztum der bürgerlichen Schichten geworden und hatte den anziehenden Charme einer Sektiererei, die Kindern verständlich ist, die von romantischen Clans und Bruderschaften träumen. Jaromil war für diesen Charme empfänglich und las die Bücher ganz anders als die Mutter, die sie von A bis Z durchlas wie ein Lehrbuch, über das sie geprüft werden sollte. Jaromil, dem keine Prüfung drohte, las keines der Bücher des Malers richtig durch; er schmökerte vielmehr darin, blätterte, verweilte da über einer Seite, verharrte dort bei einem Vers, ohne sich daran zu stören, daß der Rest eines Gedichts ihm nichts sagte. Doch dieser einzige Vers, dieser einzige Prosaabsatz genügte, um ihn glücklich zu machen, nicht nur durch seine Schönheit, sondern vor allem dadurch, daß er ihm als Passierschein ins Reich der Auserwählten diente, der wahrzunehmen verstand, was anderen verschlossen blieb.

Die Mutter wußte, daß der Sohn sich nicht mit der bloßen Rolle eines Boten zufriedengab und die Bücher, die nur zum Schein für ihn bestimmt waren, mit wirklichem Interesse las; sie begann also mit ihm über das zu sprechen, was sie beide gelesen hatten, und stellte ihm die Fragen, die sie dem Maler nicht zu stellen wagte. Fast erschrocken stellte sie fest, daß der Sohn die ausgeliehenen Bücher mit noch unnachgiebigerer Verbohrtheit verteidigte als der Maler. Sie bemerkte, daß er in einem Gedichtband von Éluard mit dem Bleistift einige Verse angestrichen hatte: *Schlafen, den Mond in einem und die Sonne im anderen Auge.* »Was gefällt dir daran? Warum sollte ich mit dem Mond im Auge schlafen? *Steinbeine in Sandsocken.* Wie können Socken aus Sand sein?« Dem Sohn kam es vor, als mache die Mutter sich nicht nur über die Gedichte lustig, sondern auch über ihn, von dem sie anscheinend dachte, daß er in seinem Alter noch nichts davon verstehe, und er gab ihr eine barsche Antwort.

Mein Gott, nicht einmal vor einem dreizehnjährigen Kind konnte sie bestehen! An diesem Tag ging sie zum Maler mit dem Gefühl eines Spions, der die Uniform einer fremden Armee angezogen hatte; sie fürchtete, enttarnt zu werden. Ihr Verhalten hatte den letzten Rest an Spontaneität verloren, und alles, was sie sagte und tat, glich dem Spiel einer Laienspielerin, die unter Lampenfieber litt und ihren Text aus Angst, ausgepfiffen zu werden, nur so herunterleierte.

Gerade in diesen Tagen hatte der Maler den Reiz des Fotoapparats entdeckt; er zeigte der Mutter seine ersten Aufnahmen, Stilleben wunderlich gruppierter Gegenstände, bizarre Ansichten verlassener oder vergessener Dinge; dann stellte er die Mutter ins Licht, das durch das Schrägdach fiel, und begann sie zu fotografieren. Sie empfand dies anfänglich als Erleichterung, weil sie nichts zu sagen brauchte, sondern bloß dastand oder dasaß, lächelte und den Anweisungen des Malers lauschte und dem Lob, das er ab und zu in bezug auf ihr Gesicht verlauten ließ.

Dann leuchteten die Augen des Malers plötzlich auf; er nahm einen Pinsel, tauchte ihn in schwarze Farbe, bog der Mutter sanft den Kopf zurück und strich ihr mit zwei Linien das Gesicht durch. »Ich habe dich gestrichen! Ich habe ein Werk Gottes aufgehoben!« lachte er und fotografierte die Mutter, auf deren Nase sich die beiden dicken Striche kreuzten. Dann führte er sie ins Badezimmer, wusch ihr das Gesicht und trocknete es mit einem Frottiertuch.

»Ich habe dich gerade gestrichen, um dich jetzt wieder neu zu erschaffen«, sagte er, nahm den Pinsel und begann erneut auf ihr zu zeichnen. Es waren Kreise und Linien, die alten Zeichenschriften glichen; »Botschaftsgesicht, Briefgesicht«, sagte der Maler, stellte sie wieder unter das lichthelle Dach und fotografierte sie abermals.

Danach legte er sie auf den Boden und stellte einen Gipsabguß eines antiken Kopfes neben den ihren, und auch diesen antiken Kopf bemalte er mit ähnlichen Linien wie den Kopf der Mutter und fotografierte dann beide Köpfe, den lebendigen und den nicht lebendigen, und dann wusch er die Linien von der Mutter ab, malte ihr andere ins Gesicht und fotografierte sie wieder, und dann legte er sie auf die Couch und begann sie auszuziehen, die Mutter fürchtete, er könnte ihr jetzt auch noch die Brüste und die Beine bemalen, sie versuchte sogar zu lächeln und wandte ein, den Körper solle er lieber nicht bemalen (das war mutig, lächelnd etwas einzuwenden, denn sie fürchtete immer, daß sie mit ihren Versuchen zu scherzen ins Fettnäpfchen trat und geschmacklos wirkte), doch der Maler wollte sie nicht bemalen, statt dessen liebte er sie und hielt dabei ihren bemalten Kopf fest, als würde es ihn besonders erregen, daß er eine Frau liebte, die seine eigene Schöpfung war, seine eigene Phantasie, sein eigenes Bild, als wäre er Gott, der mit einer Frau schlief, die er für sich selbst erschaffen hatte.

Und die Mutter war in diesem Augenblick tatsächlich nichts anderes als seine Erfindung und sein Bild. Sie wußte es und nahm all ihre Kräfte zusammen, um durchzuhalten, sie ließ sich nicht anmerken, daß sie keineswegs die Partnerin des Malers war, zauberhaftes Gegenüber und liebenswertes Wesen, sondern nur ein lebloser Abglanz, ein gehorsam hingehaltener Spiegel, passive Fläche, auf die der Maler das Bild seiner Sehnsüchte projizierte. Sie stand es tatsächlich durch, der Maler erreichte den Höhepunkt und glitt glücklich aus ihrem Körper. Zu Hause fühlte sie sich wie nach einer großen Anstrengung, und in der Nacht, vor dem Einschlafen, weinte sie.

Als sie das nächste Mal in sein Atelier kam, ging es

weiter mit dem Zeichnen und Fotografieren. Diesmal entblößte der Maler ihre Brüste und zeichnete deren herrliche Wölbungen nach. Als er die Mutter dann ganz ausziehen wollte, widersetzte sie sich ihrem Liebhaber zum ersten Mal.

Es ist schwer, das Geschick, ja die List zu würdigen, mit der sie es bislang verstanden hatte, bei allen Liebesspielen mit dem Maler ihren Bauch zu verstekken! Oft hatte sie ihrer Nacktheit den Strumpfgürtel gelassen und damit angedeutet, daß dieses Halbangezogensein aufreizend sei, oft hatte sie sich Halbdunkel statt Helligkeit erkämpft, oft die Hände des Malers, wenn sie ihren Bauch streichen wollten, sanft weggeschoben und auf ihre Brüste gelegt; und als all ihre List erschöpft war, berief sie sich auf ihre Schüchternheit, die der Maler kannte und an ihr vergötterte (deshalb sagte er ihr so oft, sie sei für ihn die Verkörperung der weißen Farbe und er habe den ersten Gedanken an sie in das Bild mit den weißen Spachtellinien gelegt).

Nun aber sollte sie nackt mitten im Atelier stehen, als lebende Statue, derer er sich mit Augen und Pinsel bemächtigen würde. Sie wehrte sich, und als sie ihm wie beim ersten Besuch sagte, daß das, was er wolle, Wahnsinn sei, antwortete er wie damals, *ja, die Liebe ist Wahnsinn* und riß ihr die Kleider vom Leib.

Und so stand sie mitten im Atelier und dachte in diesem Augenblick nur an ihren Bauch; sie hatte

Angst, hinabzuschauen, hatte ihn aber so vor Augen, wie sie ihn von Tausenden verzweifelter Blicke in den Spiegel kannte; es kam ihr vor, als sei alles an ihr nur Bauch, nichts als faltige, häßliche Haut, und sie kam sich vor wie eine Frau auf dem Operationstisch, eine Frau, die an nichts denken durfte, die sich ergeben hatte und nur noch glauben mußte, daß alles vorbeigehen würde, Operation und Schmerzen ein Ende haben würden und sie jetzt durchhalten müsse.

Und der Maler nahm den Pinsel in die Hand, tauchte ihn in die Farbe und drückte ihn auf ihre Schultern, ihren Bauchnabel und ihre Beine, er trat zurück und nahm den Fotoapparat; er führte sie ins Badezimmer, wo sie sich in die leere Wanne legen mußte und er die metallene Schlange des Schlauchs mit dem gelöcherten Brausenkopf am Ende auf sie legte, und er sagte, diese Metallschlangen würde nicht Wasser, sondern tödliches Gas ausspucken und sie liege auf ihrem Leib wie der Leib des Krieges auf dem Leib der Liebe; dann half er ihr wieder auf und stellte sie an eine andere Stelle und fotografierte sie wieder, und sie ging gehorsam überallhin, versuchte nicht mehr, ihren Bauch zu verbergen, hatte ihn aber stets vor Augen und sah seine Augen und ihren Bauch, ihren Bauch und seine Augen ...

Und als er die bemalte Mutter dann auf den Teppich legte und neben dem antiken, schönen und kalten Kopf liebte, konnte sie nicht mehr und brach in seinen Armen in Tränen aus, er aber begriff den Sinn ihres Weinens offensichtlich nicht, war er doch davon überzeugt, daß sein eigenes, wildes Engagement, das in herrliche, ausdauernde, hämmernde Bewegungen verwandelt war, nichts anderes zur Antwort haben konnte als Tränen der Wonne und des Glücks.

Der Mutter wurde bewußt, daß der Maler den Grund ihres Weinens nicht erkannt hatte, sie riß sich zusammen und hörte auf zu schluchzen. Doch als sie nach Hause kam, wurde ihr auf der Treppe schwindelig; sie stürzte und schlug sich das Knie auf. Die erschrockene Großmutter geleitete sie in ihr Zimmer, griff ihr an die Stirn und steckte ihr das Fieberthermometer in die Achselhöhle.

Die Mutter hatte Fieber. Die Mutter hatte einen Nervenzusammenbruch.

10.

Einige Tage später töteten aus England geschickte tschechische Fallschirmspringer den deutschen Herrscher über die böhmischen Länder; das Standrecht wurde verhängt, und an den Straßenecken tauchten Plakate mit langen Namenslisten von Hingerichteten auf. Die Mutter lag im Bett, und der Arzt kam täglich, um ihr eine Injektion in den Hintern zu spritzen. Damals setzte sich ihr Mann an ihr Bett, nahm ihre Hand in die seine und sah ihr lange in die Augen; die Mutter wußte, daß er ihren Zusammenbruch den Schrecken der Geschichte zuschrieb, und sie wurde sich beschämt bewußt, daß sie ihn betrog und er dabei lieb zu ihr war und ihr in diesen schweren Stunden ein Freund sein wollte.

Auch das Dienstmädchen Magda, das bereits mehrere Jahre in der Villa wohnte und von dem die Großmutter im Geist guter demokratischer Tradition sagte, sie sehe in ihr eher eine Familienangehörige als eine Lohnempfängerin, kam eines Tages weinend nach Hause, weil die Gestapo ihren Geliebten verhaftet hatte. Tatsächlich erschien sein Name einige Tage später in schwarzen Buchstaben auf einem dunkelroten Plakat, unter den Namen von anderen Toten, und Magda bekam einige Tage frei, um zu den Eltern ihres Freundes zu fahren.

Als sie zurückkehrte, erzählte sie, die Familie ihres Liebsten habe nicht einmal die Urne mit der Asche erhalten und würde wahrscheinlich nie erfahren, wo die sterblichen Reste ihres Sohnes lagen. Sie brach wieder in Tränen aus und weinte fast jeden Tag. Meistens weinte sie in ihrem winzigen Zimmerchen, so daß ihr Schluchzen nur gedämpft durch die Wand drang, manchmal aber fing sie unvermittelt beim Mittagessen zu weinen an; seit der Zeit, da dieses Unglück sie getroffen hatte, hatte die Familie sie nämlich an den gemeinsamen Tisch genommen (früher aß sie allein in der Küche), und das Außerordentliche dieser

Liebenswürdigkeit rief ihr täglich zur Mittagszeit in Erinnerung, daß sie in Trauer war und bemitleidet wurde, wodurch ihre Augen sich röteten und unter den Lidern eine Träne hervorquoll, die auf die Knödel in der Sauce fiel; Magda gab sich Mühe, die Tränen und die roten Augen zu verbergen, sie hielt den Kopf gesenkt und wünschte sich, unsichtbar zu sein, wurde aber nur um so mehr von allen beachtet, und immer sagte jemand ein ermunterndes Wort, das sie mit lautem Schluchzen beantwortete.

All dies kam Jaromil wie ein aufregendes Theaterstück vor; er freute sich im voraus, die Träne im Auge des Mädchens zu sehen: ihr Schamgefühl, das versuchen würde, die Trauer zu verleugnen; die Trauer, die zuletzt das Schamgefühl besiegte und die Träne herabrinnen ließ. Er ließ ihr Gesicht (verstohlen, denn er hatte das Gefühl von etwas Unerlaubtem) nicht aus den Augen und wurde von einer wohligen Erregung durchflutet und dem Wunsch, dieses Gesicht mit Zärtlichkeit zu überhäufen, es zu streicheln und zu trösten. Und wenn er abends allein war, eingemummelt in die Decken, sah er ihren Kopf mit den großen braunen Augen vor sich, er stellte sich vor, wie er ihn liebkoste und zu ihm sagte, *weine nicht, weine nicht, weine nicht*, da ihm keine anderen Worte einfielen, die er hätte sagen können.

Ungefähr zur gleichen Zeit beendete die Mutter ihre Nervenbehandlung (sie hatte eine Woche lang zu

Hause eine Schlafkur gemacht) und begann wieder, durchs Haus zu gehen, die Einkäufe zu besorgen und sich um den Haushalt zu kümmern, obwohl sie noch immer über Kopfschmerzen und Herzklopfen klagte. Eines Tages setzte sie sich an den Tisch und begann, einen Brief zu schreiben. Kaum hatte sie den ersten Satz formuliert, wurde ihr klar, daß der Maler sie für sentimental und dumm halten würde, und sie bekam Angst vor seinem abschätzigen Urteil; doch dann beruhigte sie sich: sie sagte sich, es seien dies Worte, auf die sie keine Antwort verlange oder wünsche, ihre letzten Worte an ihn, dieser Gedanke machte sie kühner, und sie fuhr fort; mit einem Gefühl der Erleichterung (und sonderbarem Trotz) formulierte sie Sätze, als wäre es tatsächlich sie selbst, die formulierte, sie, und zwar wie sie gewesen war, bevor sie ihn kennengelernt hatte. Sie schrieb, daß sie ihn geliebt habe und die wunderbare Zeit, die sie zusammen verbracht hätten, nie vergessen werde, daß es nun aber an der Zeit sei, ihm die Wahrheit zu sagen: sie sei ganz anders, ganz anders, als der Maler glaube, in Wirklichkeit sei sie eine gewöhnliche, altmodische Frau, und sie habe Angst, es werde ihr einmal nicht mehr möglich sein, in die unschuldigen Augen ihres Sohnes zu sehen.

Hatte sie sich also endlich entschlossen, ihm die Wahrheit zu sagen? Ach, keineswegs. Sie schrieb ihm nichts davon, daß das, was sie Liebesglück nannte, für sie nur mühselige Anstrengung gewesen war, sie schrieb ihm nichts davon, wie sehr sie sich für ihren verunstalteten Bauch schämte, und auch nichts davon, wie sie zusammengebrochen war, sich das Knie aufgeschlagen hatte und eine Woche lang hatte schlafen müssen. Sie schrieb ihm nichts davon, denn solche Aufrichtigkeit war ihr nicht gegeben, sie wollte endlich wieder sie selbst sein, und sie selbst konnte sie nur in Unaufrichtigkeit sein. Hätte sie ihm nämlich alles aufrichtig geschrieben, wäre dies, als würde sie sich noch einmal nackt, mit faltigem Bauch vor ihn hinlegen. Nein, sie wollte sich ihm nicht mehr zeigen, weder von außen noch von innen, sie wollte die Sicherheit ihrer Tugendhaftigkeit wiederfinden, mußte folglich unaufrichtig sein und sich einzig und allein auf das Kind und die heiligen Mutterpflichten berufen. Am Schluß des Briefes glaubte sie bereits selber, daß es weder ihr Bauch noch der anstrengende Lauf hinter den Einfällen des Malers her gewesen waren, die ihre Nervenkrise herbeigeführt hatten, sondern lediglich ihre tiefen mütterlichen Gefühle, die sich gegen eine große, aber sündhafte Liebe auflehnten.

Sie fühlte sich in diesem Augenblick nicht nur unendlich traurig, sondern auch edel, tragisch und standhaft; an der Trauer, die noch vor wenigen Tagen nur weh getan hatte und nun plastisch in große Worte gegossen waren, fand sie tröstliches Gefallen; es war eine schöne Trauer, sie sah sich angestrahlt von deren melancholischem Schein und fühlte sich traurig schön.

Welch wundersame Übereinstimmung! Jaromil, der zur selben Zeit tagaus tagein Magdas weinendem Auge nachspürte, wußte gut über die Schönheit der Trauer Bescheid und hatte sich völlig darin verkrochen. Er blätterte wieder in einem Buch, das der Maler ihm ausgeliehen hatte, immer und immer wieder las er Éluards Gedichte und ließ sich von einzelnen aus dem Zusammenhang gerissenen Sätzen faszinieren: *Sie hatte in der Ruhe ihres Leibes einen Schneeball von der Farbe ihres Auges*; oder: *In der Ferne des Meeres das dein Auge badet*; und: *Sei gegrüßt Traurigkeit Du bist eingeschrieben in die Augen die ich liebe*. Éluard wurde zum Dichter von Magdas ruhigem Leib und ihrer vom Meer der Tränen gebadeten Augen: sein ganzes Leben sah Jaromil in einem einzigen Vers verkörpert: *Traurigkeit schönes Antlitz*. Ja, das war Magda: Traurigkeit schönes Antlitz.

Eines Abends gingen alle ins Theater, und er blieb allein mit ihr in der Villa; er kannte die Gepflogenheiten des Hauses auswendig und wußte, es war Samstag, Magda würde sich baden. Da Eltern und Großmutter den Theaterbesuch schon eine Woche im voraus geplant hatten, hatte er Zeit, alles vorzubereiten; schon vor einigen Tagen hatte er das Plättchen über dem Schlüsselloch der Badezimmertür hochgedreht und mit einem schmutzigen Brotklümpchen leicht angeklebt, damit es in dieser Position blieb; er hatte den Schlüssel herausgezogen, damit dieser den Durchblick durch die Öffnung des Schlosses nicht verengte; niemand hatte den Verlust bemerkt, da die Familienmitglieder nicht die Angewohnheit hatten, sich voreinander einzuschließen und einzig Magda sich einschloß.

Das Haus war still und leer, und Jaromils Herz klopfte laut. Er war oben in seinem Zimmer, legte irgendein Buch vor sich hin, als könnte ihn jemand entdecken und fragen, was er da mache, aber er las nicht, er horchte. Endlich war das Geräusch des Wassers zu hören, das sich durch die Röhren drängte, und das Aufklatschen des Strahls auf dem Wannenboden. Er löschte das Licht im Treppenhaus und schlich sich hinunter; er hatte Glück; der Durchblick durchs Schlüsselloch war unverdeckt, und als er sein Auge darauf drückte, sah er Magda, wie sie sich über die Wanne beugte, schon ohne Kleider, mit nackten Brüsten, nur im Slip. Sein Herz klopfte zum Zerspringen, denn er sah, was er bisher noch nie gesehen hatte, und er wußte, daß er sogleich noch mehr sehen würde und niemand ihn daran hindern konnte. Magda richtete sich auf, trat vor den Spiegel (er sah sie im Profil), sie schaute sich eine Weile an, drehte sich dann wieder um (er sah sie von vorn) und ging zur Wanne; sie blieb stehen, zog den Slip aus, warf ihn weg (er sah sie noch immer von vorn) und kletterte in die Wanne.

Auch als sie in der Wanne saß, sah Jaromil sie durch sein Guckloch noch immer, da das Wasser ihr aber bis zu den Schultern reichte, war es wieder *nur ein Gesicht*; dieses gleiche, bekannte, traurige Gesicht; er mußte sich (jetzt, künftig und für immer) die Brüste, den Bauch, die Schenkel und den Hintern nackt hinzudenken; es war ein *von der Nacktheit des Körpers erleuchtetes Gesicht*; es weckte in ihm noch immer Zärtlichkeit, doch selbst diese Zärtlichkeit war nun anders, da in ihr die beschleunigten Schläge des Herzens widerhallten.

Und dann beobachtete er plötzlich, daß Magda ihm in die Augen sah. Er erschrak und fürchtete, entdeckt worden zu sein. Sie sah ins Schlüsselloch und lächelte leise (ein bißchen verlegen, ein bißchen liebevoll). Augenblicklich trat er von der Tür zurück. Hatte sie ihn gesehen oder nicht? Er hatte es doch viele Male ausprobiert und war sich sicher, daß von der anderen Seite der Tür aus ein Auge nicht wahrgenommen werden konnte. Aber wie ließen sich dann Magdas Blick und ihr Lächeln erklären? Oder hatte sie nur zufällig in diese Richtung geschaut und vielleicht über der *Vermutung* gelächelt, Jaromil könnte ihr zuschauen? Wie dem auch sei, die Begegnung mit Magdas Blick hatte ihn dermaßen verwirrt, daß er es nicht wagte, sich der Tür nochmals zu nähern.

Als er sich nach einer Weile beruhigt hatte, schoß blitzartig ein Gedanke durch seinen Kopf, der alles übertraf, was er bisher gesehen und erlebt hatte: das Badezimmer war nicht abgeschlossen, und Magda hatte ihm nicht gesagt, daß sie baden würde. Er könnte also vortäuschen, davon nichts zu wissen, und das Badezimmer einfach so betreten. Und von neuem klopft sein Herz; er stellt sich vor, wie er überrascht in der geöffneten Tür stehenbleibt und dann *ich hole nur rasch meine Haarbürste* sagt und an der nackten Magda vorbeigeht, die nicht sofort weiß, was sie sagen soll; ihr schönes Gesicht schämt sich, wie es sich jeweils schämt, wenn es beim Mittagessen von plötzlichem Weinen überwältigt wird, und er geht an der Wanne vorbei bis zum Waschbecken, auf dem die Bürste liegt, er nimmt sie und bleibt dann neben der Wanne stehen und neigt sich über Magda, über ihren nackten Körper, den er durch den grünlichen Wasserfilter hindurch wahrnimmt, und wieder schaut er in ihr Gesicht, das sich schämt, und er streichelt dieses sich schämende Gesicht ... Ach, als er sich das bis hinein vorgestellt hatte, wurde er von einer Wolke der Erregung umnebelt, in der er nichts mehr sehen und nichts mehr zu Ende denken konnte.

Damit sein Eintreten ganz natürlich aussah, schlich er leise wieder nach oben und ging dann hinunter, indem er laut auf jeden Treppenabsatz auftrat; er spürte, wie er zitterte und war entsetzt darüber, daß er absolut nicht in der Lage sein würde, mit ruhiger, selbstverständlicher Stimme *ich hole nur rasch meine*

Haarbürste zu sagen; dennoch ging er weiter, und als er schon fast vor dem Badezimmer stand und sein Herz derart klopfte, daß er kaum mehr atmen konnte, hörte er »Jaromil, ich bade! Komm nicht herein!« Er antwortete: »Aber nein, ich gehe bloß in die Küche!«, und er ging tatsächlich vom Vorzimmer in die entgegengesetzte Richtung zur Küche, er öffnete und schloß die Tür, als hätte er dort etwas geholt, und dann ging er wieder hinauf in sein Zimmer.

Dort erst fiel ihm ein, daß Magdas unerwartete Worte kein Grund waren, so närrisch zu kapitulieren, er hätte doch auch sagen können, *aber Magda, ich hole nur rasch meine Haarbürste* und eintreten, denn Magda hätte ihn bestimmt nicht verpetzt, Magda mochte ihn, weil er immer nett zu ihr war. Und von neuem stellte er sich vor, wie er im Badezimmer steht und vor ihm die nackte Magda in der Wanne liegt und sagt, *komm nicht her, geh sofort hinaus*, aber sie kann nichts tun, sie kann sich nicht wehren, denn sie ist genauso machtlos, wie sie dem Tod ihres Verlobten gegenüber machtlos war, da sie gefangen in der Wanne liegt und er sich zu ihrem Kopf hinunterneigt, zu ihren großen Augen …

Nur war dies unwiederbringlich vorbei, und Jaromil hörte dann nur noch den schwachen Ton des Wassers, wie es aus der Wanne in die Weiten der Kanalisation abfloß; das Unwiederbringliche dieser herrlichen Gelegenheit machte ihn gereizt, wußte er doch, daß sich ein solcher Abend, er mit Magda allein zu Hause, nicht so rasch wieder ergeben würde, und falls doch, wäre der Schlüssel längst wieder an seinem Platz und Magda hätte sich eingeschlossen. Er lag ausgestreckt auf der Couch und war verzweifelt. Doch mehr als die verpaßte Gelegenheit begann ihn die Verzweiflung über die eigene Mutlosigkeit, die eigene Schwäche, das eigene albern pochende Herz zu quälen, das ihm die Geistesgegenwart geraubt und alles vermasselt hatte. Er wurde von einer mächtigen Abneigung gegen sich selbst erfaßt.

Bloß, was tun mit einer solchen Abneigung? Sie ist etwas ganz anderes als Trauer; ja, sie ist möglicherweise deren pures Gegenteil; war jemand Jaromil böse, schloß er sich häufig in sein Zimmer ein und weinte; es war jedoch ein glückliches, fast lustvolles Weinen, fast schon ein *Liebesweinen*, da Jaromil von Jaromil bemitleidet und getröstet wurde, indem er in seine Seele sah; diese plötzliche Abneigung, die Jaromil Jaromils Peinlichkeit vor Augen hielt, führte ihn jedoch von seiner Seele weg, wandte ihn von ihr ab! Diese Abneigung war eindeutig und knapp wie eine Beleidigung, wie eine Ohrfeige; man konnte sich ihr nur durch Flucht entziehen.

Wenn wir aber plötzlich entdecken, wie klein wir sind, wohin können wir dann fliehen? Einer *Erniedrigung* kann man nur *nach oben* entfliehen! Er setzte sich also an seinen Tisch und schlug ein Buch auf (jenes kostbare Buch, von dem der Maler sagte, er leihe es sonst niemandem) und versuchte sich mit aller Gewalt auf die Gedichte zu konzentrieren, die er am meisten mochte. Und wieder war dort *in der Ferne des Meeres das dein Auge badet*, und wieder sah er Magda vor sich, es war dort auch der Schneeball in der Ruhe ihres Leibes, und der plätschernde Ton des Wassers drang in dieses Gedicht wie das Geräusch eines Flusses durch ein geschlossenes Fenster. Jaromil wurde von Wehmut befallen und klappte das Buch zu. Dann nahm er Papier und Bleistift und begann selbst zu schreiben. So wie er es bei Paul Éluard, Vítězslav Nezval, Konstantin Biebl und Robert Desnos gesehen hatte, schrieb er einzelne kurze Zeilen auf, ohne Rhythmus und ohne Reim. Es war eine Variation auf das, was er gelesen hatte, doch diese Variation enthielt auch, was er gerade erlebt hatte, es gab dort *Trauer*, die sich *verflüchtigt und in Wasser verwandelt*, es gab *grünes Wasser*, dessen Spiegel *stets höher steigt, bis er an meine Augen reicht*, und es gab einen Leib, einen *traurigen Leib*, einen Leib im Wasser, dem ich *folge, folge durch endlose Wogen.*

Er las sein Gedicht mehrmals laut mit singender, pathetischer Stimme, und er war begeistert. Auf dem Grund dieses Gedichts waren Magda in der Wanne und er mit dem an die Tür gepreßten Gesicht; er fand sich folglich nicht *jenseits der Grenze* seiner Geschichte wieder; er war vielmehr hoch *über* ihr; die

Abneigung gegen sich selbst war *unten* geblieben; dort unten wurden seine Hände feucht vor Lampenfieber und sein Atem beschleunigte sich; hier *oben*, im Gedicht, befand er sich hoch über all seiner Kläglichkeit; die Geschichte mit dem Schlüsselloch und der eigenen Feigheit hatte sich in eine bloße Absprungstelle verwandelt, über des er nun schwebte; er war nicht mehr dem unterworfen, was er erlebt hatte; das, was er erlebt hatte, war vielmehr dem unterworfen, was er schrieb.

Am nächsten Tag bat er die Großmutter, ihm die Schreibmaschine zu leihen; er tippte das Gedicht auf einem besonderen Blatt Papier ab, und es war nun noch schöner, als wenn er es laut rezitierte; es war nämlich nicht mehr bloß eine Aneinanderreihung von Wörtern, es war *eine Sache* geworden, deren Selbständigkeit noch unbestrittener war; gewöhnliche Wörter sind auf der Welt, um zu vergehen, kaum daß sie ausgesprochen worden sind, da sie nur dem Augenblick der Verständigung dienen; sie sind den Dingen untergeordnet, sind bloß deren Bezeichnung; diese Wörter jedoch waren selbst zu einer Sache geworden und nichts untergeordnet; sie waren nicht zu momentaner Verständigung und raschem Vergehen bestimmt, sondern zum Überdauern.

Was Jaromil am Tag zuvor erlebt hatte, war zwar in dem Gedicht enthalten, starb darin aber zugleich allmählich ab, so, wie der Same in der Frucht abstirbt.

Ich bin unter dem Wasser und die Schläge meines Herzens ziehen oben ihre Kreise; in diesem Vers war der vor der Badezimmertür zitternde Junge festgehalten, zugleich aber ging er im Vers langsam unter; der Vers wuchs über ihn hinaus, um ihn zu überdauern. *Ach, meine Wasserliebe*, sagte ein anderer Vers, und Jaromil wußte, daß Magda die Wasserliebe war, er wußte aber auch, daß niemand anders sie in diesen Worten finden konnte, daß sie darin verloren, untergegangen und begraben war; das Gedicht, das er geschrieben hatte, war vollkommen selbständig, unabhängig und unverständlich, ebenso wie die Wirklichkeit, die sich mit niemandem abspricht und einfach *ist*, selbständig und unverständlich; die Selbständigkeit des Gedichts bot Jaromil ein herrliches Versteck, eine willkommene Gelegenheit eines *zweiten* Lebens; dies gefiel ihm so sehr, daß er sich am folgenden Tag an weiteren Versen versuchte und dieser Tätigkeit nach und nach verfiel.

11.

Obwohl sie vom Krankenbett aufgestanden war und wie eine Rekonvaleszentin im Haus herumspazierte, war sie nicht froh. Sie hatte die Liebe des Malers abgeworfen, dafür jedoch die Liebe ihres Mannes nicht zurückbekommen. Jaromils Vater war so selten zu Hause! Sie hatten sich bereits daran gewöhnt, daß er erst spät in der Nacht heimkam, sie hatten sich sogar daran gewöhnt, daß er oft mehrtägige Abwesenheiten ankündigte, da er häufig Dienstreisen unternahm, doch diesmal hatte er überhaupt nichts gesagt, war am Abend nicht nach Hause gekommen, und die Mutter war ohne Nachricht von ihm.

Jaromil sah seinen Vater so selten, daß ihm dessen Abwesenheit überhaupt nicht auffiel und er in seinem Zimmer über Verse nachdachte: Soll ein Gedicht ein Gedicht sein, muß es von jemand anderem gelesen werden; dann erst beweist es, daß es nicht nur ein chiffriertes Tagebuch ist, daß es fähig ist, ein eigenständiges Leben zu leben, und zwar unabhängig davon, von wem es geschrieben wurde. Zunächst dachte er daran, seine Verse dem Maler zu zeigen, maß ihnen jedoch eine zu große Bedeutung bei, als daß er riskiert hätte, sie einem so strengen Richter vorzulegen. Er sehnte sich nach jemandem, der von ihnen mindestens so begeistert wäre wie er selbst, und er wußte plötzlich, wer dieser erste, für seine Poesie vorbestimmte Leser war; er sah ihn mit traurigen Augen und leidender Stimme durchs Haus schreiten, und es schien ihm, daß er seinen Versen entgegenwandele; er gab der Mutter in großer Erregung einige der sorgfältig getippten Gedichte und lief in sein Zimmer, um dort zu warten, bis sie sie gelesen hätte und ihn rufen würde.

Sie las und weinte. Vielleicht war sie sich nicht einmal bewußt, weshalb sie weinte, es ist jedoch nicht schwierig, dies zu erraten; es entflossen ihr ungefähr vierlerlei Tränen:

zuerst fiel ihr die Ähnlichkeit der Verse Jaromils mit jenen Gedichten ins Auge, die der Maler ihr geliehen hatte, und es stürzten Tränen des Bedauerns über die verlorene Liebe aus ihren Augen;

dann spürte sie eine allgemeine Traurigkeit aus den Gedichten ihres Sohnes wehen, sie erinnerte sich, daß ihr Mann schon den zweiten Tag außer Haus war, ohne ihr etwas zu sagen, und es entflossen ihr Tränen gekränkter Demütigung;

gleich darauf begannen jedoch Tränen des Trostes aus ihr zu tropfen, denn der Sohn, der so verwirrt und ergeben mit den Gedichten zu ihr gelaufen war, legte mit seinen Gefühlen Balsam auf all ihre Wunden;

und nachdem sie die Gedichte mehrmals gelesen hatte, traten endlich auch Tränen gerührter Bewunderung in ihre Augen, weil ihr die Verse unverständlich vorkamen und es ihr folglich schien, es läge darin mehr, als sie selbst zu verstehen vermochte, daß sie also Mutter eines Wunderkindes war.

Dann rief sie ihn zu sich, doch als er vor ihr stand, war ihr zumute wie damals, als der Maler sie nach den Büchern fragte, die er ihr geliehen hatte; sie wußte nicht, was sie über die Gedichte hätte sagen sollen; sie sah ihn begierig wartend und mit gesenktem Kopf vor sich und wußte nichts anderes, als ihn an sich zu ziehen und zu küssen. Jaromil hatte Lampenfieber und war froh, den Kopf an der Schulter der Mutter verbergen zu können, und als die Mutter das Kindliche seiner Gestalt in ihren Armen spürte, stieß sie das bedrückende Phantom des Malers von sich, gewann Mut und begann zu sprechen. Die Erregung in ihrer Stimme und die Feuchtigkeit in ihren Augen konnte sie jedoch nicht unterdrücken, und dies bedeutete für Jaromil mehr als die Worte, die sie aussprach; dieses Zittern und diese Tränen waren für ihn eine heilige Garantie, daß seine Verse Macht hatten; wahrhaftige, physische Macht.

Es dämmerte, der Vater kam nicht, und die Mutter sagte sich, daß Jaromils Gesicht eine zarte Schönheit besäße, mit der weder ihr Mann noch der Maler sich messen könnten. Dieser ungehörige Gedanke war dermaßen zudringlich, daß sie ihn nicht mehr loswerden konnte; sie begann Jaromil zu erzählen, wie sie während der Schwangerschaft flehend die Statue Apollos angesehen hatte. »Und schau, du bist tatsächlich schön wie dieser Apollo, du siehst ihm ähnlich. Es ist nicht nur Aberglaube, daß in einem Kind etwas von dem bleibt,woran seine Mutter denkt, wenn sie schwanger ist. Selbst die Lyra hast du von ihm übernommen.«

Und dann erzählte sie ihm, daß die Literatur immer ihre größte Liebe gewesen sei, schließlich habe sie an der Universität ja Literatur studiert, und lediglich die

Ehe (sie sagte nicht, die Schwangerschaft) habe sie daran gehindert, sich ganz dieser ihrer innersten Berufung zu widmen; wenn sie Jaromil heute als Dichter sehe (ja, sie war die erste, die ihm diesen großen Titel verlieh), sei dies für sie eine angenehme Überraschung, zugleich aber etwas, das sie längst erwartet habe.

Lange unterhielten sie sich an diesem Tag miteinander und fanden so endlich einer im anderen Trost, Mutter und Sohn, diese beiden erfolglosen Liebhaber.

Zweiter Teil

oder

Xaver

I.

Aus dem Innern des Gebäudes hört er noch den Lärm der Pause, die zu Ende gehen wird; gleich wird der alte Mathematiklehrer die Klasse betreten und die Mitschüler mit seinen auf die Wandtafel gekritzelten Zahlen quälen; das Summen einer verirrten Fliege wird den unendlichen Raum zwischen der Frage des Professors und der Antwort des Schülers ausfüllen ... Er aber wird schon weit weg sein!

Es war ein Jahr nach dem großen Krieg; es war Frühling, und die Sonne schien; er ging durch die Gassen bis zur Moldau und schlenderte dann am Ufer entlang. Das Universum der fünf Unterrichtsstunden war weit entfernt, und er war nur durch die kleine braune Mappe, in der er einige Hefte und ein Lehrbuch trug, damit verbunden.

Er gelangte zur Karlsbrücke. Die Statuenallee über dem Wasser lud ihn ein, auf die andere Flußseite zu gehen. Fast jedesmal, wenn er die Schule schwänzte (und er schwänzte sie oft und gern!), wurde er von der Karlsbrücke angezogen und spazierte darüber. Er wußte, daß er auch heute dorthin gehen, auch heute dort stehenbleiben würde, wo unter der Brücke kein Wasser mehr war, sondern trockenes Ufer und darauf ein altes, gelbes Haus; das Fenster im dritten Stock befand sich direkt in Höhe des steinernen Brückengeländers, nur einen Sprung entfernt; er schaute es gern an (es war stets verschlossen) und dachte darüber nach, wer wohl dahinter wohnen mochte.

Diesmal stand das Fenster (vielleicht, weil der Tag außergewöhnlich sonnig war) zum ersten Mal offen. Auf der einen Fensterseite hing ein Käfig mit einem Vogel.

Er blieb stehen, betrachtete diesen kleinen Rokokokäfig aus weißen, dekorativ gebogenen Drähten und bemerkte dann, daß sich im Halbdunkel des Zimmers eine Gestalt abzeichnete: obwohl er sie von hinten sah, erkannte er, daß es sich um eine Frau handelte, und er wünschte sich sehr, daß sie sich umdrehte und er ihr Gesicht sehen könnte.

Die Gestalt bewegte sich tatsächlich, nur in entgegengesetzter Richtung; sie verschwand in der Dunkelheit. Das Fenster jedoch stand offen, und er war sich sicher, daß dies eine Aufforderung war, ein stiller, vertraulicher Wink für ihn.

Er konnte nicht widerstehen. Sprang auf das Mäuerchen. Das Fenster war durch einen jähen, hartgepflasterten Abgrund von der Brücke getrennt. Die Mappe in der Hand war ihm hinderlich. Er warf sie durch das geöffnete Fenster in den dämmrigen Raum und sprang ihr nach.

2.

Das große, rechteckige Fenster, in das Xaver gesprungen war, hatte solche Ausmaße, daß er die Innenwände mit seitwärts ausgestreckten Händen berührte und es mit seiner Größe ganz ausfüllte. Er musterte den Raum von hinten nach vorn (wie jemand, den immer zuerst interessiert, was in der Ferne liegt) und sah darum als erstes die Tür im Hintergrund, dann links an der Wand einen bauchigen Schrank, rechts ein hölzernes Bett mit geschnitzten Seiten und in der Mitte einen runden Tisch mit einer Häkeldecke, auf dem eine Vase mit Blumen stand; erst zum Schluß bemerkte er seine Mappe, die darunter auf dem Fransenrand eines billigen Teppichs lag.

Vielleicht gerade in dem Moment, da er sie entdeckt hatte und nach ihr greifen wollte, öffnete sich im dämmrigen Hintergrund die Tür, und eine Frau erschien. Sie sah ihn augenblicklich; im Zimmer herrschte Halbdunkel, und das Rechteck des Fensters strahlte, als wäre hier Nacht und auf der anderen Seite Tag; der Mann im Fensterrahmen wirkte von der Frau aus gesehen wie eine schwarze Silhouette vor dem Goldgrund des Lichts; es war ein Mann zwischen Tag und Nacht.

War die Frau, geblendet vom Licht, nicht in der Lage, die Form des männlichen Gesichts zu erkennen, war Xaver etwas besser dran; seine Augen hatten sich bereits an das Halbdunkel gewöhnt, und er konnte die Weichheit der Umrisse und die Melancholie des Gesichts dieser Frau wenigstens annähernd ausmachen; ihre Blässe hätte in weite Ferne und aus tiefster Dunkelheit geschimmert; sie blieb in der Tür stehen und sah Xaver an; sie war nicht spontan genug, ihren Schreck laut zu äußern, aber auch nicht geistesgegenwärtig genug, den Mann anzusprechen.

Erst nach langen Sekunden, während derer sie einander in die undeutlichen Gesichter sahen, ergriff Xaver das Wort: »Ich habe meine Mappe hier.«

»Eine Mappe?« fragte sie, und als hätte der Klang von Xavers Worten die anfängliche Bestürzung von ihr genommen, schloß sie die Tür hinter sich.

Xaver kauerte auf dem Fenstersims und deutete vor sich hin, wo die Mappe lag: »Ich habe sehr wichtige Dinge darin. Das Mathematikheft, das Naturkundebuch und auch ein Heft, in das wir Stilübungen in Tschechisch schreiben. In diesem Heft steht die letzte Aufgabe mit dem Thema *Wie der Frühling zu uns kam.* Das hat mich viel Arbeit gekostet, und ich würde es mir ungern noch einmal aus dem Hirn pressen müssen.«

Die Frau machte ein paar Schritte ins Innere des Raums hinein, so daß Xaver sie nun in hellerem Licht sah. Sein erster Eindruck war richtig gewesen: Weichheit und Melancholie. In ihrem undeutlichen Gesicht sah er zwei große, schwimmende Augen, und es fiel ihm noch ein Wort ein: Erschrockenheit; nicht etwa Erschrockenheit über sein unvermutetes Kommen, sondern eine lang zurückliegende Erschrockenheit, die als Blässe und erstarrte, große Augen im Gesicht der Frau haftengeblieben war, und in Gesten, die sich stets zu entschuldigen schienen.

Ja, diese Frau entschuldigte sich tatsächlich! »Verzeihen Sie«, sagte sie, »ich weiß nicht, wie es passieren konnte, daß Ihre Mappe sich in unserem Zimmer befindet. Ich habe gerade aufgeräumt und nichts gefunden, was nicht hierher gehörte.«

»Und trotzdem«, sagte der im Fenster kauernde Xaver und zeigte mit dem Finger nach unten, »ist die Mappe zu meiner großen Freude hier.«

»Auch ich bin sehr froh, daß Sie sie gefunden haben«, sagte die Frau lächelnd.

Sie standen nun einander gegenüber, zwischen ihnen war einzig der Tisch mit der Häkeldecke und der Glasvase, in der Blumen aus Wachspapier standen.

»Ja, es wäre ärgerlich gewesen, wenn ich sie nicht gefunden hätte«, sagte Xaver. »Die Tschechischprofessorin haßt mich, und wenn ich das Heft mit den Hausaufgaben verloren hätte, bestünde die Gefahr, daß sie mich durchfallen läßt.«

Im Gesicht der Frau tauchte Mitgefühl auf, ihre Augen waren plötzlich so groß geworden, daß Xaver außer ihnen nichts mehr wahrnahm, als wäre der Rest des Gesichts und der Körper nur deren Begleiterscheinung, deren Schrein; er sah nicht einmal mehr, wie die einzelnen Gesichtszüge der Frau und die Proportionen ihres Körpers aussahen, das alles blieb nur am Rand seiner Netzhaut haften; der Eindruck ihrer Gestalt war im Grunde nur der Eindruck dieser großen Augen, deren bräunliches Licht den Rest des Körpers überflutete.

Auf diese Augen schritt Xaver nun zu, indem er um den Tisch herumging. »Ich bin ein alter Repetent«, sagte er und berührte die Frau an der Schulter (ach, diese Schulter war weich wie eine Brust!); »Glauben Sie mir«, fuhr er fort, »es gibt nichts Traurigeres, als nach einem Jahr wieder in die gleiche Klasse zu kommen, wieder in derselben Bank zu sitzen ...«

Dann sah er, wie diese braunen Augen zu ihm hinaufsahen, und er wurde von einer Welle des Glücks überwältigt; Xaver wußte, daß er die Hand jetzt weiter nach unten schieben und die Brust und den Bauch und alles, was er wollte, berühren könnte, denn die Erschrockenheit, von der die Frau beherrscht wurde, hatte sie ihm gehorsam in die Arme gelegt. Er tat jedoch nichts dergleichen; er hatte seine Hand auf ihrer Schulter, auf diesem herrlich runden Hügelchen ihres Körpers, und das schien ihm schön genug, erfüllend genug; mehr wollte er nicht.

Eine Weile standen sie reglos da, und dann horchte die Frau auf: »Sie müssen schnell verschwinden. Mein Mann kommt zurück!«

Nichts war einfacher, als die Mappe zu nehmen, auf den Sims und dann vom Fenster auf die Brücke zu springen, doch das tat Xaver nicht. In seinem Innern hatte sich das selige Gefühl ausgebreitet, daß dieser Frau Gefahr drohte und er hier bei ihr bleiben mußte. »Ich kann Sie hier nicht allein lassen!«

»Mein Mann! Gehen Sie!« bat die Frau verängstigt.

»Nein, ich bleibe bei Ihnen! Ich bin kein Feigling!« sagte Xaver, während aus dem Treppenhaus deutlich Schritte zu vernehmen waren.

Die Frau versuchte, Xaver zum Fenster zu drükken, doch er wußte, daß er diese Frau nicht in dem Moment verlassen durfte, da ihr Gefahr drohte. Schon hörte man, wie in der Tiefe der Wohnung eine Tür geöffnet wurde, und Xaver warf sich im letzten Augenblick auf den Boden und kroch unters Bett.

3.

Der Raum zwischen dem Boden und der Decke, die aus fünf Brettern bestand, zwischen denen sich ein zerrissener Strohsack durchdrückte, war nicht größer als der Platz in einem Sarg; im Unterschied dazu war es jedoch ein duftender Raum (er roch nach Stroh), sehr akustisch (der Fußboden übertrug klangvoll den Widerhall der Schritte) und voller Visionen (knapp über sich sah er das Gesicht der Frau, von der er wußte, daß er sie nicht verlassen durfte, ein auf den grauen Stoff des Strohsacks projiziertes Gesicht, ein von drei aus der Sackleinwand herausragenden Strohhalmen durchbohrtes Gesicht).

Die Schritte, die er hörte, waren schwer, und als er den Kopf zur Seite neigte, sah er auf dem Boden Stiefel, die durch das Zimmer stampften. Und dann hörte er die Stimme der Frau und konnte sich eines leichten und zugleich schneidenden Gefühls des Bedauerns nicht erwehren: diese Stimme klang so melancholisch, erschrocken und verlockend wie zuvor, als sie mit ihm gesprochen hatte. Xaver war aber vernünftig und überwand die plötzliche Schrulle der Eifersucht; er begriff, daß diese Frau in Gefahr war und sich mit dem wehrte, was sie besaß: mit ihrem Gesicht und ihrer Trauer.

Dann hörte er eine Männerstimme, und ihm schien, diese Stimme gleiche den schwarzen Stiefeln, die er über den Boden hatte schreiten sehen. Und dann hörte er die Frau *nein, nein, nein* sagen und sah, wie das Schrittpaar sich schwankend seinem Versteck näherte und die niedrige Decke, unter der er lag, sich noch weiter herunterbog und beinahe sein Gsicht berührte.

Und wieder konnte man hören, wie die Frau *nein, nein, jetzt nicht, jetzt nicht, ich bitte dich* sagte, und Xaver sah auf dem groben Stoff des Strohsacks einen Zentimeter über seinen Augen ihr Gesicht, und es schien ihm, als vertraute ihr Gesicht ihm seine Erniedrigung an.

Er wollte sich aufrichten in seinem Sarg, wollte die Frau retten, wußte jedoch, daß er dies nicht durfte. Und das Gesicht der Frau war so nah über ihm, es neigte sich flehend zu ihm hinab, und die drei Strohhalme ragten heraus, als wären es drei Pfeile, die dieses Gesicht durchbohrten. Und die Decke über Xaver begann sich rhythmisch zu bewegen, und die Halme, die das Gesicht der Frau wie drei Pfeile durchbohrten, berührten rhythmisch Xavers Nase und kitzelten ihn, so daß er plötzlich niesen mußte.

Oben hörte jegliche Bewegung auf. Das Bett regte sich nicht, es war nicht einmal ein Atem zu hören, und auch Xaver war erstarrt. Dann erst war ein: »Was war das?« zu hören. »Ich habe nichts gehört, Liebling«, antwortete die Frauenstimme. Und wieder war es ein Weilchen still, bis die Männerstimme fragte: »Und wem gehört diese Mappe?«, und dann konnte man stampfende Schritte hören und die Stiefel im Zimmer herumlaufen sehen.

Sieh mal einer an, dieser Mann ist mit den Stiefeln im Bett gewesen, dachte Xaver entrüstet; er begriff, daß sein Augenblick gekommen war. Er stützte sich auf die Ellbogen und schob sich so weit unter dem Bett hervor, bis er sah, was im Zimmer vor sich ging.

»Wen hast du hier? Wohin hast du ihn versteckt?«

schrie die Männerstimme, und Xaver sah über den schwarzen Stiefeln eine dunkelblaue Reithose und das dunkelblaue Hemd einer Polizistenuniform. Der Mann sah sich forschend im Zimmer um und stürzte dann zum Schrank, dessen Bauchigkeit ihn wohl vermuten ließ, daß sich in seinem Innern ein Liebhaber versteckte.

Im selben Moment sprang Xaver unter dem Bett hervor, leise wie eine Katze, behende wie ein Panther. Der uniformierte Mann öffnete den Schrank, der voller Kleider hing, und tastete ihn mit der Hand ab. Aber da stand Xaver bereits hinter ihm, und als der Mann seine Hand immer und immer wieder ins Dunkel der Kleider tauchte, um den verborgenen Liebhaber zu fassen, packte ihn Xaver von hinten am Kragen und stieß ihn ganz plötzlich in den Schrank. Er schloß die Tür, drehte den Schlüssel, zog ihn ab, steckte ihn in seine Tasche und wandte sich der Frau zu.

4.

Er stand den großen braunen Augen gegenüber und hörte hinter sich Schläge gegen die Innenwand des Schranks, Lärm und Geschrei, die durch die Kleider aber so stark gedämpft wurden, daß in dem klopfenden Gepolter kein Wort zu verstehen war.

Er setzte sich zu den großen Augen, umfing mit der Hand die Schulter, und erst jetzt, als er die nackte

Haut in seiner Handfläche spürte, wurde ihm bewußt, daß die Frau nur mit einem leichten Unterrock bekleidet war, unter dem sich ihre nackten, weichen und geschmeidigen Brüste wölbten.

Die Schläge im Schrank verstummten nicht, und Xaver hielt die Frau mit beiden Händen an den Schultern fest und versuchte, die Konturen ihrer Gesichtszüge auszumachen, die sich noch immer in der Wäßrigkeit ihrer Augen verloren. Er sagte ihr, sie brauche sich nicht zu fürchten, und zeigte ihr den Schlüssel zum Beweis, daß der Schrank festverschlossen war, er rief ihr in Erinnerung, daß das Gefängnis ihres Gatten aus Eichenholz war und der Gefangene es nicht öffnen und ausbrechen könne. Und schließlich begann er sie zu küssen (mit den Händen hielt er noch immer ihre weichen, nackten Schultern fest, die so unendlich wonnevoll waren, daß er sich fürchtete, die Hände hinuntergleiten zu lassen und ihre Brüste zu berühren, als wäre er nicht gewappnet gegen diese schwindelerregende Empfindung), und wieder schien ihm, als er seine Lippen auf ihr Gesicht legte, er gehe in endlosem Wasser unter.

»Was werden wir tun?« hörte er ihre Stimme.

Er streichelte ihre Schultern und antwortete, sie solle ich nicht darum kümmern, sie beide könnten sich jetzt wohl fühlen, er sei glücklich wie nie zuvor, und das Klopfen im Schrank interessiere ihn etwa ebenso sehr wie das Getöse eines Gewitters von einer

Schallplatte oder das Bellen eines Hundes, der am anderen Ende der Stadt an seiner Hütte festgebunden sei. Um zu zeigen, daß er Herr der Lage war, stand er auf und inspizierte das Zimmer. Dann lachte er, weil er auf dem Tisch einen abgelegten schwarzen Gummiknüppel sah. Er nahm ihn, trat zum Schrank, und als Antwort auf die Schläge, die von innen ertönten, schlug er mit dem Knüppel einige Male gegen die Tür.

»Was werden wir tun?« fragte die Frau abermals, und Xaver antwortete: »Wir werden gehen.«

»Und er?« fragte die Frau, und Xaver antwortete: »Der Mensch hält es ohne Essen zwei bis drei Wochen aus. Wenn wir in einem Jahr hierher zurückkommen, wird im Schrank ein Skelett in Uniform und Stiefeln stehen.« Und er ging wieder zum polternden Schrank, schlug mit dem Knüppel darauf ein und sah die Frau in der Erwartung an, sie möge mit ihm lachen.

Doch die Frau lachte nicht und fragte: »Wohin werden wir gehen?«

Xaver erzählte ihr, wohin sie gehen würden. Sie wandte ein, sie sei in diesem Raum zu Hause, wogegen sie dort, wohin Xaver sie führen wolle, weder ihren Wäscheschrank noch ihren Vogel im Käfig habe. Xaver antwortete, daß das Zuhause weder ein Wäscheschrank noch ein Vogel im Käfig sei, sondern die Gegenwart des Menschen, den man liebe. Und dann sagte er zu ihr, daß er selbst kein Zuhause habe, oder anders gesagt, daß er es in seinen Schritten, seinem Gang, seinen Reisen habe. Daß sein Zuhause dort sei, wo unbekannte Horizonte sich öffneten. Daß er nur leben könne, wenn er von einem Traum in den anderen, von einer Landschaft in die andere schreite, und wenn er lange in einer Kulisse verharrte, würde er so sterben wie ihr Mann, falls er länger als vierzehn Tage im Schrank bliebe.

Und bei diesen Worten bemerkten die beiden auf einmal, daß der Schrank verstummt war. Die Stille war dermaßen auffällig, daß sie dadurch aufgerüttelt wurden. Es war wie die Ruhe nach einem Sturm; der Kanarienvogel im Käfig begann zu singen, und im Fenster stand gelb die untergehende Sonne. Schön wie eine Aufforderung zu einer Reise. Schön wie Gottes Vergebung. Schön wie der Tod eines Polizisten.

Die Frau strich Xaver jetzt über die Wange, und es war das erste Mal, daß sie ihn berührte; und es war auch das erste Mal, daß Xaver sie nicht verschwommen sah, sondern in ihren festen Konturen. Sie sagte zu ihm: »Ja. Wir werden gehen. Wir werden gehen, wohin du willst. Warte einen Moment, ich hole mir nur ein paar Sachen für die Reise.«

Noch einmal streichelte sie ihn, lächelte ihm zu und ging zur Tür. Er sah sie an mit Augen, die von plötzlichem Frieden erfüllt waren; er sah ihren Schritt, geschmeidig und fließend wie der Schritt des Wassers, das sich in einen Körper verwandelt hatte.

Dann legte er sich aufs Bett, und er fühlte sich sehr wohl. Der Schrank war ruhig, als wäre der Mann darin eingeschlafen oder als hätte er sich erhängt. Diese Stille war angefüllt mit dem Raum, der durchs Fenster hereingedrungen war, zusammen mit dem Rauschen der Moldau und dem fernen Schrei der Stadt, einem Schrei, der so fern war, daß er den Stimmen des Waldes glich.

Xaver fühlte, daß er wieder erfüllt vom Reisen war. Und es gibt nichts Schöneres als den Augenblick vor der Reise, jenen Augenblick, da der Horizont des nächsten Tages zu Besuch kommt und uns seine Versprechungen macht. Xaver lag auf den zerknitterten Decken, und alles zerfloß für ihn zu einer prachtvollen Einheit: das weiche Bett glich der Frau, die Frau glich dem Wasser, das Wasser, das er sich unter dem Fenster vorstellte, glich einem fließenden Bett.

Dann sah er noch, wie die Tür sich wieder öffnete und die Frau eintrat. Sie trug ein blaues Kleid. Blau wie das Wasser, blau wie die Horizonte, in denen er sich morgens verlieren würde, blau wie der Schlaf, in den er langsam, aber unaufhaltsam sank.

Ja. Xaver war eingeschlafen.

5.

Xaver schläft nicht, um Kräfte fürs Wachen zu schöpfen. Nein, das monotone Pendel von Schlafen und

Wachen, das dreihundertfünfundsechzigmal im Jahr ausschlägt, ist ihm unbekannt.

Für ihn ist der Schlaf nicht das Gegenteil von Leben; für ihn ist der Schlaf das Leben, und das Leben ein Traum. Er geht von einem Traum in den anderen, als schreite er von einem Leben ins andere.

Es herrscht Dunkelheit, schwarze Dunkelheit, doch aus der Höhe schweben mit einem Mal Lichtwolken. Lichter, die von Laternen verbreitet werden; in diesen aus der Dunkelheit geschnittenen Kreisen sind dicht fallende Flocken zu sehen.

Er rannte zur Tür des niedrigen Gebäudes, durchquerte rasch die Halle und betrat den Bahnsteig, wo ein Zug mit erleuchteten Fenstern zur Abfahrt bereit stand; ein Greis mit einer Laterne ging an ihm vorbei und schloß die Wagentüren. Xaver sprang schnell auf, und da hob der Greis auch schon die Lampe, vom anderen Ende des Bahnsteigs ertönte der langgezogene Ton eins Horns, und der Zug fuhr ab.

6.

Auf der Plattform des Wagens blieb er stehen und schnaufte schwer, um seinen hechelnden Atem zu beruhigen. Wieder einmal war er im letzten Moment gekommen, und im letzten Moment zu kommen war sein Stolz: Alle anderen kamen immer rechtzeitig, kamen gemäß einem im voraus festgesetzten Plan, so daß sie das ganze Leben ohne Überraschungen lebten, wie jemand, der vom Lehrer ausgewählte Texte abschreibt. Er ahnte, wie sie in den Abteilungen auf ihren reservierten Plätzen saßen, wie sie im voraus bekannte Gespräche führten, wie sie sich über die Berghütte unterhielten, in der sie eine Woche verbringen würden, über die Tagesordnung, mit der sie schon in der Schule vertraut gemacht worden waren, um danach blind leben zu können, auswendig und fehlerfrei.

Xaver jedoch war unvorbereitet gekommen, im letzten Moment, dank eines plötzlichen Einfalls und einer unerwarteten Entscheidung. Er stand nun auf der Plattform des Wagens und fragte sich verwundert, was ihn eigentlich dazu getrieben hatte, an einem Schulausflug teilzunehmen, mit langweiligen Mitschülern und glatzköpfigen Professoren, in deren Bärten die Läuse herumspazierten.

Er ging langsam durch den Wagen: einige Jungen standen im Gang, hauchten die vereisten Fensterscheiben an und preßten die Augen auf die runden Gucklöcher; andere räkelten sich träge auf den Abteilbänken, über ihren Köpfen lagen kreuz und quer die Skier in den Gepäcknetzen; irgendwo wurden Karten gespielt, in einem anderen Abteil wurde ein endloses Lied gesungen, das aus einer primitiven Melodie und wenigen Worten bestand, die sich hundert- und tausendmal wiederholten: *der Kanarienvo-*

gel krepiert, der Kanarienvogel krepiert, der Kanarienvogel krepiert …

Vor diesem Abteil blieb er stehen und schaute hinein: es saßen dort drei Jungen aus einer höheren Klasse und neben ihnen ein blondes Mädchen, eine seiner Mitschülerinnen; sie errötete, als sie ihn sah, ließ sich aber nichts anmerken, als fürchtete sie, ertappt zu werden, also öffnete sie weiter ihren Mund und sang, die großen Augen auf Xaver geheftet: *der Kanarienvogel krepiert, der Kanarienvogel krepiert, der Kanarienvogel krepiert …*

Xaver riß sich von dem blonden Mädchen los und ging an Abteilen vorbei, aus denen Studentenlieder und Spiellärm drangen, und dann sah er, wie ihm ein Mann in Schaffneruniform entgegenkam, der vor den einzelnen Abteilen stehenblieb und die Fahrkarten verlangte; die Uniform konnte ihn nicht verwirren, er erkannte unter dem Mützenschild den alten Lateinlehrer und wußte, daß er ihm nicht begegnen durfte, zum einen, weil er keine Fahrkarte besaß, und dann, weil er die Lateinstunde schon unendlich lange (wie lange, erinnerte er sich nicht!) nicht mehr besucht hatte.

Er nutzte also den Augenblick, da der Lateinlehrer sich in ein Abteil beugte, und schlich sich rasch an ihm vorbei auf die nächste Plattform, von der zwei Türen in zwei kleine Kabinen führten: in den Waschraum und die Toilette. Er öffnete die Tür des Waschraums und sah dort die Tschechischprofessorin, eine strenge Fünfzigerin, eng umschlungen mit einem seiner Mitschüler, der in der ersten Bank saß und den Xaver, wenn er den Unterricht hin und wieder besuchte, zu übersehen pflegte. Als die beiden verschreckten Liebenden ihn erblickten, lösten sie sich rasch voneinander und neigten sich über das Waschbecken; unter dem kläglichen Rinnsal, das aus dem Wasserhahn tropfte, rieben sie sich eifrig die Hände.

Xaver wollte sie nicht stören und trat wieder auf die Plattform; dort sah er die blonde Mitschülerin, die ihre großen blauen Augen auf ihn gerichtet hatte; ihr Mund bewegte sich nicht mehr, sang nicht mehr das Lied vom Kanarienvogel, von dem Xaver vermutete, daß die Strophen endlos waren. Ach, welche Wonne zu glauben, dachte er, es gäbe ein Lied, das nie zu Ende geht; als wäre nicht alles auf dieser Welt von allem Anfang an Verrat!

Mit diesem Gedanken blickte er der Blondine in die Augen und wußte, er durfte sich nicht auf ein falsches Spiel einlassen, Vergängliches für Ewiges und Kleines für Großes ausgeben, er durfte sich nicht auf das falsche Spiel einlassen, das man Liebe nannte. Deshalb wandte er sich um und betrat wieder den kleinen Waschraum, in dem die stattliche Tschechischlehrerin schon wieder Xavers kleingewachsenem Mitschüler gegenüberstand und ihn bei den Hüften hielt.

»Ach nein, ich bitte Sie, waschen Sie sich nicht noch einmal die Hände«, sagte Xaver zu ihnen: »Jetzt werde ich sie mir waschen«, und er ging diskret um die beiden herum, drehte den Wasserhahn auf und beugte sich über das Becken, um so eine relative Einsamkeit für sich und das Liebespaar zu suchen, das verlegen hinter ihm stand. »Gehen wir nach nebenan«, hörte er die Tschechischlehrerin resolut flüstern, darauf das Klappern der Tür und Schritte von vier Füßen, die in die angrenzende Toilette traten. Er war allein, lehnte sich zufrieden an die Wand und überließ sich süßen Gedanken über die Kleinheit der Liebe, süßen Gedanken, hinter denen bittend zwei große blaue Augen schimmerten.

7.

Dann blieb der Zug stehen, es ertönten das Horn, Geschrei von Jungen, Zuschlagen von Türen, Getrampel; Xaver verließ sein Versteck und schloß sich den anderen Schülern an, die sich auf den Bahnsteig drängten. Und dann waren Hügel, ein großer Mond und glänzender Schnee zu sehen; sie gingen durch eine Nacht, die klar war wie der Tag. Es war eine lange Prozession, und statt der Kreuze ragten Skipaare in den Himmel, wie religiöse Requisiten, wie Symbole für zwei schwörende Finger.

Es war eine lange Prozession, und Xaver ging in ihr

mit, hatte die Hände in den Taschen, da er als einziger keine Skier, keine Schwursymbole trug; er ging und hörte den Gesprächen der schon ziemlich müden Schüler zu; dann schaute er sich um und sah, daß das blonde Mädchen zart und klein ganz hinten ging, sah, wie sie stolperte und unter den schweren Skiern im Schnee einsank, und nach einer Weile schaute er sich abermals um und sah, daß der alte Mathematiklehrer ihr die Skier abgenommen und sie zu seinen eigenen auf die Schulter geladen hatte, daß er ihr die freie Hand reichte und beim Gehen half. Es war ein trauriges Bild, wie das elende Alter der elenden Jugend half; er schaute zu und fühlte sich wohl.

Dann erklang, zuerst aus weiter Ferne und dann von nah, Tanzmusik; vor ihnen tauchte ein Restaurant auf und ringsherum Holzpavillons, in denen sich Xavers Kollegen einquartierten. Xaver jedoch hatte hier kein Zimmer reserviert, und er brauchte weder Skier abzustellen noch sich umzuziehen. Daher betrat er sofort den Saal, in dem es eine Tanzfläche, eine Jazzkapelle und an den Tischen einige Gäste gab. Augenblicklich bemerkte er eine Frau in dunkelrotem Pullover und enger Hose; um sie herum saßen Männer mit Biergläsern, doch Xaver sah, daß diese Frau elegant und stolz war und sich mit ihnen langweilte. Er trat zu ihr hin und forderte sie zum Tanz auf.

Sie tanzten mitten im Gasthaus und ganz allein, und Xaver sah, daß der Hals der Frau wunderbar welk, die Haut um die Augen wunderbar faltig war und sich neben ihrem Mund zwei wunderbar tiefe Kerben eingegraben hatten, und er war glücklich, so viele Jahre Leben in den Armen zu halten, als Schüler ein ganzes, fast schon abgeschlossenes Leben in den Armen zu halten. Er war stolz darauf, mit ihr zu tanzen und dachte daran, daß die Blondine jeden Moment hereinkommen und ihn sehen würde, wie er über ihr stand, als wäre das Alter seiner Tänzerin ein hoher Hügel, als würde dieses blutjunge Mädchen sich wie ein bittender Grashalm am Fuße dieses Hügels emporstrecken.

Tatsächlich: die Schüler und auch die Schülerinnen, die die Skihosen gegen Röcke eingetauscht hatten, strömten nach und nach ins Lokal, alle nahmen an den freien Tischen Platz, so daß Xaver mit der dunkelroten Frau vor zahlreichem Publikum tanzte; an einem der Tische bemerkte er die Blondine und war befriedigt: sie war viel sorgfältiger gekleidet als alle anderen; sie trug ein schönes Kleid, das überhaupt nicht in diese schmutzige Kneipe paßte, ein leichtes, weißes Kleid, in dem sie noch zerbrechlicher und verletzlicher aussah. Xaver wußte, daß sie es seinetwegen angezogen hatte, und war im selben Moment fest entschlossen, sie nicht aufzugeben, diesen Abend für sie und ihretwegen zu erleben.

8.

Er sagte zur Frau im dunkelroten Pullover, er wolle nun nicht mehr tanzen: die Fressen, die sie über die Bierkrüge hinweg angafften, ekelten ihn an. Die Frau lachte beipflichtend; obwohl die Kapelle das Stück noch nicht zu Ende gespielt hatte und sie ganz allein auf der Tanzfläche waren, hörten sie auf zu tanzen (das ganze Gasthaus sah, wie sie zu tanzen aufhörten), kehrten dem Podium den Rücken und gingen Hand in Hand an allen Tischen vorbei, hinaus auf die schneebedeckte Ebene.

Frostiger Wind umfing sie, und Xaver dachte daran, daß bald auch das zierliche, kranke Mädchen im weißen Kleid in den Frost herauskommen würde. Er nahm wieder den Arm der dunkelroten Frau und führte sie weiter hinaus über die schneeweiße Ebene, er kam sich dabei vor wie ein Rattenfänger, und die Frau, die er führte, schien die Flöte zu sein, auf der er blies.

Bald schon öffnete sich die Tür des Restaurants, und die Blondine trat heraus. Sie schien noch zerbrechlicher als vorher, ihr weißes Kleid verlor sich auf dem Schnee, so daß sie aussah wie Schnee, der durch Schnee ging. Xaver preßte die Frau im dunkelroten Pullover an sich, diese warm angezogene, wunderbar alte Frau, er küßte sie, ließ seine Hände unter ihren Pullover gleiten und beobachtete aus den Augenwinkeln das schneeähnliche Mädchen, wie es ihnen nachsah und Qualen durchmachte.

Und dann stieß er diese alte Frau in den Schnee und warf sich auf sie und wußte, daß die Zeit lang wurde und es kalt war, daß das Kleid des Mädchens dünn war und der Frost ihre Waden und Knie berührte, der Frost fuhr über ihre Schenkel und streichelte sie immer weiter oben, berührte ihren Schoß und ihren Bauch. Dann erhoben sie sich, und die alte Frau führte ihn in eine der Hütten, wo sie ihr Zimmer hatte.

Das Fenster des Zimmers im Erdgeschoß lag einen Meter über der Schneebene, und Xaver sah, daß die Blondine einige Schritte von ihm entfernt war und ihn durchs Fenster hindurch ansah; auch er wollte sich nicht trennen von dem Bild des Mädchens, das ihn ganz erfüllte, und darum machte er Licht (die alte Frau lachte lasziv über sein Bedürfnis nach Licht), er nahm die Frau bei der Hand, trat mit ihr ans Fenster, umarmte sie und schob ihren zottigen Pullover hoch (einen warmen Pullover für einen greisenhaften Körper), und er dachte an das kleine Mädchen, das schon ganz steif sein mußte, so steif, daß es seinen Körper nicht mehr spürte und nur noch Seele war, traurige, schmerzerfüllte Seele, die im völlig durchgefrorenen Körper flatterte, in einem Körper, der nichts mehr fühlte, der die Empfindlichkeit bereits verloren hatte und nur noch Schrein war für die wehende Seele, die

Xaver so unermeßlich liebte, ach, so unermeßlich liebte.

Wer könnte solch unermeßliche Liebe ertragen! Xaver spürte, wie seine Hände matt wurden, wie sie unfähig waren, diesen schweren, zottigen Pullover auch nur so weit hinaufzuschieben, daß sie die Brüste der alten Frau entblößt hätten, er spürte die Ermattung im ganzen Körper und setzte sich aufs Bett. Schwer zu schildern, wie wohl er sich fühlte, wie glücklich und zufrieden er war. Ist der Mensch überglücklich, wird er zur Belohnung vom Schlaf heimgesucht. Xaver lächelte und fiel in tiefen Schlaf, in eine schöne, wonnevolle Nacht, in die zwei erstarrte Augen, zwei erfrorene Monde leuchteten.

9.

Xaver lebt nicht nur ein einziges Leben, das sich wie ein langer, schmutziger Faden von der Geburt bis zum Tode hinzieht; er lebt sein Leben nicht, er schläft es; in diesem Schlafleben springt er aus einem Traum in den anderen; er träumt, schläft im Traum ein und träumt einen weiteren Traum, so daß sein Schlaf einer Schachtel gleicht, in der eine zweite Schachtel liegt und darin noch eine und noch eine.

Schauen Sie, in diesem Augenblick schläft er gleichzeitig im Haus an der Karlsbrücke und in der Berghütte; dieser doppelte Schlaf klingt wie zwei langgedehnte Orgeltöne; und in diese beiden Töne erklingt nun noch ein dritter.

Er steht da und sieht sich um. Die Straße ist menschenleer, nur hie und da huscht ein Schatten vorbei, der schnell hinter einer Ecke oder in einem Tor verschwindet. Auch er will nicht gesehen werden; er schreitet durch die Nebenstraßen der Vorstadt und hört von der anderen Seite der Stadt Schüsse.

Endlich betritt er eines der Häuser und steigt die Treppe hinunter; im Kellergeschoß gibt es einige Türen; er sucht eine Zeitlang die richtige und klopft dann an; zuerst dreimal, dann einmal und nach einer weiteren Pause wieder dreimal.

10.

Die Tür öffnete sich, und ein junger Mann im Overall forderte ihn zum Eintreten auf. Sie gingen durch einige Räume, in denen es Gerümpel, Kleider an Kleiderbügeln, aber auch in die Ecken gelehnte Gewehre gab; dann gelangten sie durch einen langen Flur (den Grundriß des Hauses mußten sie längst verlassen haben) in einen kleinen, unterirdischen Saal, in dem ungefähr fünfundzwanzig Männer saßen.

Er setzte sich auf einen freien Stuhl und musterte die Anwesenden, von denen er nur wenige kannte. An der Stirnseite des Raums saßen drei Männer hinter einem Tisch; einer von ihnen hatte eine Schildmütze auf dem Kopf und hielt gerade eine Rede; er sprach von einem nahen und geheimen Datum, an dem sich alles entscheiden werde; also müsse alles nach Plan abgesichert sein: Flugblätter, Zeitungen, Rundfunk, Post, das Telegraphenamt, die Waffen. Jetzt fragte er die einzelnen Personen, ob sie die ihnen aufgetragenen Aufgaben ausgeführt hätten, die für das Gelingen an jenem Datum notwendig seien. Zuletzt wandte er sich auch an Xaver und fragte, ob er das Verzeichnis mitgebracht habe.

Es war ein furchtbarer Augenblick. Damit das Verzeichnis mit Sicherheit geheimgehalten wurde, hatte Xaver es vor langem schon hinten in sein Tschechischheft geschrieben. Dieses Heft lag, zusammen mit den anderen Heften und Lehrbüchern, in seiner Mappe. Wo aber war die Mappe? Er hatte sie nicht bei sich!

Der Mann mit der Schildmütze wiederholte seine Frage.

Mein Gott, wo war die Mappe? Xaver überlegte fieberhaft, und dann tauchte aus der Tiefe des Gedächtnisses eine verschwommene und nicht zu fassende Erinnerung auf, ein süßer Hauch von Glück; er wollte diese Erinnerung festhalten, hatte aber keine Zeit mehr, da sich ihm alle Gesichter zuwandten und warteten, was er antworten würde. Er mußte gestehen, daß er das Verzeichnis nicht bei sich hatte.

Die Gesichter der Leute, zu denen er als Kamerad

unter Kameraden gekommen war, wurden streng, und der Mann mit der Schildmütze sagte mit frostiger Stimme, falls die Feinde sich des Verzeichnisses bemächtigten, sei das Datum, in das sie alle ihre Hoffnungen gelegt hätten, vermasselt und würde ein Datum bleiben wie alle anderen: leer und tot.

Noch bevor Xaver in der Lage war, etwas zu sagen, öffnete sich die Tür hinter dem Tisch des Vorsitzenden, ein Mann erschien und pfiff. Alle wußten, dies war das Alarmsignal; der Mann mit der Schildmütze hatte noch keinen Befehl erteilen können, als Xaver das Wort ergriff. »Laßt mich als ersten gehen«, sagte er, weil er wußte, daß der Weg, der sie nun erwartete, gefährlich war und derjenige sein Leben riskierte, der ihn als erster beschritt.

Xaver wußte, er hatte das Verzeichnis vergessen und mußte seine Schuld büßen. Es war jedoch nicht nur das Schuldgefühl, das ihn in die Gefahr trieb. Die Kleinheit, die aus dem Leben ein Halbleben und aus den Menschen Halbmenschen machte, war ihm zuwider. Er wollte sein Leben in die Waagschale einer Waage werfen, in deren anderer Schale der Tod lag. Er wollte, daß jede seiner Taten, ja sogar jeder Tag, jede Stunde und auch jede Sekunde in der Lage waren, dem höchsten aller Maßstäbe, dem Tod, direkt in die Augen zu schauen. Darum wollte er in der ersten Reihe gehen, auf dem Seil über dem Abgrund schreiten, um einen Heiligenschein von Geschossen um seinen Kopf zu haben und so vor den Augen der anderen zu wachsen und unermeßlich zu werden, unermeßlich wie der Tod ...

Der Mann mit der Schildmütze sah ihn mit kalten, strengen Augen an, in denen das Licht des Verständnisses aufblitzte. »Dann geh«, sagte er zu ihm.

11.

Er zwängte sich durch eine Eisentür und stand in einem engen Hof. Es war finster, von fern hörte man Schüsse, und als er aufschaute, sah er Lichtkegel von Scheinwerfern über die Dächer irren. Ihm gegenüber führte eine schmale Eisenleiter vom Boden bis auf das Dach des fünfstöckigen Hauses. Er sprang zu ihr hin und kletterte rasch hinauf. Die anderen waren ihm in den Hof gefolgt und preßten sich an die Mauern. Sie warteten, bis er oben auf dem Dach sein und ihnen das Zeichen geben würde, daß der Weg frei sei.

Und dann schlichen sie vorsichtig über die Dächer, und Xaver war immer noch vorn; er ging wie ein Raubtier, seine Augen durchdrangen selbst die Dunkelheit. An einer Stelle blieb er stehen und rief den Mann mit der Schildmütze zu sich, um ihm zu zeigen, wie tief unter ihnen schwarze Gestalten mit kurzen Waffen in den Händen hin und her liefen und lauernd um sich sahen. »Führ uns weiter«, sagte der Mann zu Xaver.

Und Xaver ging, indem er von Dach zu Dach sprang, kurze Eisenleitern hinunterrutschte, sich hinter Kaminen versteckte und den lästigen Scheinwerfern auswich, die immer wieder Häuser, Dachränder und Straßenschluchten absuchten.

Es war eine schöne Reise schweigsamer Männer, die verwandelt waren in einen Schwarm von Vögeln, welche hoch oben die lauernden Feinde umkreisten und auf den Flügeln der Dächer auf die andere Seite der Stadt gelangten, wo ihnen keine Hinterhalte mehr drohten. Es war eine schöne, lange Reise, die aber bereits so lange war, daß Xaver allmählich die Müdigkeit spürte; jene Müdigkeit, die die Sinne trübt und das Denken mit Halluzinationen füllt; er glaubte, einen Trauermarsch zu hören, Chopins berühmte Marche funèbre, die von den Musikkapellen auf Friedhöfen gespielt wird.

Er verlangsamte seinen Schritt nicht, versuchte mit ganzer Kraft, seine Sinne zu schärfen und diese unheilverkündende Halluzination zu verscheuchen. Vergeblich; die Musik erreichte ihn immer noch, als wollte sie sein nahes Ende prophezeien, als wollte sie ihm in dieser Phase des Kampfes den schwarzen Schleier des nahenden Todes anheften.

Warum wehrt er sich so vehement gegen diese Halluzination? Hat er sich nicht sehnlichst gewünscht, seine Schritte auf den Dächern durch die Größe des Todes unvergeßlich und unermeßlich zu machen? Ist die Begräbnismusik, die wie ein Vorbote zu ihm dringt, nicht die allerschönste Begleitung seines Muts? Ist es nicht wunderbar, daß sein Kampf Begräbnis und sein Begräbnis Kampf ist, daß Leben und Tod sich auf diese Weise so großartig vermählen?

Nein, Xaver ist nicht entsetzt, weil der Tod gekommen ist, um sich anzukündigen, sondern weil er sich in diesem Moment nicht mehr auf seine Sinne verlassen kann, weil er unfähig ist (er, der für die Sicherheit seiner Kameraden bürgt!), die schleichenden Fallen der Feinde zu hören, da seine Ohren mit der fließenden Melancholie eines Trauermarsches verstopft sind.

Aber können Halluzinationen überhaupt derart real werden, daß man Chopins Marsch mit all den rhythmischen Fehlern und dem falschen Posaunenspiel hört?

12.

Er öffnete die Augen und sah einen Raum mit einem rissigen Schrank und einem Bett, in dem er lag. Mit Genugtuung stellte er fest, daß er in den Kleidern geschlafen hatte und sich nun nicht anziehen mußte; er schlüpfte nur in die Schuhe, die er unter das Bett geschoben hatte.

Woher aber kam diese traurige Blasmusik, deren Töne derart wirklich klangen?

Er trat ans Fenster. Ein Stück von ihm entfernt, in einer Landschaft, aus der der Schnee schon fast verschwunden war, stand eine Gruppe regloser Menschen in schwarzen Kleidern, die ihm den Rücken zudrehte. Sie stand verwaist und traurig da, traurig wie die Landschaft, die sie umgab; von dem blütenweißen Schnee waren auf dem feuchten Boden nur schmutzige Flecken und Bänder geblieben.

Er öffnete das Fenster und neigte sich hinaus. Jetzt verstand er die Situation besser. Die schwarzgekleideten Menschen waren um eine Grube versammelt, neben der ein Sarg stand. Auf der anderen Seite der Grube hatten weitere Schwarzgekleidete Blechblasinstrumente vor dem Mund, mit kleinen Notenpulten und Notenblättern, auf die sie ihre Augen hefteten; sie spielten Chopins Trauermarsch.

Das Fenster lag etwa einen Meter über der Erde. Xaver sprang hinaus und trat zur Gruppe der Trauernden. In diesem Augenblick zogen zwei starke Bauern Seile unter dem Sarg hindurch, hoben ihn an und ließen ihn dann langsam in die Tiefe gleiten. Ein alter Mann und eine alte Frau, die im Häufchen der Schwarzgekleideten standen, begannen zu schluchzen, die anderen stützten und beruhigten sie.

Dann schlug der Sarg auf den Boden auf, und die Schwarzgekleideten traten einer nach dem anderen zur Grube und warfen eine Handvoll Erde hinab. Als letzter bückte sich auch Xaver, nahm Erde mit ein paar Schneeresten in die Hand und warf sie in die Tiefe.

Er war der einzige hier, über den niemand etwas wußte, und er war der einzige, der alles wußte. Nur er wußte, warum und wie das blonde Mädchen gestorben war, nur er wußte von der Frosthand, die sich von ihren Waden die Beine hinauf zum Bauch und zwischen die Brüste geschoben hatte, nur er wußte, wer der Anlaß ihres Todes war. Nur er wußte, warum sie sich gewünscht hatte, ausgerechnet hier begraben zu werden, wo sie die größten Qualen erlitten und sich zu sterben gewünscht hatte, weil sie hatte zusehen müssen, wie die Liebe sie verraten und verlassen hatte.

Er allein wußte alles; die anderen waren hier als verständnisloses Publikum oder verständnislose Opfer. Er sah sie vor dem Hintergrund der fernen Berglandschaft, und ihm schien, als seien sie in grenzenlosen Fernen verloren, so wie die Verstorbene in der grenzenlosen Erde verloren war, und daß er selbst (der alles wußte) noch ausgedehnter war als die ganze nasse Landschaft, so daß alle, die Hinterbliebenen, die Tote, die Totengräber mit den Schaufeln und auch die Wiese und die Hügel, in ihn eindrangen und sich in ihm verloren.

Er war erfüllt von der Landschaft, von der Trauer der Hinterbliebenen und vom Tod der Blondine, und er fühlte, wie er von ihnen allen ausgedehnt wurde, als wüchse in seinem Innern ein Baum; er fühlte sich groß und verstand jetzt seine eigene, reale Gestalt lediglich als Maske, als Verkleidung, als Larve der Bescheidenheit; in dieser Larve seiner eigenen Gestalt trat er nun zu den Eltern der Toten (das Gesicht des Vaters erinnerte ihn an die Züge der Blondine; es war vom Weinen gerötet) und bekundete ihnen sein Beileid; sie reichten ihm geistesabwesend die Hand, und er spürte, daß ihre Hände sich in der seinen zerbrechlich und winzig klein anfühlten.

Dann lehnte er sich an die Wand des Pavillons, in dem er so lange geschlafen hatte, und sah den Teilnehmern der Beerdigung nach, wie sie sich in kleine Grüppchen zerstreuten und langsam in den feuchten Fernen verloren. Auf einmal spürte er, daß jemand ihn streichelte; ach ja, er spürte auf seinem Gesicht die Berührung einer Hand. Er war sich sicher, daß er diese Berührung verstand, und nahm sie dankbar wahr; er wußte, es war die Hand der Vergebung; das blonde Mädchen gab ihm zu verstehen, daß es ihn nicht zu lieben aufgehört hatte und die Liebe übers Grab hinaus währte.

13.

Durch seine Träume fiel er in die Tiefe.

Der schönste Augenblick war, wenn ein Traum noch nicht zu Ende war, während dahinter bereits ein nächster durchschimmerte, in den hinein er erwachte.

Die Hände, die ihn in dem Augenblick gestreichelt hatten, da er in der Gebirgslandschaft stand, gehörten bereits der Frau aus jenem Traum, in den er wieder zurückfiel, doch davon wußte Xaver noch nichts, so daß die Hände für sich allein existierten; es waren Wunderhände im leeren Raum; Hände zwischen zwei Geschichten, zwischen zwei Leben; weder von einem Körper noch von einem Kopf verdorbene Hände.

Möge die Berührung dieser Hände ohne Körper möglichst lange dauern!

14.

Dann spürte er außer den Händen noch die Berührung großer weicher Brüste, die sich auf seine Brust gelegt hatten, er sah das Gesicht der schwarzhaarigen Frau und hörte ihre Stimme: »Wach auf! Um Gottes willen, wach auf!«

Unter ihm war ein zerwühltes Bett, rings um ihn ein dämmriges Zimmerchen mit einem mächtigen Schrank. Xaver erinnerte sich, daß er in dem Haus an der Karlsbrücke war.

»Ich weiß, du würdest gern noch lange schlafen«, sagte die Frau fast entschuldigend, »ich mußte dich aber wecken, weil ich mich fürchte.«

»Wovor fürchtest du dich?« fragte Xaver.

»Mein Gott, du weißt nichts«, sagte die Frau: »Hör mal!«

Xaver lauschte stumm und aufmerksam; aus der Ferne hörte man Schüsse.

Er sprang aus dem Bett und lief zum Fenster; auf der Karlsbrücke gingen kleine Gruppen von Männern in blauen Arbeitsanzügen mit Maschinenpistolen über der Schulter auf und ab.

Es war wie eine Erinnerung, die durch mehrere Wände hindurchdrang; Xaver wußte zwar, was die Gruppen bewaffneter Arbeiter bedeuteten, die auf der Brücke Wache hielten, hatte aber trotzdem das Gefühl, sich an irgend etwas nicht erinnern zu können, an etwas, das ihm seine eigene Beziehung zu dem, was er sah, erhellt hätte. Er wußte, daß er zu dieser Kulisse gehörte und nur durch irgendeinen Irrtum aus ihr herausgefallen war, wie ein Schauspieler, der vergißt, rechtzeitig die Bühne zu betreten, und das Stück ohne ihn dann seltsam verstümmelt weiterläuft. Bis er sich plötzlich erinnerte.

Und in dem Augenblick, da er sich erinnerte, sah er sich im Zimmer um und atmete erleichtert auf: die Mappe war noch da, in einer Ecke an die Wand gelehnt, niemand hatte sie mitgenommen. Er stürzte sich darauf und öffnete sie. Alles war da: das Mathematikheft, das Tschechischheft, das Naturkundebuch. Er zog das Tschechischheft hervor, öffnete es auf der Rückseite und war abermals erleichtert: das Verzeichnis, das der Mann mit der Schildmütze von ihm verlangt hatte, war hier sorgfältig abgeschrieben, in kleinen, gut leserlichen Buchstaben, und Xaver freute sich einmal mehr über den Einfall, dieses wichtige Dokument in einem Schulheft zu tarnen, auf dessen vorderen Seiten die Stilübung zum Thema Wie der Frühling zu uns kam stand.

»Was suchst du dort, ich bitte dich!«

»Nichts«, sagte Xaver.

»Ich brauche deine Hilfe. Du siehst doch, was hier los ist. Sie gehen von Haus zu Haus, verhaften und richten hin.«

»Hab keine Angst«, lachte er, »Hinrichtungen können keine stattfinden!«

»Wie kannst du das wissen!« protestierte die Frau.

Wie er es wissen konnte? Nur allzugut: das Verzeichnis aller Volksfeinde, die am ersten Tag der Revolution hingerichtet werden sollten, stand in seinem Schulheft: die Hinrichtungen konnten in der Tat nicht stattfinden. Im übrigen interessierte ihn die Angst der schönen Frau absolut nicht; er hörte die Schüsse, sah die Männer, die auf der Brücke Wache hielten, und dachte nur daran, daß das Datum, das er mit seinen Mitkämpfern so begeistert vorbereitet hatte, plötzlich gekommen war und er es verschlafen hatte; daß er anderswo war, in einem anderen Zimmer und einem anderen Traum.

Er wollte hinauslaufen, wollte sich augenblicklich bei den Männern in den blauen Arbeitsanzügen melden, wollte sein Verzeichnis abliefern, dieses Verzeichnis, das niemand außer ihm besaß und ohne das die Revolution blind war, da sie nicht wußte, wen sie zu verhaften und wen zu erschießen hatte. Doch dann wurde ihm bewußt, daß es unmöglich war: er kannte das für diesen Tag ausgegebene Losungswort nicht, wurde längst schon als Verräter angesehen, und niemand würde ihm glauben. Er befand sich in einem anderen Leben, in einer anderen Geschichte, und er war unfähig, sich aus diesem Leben heraus in jenes andere zu retten, in dem er bereits nicht mehr war.

»Was ist los mit dir?« drängte die Frau angstvoll.

Und Xaver kam der Gedanke, daß er, wenn er schon dieses verlorene Leben nicht retten konnte, wenigstens jenes Leben groß machen mußte, das er jetzt gerade lebte. Er sah sich nach der schönen, üppigen Frau um und wußte in diesem Augenblick, daß er sie verlassen mußte, denn das Leben war dort draußen hinter den Fenstern, von wo die Schüsse erklangen wie der Balzruf einer Nachtigall.

»Wo willst du hin?« schrie die Frau.

Xaver lächelte und zeigte aus dem Fenster.

»Du hast es versprochen, mich mitzunehmen!«

»Das ist schon lange her.«

»Du willst mich verraten?«

Sie kniete vor ihm nieder und umfaßte seine Beine.

Er sah sie an und wußte, sie war schön, und es war bitter, sich von ihr loszureißen. Doch die Welt hinter dem Fenster war noch schöner. Und wenn er ihretwegen eine geliebte Frau verließ, wurde diese Welt noch wertvoller, um den Preis der verratenen Liebe.

»Du bist schön«, sagte er zu ihr, »aber ich muß dich verraten.« Dann riß er sich aus der Umarmung und ging auf das Fenster zu.

Dritter Teil
oder
Der Dichter masturbiert

I.

An jenem Tag, als Jaromil mit seinen Gedichten zur Mutter lief, wartete sie vergeblich auf den Vater, und auch an den folgenden Tagen wartete sie vergeblich.

Dafür bekam sie von der Gestapo eine amtliche Mitteilung, daß ihr Mann verhaftet worden sei. Gegen Ende des Krieges traf eine zweite amtliche Mitteilung ein, ihr Mann sei im Konzentrationslager gestorben.

War ihre Ehe armselig gewesen, so war ihr Witwendasein großartig und glorreich. Sie besaß ein großes Foto ihres Mannes aus der Zeit, als sie sich kennengelernt hatten, rahmte es mit einem Goldrahmen ein und hängte es an die Wand.

Dann ging der Krieg unter dem großen Jubel der Prager zu Ende, die Deutschen verließen die böhmischen Länder, und für die Mutter begann ein neues Leben, das reicher geworden war durch die karge Schönheit der Entsagung; das Geld, das sie einst von ihrem Vater geerbt hatte, verfiel, sie entließ das Dienstmädchen; nach Aliks Tod weigerte sie sich, einen neuen Hund zu kaufen, und sie selbst mußte sich nach einer Arbeit umsehen.

Und es kam zu weiteren Veränderungen: ihre Schwester beschloß, ihre Wohnung im Zentrum von Prag dem frisch verheirateten Sohn zu überlassen und mit ihrem Mann und dem jüngeren Sohn die Zimmer im Erdgeschoß der Villa zu beziehen, während die

Großmutter in den ersten Stock zur verwitweten Mutter zog.

Den Schwager verachtete die Mutter seit der Zeit, da sie gehört hatte, wie er verkündete, Voltaire sei ein Physiker gewesen, der das Volt erfunden habe. Seine Familie war laut und gab sich selbstgefällig primitiven Vergnügungen hin; das fröhliche Leben in den unteren Räumen wurde mit dicken Strichen von der Melancholie abgetrennt, die sich im oberen Stock ausbreitete.

Und dennoch ging die Mutter aufrechter als in den Zeiten des Wohlstands. Als trüge sie auf ihrem Kopf (nach dem Vorbild dalmatinischer Frauen, die so ihre Traubenkörbe tragen) die unsichtbare Urne ihres Mannes.

2.

Im Badezimmer auf der Ablage unter dem Spiegel stehen Flakons und Cremetübchen, doch die Mutter benutzt sie kaum zur Schönheitspflege. Wenn sie so oft davorsteht, so deshalb, weil sie dadurch an ihren verstorbenen Vater erinnert wird, an seine Drogerie (sie gehört längst dem verhaßten Schwager) und die Jahre des sorglosen Lebens in der Villa.

Über die mit Eltern und Ehemann gelebte Vergangenheit hat sich das bange Licht einer gerade untergehenden Sonne gelegt. Dieser bange Schein zerreißt sie;

es wird ihr bewußt, daß sie die Schönheit jener Jahre erst jetzt zu schätzen weiß, die Jahre sind vorbei, und sie wirft sich vor, eine undankbare Ehefrau gewesen zu sein. Ihr Mann hatte sich größter Gefahr ausgesetzt, war von Sorgen zerfressen worden und hatte ihr, um ihre Ruhe zu bewahren, kein Sterbenswörtchen gesagt; sie weiß bis heute nichts über den Grund, weshalb er verhaftet wurde, in welcher Widerstandsgruppe er gearbeitet und was für einen Auftrag er dort ausgeführt hatte; sie weiß überhaupt nichts und versteht dies als schmachvolle Strafe dafür, daß sie dermaßen beschränkt gewesen ist und im Verhalten ihres Mannes nichts anderes als erkaltende Gefühle hatte sehen können. Wenn sie daran denkt, daß sie ihm ausgerechnet in einer Zeit untreu war, da er in höchster Gefahr schwebte, verachtet sie sich fast.

Sie betrachtet sich jetzt im Spiegel und stellt überrascht fest, daß ihr Gesicht immer noch jung ist, sogar ganz überflüssigerweise jung, ihr scheint, als hätte die Zeit es irrtümlich und zu Unrecht auf ihrem Hals vergessen. Unlängst hat man ihr zugetragen, daß jemand sie mit Jaromil auf der Straße gesehen und geglaubt hatte, sie seien Bruder und Schwester; das kommt ihr komisch vor. Freude macht es ihr allerdings; und seit dieser Zeit geht sie mit noch größerem Vergnügen zusammen mit Jaromil ins Theater und in Konzerte.

Denn was außer ihm ist ihr noch geblieben?

Die Großmutter büßte Schritt für Schritt Gedächtnis und Gesundheit ein, sie saß nur noch zu Hause, stopfte Jaromils Socken und bügelte die Kleider der Tochter. Sie war erfüllt von Wehmut, von Erinnerungen und voller liebevoller Fürsorge. Sie schuf eine traurig liebevolle Atmosphäre und verstärkte das Weibliche des Milieus (eines doppelten Witwenmilieus), von dem Jaromil zu Hause umgeben war.

3.

An den Wänden seines Zimmerchens hingen keine aufgemalten Kindersprüche mehr (die Mutter hatte sie mit Bedauern im Schrank verstaut), sondern zwanzig kleine Reproduktionen kubistischer und surrealistischer Bilder, die er aus verschiedenen Zeitschriften ausgeschnitten und auf Karton geklebt hatte. Dazwischen hing an der Wand ein Telefonhörer mit einem Stück abgeschnittener Schnur (das Telefon mußte einmal repariert werden, und Jaromil sah in dem abgeschnittenen, defekten Hörer jenes Objekt, das, aus seinem alltäglichen Zusammenhang gerissen, verfremdende Wirkung hatte und zu Recht ein *surrealistisches Objekt* genannt werden durfte). Das Bild jedoch, das er am häufigsten betrachtete, befand sich im Rahmen des Spiegels, der an derselben Wand hing. Nichts hatte er besser studiert als sein eigenes Gesicht, nichts quälte ihn mehr als dieses Gesicht, und in nichts (wenngleich erst nach erbitterter Anstrengung) legte er größere Hoffnung:

Es ähnelte dem Gesicht der Mutter, doch da Jaromil ein Mann war, wirkte die Zartheit der Züge weit auffälliger: er hatte eine schöne, feingeschwungene Nase und ein kleines, leicht fliehendes Kinn. Dieses Kinn quälte ihn sehr; er hatte in jener berühmten Meditation Schopenhauers gelesen, ein nach hinten fliehendes Kinn sei besonders widerwärtig, denn gerade durch das vorstehende Kinn unterscheide sich der Mensch vom Affen. Dann entdeckte er irgendwo eine Aufnahme von Rilke und stellte fest, daß auch dieser ein fliehendes Kinn gehabt hatte, und das war für ihn ein ermunternder Trost. Er schaute lange in den Spiegel und schwankte verzweifelt in diesem riesigen Raum zwischen Affe und Rilke.

Ehrlich gesagt floh das Kinn relativ sanft, und die Mutter hielt das Gesicht ihres Sohnes zu Recht für kindlich anmutig. Gerade das quälte Jaromil aber noch mehr als sein Kinn: die Zartheit der Züge ließ ihn einige Jahre jünger erscheinen, und da seine Mitschüler ein Jahr älter waren als er, war das Kindliche seines Aussehens noch augenfälliger, es war nicht wegzureden und wurde oftmals am Tag kommentiert, und Jaromil konnte es keinen Augenblick vergessen.

Welch eine Last, dieses Gesicht zu tragen! Wie schwer wog diese federleichte Zeichnung der Züge!

(Jaromil hatte damals oft Angstträume, daß er einen sehr leichten Gegenstand heben mußte, eine Teetasse, einen Löffel, ein Federchen, es aber nicht konnte, sondern um so schwächer wurde, je leichter der Gegenstand war, daß er *unter dessen Leichtigkeit zusammenbrach*; diese Träume durchlebte er als Alpträume und erwachte schweißgebadet; uns scheint, es waren Träume von seinem leichten, spinnwebenhaft gezeichneten Gesicht, das er vergeblich abzunehmen und fortzuwerfen versuchte.)

4.

In den Häusern, in denen die Dichter geboren werden, herrschen die Frauen: Trakls Schwester, Jessenins und Majakowskijs Schwestern, Bloks Tanten, Hölderlins und Lermontows Großmütter, Puschkins Amme und freilich vor allem die Mütter, die Mütter der Dichter, hinter denen die Schatten der Väter verblassen. Lady Wilde und Frau Rilke kleideten ihre Söhne wie kleine Mädchen. Wundern Sie sich, wenn der Junge dann ängstlich in den Spiegel schaut? *Es ist Zeit, ein Mann zu werden*, schrieb Jiří Orten in sein Tagebuch. Sein Leben lang wird der Lyriker in seinen Gesichtszügen die Männlichkeit suchen.

Wenn Jaromil lange genug in den Spiegel schaute, gelang es ihm zu sehen, was er wollte: einen harten Blick oder einen rohen Zug um den Mund; dazu mußte er allerdings ein ganz bestimmtes Lächeln oder besser gesagt Grinsen aufsetzen, bei dem die Oberlippe krampfhaft zurückgedrückt wurde. Auch durch seine Frisur versuchte er, sein Gesicht zu verändern: er versuchte, die Haare über der Stirn hochzubürsten, damit sie einen dichten, wilden Schopf vortäuschten; doch oh weh, diese Haare, die die Mutter dermaßen liebte, daß sie sogar eine Locke in ihrem Medaillon trug, waren das Schlimmste, was er sich wünschen konnte: gelb wie der Flaum frisch ausgeschlüpfter Küken und zart wie der Flugsamen von Löwenzahn, ließen sie sich auf keine Weise frisieren; die Mutter streichelte sie oft und sagte, es seien Engelshaare. Doch Jaromil haßte Engel und liebte Teufel; er wünschte sich sehnlichst, die Haare schwarz zu färben, wagte es aber nicht, da gefärbtes Haar ihn noch weiblicher gemacht hätte als sein blondes; so ließ er es wenigstens sehr lang wachsen und trug es zerzaust.

Bei jeder Gelegenheit kontrollierte und korrigierte er sein Aussehen; er kam an keinem Schaufenster vorbei, ohne einen kurzen Blick hineinzuwerfen. Je mehr er sein Aussehen beobachtete, desto stärker wurde es ihm bewußt, und es kam ihm noch problematischer und schmerzlicher vor:

Sehen wir zu:

Er geht von der Schule nach Hause. Die Straße ist menschenleer, doch von weitem kommt ihm eine unbekannte junge Frau entgegen. Unaufhaltsam nähern die beiden sich einander. Jaromil sieht, die Frau ist schön, und er denkt an sein Gesicht. Er versucht, sein einstudiertes hartes Lächeln aufzusetzen, spürt jedoch, daß es ihm nicht gelingt. Er denkt je länger desto mehr an sein Gesicht, dessen mädchenhafte Kindlichkeit ihn in den Augen der Frauen lächerlich macht, er hat sich ganz in seinem läppischen Gesichtchen verkörpert, das starr, hölzern und (oh weh!) rot wird! Er beschleunigt also seine Schritte, um die Wahrscheinlichkeit zu verringern, daß die Frau ihn ansieht; würde er nämlich von einer schönen Frau dabei ertappt, wie er errötete, er könnte diese Schande nicht ertragen!

5.

Die Stunden, die er vor dem Spiegel verbrachte, ließen ihn den tiefsten Grund der Hoffnungslosigkeit erleben; zum Glück gab es einen zweiten Spiegel, der ihn zu den Sternen emporhob. Dieser ihn in den Himmel hinaufhebende Spiegel waren seine Verse; er sehnte sich nach jenen, die er noch nicht geschrieben hatte, und an jene, die er schon geschrieben hatte, erinnerte er sich mit der Begeisterung, mit der man sich an eine Frau erinnert; er war nicht nur Schöpfer, sondern auch Theoretiker und Historiker seiner Verse; er schrieb Betrachtungen über das, was er geschrieben hatte, teilte seine Schriften in verschiedene Perioden ein und benannte diese; so lernte er innerhalb von zwei bis drei Jahren seine Gedichte in einem Entwicklungsablauf zu sehen, der eines Historiographen würdig war.

Darin lag Trost: Dort *unten*, wo er seinen Alltag erlebte, wo er zur Schule ging, mit Mutter und Großmutter zu Mittag aß, herrschte ausdruckslose Leere; dafür hatte er *oben*, in seinen Gedichten, Orientierungssäulen aufgestellt, Tafeln mit Aufschriften; hier war die Zeit eingeteilt und bunt; er ging von einer dichterischen Periode in die nächste und konnte (während er aus einem Augenwinkel auf diese schreckliche, ereignislose Stagnation hinunterblickte) sich selbst in beseligender Ekstase das Eintreten in eine neue Periode ankündigen, die seiner Phantasie ungeahnte Horizonte eröffnete.

Und er durfte auch die stille, feste Zuversicht haben, trotz der Belanglosigkeit seines Aussehens (und auch seines Lebens) einen einzigartigen Reichtum zu besitzen, oder sagen wir es anders: *auserwählt* zu sein.

Wir wollen dieses Wort erläutern:

Obwohl nicht sehr häufig, da die Mutter es nicht wünschte, besuchte Jaromil weiterhin den Maler; er hatte zwar längst schon zu zeichnen aufgehört, dafür aber einmal beschlossen, ihm seine Verse zu zeigen, und seither hatte er sie ihm alle gebracht. Der Maler las sie mit lebhaftem Interesse und behielt sie manchmal, um sie Freunden zu zeigen; das versetzte Jaromil in gewaltige Höhen des Glücks, war doch der Maler, der hinsichtlich seiner Zeichnungen stets kritisch gewesen war, für ihn eine unerschütterliche Autorität geblieben; Jaromil glaubte, daß es (verborgen im Bewußtsein Eingeweihter) ein objektives Maß für künstlerische Werte gab (so wie im Museum von Sèvres der Prototyp des Meters in Platin aufbewahrt wird), und daß der Maler dieses Maß kannte.

Dennoch war da etwas Befremdendes: Jaromil vermochte nie zu erraten, was der Maler an seinen Gedichten schätzte und was nicht; einmal lobte er ein kleines Gedicht, das Jaromil nebenbei und mit der linken Hand hingeworfen hatte, ein andermal legte er gelangweilt Verse zur Seite, an denen dem Jungen sehr viel lag. Wie ist das zu erklären? Wenn Jaromil selbst nicht in der Lage ist, den Wert dessen, was er schreibt, zu erkennen, bedeutet das dann nicht, daß er diese Werte spontan schafft, zufällig, unabhängig von seinem Willen, jenseits von seinem Wissen, also ohne eigenes Verdienst (so wie er seinerzeit den Maler mit der ganz zufällig entdeckten Welt der Hundemenschen bezaubert hat)?

»Selbstverständlich«, sagte der Maler, als sie dieses Thema einmal anschnitten. »War etwa die phantastische Vorstellung, die du ins Gedicht gelegt hast, Ergebnis einer Überlegung? Ganz und gar nicht: sie ist dir eingefallen, plötzlich und unvermutet; Autor dieser Vorstellung bist nicht du, sondern jemand in deinem Innern; jemand, der in dir dichtet. Dieser dichtende Jemand ist der gewaltige Strom des Unbewußten, der jeden Menschen durchfließt; es ist kein Verdienst, wenn dieser Strom, in dem alle gleich sind, dich als seine Geige auserwählt hat.«

Der Maler hatte dies als Lektion der Bescheidenheit verstanden, doch Jaromil fand darin augenblicklich ein glitzerndes Körnchen für seinen Stolz: gut, er war es nicht, der die Bilder im Gedicht geschaffen hatte; es gab aber etwas Geheimnisvolles, das sich ausgerechnet seine schreibende Hand ausgesucht hatte; er durfte also auf etwas Größeres stolz sein, als *das Verdienst* es war; er durfte stolz sein auf *die Auserwähltheit*.

Übrigens hatte er nie vergessen, was die Frau im Badestädtchen zu ihm gesagt hatte: *dieses Kind hat eine große Zukunft vor sich*. Er glaubte solchen Sätzen wie Prophezeiungen. Die Zukunft war eine unbekannte Ferne hinter dem Horizont, in der für ihn eine verschwommene Vorstellung der Revolution (der Maler sprach oft von deren Unabwendbarkeit) mit einer verschwommenen Vorstellung der bohèmehaften Freiheit des Dichters verschmolz; er wußte, daß diese Zukunft mit seinem Ruhm Glanz bekäme, und dieses Bewußtsein verlieh ihm die Gewißheit, die (selbständig und unabhängig) neben allen peinlichen Unsicherheiten in ihm lebte.

6.

Ach, die Leere der langen Nachmittage, an denen sich Jaromil im Zimmer eingeschlossen hat und abwechselnd in seine beiden Spiegel blickt!

Wie ist das möglich? Überall hat er gelesen, die Jugend sei die erfüllteste Zeit des Lebens! Woher kommt dieses Vakuum, diese Vereinzelung der lebendigen Materie? Woher kommt diese *Leere*?

Dieses Wort war unangenehm wie das Wort Niederlage. Und es gab noch andere Wörter, die (mindestens zu Hause, in dieser Metropole der Leere) in seiner Gegenwart niemand aussprechen durfte. Beispielsweise das Wort *Liebe* oder das Wort *Mädchen*. Wie haßte er die drei Personen, die die Zimmer im Erdgeschoß der Villa bewohnten! Oft waren dort bis spät in der Nacht Gäste, man konnte betrunkene Stimmen und auch kreischende Frauen hören, und Jaromil, der in seine Decken gemummt nicht schlafen konnte, zerriß es dabei die Seele. Sein Cousin war nur zwei Jahre älter als er, doch diese zwei Jahre türmten sich zwischen ihnen beiden auf wie die Pyrenäen, die zwei verschiedene Zeitalter voneinander trennen; der Cousin, ein Hochschulstudent, brachte (mit freundlichem Einverständnis der Eltern) hübsche Fräuleins mit in die Villa, und er verachtete Jaromil ein bißchen; den Onkel sah man selten (er war von den ererbten Geschäften in Anspruch genommen), dafür brauste die Stimme der Tante durchs Haus; jedesmal, wenn sie Jaromil begegnete, stellte sie ihm die stereotype Frage: *»Na, was machen die Mädchen?«* Jaromil hätte ihr am liebsten ins Gesicht gespuckt, denn ihre herablassend joviale Frage stellte sein ganzes Elend in ein grelles Licht. Nicht daß er keine Kontakte mit Mädchen gehabt hätte, es waren jedoch so wenige, daß die einzelnen Treffen so weit voneinander entfernt waren wie die Sterne im All. Das Wort Mädchen klang also traurig wie das Wort Wehmut oder das Wort Mißerfolg.

Da die Treffen mit Mädchen seine Zeit nicht ausfüllten, wurde sie ausgefüllt von der Erwartung dieser Treffen, und diese Erwartung war nicht nur einfach ein Ausschauhalten nach der Zukunft, sie war Vorbereitung und Studium. Jaromil war überzeugt davon, daß der Erfolg eines Treffens vor allem davon abhing, nicht in verlegenes Schweigen zu verfallen, sondern reden zu können. Ein Rendezvous mit einem Mädchen war vor allem eine Kunst der Konversation. Er legte sich zu diesem Zweck ein spezielles Heft zu, in das er erzählenswerte Geschichten aufschrieb, und zwar keineswegs Anekdoten, die so gar nichts Persönliches über den aussagen, der sie erzählt. Er schrieb Geschichten auf, die er selbst erlebt hatte; und da er kaum welche erlebt hatte, erfand er sie; dabei bewies er Geschmack: die erfundenen (oder gelesenen oder gehörten) Geschichten, in die er sich selbst als Helden einsetzte, sollten ihn nicht heroisieren, sondern nur behutsam, sozusagen unmerklich, aus dem Bereich von Stagnation und Leere in den Bereich von Bewegung und Abenteuer versetzen.

Er notierte sich auch verschiedene Verse (und wir möchten erwähnen, daß es nicht solche waren, die er selbst bewunderte), in denen Dichter die weibliche Schönheit priesen und die man als eigene Beobachtung vortragen konnte. So hatte er zum Beispiel den Vers notiert: *Dein Gesicht wäre eine wunderbare Trikolore: Lippen, Augen, Haar* ... Einen solchen Vers mußte man allerdings von der Künstlichkeit des Rhythmus befreien und dem Mädchen als plötzlichen, eigenen Einfall darbieten, wie ein spontanes, witziges Kompliment: *Dein Gesicht ist eigentlich eine Trikolore! Augen, Mund und Haar. Ich lasse keine anderen Staatsfarben gelten!*

Vom Anfang bis zum Ende des Treffens denkt Jaromil an seine vorbereiteten Sätze und hat entsetzliche Angst, seine Stimme könnte unnatürlich und die Sätze einstudiert wirken, und er könnte sie herunterleiern wie ein schlechter Laienspieler. Er wagt es also nicht, sie auszusprechen, da er aber nur darauf konzentriert ist, kann er außer ihnen nichts anderes sagen. Das Treffen ist peinlich schweigsam, Jaromil glaubt in den Blicken des Mädchens Hohn zu sehen und verabschiedet sich bald mit einem Gefühl der Niederlage.

Zu Hause setzt er sich an seinen Tisch und schreibt wütend, rasch und haßerfüllt: *Aus deinen Augen fließen Blicke wie Pisse Ich schieße mit der Flinte auf die gemauserten Spatzen deiner albernen Gedanken Zwischen deinen Beinen liegt eine Lache aus der Regimenter von Fröschen springen ...*

Er schreibt immer weiter und liest dann mit Befriedigung einen Text, dessen Phantasie ihm wundervoll dämonisch erscheint.

Ich bin ein Dichter, ich bin ein großer Dichter, sagt er sich im Geist und schreibt dann in sein Tagebuch:

Ich bin ein großer Dichter, ich habe eine große Sensibilität, ich habe eine teuflische Phantasie, ich fühle, was andere nicht fühlen ...

Und während dieser Zeit kommt die Mutter nach Hause und geht in ihr Zimmer ...

Jaromil tritt vor den Spiegel und betrachtet lange sein verhaßtes, kindliches Gesicht. Er betrachtet es so lange, bis er darin schließlich den Glanz des Außergewöhnlichen und Auserwählten sieht.

Und im Nebenzimmer stellt sich die Mutter auf die Zehenspitzen und nimmt das goldgerahmte Bild ihres Gatten von der Wand.

7.

Sie hatte an diesem Tag erfahren, daß ihr Mann schon lange vor dem Krieg ein Verhältnis mit einem jüdischen Mädchen gehabt hatte; als die Deutschen die böhmischen Länder besetzten und die Juden mit dem entehrenden gelben Stern auf dem Mantel auf die Straße gehen mußten, verließ er sie nicht, traf sich auch weiter mit ihr und half ihr, wo er nur konnte.

Dann wurde sie ins Getto von Theresienstadt abtransportiert, und er wagte eine strafbare Tat: mit Hilfe von tschechischen Polizisten gelang es ihm, sich in die scharf bewachte Stadt einzuschleichen und seine Geliebte für einige Minuten zu sehen. Der Erfolg war verlockend, er machte sich ein zweites Mal auf den Weg nach Theresienstadt, doch da wurde er festgenommen, und weder er noch seine Liebste kehrten je zurück.

Die unsichtbare Urne, die die Mutter auf dem Kopf getragen hat, wird zusammen mit dem Bild ihres Mannes hinter den Schrank gestellt. Sie braucht nicht mehr aufrecht zu gehen, es gibt nichts mehr, was sie aufrichten könnte, da die anderen das ganze moralische Pathos für sich gepachtet haben:

Sie hört noch immer die Stimme jener alten Jüdin, einer Verwandten der Geliebten ihres Mannes, die ihr das alles erzählt hat: »Er war der tapferste Mann, den ich je gekannt habe.« Und: »Ich bin allein auf der Welt geblieben. Meine ganze Familie ist im Konzentrationslager umgekommen.«

Die Jüdin hatte im vollen Ruhm ihres Schmerzes dagesessen, während der Schmerz, den die Mutter in jenem Moment empfand, ruhmlos war; die Mutter spürte, wie dieser Schmerz sich in ihrem Innern kläglich krümmte.

8.

Zaudernd rauchende Heuhaufen
vielleicht raucht ihr den Tabak ihres Herzens
schrieb er und stellte sich einen in den Feldern vergrabenen Mädchenleib vor.

In seinen Gedichten kam der Tod sehr oft vor. Die Mutter irrte sich jedoch (sie war noch immer die erste Leserin seiner Gedichte), wenn sie sich das mit der Frühreife ihres Kindes erklärte, das von der Tragik des Lebens in Bann geschlagen worden war.

Der Tod, über den Jaromil schrieb, hatte mit dem wirklichen Tod wenig gemein. Der Tod wird erst wirklich, wenn er allmählich durch die Ritzen des Alters in den Menschen eindringt. Für Jaromil jedoch war er unendlich weit weg; er war abstrakt; er war für ihn nicht Wirklichkeit, sondern Traum.

Was aber suchte er in diesem Traum?

Er suchte darin das Unermeßliche. Sein Leben war hoffnungslos klein, alles um ihn herum nichtssagend und grau. Der Tod jedoch ist absolut; er ist unteilbar und unauflösbar.

Die Anwesenheit eines Mädchens war nichtig (ein paar Berührungen und viele belanglose Worte), deren vollkommene Abwesenheit aber ganz und gar großartig; und wenn er sich das Mädchen in den Feldern vergraben vorstellte, entdeckte er mit einem Mal die Erhabenheit des Leids und die Größe der Liebe.

Doch er suchte in den Träumen vom Tod nicht nur das Absolute, er suchte auch das Glück.

Er träumte von einem Leib, der sich langsam in der Erde auflöste, und es schien ihm, als sei dies ein herrlicher Liebesakt, in dem der Leib sich lange und lustvoll in Erde verwandelte.

Die Welt verletzte ihn unaufhörlich; er errötete vor Frauen, schämte sich und sah in allem Verhöhnung. In seinem Traum vom Tod wurde nur geschwiegen und lange, stumm und glücklich gelebt. Ja, Jaromils Tod war *gelebt*; er glich auf wundersame Weise jener Zeit, da der Mensch noch nicht in die Welt hinaus mußte, weil er eine Welt für sich war und von der wonnevollen Wölbung der Innenwände des mütterlichen Bauches umfangen wurde.

In einem solchen Tod, der dem ewigen Glück glich, ersehnte er sich die Vereinigung mit der geliebten Frau. In einem seiner Gedichte umarmten die Liebenden sich so, daß sie ineinander hineinwuchsen, bis sie zu einem einzigen Wesen wurden: unfähig zu einer Bewegung und langsam sich verwandelnd in ein regloses Mineral, das unbeschadet von der Zeit bis in alle Ewigkeit überdauert.

Ein andermal stellte er sich vor, die Liebenden lägen so unendlich lange nebeneinander, bis sie von Moos überwuchert wurden und sich selbst in Moos verwandelten; dann trat zufällig ein Fuß auf sie, und sie (denn das Moos blühte gerade) schwebten empor, und dies war so unsäglich glücklich, wie es ein Emporschweben nur sein kann.

9.

Glauben Sie, die Vergangenheit sei, nur weil sie schon geschehen ist, fertig und unabänderlich? Ach nein, ihr Kleid ist aus schillerndem Taft geschneidert, und jedesmal, wenn wir uns nach ihr umdrehen, sehen wir sie in einer anderen Farbe. Unlängst noch warf die Mutter sich vor, ihren Mann des Malers wegen verraten zu haben, und jetzt rauft sie sich die Haare, weil sie ihres Mannes wegen ihre einzige Liebe verriet.

Wie feige sie gewesen war! Ihr Ingenieur hatte seine große romantische Geschichte gelebt und ihr wie einem Dienstmädchen nur die Brotrinde des Alltags gelassen. Und sie war dermaßen ängstlich und voller Gewissensbisse gewesen, daß das Abenteuer mit dem Maler über sie hinweggewalzt war, bevor sie es richtig hatte wahrnehmen können. Jetzt sah sie es: Sie hatte die einzige große Gelegenheit weggeworfen, die das Leben ihrem Herzen geboten hatte.

Sie begann in törichter Beharrlichkeit an den Maler zu denken. Bemerkenswert dabei war, daß die Erinnerungen ihn nicht auf den Hintergrund des Prager Ateliers malten, in dem sie mit ihm Tage sinnlicher Liebe verbracht hatte, sondern auf den Hintergrund der pastellfarbenen Landschaft mit dem Fluß, dem Schiffchen und den Renaissance-Arkaden des Badestädtchens. Ihr Herzensparadies fand sie in diesen stillen Badewochen, als die Liebe noch nicht geboren, sondern erst empfangen war. Sie sehnte sich danach, zum Maler zu gehen und ihn zu bitten, dorthin zurückzukehren, die Geschichte ihrer Liebe neu zu beginnen und vor jenem Pastellhintergrund zu leben, frei, fröhlich und schrankenlos.

Eines Tages stieg sie die Treppen hinauf bis vor die Tür seiner Wohnung im Dachgeschoß. Sie klingelte aber nicht, da sie im Innern eine geschwätzige Frauenstimme hörte.

Sie ging dann so lange vor dem Haus hin und her, bis sie ihn sah; er trug wie immer den Ledermantel und führte ein sehr junges Mädchen am Arm, das er zur Straßenbahnhaltestelle begleitete. Als er zurückkehrte, schritt sie ihm entgegen. Er erkannte sie und grüßte überrascht. Sie tat, als wäre sie von der zufälligen Begegnung ebenfalls überrascht. Er lud sie zu sich ein. Ihr Herz begann zu klopfen, weil sie wußte, daß sie bei der ersten flüchtigen Berührung in seinen Armen schmelzen würde.

Er bot ihr Wein an; er zeigte ihr neue Bilder; er lächelte sie freundschaftlich an, wie man die Vergangenheit anlächelt: kein einziges Mal berührte er sie, und dann begleitete er sie zur Straßenbahn.

10.

Eines Tages, als alle Mitschüler sich nach der Unterrichtsstunde um die Wandtafel scharten, schien es ihm, als sei sein Moment nun gekommen; unbeobachtet ging er auf eine Mitschülerin zu, die in der Bank allein zurückgeblieben war; sie gefiel ihm schon lange, und sie hatten sich oft schon lange in die Augen geschaut; jetzt setzte er sich neben sie. Als die ausgelassenen Mitschüler die beiden nach einer Weile bemerkten, packten sie die Gelegenheit zu einem Spaß beim Schopf; leise lachend verließen sie das Klassenzimmer und schlossen es von außen ab.

Solange er die Rücken seiner Mitschüler um sich gehabt hatte, hatte er sich unauffällig und frei gefühlt, als er nun jedoch mit dem Mädchen allein im Klassenzimmer war, kam er sich vor wie im Rampenlicht einer Bühne. Er versuchte, seine Verlegenheit durch geistvolle Konversation zu überspielen (er hatte auch andere als die einstudierten Sätze zu sagen gelernt). Er sagte, die Tat der Mitschüler sei ein Musterbeispiel einer absolut mißlungenen Handlung; sie sei unvorteilhaft für jene, die sie ausgeführt hatten (sie mußten in unbefriedigter Neugier auf dem Flur herumlungern), vorteilhaft hingegen für jene, gegen die sie gerichtet war (sie waren jetzt zusammen, wie sie es sich gewünscht hatten). Die Mitschülerin nickte und sagte, man solle das ausnutzen. Ein Kuß hing in der Luft. Es genügte, sich zu dem Mädchen hinunterzuneigen. Und dennoch schien ihm der Weg zu ihren Lippen unendlich lang und beschwerlich; er redete und redete und küßte nicht.

Dann klingelte es, und das bedeutete, daß jeden Moment der Professor kommen konnte und die vor der Tür versammelten Schüler dazu anhalten würde, das Klassenzimmer aufzuschließen. Das erregte die beiden. Jaromil verkündete, sie könnten sich am besten an den Mitschülern rächen, wenn diese sie darum beneiden müßten, daß sie sich geküßt hätten. Dann berührte er mit einem Finger die Lippen der Mitschülerin (wo nahm er bloß diese Kühnheit her?) und sagte lächelnd, daß die Kußspur von derart stark geschminkten Lippen auf seinen Wangen gewiß gut sichtbar wäre. Die Mitschülerin pflichtete bei, es sei schade, daß sie sich nicht geküßt hätten, und während sie das sagte, war hinter der Tür die entrüstete Stimme des Professors zu hören.

Jaromil sagte, es wäre schade, wenn weder der Professor noch die Mitschülerin eine Kußspur bei ihm sähen, und wieder wollte er sich zur Mitschülerin hinunterneigen, doch wieder schien ihm die Reise zu ihren Lippen weit wie ein Ausflug auf den Mont Blanc.

»Ja, sie sollen uns beneiden«, sagte die Mitschülerin, zog den Lippenstift und ein Taschentuch aus der Tasche, strich mit dem Stift über den Stoff und färbte damit Jaromils Gesicht.

Dann öffnete sich die Tür, und in die Klasse stürzten der grimmige Professor und die Schülerschar. Jaromil und die Mitschülerin erhoben sich, wie Schüler dies zur Begrüßung des in die Klasse kommenden Lehrers zu tun haben; sie standen allein in den leeren Bänken und ihnen gegenüber die Menge der Zuschauer, die alle in Jaromils Gesicht die vielen herrlich roten Flecken sahen. Und er stand da vor aller Augen und war stolz und glücklich.

11.

Im Amt, in dem sie arbeitete, machte ihr ein Kollege den Hof. Er war verheiratet und versuchte sie zu überreden, ihn zu sich nach Hause einzuladen.

Sie bemühte sich herauszufinden, was für eine Einstellung Jaromil ihrer erotischen Freiheit gegenüber einnehmen würde. Vorsichtig und von weit her begann sie von anderen Witwen gefallener Männer zu sprechen, und davon, mit wieviel Mühe diese versuchten, ein neues Leben anzufangen.

»Was ist das, ein neues Leben?« reagierte er gereizt: »Soll das etwa ein Leben mit einem neuen Mann sein?«

»Gewiß, auch das gehört dazu. Das Leben geht weiter, Jaromil, das Leben stellt seine Ansprüche ...«

Treue der Frau einem gefallenen Helden gegenüber gehörte zu Jaromils geheiligten Mythen; sie war die Garantie dafür, daß das Absolute der Liebe nicht nur eine Erfindung von Gedichten war, sondern existierte und es sich lohnte, dafür zu leben.

»Wie können Frauen, die eine große Liebe erlebt haben, mit einem anderen herumhuren?« empörte er sich über die treulosen Witwen. »Wie können sie überhaupt jemanden berühren, wenn in ihrem Gedächtnis ein Mann lebt, der gefoltert und getötet worden ist? Wie können sie einen Gefolterten noch weiter foltern, einen Hingerichteten noch einmal hinrichten?«

Die Vergangenheit trägt ein Kleid aus schillerndem Taft. Die Mutter wies den sympathischen Kollegen ab, und wieder einmal verwandelte sich ihre ganze Vergangenheit vor ihren Augen vollkommen:

Es stimmt gar nicht, daß sie den Maler ihres Mannes wegen verraten hat. Sie hat ihn Jaromils wegen verlassen, für den sie den häuslichen Frieden hat wahren wollen! Wenn sie noch heute Angst vor der eigenen Nacktheit hat, so ist dies Jaromils wegen, der ihren Bauch verunstaltet hat. Und sogar die Liebe ihres Mannes hat sie seinetwegen verloren, als sie um jeden Preis und starrköpfig seine Geburt durchgesetzt hat!

Von Anfang an hat er ihr immer nur alles genommen!

12.

Einmal (da hatte er schon viele wirkliche Küsse hinter sich) ging er auf den einsamen Wegen des Stromovka-Parkes spazieren, und zwar mit einem Mädchen, das er in der Tanzstunde kennengelernt hatte. Das Gespräch war vor einer Weile verstummt, und in der Stille waren ihre Schritte zu hören, gemeinsame Schritte, die unversehens etwas über sie beide verrieten, das sie bisher noch nicht zu benennen gewagt hatten: daß sie zusammen gingen, und daß sie, da sie zusammen gingen, sich mochten; ihre ins Schweigen hineinklingenden Schritte bestärkten sie darin, und ihr Gang wurde immer langsamer, bis das Mädchen plötzlich den Kopf an Jaromils Schulter legte.

Das war unermeßlich schön, nur spürte Jaromil, noch bevor er diese Schönheit auskosten konnte, daß er erregt war, und zwar auf durchaus sichtbare Weise. Er war entsetzt. Er dachte daran, daß der sichtbare

Beweis seiner Erregung so rasch wie möglich verschwinden mußte, je mehr er sich das jedoch wünschte, desto weniger ging es in Erfüllung. Er hatte fürchterliche Angst, die Augen des Mädchens könnten an ihm hinuntergleiten und diese kompromittierende Geste seines Körpers sehen. Er versuchte, ihren Blick nach oben zu lenken und sprach von den Vögeln in den Wipfeln und von den Wolken.

Ein Spaziergang voller Glück (noch nie zuvor hatte eine Frau ihren Kopf an seine Schulter gelegt, und er sah in dieser Geste eine bis ans Ende des Lebens währende Ergebenheit), zugleich aber voller Schmach. Er befürchtete, sein Körper könnte die peinlich indiskrete Reaktion wiederholen. Nach langem Nachdenken nahm er ein langes Band aus dem Kleiderschrank der Mutter und wickelte es vor dem nächsten Spaziergang so unter der Hose fest, daß ein eventueller Beweis der Erregung an sein Bein gebunden blieb.

13.

Wir haben diese Episode aus Dutzenden anderer ausgewählt, um sagen zu können, für Jaromil sei das größte bis dahin erfahrene Glück ein an seiner Schulter ruhender Mädchenkopf.

Ein Mädchenkopf bedeutete ihm mehr als ein Mädchenkörper. Vom Körper verstand er nicht besonders viel (was waren eigentlich schöne Frauenbeine? wie hatte ein schöner Hintern auszusehen?), ein Gesicht dagegen war ihm verständlich, und allein das Gesicht entschied in seinen Augen über die Schönheit einer Frau.

Damit wollen wir nicht sagen, daß der Körper ihn nicht interessiert hätte. Die Vorstellung weiblicher Nacktheit löste in ihm Schwindelgefühle aus. Doch möchten wir folgenden feinen Unterschied festhalten:

Er sehnte sich nicht nach der Nacktheit eines Mädchenkörpers; er sehnte sich nach einem von der Nacktheit des Körpers umstrahlten Mädchengesicht.

Er sehnte sich nicht danach, einen Mädchenkörper zu besitzen, er sehnte sich danach, ein Mädchengesicht zu besitzen, das ihm als Liebesbeweis den Körper zum Geschenk gemacht hätte.

Dieser Körper lag jenseits der Grenzen seiner Erfahrung, und gerade deshalb schrieb er darüber zahllose Gedichte. Wie oft tauchte in seinen damaligen Versen doch der weibliche Schoß auf! Bloß machte Jaromil dieses Gebär- und Beischlaforgan durch die Wunder wirkende dichterische Magie (die Magie der Unerfahrenheit) zum wolkigen Gegenstand und zum Thema spielerischer Träume.

So schrieb er in einem Gedicht, in der Mitte ihres Leibes sei eine *kleine tickende Uhr*.

Ein andermal stellte er sich vor, der Schoß sei *ein Zuhause unsichtbarer Wesen*.

Und noch ein andermal ließ er sich von der Vorstellung der Öffnung hinreißen, und er sah sich selbst, in eine Kindermurmel verwandelt, lange durch diese Öffnung fallen, bis er sich am Ende in bloßes Fallen verwandelte, in *ein Fallen, das in ihrem Leib lebenslänglich währte*.

In einem anderen Gedicht wiederum verwandelten Mädchenbeine sich in zwei Flüsse, die ineinander mündeten; in diesem Zusammenfluß stellte er sich einen geheimnisvollen Berg vor, dem er einen erfundenen, biblisch klingenden Namen gab: der Berg Sejn.

Dann wiederum sprach er von der langen Irrfahrt eines Velozipedisten (dieses Wort schien ihm schön wie die Dämmerung), der müde durch eine Landschaft radelte, diese Landschaft war ihr Leib und die zwei Heuhaufen, in denen er gern geschlafen hätte, ihre Brüste.

Es war wunderbar, auf dem weiblichen Körper umherzuirren, auf dem unbekannten, ungesehenen, unwirklichen Körper, auf einem Körper ohne Geruch, ohne Pickel, ohne kleine Mängel und ohne Krankheiten, auf einem imaginären Körper – einem Spielplatz der Träume!

Es war zauberhaft, in einem Ton über weibliche Brüste und den Schoß zu sprechen, in dem man Kindern Märchen erzählt; ja, Jaromil lebte in einem Land der Zärtlichkeit, und es war das Land einer *künstli-*

chen Kindheit. Wir sagen künstlich, weil die eigentliche Kindheit keineswegs paradiesisch und auch nicht gerade zärtlich ist.

Zärtlichkeit wird in dem Augenblick geboren, da der Mensch auf die Schwelle zum Erwachsensein gespuckt wird und sich bange der Vorteile der Kindheit bewußt wird, für die ihm als Kind das Verständnis fehlte.

Zärtlichkeit ist das Erschrecken vor dem Erwachsenenalter.

Zärtlichkeit ist der Versuch, einen künstlichen Raum zu schaffen, in dem das Abkommen gilt, daß wir uns dem anderen wie einem Kind zuwenden wollen.

Zärtlichkeit ist auch das Erschrecken vor den körperlichen Folgen der Liebe; es ist der Versuch, die Liebe aus dem Reich des Erwachsenseins (in dem sie verbindlich und verfänglich ist, voller Verantwortung und Körper) zu entführen und die Frau als Kind zu betrachten.

Ganz sachte pocht das Herz ihrer Zunge, schrieb er in einem Gedicht. Es schien ihm, als seien ihre Zunge, ihr Zeigefinger, ihr Busen und ihr Bauchnabel selbständige Wesen, die sich mit unhörbarer Stimme miteinander unterhielten; es schien ihm, der Mädchenkörper sei aus Tausenden von Wesen zusammengesetzt, und diesen Körper zu lieben bedeute, allen diesen Wesen zu lauschen und zu hören, wie *ihre bei-*

den Brüste in geheimnisvoller Sprache miteinander sprechen.

14.

Sie quälte sich mit Erinnerungen. Einmal aber, als sie wieder sehr weit zurückblickte, sah sie dort den Hektar Paradies, in dem sie mit Jaromil als Säugling gelebt hatte, und sie mußte sich berichtigen: nein, es ist nicht wahr, daß Jaromil ihr alles genommen hat; im Gegenteil; er hat ihr mehr gegeben als sonst irgend jemand. Er hat ihr ein Stück Leben gegeben, das von keiner Lüge befleckt war. Keine Jüdin konnte aus dem Konzentrationslager kommen und sagen, daß sich unter diesem Glück nur Verstellung und Nichtswürdigkeit versteckten. Dieser Hektar Paradies, das war ihre einzige Wahrheit.

Und schon sah die Vergangenheit (als hätte ein Kaleidoskop sich gedreht) wieder anders aus: Nichts Kostbares hatte Jaromil ihr je genommen, sondern einzig und allein die vergoldete Maske von etwas gerissen, das lauter Lüge und Falschheit gewesen war. Er war noch nicht auf der Welt und hatte ihr schon geholfen zu enthüllen, daß ihr Mann sie nicht liebte, und dreizehn Jahre später rettete er sie aus einem törichten Abenteuer, das ihr nichts als neuen Kummer gebracht hätte.

Sie sagte sich, das gemeinsame Erlebnis von Jaromils Kindheit sei für sie beide Verpflichtung und heiliger Vertrag. Immer öfter wurde ihr jedoch bewußt, daß ihr Sohn diesen Vertrag verletzte. Daß er, wenn sie mit ihm sprach, ihr nicht zuhörte und den Kopf voller Gedanken hatte, von denen er ihr nichts sagen wollte. Sie bemerkte, daß er sich vor ihr schämte und anfing, kleine körperliche und seelische Geheimnisse zu hüten, daß er sich in Schleier hüllte, durch die sie nicht hindurchsehen konnte.

Das schmerzte und ärgerte sie. Stand denn in diesem Vertrag, den sie geschlossen hatten, als er noch ein kleines Kind war, nicht geschrieben, daß er immer vertrauensvoll und ohne Scham mit ihr leben werde?

Sie wünschte sich inständig, die Wahrheit, die sie damals gemeinsam gelebt hatten, möge weiter bestehen. Wie in den Zeiten, als er noch ganz klein war, ordnete sie jeden Morgen an, was er anzuziehen hatte, und durch die Wahl seiner Wäsche war sie den ganzen Tag unter seinen Kleidern anwesend. Wenn sie spürte, daß ihm das unangenehm war, rächte sie sich dadurch, daß sie ihm wegen der geringsten Unsauberkeit der Wäsche eine Moralpredigt hielt. Mit Vorliebe blieb sie in dem Raum, wo er sich an- und auszog, um so seine dreiste Verschämtheit zu bestrafen.

»Jaromil, laß dich anschauen«, rief sie ihn einmal, als Gäste anwesend waren. »Mein Gott, wie siehst du denn aus!« entsetzte sie sich laut, als sie die sorgfältig zerzauste Frisur ihres Sohnes sah. Sie holte einen Kamm, nahm seinen Kopf zwischen ihre Hände und kämmte ihn, ohne das Gespräch mit den Gästen zu unterbrechen. Und der große Dichter, der mit teuflischer Phantasie begabt war und Rilke ähnlich sah, saß rot vor Wut da und ließ sich kämmen; das einzige, wozu er sich aufraffen konnte, war das harte (jahrelang eingeübte) Lächeln, das er auf seinem Gesicht erstarren ließ.

Die Mutter trat etwas zurück, um ihr Friseusenkunstwerk zu begutachten, und wandte sich dann an die Gäste: »Mein Gott, sagt mir bloß, warum mein Kind solche Grimassen schneidet?«

Und Jaromil schwört sich, für immer zu denen zu gehören, die die Welt radikal verändern wollen.

15.

Er stieß zu ihnen in dem Moment, als die Debatte schon in vollem Gange war; man stritt sich darüber, was der Fortschritt sei und ob er überhaupt existiere. Er sah sich um und stellte fest, daß sich der Zirkel junger Marxisten, zu dessen Besuch ihn ein Schulkollege eingeladen hatte, aus den gleichen Schülern zusammensetzte, die auch an den Prager Gymnasien zu finden waren. Die Aufmerksamkeit war zwar wesentlich größer als bei den Debatten, die die Tschechischlehrerin in seiner Klasse zu inszenieren versuchte, nichtsdestoweniger gab es jedoch auch hier Störenfriede; einer von ihnen hielt eine Lilie in der Hand, an der er ab und zu roch, womit er die anderen zum Lachen brachte, so daß der kleine, schwarzhaarige Mann, der Besitzer der Wohnung, in der sie versammelt waren, ihm zum Schluß die Blume wegnahm.

Dann wurde er hellhörig, als einer der Teilnehmer behauptete, in der Kunst könne man nicht von Fortschritt sprechen; man könne wohl auch nicht behaupten, Shakespeare sei ein schlechterer Autor als die zeitgenössischen Dramatiker. Jaromil hatte große Lust, sich in den Streit einzumischen, es machte ihm aber Mühe, vor Leuten zu sprechen, an die er nicht gewöhnt war; er fürchtete, sie könnten sein errötendes Gesicht, seine unsicher gestikulierenden Hände sehen. Dennoch wollte er aber nichts mehr, als sich mit dieser kleinen Versammlung zu *verbinden*, und er wußte, daß er zu diesem Zweck reden mußte.

Um sich Mut zu machen, dachte er an den Maler, dessen große Autorität er nie angezweifelt hatte, und er versicherte sich im Geiste, daß er dessen Freund und Schüler sei. Dadurch fühlte er sich schließlich so gefestigt, daß er es wagte, sich in den Streit einzumischen, und er wiederholte Argumente, die er bei seinen Besuchen im Atelier gehört hatte. Daß er keine eigenen Gedanken äußerte, ist weniger bemerkenswert als die Tatsache, daß er sie nicht mit seiner eigenen Stimme vortrug. Er war sogar selbst etwas verdutzt, daß die Stimme, mit der er sprach, der Stimme des Malers glich und diese Stimme auch seine Hände mitriß, die in der Luft die Gesten des Malers beschrieben.

Er sagte ihnen, auch in der Kunst sei ein Fortschritt nicht zu bestreiten: die modernen Richtungen stellten eine absolute Wende in der ganzen tausendjährigen Entwicklung dar; sie hätten die Kunst endlich von den Verpflichtungen befreit, politische oder philosophische Anschauungen zu propagieren und die Realität nachzuahmen, so daß man sogar behaupten könne, die eigentliche Geschichte der Kunst beginne erst mit diesen modernen Richtungen.

An dieser Stelle wollten einige der Anwesenden das Wort ergreifen, doch Jaromil ließ es sich nicht nehmen. Anfänglich war es ihm unangenehm, als er hörte, wie aus seinem Mund der Maler mit den ihm eigenen Worten und der Melodik seiner Sprache redete, doch dann fand er in dieser Leihgabe Sicherheit und Geborgenheit; er versteckte sich dahinter wie hinter einem Schild; er hörte auf, sich zu fürchten und zu schämen; er war zufrieden, wie gut die Sätze in dieser Umgebung klangen, und fuhr fort:

Er berief sich auf Marxens Gedanken, daß die Menschheit bis jetzt ihre Vorgeschichte gelebt habe und ihre eigentliche Geschichte erst jetzt beginne, mit der proletarischen Revolution, die einen Sprung aus dem Reich der Notwendigkeit ins Reich der Freiheit bedeute. In der Geschichte der Kunst sei der Augenblick, da André Breton zusammen mit anderen Surrealisten den automatischen Text und damit die wundervolle Schatzkammer des menschlichen Unterbewußten entdeckt habe, ein ebenso wichtiger Meilenstein. Wenn dies zeitlich annähernd mit der sozialistischen Revolution in Rußland zusammenfalle, so liege darin eine bedeutungsvolle Symbolik, denn die Befreiung der menschlichen Phantasie bedeute für die Menschheit den gleichen Sprung ins Reich der Freiheit wie die Abschaffung der ökonomischen Ausbeutung.

An dieser Stelle griff der schwarzhaarige Mann in die Debatte ein; er lobte Jaromil, daß er das Prinzip des Fortschritts verteidigte, bezweifelte aber, ob ausgerechnet der Surrealismus in eine Reihe mit der proletarischen Revolution gestellt werden könne. Er vertrat im Gegenteil die Ansicht, die moderne Kunst sei dekadent und die Epoche der Kunst, die der proletarischen Revolution entspreche, sei der sozialistische Realismus. Nicht André Breton, sondern Jiří Wolker, der Begründer der tschechischen sozialistischen Poesie, müsse das Vorbild sein. Jaromil begegnete solchen Ansichten nicht zum ersten Mal, der Maler hatte bereits sarkastisch darüber gesprochen und gelacht. Auch Jaromil versuchte nun, sarkastisch zu lachen, und sagte, der sozialistische Realismus sei künstlerisch nichts Neues und gleiche dem alten bourgeoisen Kitsch aufs Haar. Darauf konterte der schwarzhaarige Mann, nur die Kunst sei modern, die eine neue Welt zu erkämpfen mithelfe, was der Surrealismus schwerlich vermöge, da er für die Volksmassen unverständlich sei.

Die Debatte war interessant; der schwarzhaarige Mann brachte seine Einwände charmant und keineswegs autoritär vor, so daß das Gespräch nie in einen offenen Streit ausartete, obwohl Jaromil, geradezu trunken von der auf ihn gerichteten Aufmerksamkeit, manchmal etwas verkrampft ironisch wurde; übrigens gab niemand ein endgültiges Urteil ab, es meldeten sich andere Redner zu Wort, so daß der Gedanke, für den Jaromil kämpfte, bald von neuen Themen überlagert wurde.

War es aber so wichtig, ob es Fortschritt gab oder nicht, ob der Surrealismus bourgeois oder revolutionär war? War es so wichtig, ob er oder die anderen recht hatten? Wichtig war, daß er mit ihnen verbunden war. Er stritt mit ihnen, empfand für sie aber innige Sympathie. Er hörte ihnen nicht mehr weiter zu, sondern dachte nur noch daran, wie glücklich er war: er hatte eine Gesellschaft von Menschen gefunden, in der er weder Muttersöhnchen noch Schüler war, sondern er selbst. Und es fiel ihm ein, daß ein Mensch nur dann ganz und gar er selbst sein kann, wenn er ganz und gar unter anderen ist.

Dann erhob sich der schwarzhaarige Mann, und

alle wußten, daß auch sie aufstehen und aufbrechen mußten, da ihr Meister noch eine Arbeit zu erledigen hatte. Er hatte sich darüber absichtlich unklar geäußert, erweckte so den Eindruck von Wichtigkeit und imponierte ihnen damit. Und als sie schon im Vorzimmer an der Tür standen, trat ein Mädchen mit Brille zu Jaromil. Sagen wir sofort, daß Jaromil sie die ganze Zeit über nicht bemerkt hatte; zudem war sie keineswegs auffällig, eher ganz gewöhnlich; nicht häßlich, nur ein bißchen nachlässig; ungeschminkt, die Haare, denen man keinen Friseur ansah, glatt über der Stirn zurückgekämmt; in Kleidern, die sie nur deshalb trug, um nicht nackt herumzulaufen.

»Es hat mich sehr interessiert, was du da gesagt hast«, sagte sie zu ihm, »ich würde gern noch weiter mit dir darüber reden ...«

16.

Unweit der Wohnung des schwarzhaarigen Mannes war ein Park, sie betraten ihn und redeten über alles mögliche; Jaromil erfuhr, daß das Mädchen an der Universität studierte und ganze zwei Jahre älter war als er (diese Mitteilung erfüllte ihn mit törichtem Stolz); sie folgten dem Rundweg des Parks, das Mädchen hielt gescheite Reden, Jaromil hielt gescheite Reden, sie wollten einander rasch mitteilen, was sie dachten, wie sie urteilten, wer sie waren (das Mädchen war eher wissenschaftlich, er eher künstlerisch orientiert); sie überschütteten sich gegenseitig mit Namen großer Leute, die sie bewunderten, und das Mädchen sagte erneut, Jaromils nicht alltägliche Ansichten hätten sie ungemein gefesselt; sie verstummte einen Augenblick und nannte ihn dann einen *Epheben*: ja, sofort, als er den Raum betreten habe, habe sie den Eindruck gehabt, sie sehe einen anmutigen Epheben ...

Jaromil wußte nicht genau, was dieses Wort bedeutete, fand es aber wunderbar, irgendwie charakterisiert zu werden, und noch dazu durch ein griechisches Wort; übrigens ahnte er immerhin, daß Ephebe für jemanden stand, der jung war, das Wort jedoch nicht eine Jugend bezeichnete, wie er selbst sie bisher kennengelernt hatte, also nichts Linkisches und Degradierendes meinte, sondern etwas Starkes und Bewundernswertes. Mit dem Wort Ephebe hatte die Studentin also seine Unreife angesprochen, diese aber zugleich ihrer Peinlichkeit enthoben und vorteilhaft gemacht. Das war so ermutigend, daß sich Jaromil, als sie bereits auf dem sechsten Rundgang waren, zur Tat entschloß, auf die er sich von Anfang an vorbereitet hatte, zu der ihm aber bisher der Mut gefehlt hatte: er nahm den Arm der Studentin.

Das Wort *nahm* ist unpräzis: besser wäre, er *schob* seine Hand unter ihren Oberarm; er schob sie so unauffällig dorthin, als wünschte er sich, das Mädchen möge es gar nicht bemerken; und sie reagierte auf seine Geste tatsächlich in keiner Weise, so daß seine Hand unsicher an ihrem Körper haftete wie ein fremder, untergeschobener Gegenstand, wie eine Handtasche oder ein Paket, das die Besitzerin fast vergessen hatte und das jeden Augenblick herunterfallen konnte. Doch dann spürte die Hand auf einmal, daß der Arm, dem sie untergeschoben worden war, von ihr wußte. Und seine Schritte spürten, daß sich die Beinbewegungen der Studentin etwas verlangsamten. Derartige Verlangsamung kannte er bereits und wußte, daß etwas Unabwendbares in der Luft lag. Aber wie es nun einmal ist, wenn das Unabwendbare eintreffen soll: der Mensch beschleunigt (vielleicht, um ein Minimum an Herrschaft über die Ereignisse zu haben) dieses Unabwendbare, und sei es nur für einen Augenblick: Jaromils Hand, die die ganze Zeit reglos verharrt hatte, wurde plötzlich lebendig und drückte den Arm der Studentin. In diesem Moment blieb sie stehen, hob die Brille zu Jaromils Gesicht und ließ die Mappe aus der Hand (der anderen Hand) auf den Boden fallen.

Diese Geste verblüffte Jaromil: vor allem hatte er in seiner Verzückung überhaupt nicht bemerkt, daß das Mädchen eine Mappe trug; die heruntergefallene Mappe betrat die Bühne folglich wie eine vom Himmel herabgeworfene Botschaft. Und als ihm bewußt wurde, daß das Mädchen direkt von der Universität zur marxistischen Versammlung gegangen war und diese Mappe wahrscheinlich Skripten und schwere wissenschaftliche Schriften enthielt, wurde er noch euphorischer, es schien ihm, als habe sie die ganze Universität zu Boden fallen lassen, um ihn in die befreiten Arme zu nehmen.

Der Fall der Mappe war in der Tat so pathetisch gewesen, daß sie einander in feierlichem Taumel zu küssen begannen. Sie küßten sich sehr lange, und als sie sich endlich ausgeküßt hatten und nicht mehr weiter wußten, hob sie wieder ihre Brille zu ihm, und ihre Stimme verriet Erregung und Angst:

»Du glaubst, ich bin ein Mädchen wie alle andern. Das darfst du aber nicht denken, daß ich wie alle andern bin.«

Diese Worte waren noch pathetischer als das Fallen der Mappe, und Jaromil begriff mit Erstaunen, daß vor ihm eine Frau stand, die ihn liebte, die ihn auf den ersten Blick geliebt hatte, auf wunderbare Weise und ohne sein Verdienst. Und er vermerkte auch sofort (wenigstens am Rande seines Bewußtseins, um es später dort aufmerksam und sorgfältig nachzulesen), daß die Studentin von anderen Frauen gesprochen hatte, als hielte sie ihn für jemanden, der mit Frauen so reiche Erfahrungen hatte, daß dies der Frau, die ihn liebte, weh tun mußte.

Er versicherte dem Mädchen, daß sie für ihn mit anderen nicht zu vergleichen war; das Mädchen hob die Mappe auf (jetzt konnte Jaromil diese besser betrachten: sie war tatsächlich dick und schwer, vollgestopft mit Büchern), und sie machten sich auf den siebten Rundgang durch den Park; als sie dann nochmals stehenblieben und sich küßten, standen sie plötzlich in einem grellen Lichtkegel. Ihnen gegenüber standen zwei Polizisten und verlangten ihre Ausweise.

Die beiden Liebenden suchten verlegen ihre Personalausweise; mit zitternden Händen reichten sie sie den Polizisten, die entweder Jagd auf Prostituierte machten oder sich während der ermüdenden Dienststunden einfach nur amüsieren wollten. Jedenfalls verhalfen sie den beiden zu einem unvergeßlichen Erlebnis: den Rest des Abends (Jaromil begleitete das Mädchen bis vor ihr Haus) sprachen sie von der Liebe, die verfolgt werde von Vorurteilen und Moralismus, von der Polizei und der alten Generation, von dummen Gesetzen und einer faulenden Welt, die es verdiene, weggefegt zu werden.

17.

Es war ein schöner Tag und ein schöner Abend gewesen, doch als Jaromil nach Hause kam, nahte bereits Mitternacht, und die Mutter lief aufgeregt durch die Zimmer.

»Weißt du, was für entsetzliche Ängste ich deinetwegen ausgestanden habe? Wo warst du? Rücksicht auf mich nimmst du wohl gar nicht mehr!«

Jaromil war noch erfüllt von diesem großen Tag, und er begann der Mutter auf jene Weise zu antworten, mit der er im marxistischen Zirkel gesprochen hatte; er ahmte die selbstsichere Stimme des Malers nach. Die Mutter erkannte diese Stimme sofort; sie sah das Gesicht ihres Sohnes, aus dem ihr verlorener Geliebter sprach; sie sah ein Gesicht, das ihr nicht gehörte, und sie hörte eine Stimme, die ihr nicht gehörte: ihr Sohn stand vor ihr wie das Bild einer zweifachen Zurückweisung; das erschien ihr unerträglich.

»Du bringst mich um! Du bringst mich um!« schrie sie hysterisch und rannte in den Nebenraum.

Jaromil blieb erschrocken und wie angewurzelt stehen, und ein unbestimmtes Gefühl großer Schuld breitete sich in ihm aus.

(Ach, Junge, nie mehr wirst du dieses Gefühl loswerden. Du bist schuldig, schuldig! Jedesmal, wenn du das Haus verlassen wirst, wirst du den vorwurfsvollen Blick mit dir herumtragen, der dich zurückruft! Du wirst durch die Welt laufen wie ein Hund, der an einer langen Leine festgebunden ist! Selbst wenn du weit weg sein wirst, immer wirst du den Druck des Halsbands spüren! Selbst wenn du deine Zeit mit Frauen verbringen, wenn du mit ihnen im Bett liegen wirst, wird an deinem Hals die lange Leine hängen, und irgendwo weit weg wird die Mutter das andere Ende in der Hand halten und an den ruckenden Bewegungen dieser Leine die unzüchtigen Bewegungen spüren, denen du dich hingibst!)

»Mama, bitte, sei nicht böse, Mama, bitte, verzeih mir!« Furchtsam kniete er neben ihrem Bett und streichelte ihr feuchtes Gesicht.

(Charles Baudelaire, du wirst vierzig Jahre alt und hast immer noch Angst vor ihr, vor deiner Mutter!)

Und die Mutter verzeiht ihm lange nicht, um möglichst lange seine Finger auf ihrer Haut zu spüren.

18.

(Das hätte Xaver nie passieren können, denn Xaver hatte keine Mutter, und er hatte auch keinen Vater, und keine Eltern zu haben, ist die erste Voraussetzung für die Freiheit.

Verstehen wir uns aber richtig, es geht nicht darum, die Eltern zu verlieren. Gérard de Nervals Mutter starb, als er ein Säugling war, und dennoch verbrachte er sein ganzes Leben unter dem hypnotischen Blick ihrer wundervollen Augen.

Freiheit beginnt nicht dort, wo die Eltern abgelehnt werden oder begraben sind, sondern dort, wo sie *nicht sind*:

Dort, wo der Mensch geboren wird, ohne zu wissen, aus wem.

Dort, wo der Mensch aus einem im Wald weggeworfenen Ei geboren wird.

Dort, wo der Mensch vom Himmel auf die Erde gespuckt wird und seinen Fuß ohne ein Gefühl der Dankbarkeit auf die Welt setzt.)

19.

Das, was in der ersten Woche der Liebe zwischen Jaromil und der Studentin geboren worden war, war er selbst; er hörte von sich, daß er ein Ephebe, daß er schön und klug sei und Phantasie habe; er erfuhr, daß das bebrillte Fräulein ihn liebte und den Augenblick fürchtete, da er sie verlassen würde (sie glaubte, immer dann seine wahre Gestalt zu sehen, wenn sie sich am Abend vor ihrem Haus verabschiedeten und sie ihm nachblickte, wie er leichten Schrittes davonging: die Gestalt eines Mannes, der sich entfernte, der entschwand, verschwand ...). Endlich hatte er sein Bild gefunden, das er in seinen beiden Spiegeln so lange gesucht hatte.

In der ersten Woche hatten sie sich täglich gesehen: viermal waren sie zusammen, auf langen Abendspaziergängen durch verschiedene Stadtviertel, einmal im Theater (sie saßen in der Loge, küßten sich und achteten nicht auf die Vorstellung) und zweimal im Kino. Am siebten Tag gingen sie wieder spazieren: es war kalt, es herrschte Frost, er trug einen leichten Mantel und keine Weste zwischen Hemd und Sakko (denn die graue Strickweste, die die Mutter ihn anzuziehen gezwungen hatte, schien ihm eher zu einem Onkel vom Lande zu passen), auf dem Kopf hatte er weder Hut noch Mütze (denn die herumfliegenden Haare, die er einst gehaßt hatte, hatte das Mädchen mit der Brille schon am zweiten Tag gelobt, indem sie behauptete, sie seien ebenso unzähmbar wie er selbst), und weil seine Kniestrümpfe ausgeleierte Gummis hatten und ihm immer die Wade hinunter zum Schuh rutschten, trug er nur Halbschuhe und kurze, graue Socken (die Disharmonie mit der Farbe der Hose übersah er, da ihm das Verständnis für die Feinheiten der Eleganz fehlte).

Sie trafen sich gegen sieben und machten sich auf den weiten Weg in eine Vorstadt, wo auf den leeren Parzellen der Schnee unter ihren Füßen knirschte und sie stehenbleiben und einander küssen konnten. Was Jaromil faszinierte, war die Hingabe ihres Körpers. Bisher hatten seine Berührungen der Mädchen einer langen Reise geglichen, auf der er die einzelnen Knoten allmählich überwand: es dauerte lange, bis ein Mädchen sich küssen ließ, lange, bis er ihr die Hand auf die Brust legen durfte, und berührte er ihren Hintern, hatte er das Gefühl, schon sehr weit gekommen zu sein – denn weiter war er noch nie gekommen. Diesmal jedoch geschah schon im ersten Moment etwas Unerwartetes: die Studentin war in seinen Armen vollkommen regungslos, wehrlos, zu allem bereit, er konnte sie berühren, wo er wollte. Er empfand dies als großen Liebesbeweis, gleichzeitig brachte es ihn jedoch in Verlegenheit, denn er wußte nicht, was er mit dieser unverhofften Freiheit anfangen sollte.

Und an jenem Tag (am siebten Tag) verriet ihm das Mädchen, daß ihre Eltern oft von zu Hause wegfuhren und es sie freuen würde, Jaromil zu sich einzuladen. Auf dieses strahlende Geständnis folgte eine lange Stille; beide wußten, was ihr Zusammentreffen in einer leeren Wohnung bedeuten würde (erinnern wir nochmals daran, daß das bebrillte Fräulein nicht gedachte, sich in Jaromils Armen gegen was auch immer zu wehren); sie schwiegen also, und erst nach einem langen Moment sagte das Mädchen mit leiser Stimme: »Ich denke, in der Liebe gibt es keine Kompromisse. Liebe bedeutet, einander alles zu geben.«

Mit dieser Erklärung war Jaromil aus ganzer Seele einverstanden, denn auch ihm bedeutete die Liebe alles; er wußte aber nicht, was er sagen sollte; statt einer Antwort blieb er stehen, heftete pathetisch seine Augen auf das Mädchen (ohne sich im klaren darüber zu sein, daß es finster war und man den Augen das Pathos schlecht ablesen konnte) und begann sie wie wild zu küssen und zu drücken.

Nach einer Viertelstunde des Schweigens begann das Mädchen wieder zu sprechen, und sie sagte ihm, er sei der erste Mann, den sie zu sich einlade; sie habe unter den Männern zwar viele Kameraden, aber es seien eben nur Kameraden; sie hätten sich auch schon daran gewöhnt und würden sie sogar scherzhaft die *steinerne Jungfrau* nennen.

Jaromil hörte es gerne, daß er der erste Liebhaber der Studentin werden sollte, spürte aber zugleich Lampenfieber: er hatte schon allerlei über den Liebesakt gehört und wußte auch, daß es allgemein als etwas nicht ganz Einfaches galt, einer Frau die Jungfräulichkeit zu nehmen. Deshalb konnte er der Gesprächigkeit der Studentin nichts entgegensetzen, denn er fühlte sich außerhalb der Gegenwart; er war mit seinen Gedanken schon ganz und gar bei den Wonnen und Ängsten jenes großen, verheißungsvollen Datums, an dem (in diesem Moment fiel ihm ein, daß es eine Analogie zum berühmten Marxschen Gedanken über die Vorgeschichte und die Geschichte der Menschheit gab) die eigentliche Geschichte seines Lebens beginnen sollte.

Obwohl sie nicht viel redeten, gingen sie noch lange durch die Straßen; in dem Maße, wie der Abend fortschritt, wurde der Frost immer grimmiger, und Jaromil spürte, wie dieser seinen ungenügend bekleideten Körper angriff. Er schlug vor, irgendwo einzukehren, sie waren aber zu weit vom Stadtzentrum entfernt, es gab nirgends eine Kneipe. Und so kam er fürchterlich durchgefroren nach Hause zurück (gegen Ende des Spaziergangs hatte er sich sogar beherrschen müssen, um nicht laut mit den Zähnen zu klappern), und als er am Morgen aufwachte, hatte er Halsschmerzen. Die Mutter gab ihm das Thermometer und stellte fest, daß er Fieber hatte.

20.

Jaromils Körper lag krank im Bett, während seine Seele schon beim erwarteten großen Datum angelangt war. Seine Vorstellung von diesem Datum setzte sich einerseits aus einem abstrakten Glück, andererseits aus konkreten Sorgen zusammen. Denn Jaromil konnte sich überhaupt nicht vorstellen, was es eigentlich konkret und in allen Details bedeutete, eine Frau zu lieben; er wußte nur, daß es Vorbereitung, Künste und Kenntnisse erforderte; er wußte, daß hinter der körperlichen Liebe drohend die Schwangerschaft grinste, und er wußte auch (sie hatten mit den Mitschülern unzählige Gespräche darüber geführt), daß es möglich war, sich dagegen zu schützen. In der damaligen barbarischen Zeit zogen sich die Männer (ähnlich wie Ritter vor der Schlacht die Rüstung) eine durchsichtige Socke über ihr Liebesbein. Theoretisch war Jaromil über all das ausreichend informiert. Wie aber sich eine solche Socke beschaffen? Jaromil hätte seine Scham nie überwinden und zu diesem Zweck in eine Drogerie gehen können! Und wann eigentlich sollte er sie anziehen, damit das Mädchen es nicht bemerkte? Die Socke kam ihm peinlich vor, und er hätte es nicht ertragen, wenn das Mädchen davon gewußt hätte! Konnte man sich die Socke schon vorher zu Hause anziehen? Oder mußte man warten, bis man nackt vor dem Mädchen stand?

Auf solche Fragen gab es keine Antworten. Jaromil hatte keine Versuchs-(Trainings-)Socke zur Hand, schwor sich aber, sich um jeden Preis eine zu beschaffen und das Anziehen zu üben. Er ahnte, daß Geschwindigkeit und Geschicklichkeit dabei eine große Rolle spielten und man dies nicht ohne Übung schaffen konnte.

Es quälten ihn jedoch noch andere Dinge: Was ist eigentlich der Liebesakt? Was spürt man dabei? Was geht im Körper vor? Ist es vielleicht eine so große Lust, daß man dabei schreit und die Selbstbeherrschung verliert? Macht man sich durch einen solchen Schrei dann nicht lächerlich? Und wie lange dauert eine solche Sache überhaupt? Ach Gott, kann man so etwas überhaupt ohne Vorbereitung angehen?

Jaromil kannte die Masturbation bisher nicht. Er sah in dieser Tätigkeit etwas Unwürdiges, das der wahre Mann vermied; er fühlte sich nicht zur Selbstbefriedigung auserwählt, sondern zur großen Liebe. Nur, wie kann man sich einer großen Liebe bemächtigen, wenn man gewisse Vorbereitungen nicht getroffen hat? Jaromil begriff, daß die Masturbation diese unerläßliche Vorbereitung war, und empfand also keinen grundsätzlichen Widerwillen mehr: sie war nun nicht mehr nur kläglicher Ersatz für die körperliche Liebe, sondern unvermeidbarer Weg zu ihr hin; sie war nicht Eingeständnis einer Not, sondern eine Stufe auf dem Weg zum Reichtum.

Und so vollführte er (mit achtunddreißig zwei Fieber) seine erste Imitation des Liebesaktes, die ihn dadurch überraschte, daß sie ungewöhnlich kurz währte und ihn zu keinem Lustschrei provozierte. Er war also enttäuscht und beruhigt zugleich; er wiederholte seinen Versuch in den folgenden Tagen noch mehrere Male, gelangte aber zu keinen neuen Erkenntnissen; er redete sich jedoch zu, daß er auf diese Weise immer sicherer würde, um dem geliebten Mädchen schließlich in aller Kühnheit gegenüberzutreten.

Es war ungefähr der vierte Tag, daß er mit Halswickeln im Bett lag, als früh am Morgen die Großmutter zu ihm kam: »Jaromil! Unten herrscht völlige Panik!« »Was ist los?« fragte er, und die Großmutter erklärte, daß bei der Tante das Radio laufe und Revolution sei. Jaromil sprang aus dem Bett und stürzte ins Nebenzimmer. Er drehte den Empfänger an und vernahm Klement Gottwalds Stimme.

Er begriff rasch, worum es ging, hatte er doch in den vergangenen Tagen gehört (obwohl es ihn nicht allzusehr interessierte, da er, wie wir eben erläutert haben, viel wichtigere Sorgen hatte), daß die nichtkommunistischen Minister dem kommunistischen Regierungsvorsitzenden Klement Gottwald mit Demission drohten. Und jetzt hörte er Gottwalds Stimme, wie er den Massen auf dem Altstädter Ring die Verräter anprangerte, die die kommunistische Partei hatten schachmatt setzen und dem Volk den Weg zum Sozialismus verstellen wollen; er rief das Volk auf, auf der Demission dieser Minister zu bestehen, und begann, überall neue revolutionäre Machtorgane unter Führung der kommunistischen Partei zu bilden.

Zu Gottwalds Worten erklang aus dem alten Radio das Geschrei der Massen, das Jaromil in flammende Begeisterung versetzte. Er stand im Pyjama und mit einem Handtuch um den Hals im Zimmer seiner Großmutter und schrie: »Endlich! Das mußte kommen! Endlich!«

Die Großmutter war sich nicht ganz sicher, ob Jaromils Begeisterung berechtigt war. »Meinst du, das ist wirklich gut?« fragte sie besorgt. »Ja, Großmama, es ist gut. Es ist ausgezeichnet!« Er umarmte sie und ging dann aufgeregt im Zimmer auf und ab; er sagte sich, daß die auf dem altehrwürdigen Prager Platz versammelten Massen das heutige Datum zum Himmel emporgeschleudert hätten, wo es als Stern leuchtete, den man noch viele Jahrhunderte lang sehen würde; und gleich darauf fiel ihm ein, daß es eigentlich peinlich war, diesen großen Tag zu Hause mit der Großmutter und nicht draußen mit den Leuten zu verbringen. Doch noch bevor er diesen Gedanken hatte zu Ende denken können, ging die Tür auf, der Onkel erschien und schrie wütend und rot vor Zorn: »Hört ihr das? Diese Hurenböcke! Diese Hurenböcke! Ein Putsch!«

Jaromil musterte den Onkel, den er samt seiner Frau und dem eingebildeten Sohn seit jeher gehaßt hatte, und es schien ihm, der Augenblick sei gekommen, da er ihn endlich besiegen könnte. Sie standen einander gegenüber: der Onkel hatte die Tür im Rükken und Jaromil das Radio, so daß er sich mit der hunderttausendköpfigen Menge verbunden fühlte, und er sprach nun mit dem Onkel, wie Hunderttausende mit einem einzelnen sprechen: »Das ist kein Putsch, das ist die Revolution«, sagte er.

»Leck mich am Arsch mit deiner Revolution«, sagte der Onkel. »Da läßt sich leicht Revolution machen, wenn man die Armee, die Polizei und dazu noch eine Großmacht hinter sich hat.«

Als er die selbstbewußte Stimme des Onkels hörte, die ihn wie einen dummen Jungen ansprach, stieg ihm der Haß in den Kopf: »Die Armee und diese Polizei wollen ein paar Schurken daran hindern, das Volk von neuem zu versklaven.«

»Du Idiot«, sagte der Onkel, »die Kommunisten hatten schon jetzt einen Großteil der Macht, und diesen Putsch haben sie nur gemacht, um sie ganz zu bekommen. Herrgott, ich hab ja immer gewußt, daß du ein durchgedrehter Flegel bist.«

»Und ich habe gewußt, daß du ein Ausbeuter bist und die Arbeiterklasse dir einmal den Hals umdrehen wird.«

Den letzten Satz hatte Jaromil voller Wut und ohne zu überlegen ausgesprochen; dennoch wollen wir auf ihn eingehen: er hatte Wörter benutzt, die man in kommunistischen Zeitungen lesen oder aus dem Mund kommunistischer Redner hören konnte, die ihm aber bisher, wie all die üblichen Floskeln, eher zuwider waren. Jaromil hatte sich stets und in erster Linie als Dichter betrachtet und folglich auch dann, wenn er revolutionäre Reden führte, nie auf seine individuellen Wörter verzichten wollen. Und sehen Sie, auf einmal hatte er gesagt: die Arbeiterklasse wird dir den Hals umdrehen.

Ja, das ist bemerkenswert: ausgerechnet in einem Moment der Erregung (einem Moment also, da der Mensch spontan handelt und sein unmittelbares Ich in Erscheinung tritt), resignierte Jaromil hinsichtlich seiner Sprache und zog die Möglichkeit vor, Medium eines anderen Ich zu sein. Und nicht nur, daß er es tat, er tat es auch mit einem Gefühl des Hochgenusses; er fühlte sich als Teil jener tausendköpfigen Masse, als einer der Köpfe des tausendköpfigen Drachens der Massen, und das kam ihm großartig vor. Er kam sich auf einmal stark vor und konnte einem Menschen ins

Gesicht lachen, vor dem er noch einen Tag zuvor schamvoll errötet war. Und gerade die primitive Einfachheit des ausgesprochenen Satzes (die Arbeiterklasse wird dir den Hals umdrehen) machte ihm Freude, denn sie reihte ihn unter jene fabelhaft einfachen Männer ein, für die Nuancen lachhaft waren und deren Weisheit darin bestand, das Wesentliche einer Sache zu begreifen, das immer furchtbar einfach ist.

Jaromil stand (im Pyjama und mit Halswickeln) breitbeinig vor dem Radio, das hinter ihm gerade in riesigem Applaus aufbrauste, und es schien ihm, als dringe dieses Geschrei in ihn ein und weite ihn aus, so daß er jetzt vor seinem Onkel emporragte wie ein unantastbarer Baum, wie ein lachender Felsblock.

Und der Onkel, der Voltaire für den Erfinder des Volts hielt, trat zu ihm hin und versetzte ihm eine Ohrfeige.

Jaromil verspürte einen brennenden Schmerz im Gesicht. Er wußte, er war gedemütigt worden, da er sich aber groß und mächtig fühlte wie ein Baum oder ein Felsblock (die tausendköpfigen Stimmen im Radio ertönten noch immer in seinem Rücken), wollte er sich auf den Onkel stürzen und ihm die Ohrfeige zurückzahlen. Es dauerte jedoch eine Weile, bis er sich dazu durchgerungen hatte, so daß der Onkel sich inzwischen umgedreht hatte und weggegangen war.

Jaromil schrie ihm nach: »Das zahl ich ihm heim! Dieser Lump! Das zahl ich ihm heim!« und ging zur

Tür. Doch die Großmutter hielt ihn am Ärmel fest und bat ihn, nirgendwohin zu gehen, so daß Jaromil nur noch mehrmals wiederholte *dieser Lump, dieser Lump, dieser Lump* und sich wieder ins Bett legte, in dem er vor knapp einer Stunde seine imaginäre Geliebte zurückgelassen hatte. Er war jetzt nicht in der Verfassung, an sie zu denken. Er sah nur den Onkel und spürte die Ohrfeige und warf sich bis in alle Ewigkeit vor, daß er unfähig war, entschlossen wie ein Mann zu handeln; er warf es sich so bitter vor, daß er zu weinen begann und das Kopfkissen von den Tränen der Wut feucht wurde.

Am späten Nachmittag kam die Mutter nach Hause und erzählte entsetzt, daß in ihrem Amt bereits der Direktor, den sie über alle Maßen schätzte, abgesetzt worden war und alle Nichtkommunisten Angst vor einer Verhaftung hätten.

Jaromil stützte sich im Bett auf und mischte sich mit Leidenschaft in die Debatte. Er erklärte der Mutter, daß das, was vor sich ging, die Revolution sei, und daß die Revolution ein kurzer Zeitabschnitt sei, in dem man Gewalt anwenden müsse, um in Kürze eine Gesellschaft zu schaffen, in der es nie mehr Gewalt geben würde. Auch Mama müsse das doch begreifen!

Die Mutter engagierte sich ebenfalls mit ganzer Seele in der Debatte, doch Jaromil verstand es, ihre Einwände zu zerstreuen. Er sprach davon, wie stupide die Herrschaft der Reichen sei, diese ganze Gesellschaft von Unternehmern und Gewerbetreibenden, und er erinnerte die Mutter auf raffinierte Weise daran, daß sie selbst innerhalb der eigenen Familie unter solchen Leuten zu leiden habe; er erinnerte sie an die Hochnäsigkeit ihrer Schwester und den ungebildeten Schwager.

Die Mutter war ins Wanken geraten, und Jaromil freute sich über den Erfolg seiner Worte; es schien ihm, als habe er die Ohrfeige gerächt, die er einige Stunden zuvor bekommen hatte; als er daran dachte, lief ihm erneut die Galle über, und er sagte: »Und gerade heute, Mama, habe ich beschlossen, der kommunistischen Partei beizutreten.«

Als er die Mißbilligung in den Augen der Mutter sah, führte er seine Beteuerung weiter aus; er sagte, er schäme sich ohnehin, daß er nicht schon längst beigetreten sei, und nur das belastende Erbe des Hauses, in dem er aufgewachsen sei, ihn von jenen trenne, zu denen er längst gehöre.

»Tut es dir etwa leid, daß du hier geboren bist und ich deine Mutter bin?«

Die Stimme der Mutter klang betroffen, und Jaromil mußte ihr umgehend beteuern, daß sie ihn falsch verstanden habe; seines Erachtens habe die Mutter, so wie sie dank ihres Wesens sei, doch weder etwas mit ihrer Schwester noch mit ihrem Schwager, noch mit der Gesellschaft der Reichen gemein.

Aber die Mutter sagte: »Wenn du mich gern hast, dann tu es nicht. Du weißt, was für eine Hölle ich mit dem Schwager habe. Wenn du der kommunistischen Partei beiträtest, wäre es hier für uns überhaupt nicht mehr auszuhalten. Sei vernünftig, ich bitte dich.«

Tränenvolles Bedauern würgte in Jaromils Kehle. Statt dem Onkel die Ohrfeige zurückzuzahlen, hatte er jetzt noch eine zweite von ihm bekommen. Er drehte sich auf die andere Seite und ließ die Mutter aus dem Zimmer gehen. Dann fing er wieder an zu weinen.

21.

Es war sechs Uhr abends, die Studentin hieß ihn in einer weißen Schürze willkommen und führte ihn in eine hübsche Küche. Das Abendessen war keineswegs außerordentlich, Rühreier mit Wurstscheiben, es war jedoch das erste Abendessen, das eine Frau (wenn wir Mutter und Großmutter nicht dazuzählen) je für Jaromil zubereitet hatte, so daß er es mit dem stolzen Gefühl eines Mannes aß, der von einer Geliebten umsorgt wird.

Dann gingen sie ins Nebenzimmer; es gab dort einen runden Mahagonitisch mit einer Häkeldecke, auf der wie ein Beschwerer eine massive Glasvase stand; an einer Wand hingen häßliche Bilder, und davor stand ein Sofa, auf dem viele Kissen herumlagen. Alles war für diesen Abend verabredet und versprochen, so daß sie sich jetzt nur noch in die weichen Kissenberge zu legen brauchten; erstaunlicherweise setzte sich die Studentin aber auf einen harten Stuhl an den runden Tisch, und er nahm ihr gegenüber Platz: lange, lange erzählten sie sich auf den harten Stühlen dies und das, und Jaromil wurde langsam angst und bange.

Er wußte nämlich, daß er um elf Uhr zu Hause sein mußte; er hatte die Mutter zwar um Erlaubnis gebeten, die ganze Nacht außer Haus verbringen zu dürfen (er hatte sich ausgedacht, daß Klassenkameraden ein Fest veranstalteten), war aber auf so harte Ablehnung gestoßen, daß er nicht länger zu insistieren gewagt hatte und nur hoffen konnte, daß die fünf Stunden zwischen sechs und elf lang genug waren für seine erste Liebesnacht.

Doch die Studentin redete und redete, und der fünfstündige Raum verengte sich rasch; sie sprach von ihrer Familie, von ihrem Bruder, der einmal aus unglücklicher Liebe einen Selbstmordversuch gemacht hatte. »Das hat mich gezeichnet. Ich kann nicht wie andere Mädchen sein. Ich kann die Liebe nicht auf die leichte Schulter nehmen«, sagte sie, und Jaromil spürte, daß diese Worte die versprochene körperliche Liebe mit dem Gewicht des Ernstes beschweren sollten. Er stand also von seinem Stuhl auf, neigte sich über sie und sagte mit ernster Stimme: »Ich verstehe dich, ja, ich verstehe dich«, und dann zog er sie vom

Stuhl hoch, führte sie zum Sofa und setzte sie darauf nieder.

Dann küßten, streichelten und liebkosten sie sich. Es dauerte unendlich lange, und Jaromil dachte daran, daß er das Mädchen vielleicht endlich ausziehen sollte, da er so etwas aber noch nie getan hatte, wußte er nicht, wie beginnen. Vor allem wußte er nicht, ob er das Licht löschen sollte. Nach allen Informationen, die er über ähnliche Situationen hatte, war zu vermuten, daß das Licht gelöscht sein sollte. Übrigens hatte er das kleine Päckchen mit der durchsichtigen Socke in der Hosentasche, und wenn er diese im entscheidenden Augenblick heimlich und unauffällig überziehen wollte, war Dunkelheit dringend geboten. Er konnte sich aber nicht entschließen, inmitten der Zärtlichkeiten aufzustehen und zum Lichtschalter zu gehen, ganz abgesehen davon (vergessen wir nicht, daß er gut erzogen war), wäre es ihm ein bißchen frech vorgekommen, er befand sich immerhin in einer fremden Wohnung, und es war also eher Sache der Gastgeberin, den Lichtschalter zu drehen. Schließlich wagte er schüchtern zu sagen: »Sollten wir nicht das Licht ausmachen?«

Das Mädchen aber sagte: »Nein, nein, ich bitte dich, nein.« Und Jaromil wußte nicht, was das zu bedeuten hatte, ob das Mädchen keine Dunkelheit wünschte und folglich auch nicht lieben wollte, oder ob sie lieben wollte, jedoch nicht im Dunkeln. Er hätte sie fragen können, schämte sich aber, das, woran er dachte, laut auszusprechen.

Dann fiel ihm abermals ein, daß er um elf Uhr zu Hause sein mußte, und er zwang sich, seine Schüchternheit zu überwinden; er knöpfte den ersten Frauenknopf seines Lebens auf. Es war der Knopf einer weißen Bluse, und er knöpfte ihn in ängstlicher Erwartung dessen auf, was das Mädchen wohl sagen würde. Sie sagte nichts. Also knöpfte er sie weiter auf, nahm den unteren Rand der Bluse aus dem Rock und zog sie ihr dann aus. Das Mädchen lag nun auf den Kissen, nur in Rock und Büstenhalter, und bemerkenswert war, daß sie, die Jaromil eben noch leidenschaftlich geküßt hatte, nach dem Ausziehen der Bluse nun wie betäubt wirkte; sie rührte sich nicht und hatte den Brustkorb angespannt wie ein zum Tode Verurteilter, der seine Brust stolz den Gewehrmündungen entgegenreckt.

Jaromil blieb nichts anderes übrig, als sie weiter auszuziehen; auf der Seite des Rocks ertastete er einen Reißverschluß und öffnete ihn; der Tor wußte jedoch nichts von dem Häkchen, mit dem der Rock in der Taille zusammengehalten wurde, und so versuchte er eine Weile angestrengt und vergeblich, den Rock über die Hüften des Mädchens zu ziehen; das Mädchen, das ihre Brust der unsichtbaren Hinrichtungseskorte entgegenreckte, half ihm nicht, da sie seine Schwierigkeiten vermutlich gar nicht wahrnahm.

Ach, übergehen wir ein Viertelstündchen von Jaromils Qualen! Schließlich gelang es ihm, die Studentin ganz zu entblößen. Als er sah, wie ergeben sie in den Kissen lag und diesem längst geplanten Augenblick entgegensah, begriff er, daß ihm nun nichts anderes übrigblieb, als sich ebenfalls auszuziehen. Doch der Lüster leuchtete hell, und Jaromil schämte sich. Da kam ihm ein rettender Gedanke: neben dem Wohnzimmer hatte er das Schlafzimmer entdeckt (ein altmodisches Schlafzimmer mit einem Ehebett); dort brannte kein Licht; dort wäre es möglich, sich im Dunkeln auszuziehen und auch noch mit einer Decke zuzudecken.

»Gehen wir ins Schlafzimmer?« fragte er zaghaft.

»Warum ins Schlafzimmer? Wozu brauchst du ein Schlafzimmer?« lachte das Mädchen.

Wir wissen nicht, weshalb sie lachte. Es war ein überflüssiges, zufälliges, verlegenes Lachen. Doch es verletzte Jaromil; er fürchtete, etwas Dummes gesagt zu haben, sein Vorschlag, ins Schlafzimmer zu gehen, habe ihn in seiner lächerlichen Unerfahrenheit bloßgestellt. Mit einem Mal fühlte er sich völlig verlassen; er war in einer fremden Wohnung, unter dem forschenden Licht eines Lüsters, das er nicht löschen durfte, mit einer fremden Frau, die ihn auslachte.

Und in diesem Augenblick wußte er, daß sie sich an diesem Tag nicht lieben würden; er fühlte sich beleidigt und setzte sich schweigsam auf das Sofa; es tat ihm leid, er fühlte sich aber auch erleichtert; er brauchte nicht mehr darüber nachzudenken, ob er das Licht löschen durfte oder nicht und wie er sich ausziehen sollte; und er war froh, daß es nicht seine Schuld war; sie hätte nicht so dumm lachen sollen.

»Was hast du?« fragte sie.

»Nichts«, sagte er und wurde sich bewußt, daß er sich noch lächerlicher machte, wenn er dem Mädchen den Grund seines Gekränktseins verriete. Er beherrschte sich also, stand vom Sofa auf und begann sie herausfordernd zu betrachten (er wollte Herr der Lage werden, und es schien ihm, daß der Betrachtende Herr über den Betrachteten war); dann sagte er: »Du bist hübsch.«

Das Mädchen richtete sich auf dem Sofa, auf dem sie in starrer Erwartung gelegen hatte, auf und wurde, als wäre sie plötzlich befreit, wieder gesprächig und selbstsicher. Es störte sie keineswegs, daß der Junge sie so betrachtete (vielleicht schien es ihr, daß der Betrachtete Herr über den Betrachtenden war), und schließlich fragte sie: »Bin ich nackt oder angezogen hübscher?«

Es gibt einige klassische Fragen von Frauen, denen jeder Mann in seinem Leben begegnet und auf die die jungen Männer in der Schule vorbereitet werden sollten. Doch Jaromil besuchte wie wir alle schlechte Schulen, und er wußte nicht, was er antworten sollte; er versuchte zu erraten, was das Mädchen hören wollte; er war in Verlegenheit: ein Mädchen zeigte sich vor Leuten vornehmlich angezogen, demnach könnte es sie freuen, in Kleidern hübscher zu sein; andererseits war die Nacktheit ein Zustand physischer Wahrheit, demnach mußte es sie mehr freuen, wenn er ihr sagte, sie sei nackt hübscher.

»Du bist nackt und angezogen hübsch«, sagte er, doch die Studentin war mit dieser Antwort keineswegs zufrieden. Sie hüpfte im Zimmer herum, produzierte sich vor dem Jungen und zwang ihn, ohne Ausflüchte zu antworten: »Ich will wissen, wie ich dir besser gefalle.›

Auf eine derart präzisierte Frage war die Antwort schon leichter: da andere Leute sie nur angezogen kannten, wäre es ihm vor einer Weile noch taktlos erschienen zu sagen, sie sei angezogen weniger hübsch als nackt; fragte sie aber nach seiner subjektiven Meinung, durfte er kühn behaupten, daß sie ihm persönlich nackt besser gefalle, denn so gab er ihr zu verstehen, daß er sie so liebte, wie sie selbst war, und es ihn nicht kümmerte, was ihr hinzugefügt wurde.

Aus all dem war der Schluß zu ziehen, daß er nicht schlecht kombiniert hatte, denn als die Studentin hörte, sie sei nackt schöner, reagierte sie sehr wohlwollend und zog sich bis zu seinem Weggehen nicht mehr an, sie küßte ihn wieder und wieder, und zum Abschied (es war Viertel vor elf, die Mutter würde zufrieden sein) flüsterte sie ihm in der Tür ins Ohr:

»Heute habe ich erkannt, daß du mich liebst. Du bist sehr nett, du liebst mich wirklich. Ja, so ist es besser. Wir werden es noch ein Weilchen aufsparen, wir werden uns noch ein Weilchen darauf freuen.«

22.

In diesen Tagen begann er, ein langes Gedicht zu schreiben. Es war eine *Gedichterzählung*, und sie erzählte von einem Mann, der plötzlich begriff, daß er alt war; daß er sich dort befand, *wo das Schicksal keine Bahnhöfe mehr baut*; daß er verlassen und vergessen war; um ihn herum

werden die Wände weiß getüncht die Möbel
weggetragen
alles veränderte man in seinem Raum

Er eilt also aus dem Haus (*den Gedanken der Eile in allen Gelenken*) und kehrt dorthin zurück, wo er einst am intensivsten gelebt hat:

Hinterhaus dritter Stock Türe links in der Ecke
unleserlich das Namenschild im Dämmerlicht
»Seit zwanzig Jahren vergangene Momente Nehmt
mich auf!«

Aufgescheucht aus teilnahmsloser Nachlässigkeit, in die langjährige Einsamkeit sie gestürzt hatte, öffnet ihm eine alte Frau. Rasch rasch beißt sie sich auf die Lippen, denen seit Jahren nichts mehr an Farbe liegt; rasch zerzaust sie sich mit altgewohnter Bewegung die schütteren, ungewaschenen Haare und winkt verlegen mit den Händen, um die alte Fotografie des Liebespaars an der Wand vor ihm zu verstecken. Doch dann spürt sie auf einmal, daß es im Raum wohlig wird und Äußerlichkeiten nicht zählen:

»Zwanzig Jahre Und bist zurückgekehrt
Als das letzte Wichtige dem ich begegne
Wollte ich über deine Schulter in die Zukunft
blicken
gibt es dort nichts mehr zu sehen.«

Ja, im Raum ist es wohlig; nichts mehr hat Bedeutung; nicht einmal die Falten, die schlampigen Kleider, die gelblichen Zähne, die schütteren Haare, die blutlosen Lippen, der hängende Bauch.

Gewißheit Gewißheit Ich bewege mich nicht
bin bereit
Gewißheit nichtig ist Schönheit neben dir
nichtig neben dir die Jugend

Und müde geht er durch ihr Zimmer (*wischt mit dem Handschuh Abdrücke fremder Finger vom Tisch*), und er weiß, sie hat Liebhaber, Scharen von Liebhabern gehabt, diese

verschacherten den ganzen Glanz ihrer Haut
Nicht einmal im Finstern ist sie mehr schön
Und Abgewetztes verliert seinen Wert

Und durch seine Seele irrt irgendein Lied, ein vergessenes Lied, großer Gott, wie lautete dieses Lied bloß?

Fort fließt du fort über die Sandbank der Betten
wischst langsam dein Äußeres weg
Fort fließt du fort bis von dir bleibt
die Mitte, allein deine Mitte

Auch sie weiß, sie hat für ihn nichts Junges, nichts Kerniges mehr. Aber:

In Momenten der Schwäche die mich nun
überfallen
gehören Müdigkeit und Zerfall diese wichtigen
und so reinen Prozesse einzig dir allein

Gerührt berühren sich ihre runzeligen Leiber, und er nennt sie »kleines Mädchen« und sie ihn »kleinen Jungen«, und dann weinen beide.

Und es fehlen Vermittler zwischen ihnen
Kein Wort Keine Geste Nichts um sich zu
verstecken
Nichts um die Armseligkeit voreinander zu
verbergen

Doch gerade diese gemeinsame Armseligkeit nehmen die beiden mit vollem Mund auf. Gierig trinkt der eine sie aus dem andern. Sie streicheln gegenseitig ihre armseligen Körper und hören, wie unter der Haut des anderen schon still die Todesmaschinen surren. Und sie wissen, sie sind einander für ewig und vollkommen ergeben; dies ist ihre letzte und auch ihre größte Liebe, denn die letzte Liebe ist die größte Liebe.

Der Mann denkt:

Dies ist eine Liebe ohne Ausweg Eine Liebe
wie eine Mauer

Und die Frau denkt:

Fern vielleicht in der Zeit doch nah in der Gestalt
ist der Tod uns nun – Wir tief in die Sessel
versunken
das Ziel erreicht Die Beine so zufrieden daß
sie keinen Schritt mehr wagen
die Hände so sicher daß sie keine Berührung mehr
suchen
Jetzt nur noch warten bis der Speichel im Mund sich
verwandelt in Tau

Als die Mutter dieses merkwürdige Gedicht las, staunte sie wie immer über die Frühreife, die es ihrem Sohn ermöglichte, ein ihm so fernes Lebensalter zu verstehen; sie begriff nicht, daß die Figuren des Gedichts die wirkliche Psychologie des Alters absolut nicht erfaßten. Aber auch die Studentin, der Jaromil das Gedicht später einmal zeigte, hatte nicht recht, als sie es nekrophil nannte.

Nein, in diesem Gedicht ging es gar nicht um einen Greis und eine Greisin; würden wir Jaromil fragen, wie alt die Figuren seines Gedichtes seien, würde er in Verlegenheit geraten und sagen, zwischen vierzig und achtzig; er kennt sich im Alter absolut nicht aus, es ist für ihn weit weg und abstrakt; er weiß vom Alter nur, daß es eine Situation ist, da der Mensch schon jenseits des Erwachsenseins steht; da das Schicksal sich schon erfüllt hat; da man sich nicht mehr vor dieser schrecklichen Unbekannten zu fürchten braucht, die Zukunft heißt; da die Liebe, der wir begegnen, die letzte und uns sicher ist.

Denn Jaromil war voller Ängste; er schritt auf den nackten Körper der jungen Frau zu, als schritte er über Dornen; er verlangte nach diesem Körper und fürchtete sich davor; darum flüchtete er in den Gedichten der Zärtlichkeit vor der Konkretheit des Körpers in eine Welt kindlicher Spielereien; er nahm dem Körper die Realität und sah den weiblichen Schoß als tickende Uhr; und diesmal war er auf die entgegengesetzte Seite geflüchtet: ins Alter; dorthin, wo der Körper nicht mehr gefährlich und stolz ist; wo er armselig und bedauernswert ist; die Armseligkeit eines alten Körpers versöhnte ihn irgendwie mit dem Stolz des jungen Körpers, der auch einmal alt sein würde.

Das Gedicht war voller naturalistischer Häßlichkeit; Jaromil hatte weder das Gelbliche der Zähne noch den Talg in den Augenwinkeln, noch den hängenden Bauch vergessen; doch hinter der Grobheit dieser Details lag die rührende Sehnsucht, die Liebe auf das Ewige, Unendliche zu begrenzen, auf das, was die mütterliche Umarmung ersetzen konnte, was nicht der Zeit unterworfen war, was *die Mitte, allein die Mitte* und in der Lage war, die Macht des Körpers, des verräterischen Körpers zu überwinden, dessen

Welt sich vor ihm ausbreitete wie ein unbekanntes, von Löwen bevölkertes Territorium.

Er schrieb Gedichte über die künstliche Kindheit der Zärtlichkeit, er schrieb Gedichte über einen unwirklichen Tod, er schrieb Gedichte über ein unwirkliches Alter. Das waren die drei bläulichen Fahnen, unter denen er furchtsam auf den ganz und gar wirklichen Körper der erwachsenen Frau zuschritt.

23.

Als sie zu ihm kam (die Mutter war mit der Großmutter für zwei Tage aus Prag hinausgefahren), machte er gar nicht erst Licht, obwohl es schon langsam dämmerte. Sie hatten das Abendessen hinter sich und saßen in Jaromils Zimmer. Gegen zehn Uhr (das war der Moment, da die Mutter ihn jeweils ins Bett schickte) sagte er einen Satz, den er zuvor im Geist oft wiederholt hatte, um ihn ganz leicht und selbstverständlich vorzubringen: »Wollen wir uns nicht hinlegen?«

Sie nickte, und Jaromil machte das Bett. Ja, alles ging so, wie er es sich ausgedacht hatte, und es ging ohne Hindernisse. Das Mädchen zog sich in einer Ecke aus, Jaromil (weitaus hastiger) in einer anderen; rasch zog er den Pyjama an (in dessen Tasche hatte er vorher vorsorglich das Päckchen mit der Socke gesteckt), schlüpfte unter die Decke (er wußte, daß der

Pyjama ihm nicht stand, zu groß war und ihn kleiner erscheinen ließ) und schaute auf das Mädchen, das nichts anbehalten hatte und sich nackt zu ihm legte (ach, im Halbdunkel schien sie ihm schon schöner als beim letzten Mal).

Sie kuschelte sich an ihn und begann ihn wild zu küssen; nach einer Weile fiel Jaromil ein, es sei höchste Zeit, das Päckchen auszupacken; er griff in die Tasche und wollte es unauffällig herausnehmen. »Was hast du da?« fragte das Mädchen. »Nichts«, antwortete er und legte die Hand, die das Päckchen hatte herausnehmen wollen, auf die Brust der Studentin. Dann sagte er sich, nun müsse er sich für einen Augenblick entschuldigen und ins Badezimmer gehen, um sich diskret vorzubereiten. Doch während er so überlegte (das Mädchen hörte nicht auf, ihn zu küssen), beobachtete er, daß die Erregung, die er vorher in ihrer ganzen physischen Unbestreitbarkeit gefühlt hatte, verschwunden war. Das versetzte ihn in neuerliche Verlegenheit, denn er wußte, daß es nun sinnlos war, das Päckchen zu öffnen. Er bemühte sich also, das Mädchen leidenschaftlich zu streicheln, und beobachtete ängstlich, ob die verschwundene Erregung sich wieder einstellte. Sie stellte sich nicht ein. Der Körper war unter dieser aufmerksamen Beobachtung gleichsam wie von Angst gelähmt; er schrumpfte eher, als daß er wuchs.

Das Streicheln und Küssen war weder Freude noch

Genuß; es war nur eine Schutzwand, hinter der der Junge sich abquälte und seinen Körper verzweifelt zu Gehorsam ermahnte. Es war ein unaufhörliches Streicheln und Liebkosen, und es war eine unaufhörliche Qual, eine Qual in vollkommener Stummheit, weil Jaromil nicht wußte, was er sagen sollte, und es ihm schien, daß jedes Wort auf seine Schande hinweisen würde; auch das Mädchen schwieg, weil wahrscheinlich auch sie eine Schande zu ahnen begann, ohne genau zu wissen, ob es die seine oder die ihre war, auf alle Fälle geschah etwas, worauf sie nicht vorbereitet war und das zu benennen sie sich fürchtete.

Und als dieser entsetzliche Veitstanz von Berührungen und Küssen verebbte und keine Kraft mehr hatte, sich fortzusetzen, legten sie beide die Köpfe auf das Kissen und versuchten einzuschlafen. Schwer zu sagen, ob und wie lange sie geschlafen hatten, aber selbst wenn sie nicht schliefen, schützten beide Schlaf vor, da er ihnen ermöglichte, voreinander versteckt zu sein.

Als sie am anderen Morgen aufstanden, hatte Jaromil Angst, ihren Körper anzusehen; er kam ihm quälend schön vor, um so schöner, als er ihm nicht gehörte. Sie gingen in die Küche, bereiteten sich ein Frühstück und versuchten mühsam, ein allgemeines Gespräch zu führen.

Dann aber sagte die Studentin: »Du liebst mich nicht.«

Jaromil wollte ihr versichern, daß dem nicht so sei,

doch sie ließ ihn nicht zu Wort kommen: »Nein, es ist zwecklos, mir etwas einzureden. Es ist stärker als du, und heute nacht hat es sich gezeigt. Du liebst mich nicht genug. Du hast es doch selber erkannt, daß du mich nicht genug liebst.«

Jaromil wollte dem Mädchen im ersten Moment versichern, daß dies nichts mit dem Maß der Liebe zu tun habe, doch er sagte nichts. Die Worte des Mädchens boten ihm nämlich eine unerwartete Gelegenheit, seine Schande zu verstecken. Es war tausendmal leichter, den Vorwurf zu ertragen, er liebe das Mädchen nicht, als in dem Bewußtsein zu leben, einen mangelhaften Körper zu haben. Also antwortete er nichts und senkte den Kopf. Als aber das Mädchen die Beschuldigung wiederholte, sagte er mit einer Stimme, die absichtlich unsicher und wenig überzeugend klingen sollte:

»Aber nein, ich liebe dich.«

»Du lügst«, sagte das Mädchen, »du hast jemand anderen, den du liebst.«

Das war noch besser. Jaromil senkte den Kopf und zuckte traurig mit den Schultern, als würde er gestehen, daß an diesem Vorwurf etwas Wahres war.

»Es hat keinen Sinn, wenn es nicht die wahre Liebe ist«, sagte die Studentin finster. »Ich habe dir gesagt, daß ich diese Dinge nicht auf die leichte Schulter nehmen kann. Ich ertrage es nicht, Ersatz für jemand anderen zu sein.«

Obwohl die Nacht, die er hinter sich hatte, voller Qualen gewesen war, gab es für Jaromil nur einen einzigen Ausweg: sie nochmals zu wiederholen und seinen Mißerfolg wiedergutzumachen. Darum mußte er ihr jetzt sagen: »Nein, du tust mir Unrecht. Ich liebe dich. Ich liebe dich wahnsinnig. Aber ich habe dir etwas verschwiegen. Es gibt in meinem Leben tatsächlich noch eine andere Frau. Diese Frau hat mich geliebt, und ich habe ihr Unrecht getan. Jetzt liegt ein Schatten auf mir, der mich bedrückt und gegen den ich machtlos bin. Versteh mich, bitte. Es wäre ungerecht, wenn du mich deshalb nicht mehr sehen wolltest, denn ich liebe dich, nur dich.«

»Ich sage nicht, daß ich dich nicht mehr sehen will, ich sage nur, daß ich keine andere Frau dulden werde, auch nicht in Gestalt eines Schattens. Versteh du mich, die Liebe ist für mich das Absolute. In der Liebe kenne ich keine Kompromisse.«

Jaromil sah in das bebrillte Gesicht des Mädchens, und ihm krampfte sich das Herz zusammen bei dem Gedanken, daß er sie verlieren könnte; es schien ihm, daß sie ihm nahe war, daß sie sich verstehen könnten. Und dennoch konnte und durfte er sich ihr nicht anvertrauen, mußte er so tun wie jemand, auf dem ein schicksalhafter Schatten lastete, jemand, der zerrissen war und Mitleid verdiente.

»Bedeutet das Absolute in der Liebe nicht vor allem«, wandte er ein, »daß es imstande ist, den anderen zu verstehen und mit allem zu lieben, was in ihm und an ihm ist, auch mit seinen Schatten?«

Das war ein gut gesagter Satz, und er stimmte die Studentin nachdenklich. Jaromil hatte den Eindruck, daß vielleicht doch nicht alles verloren war.

24.

Bisher hatte er ihr seine Gedichte nie zu lesen gegeben; er wartete darauf, daß der Maler sein Versprechen erfüllte, die Verse in einer avantgardistischen Zeitschrift veröffentlichen zu lassen; erst mit dem Ruhm gedruckter Buchstaben wollte er sie blenden. Jetzt aber war es notwendig, daß ihm die Gedichte rasch zu Hilfe eilten. Er glaubte, daß die Studentin, wenn sie seine Gedichte läse (am meisten versprach er sich vom Gedicht über die Greise), ihn verstehen und gerührt sein würde. Er wurde enttäuscht; sie hatte wahrscheinlich angenommen, sie sei ihrem jungen Freund gegenüber zu kritischen Ratschlägen verpflichtet, und die Sachlichkeit ihrer Bemerkungen ließ ihn schaudern.

Wohin war der herrliche Spiegel ihrer begeisterten Bewunderung geraten, in dem er einst seine Persönlichkeit zum ersten Mal gesehen hatte? Aus allen Spiegeln grinste ihn jetzt die Häßlichkeit seiner Unreife an, und das war ihm unerträglich. Damals erinnerte er sich an den berühmten Namen eines Dichters, der vom Nimbus europäischer Avantgarde und heimischer Exzesse umstrahlt war, und obwohl er ihn persönlich nicht kannte und nie gesehen hatte, empfand er für ihn dieselbe blinde Verehrung wie einfache Gläubige für die Würdenträger ihrer Kirche. Er schickte ihm seine Gedichte mit einem demütigen Bittbrief. Dann träumte er von dessen freundlicher und bewundernder Antwort, und diese Träume legten sich wie Balsam auf die Zusammenkünfte mit der Studentin, die immer seltener (sie behauptete, die Prüfungszeit der Fakultät rücke näher und sie habe wenig Zeit) und auch immer trauriger wurden.

Er kehrte zurück in die (übrigens nicht sehr fernen) Zeiten, in denen ihm die Unterhaltung mit einer Frau Mühe machte und er sich zu Hause darauf vorbereiten mußte; auch jetzt wieder durchlebte er jedes Treffen schon viele Tage vorher und unterhielt sich in seiner Vorstellung ganze Abende mit der Studentin. In diesen niemals ausgesprochenen Monologen zeichnete sich immer deutlicher (und dennoch geheimnisvoll) die Gestalt einer Frau ab, über deren Existenz die Studentin beim Frühstück in der Küche ihren Verdacht geäußert hatte; diese Frau hatte Jaromil das Licht durchlebter Vergangenheit geschenkt, sie hatte strahlendes Interesse geweckt und den Mißerfolg seines Körpers entschuldigt.

Leider zeichnete diese Frau sich nur in den unausgesprochenen Monologen ab, denn aus den tatsächlichen Gesprächen zwischen Jaromil und der Studentin war sie unbemerkt und rasch verschwunden; die Studentin hatte ebenso plötzlich aufgehört, sich für sie zu interessieren, wie sie von ihr zu sprechen begonnen hatte. Das war beunruhigend! Alle kleinen Anspielungen, gut vorbereiteten Versprecher und selbst plötzliches Verstummen, das wie eine Erinnerung an jene andere Frau aussehen sollte, übersah sie achtlos.

Statt dessen erzählte sie ihm lange (und oh, weh, auch vollkommen fröhlich!) von der Fakultät und ahmte verschiedene Kommilitonen so plastisch nach, daß sie ihm viel wirklicher vorkamen, als er selbst es war. Beide waren sie in den Zustand von vor ihrer Begegnung zurückgekehrt: aus ihm war das unsichere Bürschchen geworden, aus ihr die *steinerne Jungfrau*, die gescheite Reden hielt. Nur in bestimmten Momenten (diese Momente liebte Jaromil über alles und verschlang sie gierig) geschah es, daß sie auf einmal verstummte oder unvermittelt einen Satz sagte, einen traurigen und wehmütigen Satz, an den Jaromil jedoch vergebens seine eigenen Worte anzuknüpfen versuchte, da die Trauer des Mädchens nur nach innen gewandt war und sich nicht nach Verständigung mit Jaromils Trauer sehnte.

Was war die Quelle dieser Trauer? Wer weiß; vielleicht tat es ihr leid um die Liebe, die sie schwinden sah; vielleicht dachte sie an einen anderen, nach dem sie sich sehnte; wer weiß; einmal war der Moment der Trauer so intensiv (sie traten gerade aus einem Kino auf eine stille winterliche Straße hinaus), daß sie ihm im Gehen den Kopf an die Schulter legte.

Mein Gott! Das hatte er doch schon einmal erlebt! Das hatte er erlebt, als er einst mit einem Mädchen, das er in der Tanzstunde kennengelernt hatte, durch den Park spazierte! Diese Geste des Kopfes, die ihn damals erregt hatte, wirkte auch diesmal gleich: er war erregt! Er war grenzenlos und sichtbar erregt! Nur schämte er sich diesmal nicht, im Gegenteil, er wünschte verzweifelt, das Mädchen möge seine Erregung sehen!

Doch das Mädchen hatte den Kopf traurig an seiner Schulter liegen und blickte durch ihre Brille weiß Gott wohin.

Und Jaromils Erregung hielt an, siegreich, stolz, lange und sichtbar, und er wünschte sich so sehr, sie möge wahrgenommen und gewürdigt werden. Er wünschte sich, die Hand des Mädchens zu nehmen und sie unten an seinen Körper zu legen, aber das war ein Einfall, der ihm töricht und kaum realisierbar schien. Dann fiel ihm ein, sie könnten stehenbleiben und sich umarmen, und so würde das Mädchen seine Erregung dann am eigenen Leib spüren.

Doch als die Studentin an seinen sich verlangsamenden Schritten erkannte, daß er stehenbleiben und sie küssen wollte, sagte sie: »Nein, nein, ich möchte so bleiben, ich möchte so bleiben ...«, und sie sagte es dermaßen traurig, daß Jaromil ohne Widerrede gehorchte. Und derjenige, den er zwischen den Beinen hatte, kam ihm vor wie ein tanzender Kasper, wie ein Clown, ein hohnlachender Feind, der ihn verspottete. Er ging dahin, einen traurigen, fremden Kopf an der Schulter und einen fremden, lachenden Clown zwischen den Beinen.

25.

Vielleicht war er der Annahme erlegen, Trauer und der Wunsch nach Trost (der berühmte Dichter hatte ihm noch immer nicht geantwortet) seien imstande, jeden ungewöhnlichen Schritt zu rechtfertigen, und er suchte den Maler unangemeldet auf. Schon im Vorzimmer erkannte er am Lärm der Stimmen, daß er in eine größere Gesellschaft kommen würde, und er wollte sich entschuldigen und rasch wieder gehen; der Maler jedoch lud ihn herzlich ins Atelier, wo er ihn seinen Gästen vorstellte, drei Männer und zwei Frauen.

Jaromil spürte, wie er unter den Blicken der fünf Unbekannten errötete, war gleichzeitig aber geschmeichelt; als der Maler ihn vorstellte, verkündete er nämlich, der junge Mann schreibe hervorragende Gedichte, und er sprach über ihn wie über jemanden, den die Gäste vom Hörensagen kannten. Es war ein angenehmes Gefühl. Als er in einem Sessel saß und sich im Atelier umsah, konstatierte er mit einiger Genugtuung, daß die beiden Frauen hier schöner waren als seine Studentin. Diese brillante Selbstverständlichkeit, mit der sie die Beine übereinanderschlugen, die Zigaretten in den Aschenbecher drückten und gelehrte Ausdrücke mit vulgären Wörtern zu bizarren Sätzen verbanden! Jaromil kam sich vor wie in einem Aufzug, in dem er Höhen erklomm, die von der quälenden Stimme des Mädchens mit Brille nicht erreicht werden konnten.

Eine der Frauen wandte sich mit der freundlichen Frage an ihn, was für Verse er schreibe. »Verse«, antwortete Jaromil und zuckte verlegen mit den Schultern. »Vorzügliche«, ergänzte der Maler, und Jaromil senkte den Kopf; die zweite Frau sah ihn an und sagte mit Altstimme: »Er sieht hier unter uns aus wie Rimbaud in der Gesellschaft von Verlaine und dessen Kumpanen auf dem Bild von Fantin-Latour. Ein Kind unter Männern. Der achtzehnjährige Rimbaud hat angeblich wie dreizehn ausgesehen. Auch Sie«, sprach sie Jaromil an, »sehen noch ganz wie ein Kind aus.«

(Wir können nicht umhin zu sagen, daß diese Frau sich mit der gleichen grausamen Zärtlichkeit über Jaromil neigte wie die Schwestern von Rimbauds Lehrer Izambard – diese berühmten *Läusesucherinnen* – sich über Rimbaud neigten, als dieser nach einer seiner langen Reisen bei ihnen unterkam und sie ihn wuschen, reinigten und entlausten.)

»Unser Freund«, sagte der Maler, »hat das Glück, das ohnehin nicht mehr lange währen wird, daß er nicht mehr Kind und noch nicht Mann ist.«

»Die Pubertät ist das poetischste aller Lebensalter«, sagte die erste Frau.

»Du würdest staunen«, sagte der Maler lächelnd, »wie bemerkenswert ausgefeilt und reif die Verse dieses noch gänzlich unreifen, unfertigen keuschen Knaben sind ...«

»Stimmt«, nickte einer der Männer zum Zeichen, daß er Jaromils Verse kannte und dem Lob des Malers beipflichtete.

»Werden Sie sie nicht veröffentlichen?« fragte die Frau mit der Altstimme Jaromil.

»Die Zeit der positiven Helden und der Stalinbüsten wird seiner Poesie nicht sehr gewogen sein«, sagte der Maler.

Die Erwähnung der positiven Helden wurde zur Weiche, die die Debatte wieder in die Geleise zurückführte, auf denen sie sich vor Jaromils Ankunft bewegt hatte. Jaromil war mit diesen Themen vertraut und hätte sich leicht am Gespräch beteiligen können, nur hörte er jetzt überhaupt nicht, wer was sagte. In endlosen Echos hallte es durch seinen Kopf, daß er wie dreizehn aussah, daß er ein Kind, ein keuscher Knabe war. Natürlich wußte er, daß ihn hier niemand hatte beleidigen wollen und vor allem der Maler seine Verse aufrichtig schätzte, aber um so schlimmer: lag ihm denn in diesem Moment überhaupt an seinen Versen? Er hätte tausendmal auf deren Reife verzichtet, wenn er dafür seine eigene Reife gewonnen hätte. Alle seine Gedichte hätte er hergegeben für einen einzigen Beischlaf.

Die Gesellschaft war in eine leidenschaftliche Debatte verwickelt, und Jaromil wünschte sich zu gehen. Er befand sich jedoch in einem Zustand solcher Beklommenheit, daß es ihm Mühe machte, den Satz auszusprechen, der sein Weggehen angekündigt hätte. Er fürchtete, seine Stimme zu hören; er fürchtete, diese Stimme könnte zittern oder sich überschlagen und erneut und vor allem seine Unreife und seine Dreizehnjährigkeit verraten. Er wünschte sich sehnlichst, unsichtbar zu sein, sich auf Zehenspitzen davonzustehlen, weit weg, einzuschlafen, lange zu schlafen und erst nach zehn Jahren wieder aufzuwachen, wenn sein Gesicht älter geworden und voller männlicher Falten war.

Die Frau mit der Altstimme wandte sich wieder an ihn: »Warum sind Sie so schweigsam, mein Kind?«

Er murmelte, er höre lieber zu, als daß er spreche (obwohl er überhaupt nicht zugehört hatte), und es schien ihm, als gäbe es kein Entrinnen aus der Verurteilung, die von der Studentin über ihn gefällt worden war, als wäre der Urteilsspruch erneut bestätigt, der ihn in seine Keuschheit zurückwarf, eine Keuschheit, die er auf sich trug wie ein Brandmal (mein Gott, alle sahen ihm an, daß er noch nie eine Frau gehabt hatte!)

Und weil er wußte, daß die anderen ihn wieder ansahen, wurde ihm sein Gesicht schmerzlich bewußt, und er spürte fast mit Entsetzen, daß das, was er auf dem Gesicht hatte, das Lächeln der Mutter war! Er erkannte es untrüglich, dieses zartbittere Lächeln, er spürte, wie es auf seinem Mund saß und sich auf keine Weise abwerfen ließ. Er spürte, daß die Mutter seinem Gesicht aufgesetzt war, daß die Mutter ihn eingepuppt hatte, als wäre er eine Larve, der sie das Recht auf eine eigene Gestalt nicht gönnen wollte.

Und so saß er hier zwischen Erwachsenen, verpuppt in seine Mutter, die ihn umarmte und wegzog aus dieser Welt, zu der er gehören wollte und die ihn freundlich behandelte, wenngleich auch wie jemanden, der noch nicht dazugehörte. Es war dermaßen unerträglich, daß Jaromil alle Kräfte aufbot, um das Gesicht der Mutter von sich abzuschütteln, um aus ihm herauszutreten; er bemühte sich, der Unterhaltung zu folgen.

Man sprach über ein Thema, das damals von allen Künstlern aufgeregt diskutiert wurde. Die moderne Kunst hatte sich in Böhmen stets zur kommunistischen Revolution bekannt; als die Revolution dann aber gekommen war, hatte sie als alleingültiges Programm einen allgemeinverständlichen, volkstümlichen Realismus verkündet und die moderne Kunst als entarteten Ausdruck bourgeoiser Dekadenz verdammt. »Das ist unser Dilemma«, sagte einer der Gäste des Malers, »sollen wir die moderne Kunst verraten, mit der wir verwachsen sind, oder die Revolution, zu der wir uns bekennen?«

»Die Frage ist falsch gestellt«, sagte der Maler. »Eine Revolution, die die akademische Kunst aus dem Grab auferstehen läßt und zu Tausenden Büsten von Staatsmännern fabriziert, hat nicht nur die moderne Kunst, sondern auch sich selbst verraten. Eine solche Revolution will nicht die Welt verändern, im Gegenteil: sie will den reaktionärsten Geist der Geschichte bewahren, den Geist der Frömmelei, der Disziplin, des Dogmatismus, des Glaubens und der Konvention. Wir befinden uns keineswegs in einem Dilemma. Als echte Revolutionäre können wir mit diesem Verrat an der Revolution nicht einverstanden sein.«

Es hätte Jaromil keine Mühe gekostet, den Gedanken des Malers, dessen Logik ihm geläufig war, weiter zu entwickeln, er hatte jedoch keine Lust, hier im Schlepptau des Malers als dessen rührender Schüler aufzutreten, als strebsamer kleiner Junge, der gelobt werden wollte. Er war erfüllt vom Wunsch nach Auflehnung und sagte, indem er sich an den Maler wandte:

»Sie zitieren doch so gern Rimbaud: Man muß absolut modern sein. Dem stimme ich völlig zu. Aber absolut neu ist nicht das, was wir seit fünfzig Jahren voraussagen, sondern das, was uns schockiert und überrascht. Absolut modern ist nicht der Surrealismus, den es schon ein Vierteljahrhundert lang gibt, sondern diese Revolution, die sich jetzt abspielt. Die Tatsache, daß Sie sie nicht verstehen, beweist nur, daß sie neu ist.«

Man fiel ihm ins Wort: »Die moderne Kunst war eine gegen die Bourgeoisie und deren Welt gerichtete Bewegung.«

»Gewiß«, sagte Jaromil, »wäre sie jedoch in der Verneinung der zeitgenössischen Welt konsequent gewesen, hätte sie auch mit dem eigenen Untergang rechnen müssen. Sie hätte wissen müssen (und sie mußte es sogar wollen), daß sich die Revolution als ihr Bild eine vollkommen neue Kunst schafft.«

»Dann sind Sie also damit einverstanden«, sagte die Frau mit der Altstimme, »daß Baudelaires Gedichte heute eingestampft werden, die ganze moderne Literatur verboten wird und man die kubistischen Bilder in der Nationalgalerie schnell in die Kellergeschosse bringt?«

»Revolution bedeutet Gewalt«, sagte Jaromil, »das ist doch bekannt, und gerade der Surrealismus hat gewußt, daß man die Alten brutal vom Podium treten muß, bloß hat er nicht gewußt, daß er selbst zu ihnen gehört.«

Wut wie auch Erniedrigung hatten bewirkt, daß er seine Gedanken, wie er meinte, präzise und böse formuliert hatte. Nur eines machte ihn gleich bei den ersten Worten stutzig: er hörte in seiner Stimme erneut diese eigenartige, autoritäre Intonation des Malers, und er konnte seine rechte Hand nicht daran hindern, in der Luft jene Gesten zu beschreiben, die für den Maler typisch waren. Es war im Grunde genommen ein sonderbares Streitgespräch des Malers mit dem Maler – des Malermannes mit dem Malerkind, des Malers mit seinem sich auflehnenden Schatten. Jaromil wurde sich dessen bewußt, und er fühlte sich dadurch noch mehr erniedrigt; also benutzte er härtere und noch härtere Formulierungen, um sich am Maler zu rächen für die Gesten und die Worte, in denen er ihn eingekerkert hatte.

Der Maler antwortete Jaromil zweimal in längeren Ausführungen, beim dritten Mal unterließ er es. Da schaute er nur noch hart und streng drein, und Jaromil wußte, daß er dieses Atelier nie mehr würde betreten dürfen. Alle waren verstummt, und schließlich ergriff die Frau mit der Altstimme das Wort (diesmal sprach sie aber nicht, als würde sie sich zärtlich über ihn neigen wie Izambards Schwester über Rimbauds verlausten Kopf, sondern eher, als wollte sie sich traurig und überrascht von ihm distanzieren): »Ich kenne Ihre Verse nicht, aber nach allem, was ich darüber gehört habe, glaube ich, daß sie kaum unter dem Regime erscheinen könnten, das Sie gerade so vehement verteidigt haben.«

Jaromil mußte an sein letztes Gedicht über die beiden alten Leute und ihre letzte Liebe denken; es wurde ihm klar, daß dieses Gedicht, das er über alle Maßen liebte, in einer Epoche freudiger Losungen und Agitationsgedichte nie im Druck erscheinen konnte, und daß er, wenn er es jetzt verleugnete, das Teuerste verleugnete, was er hatte, seinen einzigen Reichtum, etwas, ohne das er vollkommen allein wäre.

Es gab jedoch etwas noch Wertvolleres als seine Verse; es war etwas, das er bisher noch nicht gehabt hatte, das fern lag und wonach er sich sehnte – Männlichkeit; er wußte, daß man sie nur durch Mut und Tat erlangen konnte; und wenn Mut bedeutete, den Mut zu haben, verlassen zu sein, verlassen von allem, von der Geliebten, dem Maler, ja sogar von den eigenen Gedichten, so sei dem so; er wollte mutig sein. Und deshalb sagte er:

»Ja, ich weiß, daß diese Gedichte völlig unbrauchbar für die Revolution sind. Ich bedaure das, denn ich mag sie. Aber mein Bedauern ist leider kein Argument gegen ihre Unbrauchbarkeit.« Und wieder herrschte eine Weile Stille, und dann sagte einer der anwesenden Männer: »Das ist entsetzlich«, und er zitterte wirklich, als liefen Frostschauer über seinen Rücken. Jaromil spürte, daß sich das Entsetzen, das von seinen Worten ausging, auf alle Anwesenden übertrug, und daß sie, wenn sie ihn ansahen, den lebendigen Untergang all dessen vor sich sahen, was sie geliebt und wofür sie gelebt hatten.

Das war traurig, aber auch schön: Jaromil hatte für einen Augenblick das Gefühl verloren, ein Kind zu sein.

26.

Die Mutter las die Verse, die Jaromil ihr jeweils wortlos auf den Tisch legte, und versuchte, durch sie hindurch einen Blick in das Leben ihres Sohnes zu werfen. Wenn diese Verse wenigstens eine klare Sprache gesprochen hätten! Ihre Aufrichtigkeit war falsch; sie waren voller Rätsel und Andeutungen; die Mutter wußte, daß der Sohn den Kopf voller Frauen hatte, sie wußte aber überhaupt nicht, was er eigentlich mit ihnen anstellte.

Deshalb öffnete sie eines Tages die Schublade seines Schreibtisches und suchte so lange, bis sie sein Tagebuch fand. Sie kniete sich auf den Boden und blätterte aufgeregt darin; die Eintragungen waren fragmentarisch, dennoch erfuhr sie daraus, daß ihr Sohn eine Liebe hatte; er bezeichnete sie lediglich mit einem großen Anfangsbuchstaben, so daß sie nicht erfuhr, wer diese Frau war; dafür war mit leidenschaftlicher Detailliertheit, die der Mutter zuwider war, vermerkt, wann sie sich zum ersten Mal geküßt hatten, wie viele Male sie durch den Park spaziert waren, wann er zum ersten Mal ihre Brust und wann ihren Hintern angefaßt hatte.

Dann stieß sie auf ein rot eingerahmtes, mit vielen Ausrufezeichen verziertes Datum; unter diesem Datum stand: *Morgen! Morgen! Ach, alter Jaromil, glatzköpfiger Opa, wenn du dies nach Jahren lesen wirst, dann erinnere dich, daß an diesem Tag die eigentliche Geschichte deines Lebens begann!*

Sie rechnete rasch zurück: es war jener Tag, an dem sie mit der Großmutter aus Prag hinausgefahren war; und sofort fiel ihr ein, daß, als sie zurückgekommen war, ihr teures Parfum offen dagestanden hatte; sie hatte Jaromil gefragt, was er mit dem Parfum gemacht habe, und er hatte verlegen geantwortet: »Ich habe damit gespielt ...« Oh, wie dumm sie doch gewesen war! Sie hatte sich daran erinnert, daß Jaromil, als er noch klein war, gesagt hatte, er wolle Parfum-Erfinder werden, und sie war gerührt gewesen; sie hatte nur zu ihm gesagt: »Du bist doch wohl erwachsen genug, um nicht mehr zu spielen!« Jetzt allerdings war ihr alles klar: die Frau, mit der Jaromil in jener Nacht in der Villa geschlafen und seine Unschuld verloren hatte, war im Badezimmer gewesen.

Sie stellte sich seinen nackten Körper vor; sie stellte sich zu diesem Körper einen nackten Frauenkörper vor; sie stellte sich vor, daß dieser Frauenkörper mit ihrem Parfum parfümiert war und folglich roch wie sie, und eine Welle des Ekels stieg in ihr auf. Noch einmal sah sie ins Tagebuch und bemerkte, daß auf das Datum mit den Ausrufezeichen keine Eintragungen mehr folgten. Schau, für einen Mann ist immer alles aus, wenn er es geschafft hat, mit einer Frau zu schlafen, dachte sie mit bitterem Widerwillen, und ihr Sohn kam ihr abscheulich vor.

Einige Tage ging sie ihm aus dem Weg, wollte ihn nicht sehen. Dann fiel ihr auf, daß er abgemagert und blaß war; sie zweifelte nicht daran, daß es daher kam, daß er zuviel liebte.

Erst viele Tage später beobachtete sie in den abgezehrten Zügen neben Müdigkeit auch Trauer. Das versöhnte sie allmählich wieder mit ihm und machte ihr Hoffnung: sie sagte sich, daß Geliebte kränken und Mütter trösten; sie sagte sich, daß es viele Geliebte, jedoch nur eine einzige Mutter gebe. Ich muß um ihn kämpfen, ich muß um ihn kämpfen, wiederholte sie immer wieder und begann seit dieser Zeit um ihn herumzuschleichen wie ein wachsamer, mitfühlender Tiger.

27.

In diesen Tagen machte er das Abitur. Mit großer Wehmut verabschiedete er sich von Kameraden, mit denen er acht Jahre lang dieselbe Klasse besucht hatte, und es kam ihm vor, als breite sich das amtlich beglaubigte Erwachsenenalter vor ihm aus wie eine Wüste. Dann erfuhr er eines Tages (es war Zufall: er begegnete einem jungen Mann, den er von den Versammlungen beim schwarzhaarigen Mann her kannte), daß sich die Studentin mit der Brille in irgendeinen Kollegen verliebt hatte.

Dann trafen sie sich; sie sagte ihm, daß sie in einigen Tagen in den Urlaub fahre; er schrieb sich ihre Adresse auf; er erwähnte nicht, was er über sie erfahren hatte; er fürchtete es auszusprechen; er fürchtete, daß er die Trennung damit beschleunigt hätte; er war froh, daß sie ihn noch nicht ganz verlassen hatte, obwohl sie einen anderen hatte; er war froh, daß er sie ab und zu küssen durfte und sie sich wenigstens kameradschaftlich verhielt; er hing schrecklich an ihr und wäre in der Lage gewesen, seinen Stolz zu unterdrükken; sie war die einzige lebendige Gestalt in der Wüste, die er vor sich sah; er klammerte sich krampfhaft an die Hoffnung, daß ihre kaum noch glimmende Liebe noch einmal auflodern könnte.

Die Studentin verreiste, und statt ihrer war ein schwüler Sommer da, der einem langen, stickigen Tunnel glich. Ein an die Studentin gerichteter (weinerlicher und flehender) Brief fiel in diesen Tunnel hinein, doch er fiel ohne Echo. Jaromil dachte an den Telefonhörer, der in seinem Zimmer an der Wand hing; leider hatte dieser plötzlich einen ganz realen

Sinn bekommen: eine Sprechmuschel mit durchschnittener Schnur, ein Brief ohne Antwort, ein Gespräch mit jemandem, der nichts hörte ...

Und dabei flanierten Frauen in luftigen Kleidern über die Gehsteige, Schlagermelodien kamen aus den offenstehenden Fenstern, die Straßenbahnen waren voll von Menschen, die Badetücher und Badekleider in ihren Taschen trugen, und die Ausflugsdampfer fuhren die Moldau aufwärts, nach Süden, in die Wälder ...

Jaromil war verlassen, einzig die Augen der Mutter folgten ihm und blieben treu bei ihm; gerade das aber war unerträglich, daß irgendwelche Augen unablässig seine Verlassenheit bloßlegten, die verborgen und ungesehen sein wollte. Er ertrug weder die Blicke noch die Fragen seiner Mutter. Er lief aus dem Haus, kehrte jeweils spät in der Nacht heim und legte sich sofort ins Bett.

Wir haben gesagt, daß Jaromil nicht für die Masturbation, sondern für die große Liebe geschaffen war, in diesen Wochen jedoch masturbierte er verzweifelt und wild, als wollte er sich durch diese niedrige und beschämende Tätigkeit selbst bestrafen. Er hatte dann den ganzen Tag Kopfschmerzen, war aber fast froh darüber, da dieser Schmerz die Schönheit der Frauen in ihren leichten Kleidern verschleierte und die frivolen, schmachtenden Melodien der Schlager dämpfte; er war in dieser leichten Betäubung in der Lage, ohne

Turbulenzen über die endlose Wasserfläche der Tage zu segeln.

Und von der Studentin kam kein Brief. Wenn wenigstens irgendein anderer Brief gekommen wäre! Wenn überhaupt jemand in seine Leere hätte treten wollen! Wenn der berühmte Dichter, dem Jaromil sein Gedicht zur Beurteilung geschickt hatte, doch endlich ein paar Zeilen schreiben wollte! Oh, wenn wenigstens er ihm ein paar warme Worte geschrieben hätte! (Ja, wir haben gesagt, daß er alle Verse dafür hergeben würde, um als Mann anerkannt zu werden, wir wollen aber ergänzen: da er als Mann nicht anerkannt wurde, konnte ihn nur noch eines ein bißchen trösten: wenigstens als Dichter anerkannt zu werden.) Er verspürte den starken Wunsch, sich nochmals bei dem berühmten Dichter zu melden. Er wollte dies nicht mit einem Brief tun, sondern in explosiv poetischer Form. Eines Tages verließ er das Haus mit einem scharfen Messer. Er ging lange um eine Telefonzelle herum, und nachdem er sich versichert hatte, daß ringsum niemand war, ging er hinein und schnitt den Hörer mit einem Stück Schnur ab. Jeden Tag gelang es ihm, irgendeinen Hörer abzuschneiden, bis er am zwanzigsten Tag (weder von dem Mädchen noch von dem Dichter war ein Brief gekommen!) zwanzig abgeschnittene Hörer beisammen hatte. Er legte sie in eine Schachtel, verpackte und verschnürte sie, versah sie mit der Adresse des berühmten Dichters und setzte seinen Namen als Absender darauf. Aufgeregt trug er das Paket zur Post.

Als er vom Schalter zurücktrat, schlug ihm jemand auf die Schulter. Er drehte sich um und sah einen Mitschüler aus der Grundschule, den Hausmeisterssohn. Er war froh, ihn zu sehen (in dieser ereignislosen Leere war jedes Ereignis willkommen); dankbar fing er ein Gespräch mit ihm an, und als er erfuhr, daß der Mitschüler nicht weit von der Post entfernt wohnte, zwang er ihn fast, ihn für ein Weilchen zu sich nach Hause einzuladen.

Der Hausmeisterssohn wohnte nicht mehr bei seinen Eltern in der Schule, er hatte eine eigene Einzimmerwohnung. »Meine Frau ist nicht zu Hause«, erklärte er, als er mit Jaromil in die Diele trat. Jaromil hatte nicht geahnt, daß sein Klassenkamerad verheiratet war. »Na ja, schon seit einem Jahr«, sagte der Hausmeisterssohn, und er sagte es so selbstsicher und selbstverständlich, daß Jaromil neidisch wurde.

Dann nahmen sie im Zimmer Platz, und Jaromil sah an der Wand ein Bettchen mit einem Baby; er dachte, mein Mitschüler ist Vater und ich bin Onanist.

Der Mitschüler zog eine Flasche Schnaps aus der Tiefe des Schrankes, goß zwei Gläschen voll, und Jaromil fiel ein, daß er zu Hause keine eigene Flasche besaß, da die Mutter ihm tausend Fragen stellen würde, wozu er sie brauche.

»Und was machst du?« fragte Jaromil ihn.

»Ich bin bei der Polizei«, sagte der Mitschüler, und vor Jaromil tauchte jener Tag auf, da er mit Halswikkeln vor dem Radio gestanden hatte, aus dem die skandierenden Rufe der Massen gedrungen waren. Die Polizei war die stärkste Stütze der kommunistischen Partei, so daß sein Freund in jenen Tagen vermutlich unter den tobenden Massen gewesen war, während er, Jaromil, zu Hause bei der Großmutter gesessen hatte.

Ja, sein Mitschüler war damals tatsächlich auf der Straße gewesen, und er erzählte es stolz und zurückhaltend, so daß Jaromil das Bedürfnis verspürte, ihm zu verstehen zu geben, daß sie durch die gleiche Überzeugung verbunden waren; er erzählte ihm von den Versammlungen in der Wohnung des schwarzhaarigen Mannes. »Bei diesem Juden?« sagte der Hausmeisterssohn: »Nimm dich in acht vor dem! Das ist ein ziemlich komischer Kauz!«

Der Hausmeisterssohn wich ihm immer noch aus, immer war er ihm ein Stück voraus, und Jaromil wünschte sich, mit ihm gleichzuziehen; er sagte mit trauriger Stimme: »Ich weiß nicht, ob du es weißt, aber mein Vater ist im Konzentrationslager ums Leben gekommen. Seit jener Zeit weiß ich, daß die Welt radikal verändert werden muß, und ich weiß, wo mein Platz ist.«

Endlich nickte der Hausmeisterssohn verständnisvoll; sie unterhielten sich dann noch lange, und als sie über die Zukunft sprachen, verkündete Jaromil aus heiterem Himmel: »Ich will Politik machen.« Er war selbst davon überrascht, daß er es gesagt hatte; als wären diese Worte seinem Gedanken vorausgeeilt; als hätten sie ohne ihn und für ihn über seine Laufbahn entschieden. »Natürlich«, fuhr er fort, »möchte meine Mutter, daß ich Ästhetik oder Französisch oder was weiß ich studiere, nur macht mir das keinen Spaß. Das ist kein Leben. Das wirkliche Leben ist das, was du machst.«

Als er den Hausmeisterssohn verließ, hatte er das Gefühl, einen Tag der entscheidenden Erleuchtung erlebt zu haben. Noch vor wenigen Stunden hatte er ein Paket mit zwanzig Telefonhörern zur Post gebracht und das für eine herrliche, phantasievolle Aufforderung des großen Dichters gehalten, ihm doch bitte zu antworten. Er hatte geglaubt, daß er ihm auf diese Weise das vergebliche Warten auf seine Worte, die Sehnsucht nach seiner Stimme als Geschenk schicke.

Doch das anschließende Gespräch mit dem Mitschüler (und er war sich sicher, es war kein Zufall!) hatte seiner poetischen Tat den entgegengesetzten Sinn verliehen: sie war weder Geschenk noch bittender Aufruf; ganz und gar nicht; er hatte dem Dichter stolz das ganze vergebliche Warten *zurückgegeben*; die abgeschnittenen Hörer waren die abgeschnittenen

Köpfe seiner Ergebenheit, und Jaromil hatte sie dem Dichter voller Hohn zurückgeschickt, wie ein türkischer Sultan dem christlichen Heerführer die abgeschnittenen Köpfe der Kreuzfahrer.

Jetzt hatte er alles begriffen: Das ganze Leben war ein Warten in einer verlassenen Telefonzelle gewesen, vor einem Hörer, mit dem man irgendwohin anrufen konnte. Es gab nur einen einzigen Ausweg: wegzugehen aus der verlassenen Telefonzelle, rasch wegzugehen!

28.

»Jaromil, was ist los mit dir?« Die vertraute Milde der Frage trieb ihm die Tränen in die Augen; er konnte nirgendwohin entfliehen, und die Mutter fuhr fort: »Du bist doch mein Kind. Ich kenne dich in- und auswendig. Ich weiß alles über dich, auch wenn du mir nichts anvertraust.«

Jaromil sah zur Seite und schämte sich. Und die Mutter sprach weiter: »Du darfst in mir nicht immer deine Mutter sehen, denk dir, ich sei deine ältere Freundin. Wenn du dich mir anvertraust, wird es dir vielleicht leichter ums Herz. Ich weiß, daß dich etwas quält.« Und leise fügte sie hinzu: »Und ich weiß, es ist wegen eines Mädchens.«

»Ja, Mama, ich bin traurig«, gestand er, da die milde Atmosphäre gegenseitigen Einvernehmens ihn umspülte und er ihr nicht entrinnen konnte: »Aber es fällt mir schwer, darüber zu sprechen ...«

»Ich verstehe dich; ich will ja auch gar nicht, daß du mir jetzt etwas sagst, du sollst nur wissen, daß du mir alles sagen kannst, wann immer du willst. Schau. Heute ist es herrlich draußen. Ich bin mit einigen Freundinnen verabredet, wir wollen einen Ausflug mit dem Dampfer machen. Ich nehme dich mit. Du solltest dich ein bißchen zerstreuen.«

Jaromil hatte dazu absolut keine Lust, jedoch auch keine Ausrede zur Hand; darüber hinaus war er so müde und niedergeschlagen, daß er nicht die Energie aufbrachte, sich zu wehren, und so fand er sich, noch bevor er es sich versah, auf dem Deck eines Ausflugsdampfers zwischen vier Damen wieder.

Die Damen waren alle in Mutters Alter, und Jaromil gab für sie ein dankbares Gesprächsthema ab; sie wunderten sich sehr, daß er schon das Abitur hinter sich hatte; sie konstatierten, daß er seiner Mutter glich; sie schüttelten die Köpfe, weil er sich entschlossen hatte, an der Hochschule Politik zu studieren (sie stimmten mit der Mutter überein, daß dies für einen so zartfühlenden Jungen ungeeignet war), und selbstverständlich fragten sie ihn liebenswürdig, ob er schon mit irgendeinem Mädchen gehe; Jaromil haßte sie schweigend, sah aber, daß die Mutter fröhlich war und lächelte ihr zuliebe diszipliniert. Dann legte der Dampfer an, und die Damen gingen mit ihrem Jüngling an Land, an ein Ufer voller halbnackter Menschen: sie suchten einen Platz, um sich zu sonnen; nur zwei der Damen hatten einen Badeanzug mit, die dritte entkleidete ihren dicken, weißen Körper bis auf die rosa Unterhose und den Büstenhalter (sie schämte sich der Intimität ihrer Wäsche keineswegs, fühlte sich hinter deren Abscheulichkeit vielleicht sogar züchtig versteckt), und die Mutter sagte, ihr genüge es, nur das Gesicht zu sonnen, das sie blinzelnd der Sonne zuwandte. Dafür waren sich alle vier einig, daß ihr Jüngling sich ausziehen, sonnen und baden müsse; schließlich habe die Mutter ja daran gedacht und die Badehose eingepackt.

Aus dem nahen Gasthaus waren Schlager zu hören und erfüllten Jaromil mit Wehmut; braungebrannte Mädchen und Jungen gingen in Badeanzügen an ihm vorbei, und Jaromil schien es, als schauten ihn alle an; er war von diesen Blicken umstellt wie von einem Feuer; verzweifelt versuchte er, niemanden merken zu lassen, daß er zu diesen vier älteren Damen gehörte; dafür bekannten die Damen sich lebhaft zu ihm und benahmen sich wie eine einzige Mutter mit vier schnatternden Köpfen; sie drängten ihn, baden zu gehen.

»Ich kann mich hier ja nicht einmal umziehen«, wehrte er sich.

»Du Dummerchen, niemand wird dir zusehen, bind dir nur ein Handtuch um«, forderte die dicke Dame in der rosa Wäsche ihn auf.

»Er schämt sich eben«, lachte die Mutter, und die anderen Damen lachten mit.

»Wir müssen es respektieren, wenn er sich schämt«, sagte die Mutter. »Komm, du kannst dich hinter diesem Badetuch umziehen, so wird dich niemand sehen.« Und sie hielt ein großes weißes Badetuch in den ausgebreiteten Armen, dessen Wand ihn vor den Blicken des Strandes schützen sollte.

Er wich zurück, und die Mutter rückte mit dem Badetuch nach. Er wich erneut vor ihr zurück, und sie rückte wieder weiter vor, so daß es aussah, als würde ein großer Vogel mit weißen Flügeln ein zurückhüpfendes Opfer verfolgen.

Jaromil wich zurück, wich weiter zurück, drehte sich um und lief davon.

Die Damen sahen ihm überrascht nach, die Mutter hielt noch immer das große weiße Badetuch in den ausgebreiteten Armen, und er stürzte zwischen den entblößten jungen Körpern hindurch und entschwand dem Blickfeld der Damen.

Vierter Teil

oder

Der Dichter läuft

1.

Der Augenblick muß kommen, da der Dichter sich aus den Armen der Mutter losreißt und losläuft.

Unlängst noch ging er in Zweierreihe, vorn die Schwester Isabelle und Vitalie, dahinter er mit seinem Bruder Frédéric und hinten wie ein Kommandant die Mutter, die ihre Kinder so Woche für Woche in Charleville spazierenführte.

Als er sechzehn war, riß er sich zum ersten Mal aus ihren Armen los. In Paris wurde er von der Polizei aufgegriffen, sein Lehrer Izambart und dessen Schwestern (ja, jene, die sich über ihn beugten, um die Läuse in seinen Haaren zu suchen) gewährten ihm einige Wochen Obdach, danach schloß sich mit zwei Ohrfeigen erneut die kalte Umarmung der Mutter um ihn.

Doch Arthur Rimbaud lief immer und immer wieder davon; er lief mit einem auf ewig festsitzenden Halsband und dichtete im Laufen.

2.

Damals schrieb man das Jahr 1870, und von fern drang Kanonendonner des preußisch-französischen Kriegs nach Charleville. Das ist eine besonders günstige Gelegenheit für eine Flucht, denn für Lyriker haben Schlachtrufe nostalgische Anziehungskraft.

Sein gedrungener Körper mit den krummen Beinen zwängte sich in eine Husarenuniform. Der achtzehnjährige Lermontow wurde Soldat und entfloh der Großmutter und deren beschwerlicher Mutterliebe. Die Feder, Schlüssel zur eigenen Seele, tauschte er ein gegen die Pistole, Schlüssel zum Tor der Welt. Denn schicken wir eine Kugel in die Brust eines anderen, ist es, als würden wir selbst in diese Brust eintreten; und die Brust dieses andern ist die Welt.

Seit dem Augenblick, da Jaromil sich aus den Armen der Mutter losgerissen hat, läuft er noch immer, und auch in seine Schritte klingt etwas hinein wie Kanonenlärm. Es sind nicht die Detonationen von Granaten, es ist das Geschrei des politischen Umsturzes. In solchen Zeiten ist der Soldat Dekoration und der Politiker Soldat. Jaromil schreibt keine Verse mehr, sondern besucht fleißig die Fakultär für politische Wissenschaften.

3.

Revolution und Jugend gehören zusammen. Was kann die Revolution Erwachsenen versprechen? Den einen Ächtung, den anderen Gunst. Doch selbst mit dieser Gunst ist es nicht weit her, denn sie betrifft nur die schlechtere Hälfte des Lebens und bringt neben Vorteilen auch Unsicherheit, aufreibende Aktivität und Störung von Gewohnheiten.

Die Jugend ist wesentlich besser dran: sie ist von keiner Schuld beschwert und kann von der Revolution in Schutz genommen werden. Die Unsicherheit revolutionärer Zeiten ist für die Jugend von Vorteil, da die Welt der Väter in Unsicherheit gestürzt wird; oh, wie leicht tritt man ins Erwachsenenalter ein, wenn die Schanzen der Erwachsenenwelt geschleift sind!

An den tschechischen Hochschulen waren die kommunistischen Professoren in den ersten Jahren nach 1948 in der Minderheit. Wenn sich die Revolution einen Einfluß auf die Universität sichern wollte, mußte sie die Macht den Studenten geben. Jaromil arbeitete in der Fakultätsorganisation des Jugendverbandes und war Prüfungsbeisitzer. Nach den Prüfungen referierte er vor dem politischen Ausschuß der Schule, welcher Professor wie geprüft, welche Fragen er gestellt und was für Ansichten er geäußert hatte, so daß die eigentliche Prüfung eher vom Prüfer als vom Geprüften abgelegt wurde.

4.

Doch auch Jaromil legte eine Prüfung ab, wenn er vor dem Ausschuß referierte. Er mußte strengen jungen Männern antworten und wollte so mit ihnen sprechen, daß er ihnen gefiel: wo es um die Erziehung der Jugend geht, ist jeder Kompromiß ein Verbrechen. Lehrer mit veralteten Ansichten kann man nicht an der Schule behalten: entweder wird die Zukunft neu sein, oder sie wird nicht sein. Und man darf Lehrern nicht glauben, die ihre Ansichten über Nacht geändert haben: entweder wird die Zukunft sauber sein, oder sie wird schändlich sein.

Wenn aus Jaromil ein kompromißloser Funktionär geworden ist, der durch seine Berichte ins Schicksal von Erwachsenen eingreift, dürfen wir dann noch behaupten, er sei auf der Flucht? Ist er nicht vielmehr schon am Ziel angelangt?

Keineswegs.

Als er sechs Jahre alt war, machte ihn die Mutter ein Jahr jünger, als seine Mitschüler es waren; und nun ist er immer noch ein Jahr jünger. Wenn er über einen Professor mit bourgeoisen Ansichten referiert, denkt er dabei nicht an ihn, sondern sieht ängstlich in die Augen der jungen Männer und betrachtet in diesen Augen sein Bild; so wie er zu Hause vor dem Spiegel seine Frisur und sein Lächeln kontrolliert, kontrolliert er in ihren Augen die Bestimmtheit, Männlichkeit und Härte seiner Worte.

Er ist ständig von Spiegelwänden umgeben und sieht nicht dahinter.

Das Erwachsensein läßt sich nämlich nicht teilen; das Erwachsensein ist entweder ganz, oder es ist nicht. Solange er anderswo noch Kind sein wird, werden sein Prüfungsbeisitz und seine Referate über Professoren nur eine Variante seines Davonlaufens sein.

5.

Denn er läuft ihr immer noch davon, kann ihr aber nicht wirklich davonlaufen. Er frühstückt mit ihr und ißt mit ihr Abendbrot, er wünscht ihr gute Nacht und guten Tag. Am Morgen bekommt er von ihr die Einkaufstasche; die Mutter achtet nicht darauf, daß dieses Wahrzeichen des Haushalts schlecht zu einem ideologischen Überwacher von Professoren paßt, und schickt ihn einkaufen.

Schauen Sie: er geht auf derselben Straße, auf der wir ihn zu Beginn des vorigen Teils gesehen haben, als er vor der ihm entgegenkommenden Frau errötete. Seit jener Zeit sind einige Jahre vergangen, doch errötet er noch immer, und im Geschäft, in das die Mutter ihn schickt, fürchtet er sich, dem Mädchen im weißen Kittel in die Augen zu schauen.

Dieses Mädchen, das für acht Stunden in den engen Käfig der Kasse gesperrt ist, gefällt ihm ungemein. Die Weichheit der Züge, die Langsamkeit der Gesten, das Eingesperrtsein, all dies scheint ihm geheimnisvoll nah und vorbestimmt. Übrigens weiß er warum: dieses Mädchen gleicht dem Dienstmädchen, deren Geliebten man erschossen hatte: Trauer – schönes Antlitz. Und der Käfig der Kasse, in dem das Mädchen sitzt, gleicht der Wanne, in der er das Dienstmädchen hatte sitzen sehen.

6.

Er sitzt über den Schreibtisch gebeugt und hat Angst vor den Abschlußprüfungen; er hat an der Fakultät dieselbe Angst wie auf dem Gymnasium, denn er ist es gewohnt, der Mutter ein Zeugnis mit lauter Einsen vorzuzeigen, und er möchte sie auch jetzt nicht enttäuschen.

Wie unerträglich wenig Luft gibt es aber in diesem engen Prager Zimmerchen, wenn die Echos der Revolutionslieder durch die Lüfte irren und Phantome riesiger Männer mit Hämmern in den Händen hinter den Fenstern auftauchen!

Wir sind im Jahre 1922, fünf Jahre sind seit der großen Revolution in Rußland vergangen, und er muß sich über Lehrbücher beugen und vor der Prüfung zittern! Was für eine Schmach!

Endlich schiebt er das Lehrbuch zur Seite (es ist spät in der Nacht) und beginnt über einem angefangenen Gedicht zu träumen; er schreibt über den Arbeiter Jan, der seinen Traum vom schönen Leben dadurch erschlagen will, daß er ihn verwirklicht; in der einen Hand hält er einen Hammer, am anderen Arm die Geliebte, und so zieht er mit der Masse der Genossen in die Revolution.

Und der Student der Rechte (ach ja, natürlich, es ist Jiří Wolker) sieht Blut auf dem Tisch, viel Blut, denn

wenn große Träume erschlagen werden
fließt viel Blut
er aber fürchtet sich nicht vor dem Blut, denn er weiß, wenn er ein Mann sein will, darf er sich nicht vor Blut fürchten.

7.

Der Laden schließt um sechs Uhr abends, und er lauert an der gegenüberliegenden Ecke. Er weiß, daß das Mädchen von der Kasse immer einige Minuten nach sechs herauskommt, weiß aber auch, daß sie immer von einer jungen Verkäuferin aus demselben Geschäft begleitet wird.

Ihre Freundin ist weit weniger hübsch als sie, ja sie erscheint ihm fast häßlich; sie ist eigentlich ihr pures Gegenteil: die Kassiererin ist schwarzhaarig, sie ist rothaarig; die Kassiererin ist mollig, sie ist mager; die Kassiererin ist still, sie ist laut; die Kassiererin ist geheimnisvoll anziehend, sie ist abstoßend.

Er wiederholt sein Auflauern öfters in der Hoffnung, die Mädchen würden den Laden vielleicht einmal getrennt verlassen und es könnte ihm gelingen, die Schwarzhaarige anzusprechen. Doch dies geschieht nie. Einmal folgte er den beiden; sie gingen durch einige Straßen und betraten dann ein Mietshaus; er ging fast eine Stunde davor auf und ab, doch weder die eine noch die andere kamen wieder heraus.

8.

Sie ist aus dem Landstädtchen nach Prag gekommen, um ihn zu besuchen, und lauscht den Gedichten, die er ihr vorliest. Sie ist ruhig; sie weiß, der Sohn gehört ihr noch immer; weder die Frauen noch die Welt haben ihn ihr weggenommen; im Gegenteil, die Frauen und die Welt sind in den magischen Kreis seiner Poesie geraten, und das ist der Kreis, den sie selbst um ihren Sohn gezogen hat, es ist der Kreis, den sie heimlich beherrscht.

Er liest ihr gerade ein Gedicht vor, das er zur Erinnerung an ihre Mutter, seine Großmutter, geschrieben hat:

denn ich zieh in den Kampf
Großmama
für die Schönheit dieser Welt

Frau Wolker ist ruhig. Mag ihr Sohn in seinen Gedichten getrost in den Kampf ziehen, mag er dort einen Hammer in der Hand und eine Geliebte am Arm haben; es macht ihr nichts aus; immerhin hat er sie und ebenso die Großmutter, die Familienkredenz und sämtliche Tugenden, die sie ihm eingepflanzt hat, in seinen Gedichten gelassen. Mag die Welt ihn mit dem Hammer in der Hand sehen. Sie weiß sehr wohl, daß es etwas ganz anderes ist, wenn er *vor dem Angesicht der Welt* dahingeht, wie wenn er ihr tatsächlich *in die Welt hinaus* ginge.

Doch auch der Dichter weiß von diesem Unterschied. Und nur er weiß, welche Bangigkeit im Haus der Poesie herrscht.

9.

Nur ein wahrhaftiger Dichter weiß, wie unermeßlich die Sehnsucht ist, kein Dichter zu sein, die Sehnsucht, dieses Spiegelhaus zu verlassen, in dem betäubende Stille herrscht.

Vertrieben aus dem Land der Träume
such ich ein Versteck in der Menge
und in Flüche verwandeln
will ich mein Lied

Doch als František Halas diese Verse schrieb, stand er nicht unter den Massen auf dem Platz; der Raum, in dem er sich über den Tisch beugte, war still.

Und es stimmt auch nicht, daß man ihn aus dem Land der Träume vertrieben hatte. Gerade die Menge, über die er schrieb, war das Land seiner Träume.

Und es ist ihm auch nicht gelungen, seine Lieder in Flüche zu verwandeln, im Gegenteil, seine Flüche haben sich stets in Lieder verwandelt.

Kann man dem Spiegelhaus denn tatsächlich nicht entfliehen?

10.

Doch ich
bezwang mich,
trat
bebenden Hauchs
dem eigenen Lied
auf die Kehle,

schrieb Wladimir Majakowskij, und Jaromil versteht ihn. Verssprache kommt ihm vor wie feine Spitzen, die in den Wäscheschrank der Mutter gehören. Er hat seit Monaten keine Verse mehr geschrieben, und er will auch keine schreiben. Er ist auf der Flucht. Zwar geht er für seine Mutter einkaufen, verschließt vor ihr aber die Schublade seines Schreibtisches. Alle Reproduktionen moderner Bilder hat er von den Wänden entfernt.

Was hat er statt dessen aufgehängt? Etwa ein Foto von Karl Marx?

Keineswegs. Er hat das Foto seines Vaters an die leere Wand gehängt. Es ist ein Foto aus dem Jahre achtunddreißig, der traurigen Zeit der Mobilmachung, und der Vater trägt eine Offiziersuniform.

Jaromil liebt dieses Foto, aus dem ihn ein Mensch anschaut, den er kaum gekannt hat und der seinem Gedächtnis entschwunden ist. Um so mehr sehnt er sich nach diesem Mann, nach dem Fußballspieler, dem Soldaten und Gefangenen. Dieser Mann fehlt ihm so sehr.

11.

Die Aula der philosophischen Fakultät war überfüllt, und auf dem Podium saßen einige Dichter. Ein junger Mann in blauem Hemd (wie es die Mitglieder des Jugendverbands damals trugen) und mit gewaltigem, hochgekämmtem Haarschopf stand vorn und sagte:

Nie habe die Poesie eine so große Rolle gespielt wie in revolutionären Zeiten; die Poesie habe der Revolution ihre Stimme verliehen, und die Revolution habe sie zum Dank aus ihrer Einsamkeit befreit; heute wisse der Dichter, daß die Menschen, daß vor allem die Jugend ihn höre, denn: »Jugend, Poesie und Revolution sind eins!«

Dann erhob sich der erste Dichter und rezitierte ein Gedicht über ein Mädchen; es will sich von seinem Liebsten trennen, weil dieser Liebste, der an der Drehbank neben ihr arbeitet, ein Schlendrian ist und den Plan nicht erfüllt; der Liebste möchte seine Liebste jedoch nicht verlieren und fängt deshalb an, fleißig zu arbeiten, bis zuletzt auf seiner Drehbank das rote Aktivistenfähnchen steht.

Nach diesem Dichter standen andere Dichter auf und lasen Gedichte über den Frieden vor, über Lenin und Stalin, über gefolterte Kämpfer gegen den Faschismus und Arbeiter, die die Norm überschreiten.

12.

Die Jugend ahnt nicht, was für eine gewaltige Macht das Jungsein ist. Doch der Dichter (er ist ungefähr sechzig Jahre alt), der nun aufgestanden ist, um sein Gedicht zu rezitieren, weiß es.

Jung ist, trug er mit singender Stimme vor, wer mit der Jugend durch die Welt schreitet, und die Jugend der Welt ist der Sozialismus. Jung ist, wer sich der Zukunft verschrieben hat und leicht zurückschaut.

Sagen wir es mit anderen Worten: In der Auffassung des sechzigjährigen Dichters war Jugend nicht die Bezeichnung für ein bestimmtes Alter, sondern ein *Wert*, der mit dem konkreten Alter nichts gemein hatte. Ein solcher Gedanke, schön gereimt, erfüllte mindestens zwei Aufgaben: zum einen schmeichelte er dem jungen Publikum, zum andern befreite er den Dichter auf magische Weise von seinem faltigen Alter und reihte ihn (denn es stand zweifellos fest, daß er mit dem Sozialismus vorwärts schritt und nicht zurückschaute) unter die jungen Mädchen und Männer ein.

Jaromil saß im Publikum und beobachtete die Dichter mit Interesse, aber wie von einem anderen Ufer aus, wie einer, der nicht mehr zu ihnen gehörte.

Er nahm ihre Verse ebenso kühl auf wie früher die Worte der Professoren, über die er dann vor dem Ausschuß referierte. Am meisten interessierte ihn ein Dichter mit berühmtem Namen, der sich nun von seinem Stuhl erhob (der Applaus, mit dem man den Sechzigjährigen für seine Komplimente belohnt hatte, war verstummt) und auf dem Podium nach vorn trat. (Ja, es war derjenige, der einst das Paket mit den zwanzig abgeschnittenen Telefonhörern erhalten hatte.)

13.

Verehrter Meister, wir sind im Monat der Liebe; ich bin siebzehn Jahre alt. Das Alter der Hoffnungen und der Chimären, wie man sagt ... Wenn ich Ihnen einige dieser Verse schicke, so deshalb, weil ich alle Dichter, alle guten Bewohner des Parnaß liebe ... Ziehen Sie kein allzu schiefes Gesicht, wenn Sie diese Verse lesen: Ich würde verrückt vor Freude und Hoffnung, wenn Sie, verehrter Meister, meinem Gedicht »Credo in unam« einen bescheidenen Platz auf dem Parnaß einräumen wollten ... Ich bin unbekannt; was soll's? Dichter sind Brüder. Diese Verse glauben; sie lieben und hoffen: das ist alles. Verehrter Meister, neigen Sie sich zu mir hinab: heben Sie mich etwas empor: ich bin jung; reichen Sie mir die Hand ...

Er hatte ohnehin gelogen; er war fünfzehn Jahre

und sieben Monate alt; es war, noch bevor er seiner Mutter zum ersten Mal aus Charleville davonlief. Dieser Brief wird ihm jedoch noch lange in den Ohren klingen, als Litanei der Schande, als Dokument der Schwäche und der Abhängigkeit. Er wird sich an ihm rächen, an diesem verehrten Meister, diesem alten Schwachkopf, dem glatzköpfigen Théodore de Banville! Schon ein Jahr später wird er sich schrecklich über dessen ganzes Dichtwerk lustig machen, über alle diese Hyazinthen und Lilien in Versen, und er wird ihm diese Verhöhnung in einem Brief als eingeschriebene Ohrfeige schicken.

In diesem Moment allerdings ahnt der verehrte Meister noch nichts von dem Groll, der auf ihn lauert, und er rezitiert Verse über eine von den Faschisten zerstörte und aus den Trümmern wieder aufgebaute russische Stadt; er hat sie mit wundersamen surrealistischen Girlanden verziert; Brüste sowjetischer Mädchen schweben durch die Straßen wie bunte Luftballons; eine Petroleumlampe unter dem Himmel beleuchtet die weiße Stadt, auf deren Dächer Engeln ähnliche Hubschrauber landen.

14.

Verführt vom Charme der Persönlichkeit des Dichters, brach das Publikum in Applaus aus. Unter der Mehrheit von Nichtdenkenden befand sich jedoch eine Minderheit von Denkenden, und diese wußte, daß ein revolutionäres Publikum nicht wie ein demütiger Bittsteller auf das warten durfte, was von der Bühne kam; im Gegenteil, wenn heute jemand Bittsteller war, dann waren es die Gedichte: sie bitten darum, ins sozialistische Paradies eingelassen zu werden; aber die jungen revolutionären Wächter am Tor zu diesem Paradies müssen streng sein: denn die Zukunft wird entweder neu sein, oder sie wird nicht sein; sie wird entweder sauber sein, oder sie wird schändlich sein.

»Was für einen Unsinn will der uns hier unterjubeln!« schreit Jaromil, und die anderen stimmen ein. »Will er etwa den Sozialismus mit dem Surrealismus paaren? Will er die Katze mit der Kuh, das Morgen mit dem Gestern paaren?«

Der Dichter merkte genau, was unter den Zuhörern los war, war jedoch stolz und dachte nicht ans Nachgeben. Er war von Jugend an gewohnt, die Beschränktheit der Bürger zu provozieren, und es machte ihm nichts aus, allein gegen alle zu stehen. Er wurde feuerrot und wählte als letztes Gedicht ein anderes als ursprünglich vorgesehen: es war ein Gedicht voller wilder Bilder und drastischer erotischer Phantasie; als er zu Ende war, ertönten Pfiffe und Schreie.

Die Studenten pfiffen, und vor ihnen stand der alte Mann, der zu ihnen gekommen war, weil er sie mochte; im zornigen Aufruhr der Studenten sah er die Strahlen seiner eigenen Jugend. Er hatte gedacht, seine Liebe berechtige ihn dazu, ihnen zu sagen, was er dachte. Das war im Frühjahr 1968, und es war in Paris. Aber oh, weh, die Studenten waren absolut nicht bereit, in seinen Fältchen die Strahlen ihrer eigenen Jugend zu sehen, und der alte Gelehrte schaute überrascht, wie jene ihn auspfiffen, die er liebte.

15.

Der Dichter hob die Hand, um den Tumult zu beschwichtigen. Und dann begann er zu schreien, daß sie puritanischen Lehrerinnen, dogmatischen Priestern und beschränkten Polizisten glichen; daß sie gegen seine Gedichte protestierten, weil sie die Freiheit haßten.

Der alte Gelehrte hörte sich das Gepfeife wortlos an und sagte sich, daß er, als er noch jung war, ebenfalls Massen um sich geschart und gerne gepfiffen hatte, daß die Scharen sich aber längst zerstreut hatten und er nun allein war.

Der Dichter schrie, Freiheit sei eine Verpflichtung für die Poesie, und es lohne sich, sogar für eine Metapher zu kämpfen. Er schrie, daß er die Katze mit der Kuh und die moderne Kunst mit dem Sozialismus paaren werde, und wenn dies Donquichotterie sei, wolle er Don Quichotte sein, denn der Sozialismus bedeute für ihn eine Epoche der Freiheit und der Lust, und jeden anderen Sozialismus lehne er ab.

Der alte Gelehrte beobachtete die lärmende Jugend, und dann fiel ihm auf einmal ein, daß er als einziger in diesem Saal das Privileg der Freiheit besaß, weil er alt war; erst wenn der Mensch alt ist, braucht er sich nicht mehr um die Meinung der Menge, um die Meinung des Publikums und um die Zukunft zu kümmern. Er ist allein mit seinem nahen Tod, und der Tod hat weder Augen noch Ohren, er braucht ihm nicht zu gefallen; er kann reden und handeln, wie es ihm beliebt.

Und sie pfiffen und verlangten eine Antwort. Zuletzt stand Jaromil auf; vor seinen Augen war ein schwarzer Schleier und hinter ihm die Menge; er sagte, nur die Revolution sei modern, wogegen dekadente Erotik und unverständliche dichterische Bilder dem Volk nur fremder Plunder seien. »Was ist denn modern«, fragte er den berühmten Dichter, »Ihre unverständlichen Gedichte oder wir, die wir eine neue Welt aufbauen? Absolut modern«, antwortete er gleich selbst, »ist nur das Volk, das den Sozialismus aufbaut.« Seinen Worten folgte tosender Applaus des Auditoriums.

Der Applaus hallte noch lange nach, als der alte Gelehrte durch die Gänge der Sorbonne davonging und an den Wänden las: *Seid Realisten, verlangt das Unmögliche.* Und ein Stück weiter: *Die Emanzipa-*

tion des Menschen ist entweder total, oder sie ist nicht. Und noch etwas weiter: *Bloß keine Gewissensbisse.*

16.

Die Bänke des geräumigen Hörsaals sind an die Wände gerückt, auf dem Boden liegen Pinsel, Farbtöpfe und lange Papiertransparente, auf die einige Studenten der Hochschule für Politik die Parolen für die Maidemonstration malen. Jaromil, Autor und Redakteur der Parolen, steht über ihnen und schaut in sein Notizheft.

Aber was ist das? Haben wir uns in der Zeitrechnung geirrt? Er diktiert seinen zeichnenden Kommilitonen genau jene Parolen, die der ausgepfiffene alte Gelehrte gerade noch in den Gängen der revoltierenden Sorbonne gelesen hat. Keineswegs, wir haben uns nicht geirrt; die Parolen, die Jaromil auf die Transparente schreiben läßt, sind exakt die gleichen, mit denen die Pariser Studenten zwanzig Jahre später die Mauern der Sorbonne, die Mauern von Nanterre, die Mauern von Censier beschrieben.

Traum ist Wirklichkeit, befahl er auf eines der Transparente zu schreiben; und auf ein anderes: *Seid Realisten, verlangt das Unmögliche*; daneben: *Wir verordnen den permanenten Glückszustand*; und weiter: *Genug Kirchen* (diese Losung gefiel ihm ganz besonders, sie bestand aus zwei Wörtern und verwarf zwei Jahrtausende Geschichte), eine weitere Parole: *Keine Freiheit den Feinden der Freiheit!* und weiter: *Phantasie an die Macht!* und weiter: *Tod den Unschlüssigen*, und dann noch: *Revolution in die Politik, die Familie, die Liebe!*

Die Kommilitonen malen Buchstaben, und Jaromil schreitet zwischen ihnen hindurch, stolz wie ein Marschall der Wörter. Er ist glücklich, daß er nützlich sein und seine Wortkunst hier unter Beweis stellen kann. Er weiß, die Poesie ist tot (denn *Die Kunst ist tot*, sagt eine Mauer der Sorbonne), doch sie ist tot, um als Kunst der Agitation und der Parolen auf Transparenten und Stadtmauern wieder aus dem Grab zu erstehen (denn *Die Poesie ist auf der Straße*, sagt eine Mauer des Odéon).

17.

»Hast du das *Rudé právo* gelesen? Da stand auf der ersten Seite eine Liste mit hundert Parolen für den Ersten Mai. Veröffentlicht vom Agitpropstab des Zentralkomitees der Partei. Und dir hat keine einzige in den Kram gepaßt?« Vor Jaromil stand ein korpulenter junger Mann vom Bezirksausschuß, der sich ihm als Vorsitzender der Hochschulkommission für die Organisation des 1. Mai 1949 vorstellte.

»Traum ist Wirklichkeit. Das ist doch Idealismus gröbsten Kalibers. Genug Kirchen. Da wäre ich ganz deiner Meinung, Genosse, er steht aber vorerst noch im Widerspruch zur Kirchenpolitik der Partei. Tod den Unschlüssigen. Darf man Menschen denn mit dem Tod drohen? Phantasie an die Macht. Das gäbe eine schöne Bescherung. Revolution in der Liebe. Ich bitte dich, was stellst du dir darunter vor? Möchtest du freie Liebe im Gegensatz zur bourgeoisen Ehe oder Monogamie im Gegensatz zur bourgeoisen Promiskuität?«

Jaromil verkündete, die Revolution werde das ganze Leben in all seinen Aspekten verändern, samt Familie und Liebe, sonst wäre es keine Revolution.

»Na gut«, gab der korpulente Mann zu, »das läßt sich aber besser ausdrücken: Für eine sozialistische Politik, für eine sozialistische Familie! Siehst du, und das ist eine der Parolen des *Rudé právo*. Du hättest dir die Mühe sparen können.«

18.

Das Leben ist anderswo, schrieben Studenten, Rimbaud zitierend, auf eine Mauer der Sorbonne. Ja, das weiß er genau, deshalb ist er von London nach Irland gefahren, wo das Volk sich erhoben hat. Er heißt Percy Shelley, ist zwanzig Jahre alt und hat Hunderte von Flugblättern und Proklamationen bei sich als Passierschein, mit dem man ihn ins wirkliche Leben einlassen wird.

Denn das wirkliche Leben ist anderswo. Die Studenten reißen Pflastersteine aus den Straßen, stürzen Autos um, bauen Barrikaden; ihr Eintritt in die Welt ist schön und lärmend, beleuchtet von Flammen und gefeiert von der Explosion der Tränengasbomben. Um wieviel schwerer hatte es Rimbaud, der von den Barrikaden der Pariser Kommune träumte, von Charleville aus jedoch nie dorthin gelangte. Dafür haben im Jahre 1968 Tausende von Rimbauds ihre eigenen Barrikaden errichtet; indem sie dahinter stehen, weigern sie sich, mit den bisherigen Besitzern der Welt auch nur den kleinsten Kompromiß zu schließen. Die Emanzipation des Menschen ist entweder total, oder sie ist nicht.

Doch einen Kilometer weiter entfernt, am anderen Ufer der Seine, leben die bisherigen Besitzer der Welt ihr Leben weiter und nehmen den Lärm des Quartier Latin nur als etwas wahr, das in der Ferne vor sich geht. Traum ist Wirklichkeit, schrieben die Studenten auf die Mauern, es hat aber den Anschein, als sei vielmehr das Gegenteil richtig gewesen: jene Wirklichkeit (die Barrikaden, die gefällten Bäume, die roten Fahnen) war der Traum gewesen.

19.

Im gegebenen Augenblick jedoch weiß man nie, ob die Wirklichkeit Traum oder der Traum Wirklichkeit ist; jene Studenten, die sich mit ihren Standarten vor der Fakultät versammelten, kamen gern hin, wußten aber auch, daß sie, wenn sie nicht gekommen wären, in der Schule Schwierigkeiten bekommen hätten. Das Jahr 1949 traf die tschechischen Studenten in Prag gerade in dem faszinierenden Übergangsstadium, wo der Traum nicht mehr nur Traum war; ihr Jubel war noch freiwillig, er war aber auch schon obligatorisch.

Der Demonstrationszug setzte sich in Bewegung und zog durch die Straßen, und Jaromil ging neben ihm her; er war nicht nur für die Parolen auf den Transparenten, sondern auch für das Skandieren seiner Kommilitonen verantwortlich; er hatte sich keine schönen, provozierenden Aphorismen mehr ausgedacht, sondern einige vom zentralen Agitpropstab empfohlene Parolen in sein Notizheft abgeschrieben. Er schrie sie laut hinaus, wie ein Vorbeter auf einer Wallfahrt, und seine Kommilitonen wiederholten sie skandierend.

20.

Die Demonstrationszüge sind auf dem Wenzelsplatz bereits an der Tribüne vorbeigezogen, an den Straßenecken haben sich improvisierte Kapellen plaziert, und die Jugend in den blauen Hemden tanzt. Alle gehen hier ohne Scheu miteinander um, obwohl sie sich vor kurzem noch nicht kannten, Percy Shelley aber ist unglücklich, der Dichter Shelley ist allein.

Er ist schon einige Wochen in Dublin, hat Hunderte von Proklamationen verteilt, die Polizei kennt ihn mittlerweile gut, es ist ihm aber noch nicht gelungen, einem einzigen Iren näherzukommen. Das Leben ist immer dort, wo er nicht ist.

Wenn hier wenigstens Barrikaden stünden und Schüsse fielen! Jaromil kommt es so vor, als ob die feierlichen Umzüge nur eine flüchtige Imitation der großen revolutionären Demonstrationen wären, als ob sie substanzlos wären und zwischen den Fingern zerrönnen.

Und da fällt ihm das im Käfig der Kasse gefangene Mädchen ein, und er wird von einer furchtbaren Wehmut übermannt; er stellt sich vor, wie er mit einem Hammer das Schaufenster zertrümmert und einige einkaufende Weiber zur Seite schiebt, den Käfig der Kasse öffnet und unter den Blicken der verblüfften Leute die befreite Schwarzhaarige mit sich fortführt.

Und er stellt sich weiter vor, daß sie miteinander durch die überfüllten Straßen gehen und sich liebevoll aneinanderschmiegen. Und der Tanz, der ihn umwirbelt, ist plötzlich kein Tanz mehr, es sind wieder Barrikaden, es sind die Jahre 1848 und 1870 und 1945, es sind Paris, Warschau, Budapest, Prag, Wien, und es sind wieder diese ewigen Massen, die durch die Geschichte springen, von einer Barrikade auf die andere, und er springt mit ihnen und hält die geliebte Frau an der Hand ...

21.

Er spürte ihre warme Hand in der seinen, und da sah er ihn auf einmal. Er kam ihm entgegen, breit und stämmig, und an seiner Seite schwebte eine junge Frau; sie trug kein blaues Hemd wie die meisten Mädchen, die zwischen den Straßenbahngeleisen tanzten; sie war elegant wie die Fee einer Modenschau.

Der stämmige Mann sah zerstreut um sich und beantwortete jeden Augenblick kopfnickend einen Gruß; als er sich Jaromil bis auf ein paar Schritte genähert hatte, begegneten sich ihre Blicke kurz, und in einer Sekunde der Verwirrung (und dem Beispiel der anderen folgend, die den berühmten Mann erkannt hatten und begrüßten) neigte er den Kopf zum Gruß, so daß der Mann auch ihn mit abwesenden Augen grüßte (wie man jemanden grüßt, den man nicht kennt), und reserviert nickte auch die Frau, die ihn begleitete.

Ach, diese Frau war unendlich schön! Und sie war absolut wirklich! Und das Mädchen von der Kasse und aus der Wanne, das sich bis zu diesem Moment an Jaromils Seite geschmiegt hatte, zerschmolz und verschwand im strahlenden Licht des wirklichen Körpers dieser Frau.

Es stand in demütigender Einsamkeit auf dem Gehsteig und sah sich haßerfüllt nach ihnen um; ja, er war es, der *verehrte Meister*, der Adressat des Pakets mit den zwanzig Telefonhörern.

22.

Der Abend senkte sich allmählich auf die Stadt, und Jaromil wünschte sich innig, dem Mädchen von der Kasse zu begegnen. Einige Male begann er, einer Frau zu folgen, die ihr von hinten glich. Es war schön, sich in eine vergebliche Jagd nach einer in der Unendlichkeit der Menschenmasse verlorenen Frau hineinzusteigern. Dann beschloß er, um das Haus herumzuspazieren, in das er sie einmal hatte gehen sehen. Es war unwahrscheinlich, sie dort anzutreffen, er hatte aber keine Lust, nach Hause zurückzukehren, solange die Mutter noch wach war. (Er ertrug sein Zuhause nur noch nachts, wenn die Mutter schlief und die Fotografie des Vaters wachte.)

Und so ging er hin und her auf der abgelegenen Vorstadtstraße, wo der Erste Mai mit seinen Flaggen und Fliedersträußchen keine einzige fröhliche Spur hinterlassen hatte. In den Fenstern des Mietshauses gingen die Lichter an. Auch das Fenster der Wohnung im Souterrain über dem Gehsteig wurde hell. Jaromil sah darin ein bekanntes Mädchen!

Aber nein, es war nicht seine schwarzhaarige Kassiererin. Es war ihre Kollegin, das magere, rothaarige Mädchen; sie trat gerade zum Fenster, um die Jalousien herunterzulassen.

Bevor Jaromil dazu kam, die ganze Bitternis der Enttäuschung herunterzuschlucken, begriff er, daß er gesehen worden war; er errötete und verhielt sich genauso wie damals, als das schöne, traurige Dienstmädchen von der Wanne zum Schlüsselloch geschaut hatte:

Er lief davon.

23.

Es war sechs Uhr abends, am zweiten Mai; die Verkäuferinnen drängten sich aus dem Laden, und da geschah etwas Unerwartetes: die Rothaarige kam allein heraus.

Er versteckte sich rasch hinter einer Ecke, aber es war zu spät. Der Rotschopf hatte ihn gesehen und stürzte auf ihn zu: »Wissen Sie, das macht man eigentlich nicht, den Leuten abends in die Wohnungen zu gucken!«

Er errötete und versuchte, den gestrigen Vorfall mit ein paar Worten abzutun; er fürchtete, die Gegenwart des rothaarigen Mädchens könnte ihn wieder die Gelegenheit verpassen lassen, falls dann ihre schwarzhaarige Kollegin aus dem Geschäft käme. Doch der Rotschopf war sehr gesprächig und dachte überhaupt nicht daran, sich von Jaromil zu verabschieden; sie forderte ihn sogar auf, sie zu ihrer Wohnung zu begleiten (ein Fräulein nach Hause zu begleiten sei ja wohl viel anständiger, als einem Fräulein durchs Fenster zuzuschauen).

Jaromil blickte verzweifelt auf die Tür des Geschäfts. »Und wo bleibt Ihre Kollegin?« fragte er schließlich.

»Sie haben geschlafen. Die ist nicht mehr bei uns.«

Sie gingen miteinander zu dem Haus, in dem sie wohnte, und Jaromil erfuhr, daß die beiden Mädchen vom Land kamen und hier in Prag zusammen gearbeitet und gewohnt hatten; die Schwarzhaarige habe Prag aber verlassen, weil sie heiraten wollte.

Als sie vor dem Mietshaus standen, sagte das Mädchen: »Möchten Sie nicht kurz hereinkommen?«

Überrascht und verwirrt betrat er ihr Zimmerchen. Und dann, er wußte überhaupt nicht wie, umarmten und küßten sie sich, und wenig später saßen sie auf dem Bett, das mit einem wollenen Überwurf zugedeckt war.

Es war so schnell und so einfach! Noch bevor er daran denken konnte, daß eine beschwerliche und entscheidende Lebensaufgabe vor ihm lag, hatte sie ihre Hand zwischen seine Beine geschoben, und der Junge freute sich unbändig, denn sein Körper reagierte so, wie es sich geziemte und gehörte.

24.

»Du bist großartig, du bist großartig«, flüsterte sie ihm danach ins Ohr, und er lag neben ihr, den Kopf ins Kissen gedrückt und von wahnsinniger Freude erfüllt; und nach einem kurzen Moment der Stille hörte er:

»Wie viele Frauen hast du vor mir gehabt?«

Er zuckte mit den Schultern und lächelte absichtlich rätselhaft.

»Du verheimlichst es?«

»Ich würde sagen, so zwischen fünf und zehn«, schätzte sie mit Kennermiene.

Freudiger Stolz breitete sich in ihm aus; es kam ihm vor, als habe er gerade nicht nur sie, sondern auch diese fünf oder zehn Frauen geliebt, die sie ihm zutraute; als hätte sie ihn nicht nur von der Keuschheit befreit, sondern gleich weit ins Mannesalter hinein befördert.

Dankbar sah er sie an, und ihre Nacktheit versetzte ihn in Begeisterung. Wie war es möglich, daß sie ihm früher nicht gefallen hatte? Schließlich hatte sie auf ihrem Brustkorb nicht wegzuleugnende Brüste und unter dem Bauch eine nicht wegzuleugnende Behaarung!

»Nackt bist du hundertmal schöner als angezogen«, sagte er und pries ihre Schönheit.

»Hast du mich schon lange gewollt?« fragte sie ihn.

»Ja, das weißt du doch.«

»Ja, ich weiß. Ich habe es bemerkt, wie du zu uns einkaufen kamst. Ich weiß, daß du immer vor dem Geschäft auf mich gewartet hast.«

»Ja.«

»Du hast nicht gewagt, mich anzusprechen, weil ich nie allein war. Aber ich habe trotzdem gewußt, daß du einmal hier bei mir sein würdest. Weil auch ich dich haben wollte.«

25.

Er sah sie an und ließ ihre letzten Worte in seinem Innern nachklingen; ja, so war es: die ganze Zeit über, als er sich mit seiner Einsamkeit abgequält, als er verzweifelt an Sitzungen und Kundgebungen teilgenommen hatte, als er gelaufen und gelaufen war, war sein Erwachsenwerden schon in erreichbare Nähe gekommen: geduldig hatten dieses Zimmer im Souterrain mit seinen feuchten Wänden und diese gewöhnliche Frau auf ihn gewartet, diese Frau, deren Körper ihn endlich ganz konkret mit den Massen verband.

Je mehr ich Liebe mache, desto größere Lust habe ich, Revolution zu machen, je mehr ich Revolution mache, desto größere Lust habe ich, Liebe zu machen, war auf eine Mauer der Sorbonne geschrieben, und Jaromil drang ein zweites Mal in den Körper des Rotschopfs ein. Erwachsensein ist entweder total, oder es ist nicht. Diesmal liebte er sie lange und schön.

Und Percy Shelley, der wie Jaromil ein mädchenhaftes Gesicht hatte und ebenfalls jünger aussah, als er war, lief während dieser Zeit durch die Straßen von Dublin, und er lief und lief, weil er wußte, daß das Leben anderswo war. Und auch Rimbaud lief immerfort, nach Stuttgart, nach Mailand, nach Marseille und dann nach Aden, nach Harrar und wieder zurück nach Marseille, aber da hatte er bereits nur noch ein Bein, und mit einem Bein kann man nicht laufen.

Er ließ seinen Körper wieder aus dem ihren gleiten, und wie er so ausgestreckt und ermattet neben ihr lag, fiel ihm ein, daß er sich nicht von zwei Liebesakten erholte, sondern von einem mehrmonatigen Lauf.

Fünfter Teil
oder
Der Dichter ist eifersüchtig

1.

Während Jaromil davonlief, hatte die Welt sich verändert; der Onkel, der Voltaire für den Erfinder des Volts hielt, war wegen fiktiver Unterschlagungen angeklagt worden (wie Hunderte von Gewerbetreibenden damals), man nahm ihm die beiden Geschäfte weg (seither gehörten sie dem Staat) und steckte ihn für einige Jahre ins Gefängnis; seine Frau und sein Sohn wurden als Klassenfeinde aus Prag ausgewiesen. Sie verließen die Villa in frostigem Schweigen und waren entschlossen, der Mutter niemals zu verzeihen, daß ihr Sohn sich zu den Feinden der Familie geschlagen hatte.

In die Villa zogen Mieter, denen der Volksausschuß die verlassenen Zimmer im Erdgeschoß zugeteilt hatte. Sie kamen aus einer Keller-Notwohnung und sahen es als Ungerechtigkeit an, daß eine so große und schöne Villa je jemandem privat gehört hatte; sie waren der Meinung, nicht hierhergekommen zu sein, um zu wohnen, sondern im Ausgleich für ein altes historisches Unrecht. Sie besetzten den Garten, ohne zu fragen, und verlangten von der Mutter, den herabfallenden Verputz umgehend ausbessern zu lassen, damit ihre im Hof spielenden Kinder nicht etwa verletzt würden.

Die Großmutter wurde immer älter, hatte das Gedächtnis verloren und verwandelte sich eines Tages (fast unbemerkt) in Rauch über dem Krematorium.

Kein Wunder, daß die Mutter es immer schwerer ertrug, daß der Sohn sich ihr entfremdete; er studierte an einer Hochschule, die ihr unsympathisch war, und hatte aufgehört, ihr seine Verse zu bringen, die sie regelmäßig zu lesen gewohnt war. Als sie seine Schublade öffnen wollte, fand sie sie verschlossen; das war wie ein Schlag ins Gesicht: Jaromil verdächtigte sie, in seinen Sachen herumzuschnüffeln! Als sie sich mit einem Reserveschlüssel behalf, von dem Jaromil nichts ahnte, fand sie im Tagebuch aber weder eine neue Eintragung noch ein neues Gedicht. Dann sah sie an der Wand seines Zimmerchens die Fotografie ihres Mannes in Uniform, und sie erinnerte sich, wie sie einst die Statuette Apollos angefleht hatte, aus der Frucht ihres Leibes die Züge ihres Mannes auszumerzen; ach, würde sie auch noch mit dem toten Gatten um den Sohn kämpfen müssen?

Ungefähr eine Woche, nachdem wir Jaromil im vorangegangenen Teil im Bett des Rotschopfs zurückgelassen haben, öffnete die Mutter erneut seinen Schreibtisch. Im Tagebuch fand sie einige lakonische Notizen, die sie nicht verstand, doch sie entdeckte etwas viel Wichtigeres: neue Verse ihres Sohnes. Ihr schien, als habe die Lyra Apollos wieder über die Uniform ihres Mannes gesiegt, und sie frohlockte im stillen.

Als sie die Verse las, verstärkte sich der günstige Eindruck noch, denn (und das war eigentlich zum ersten Mal der Fall!) sie gefielen ihr aufrichtig; sie waren gereimt (die Mutter hatte im Grunde ihrer Seele stets vermutet, daß ein ungereimtes Gedicht kein Gedicht sei), waren in allem zu verstehen und voller schöner Wörter; keine Greise, keine sich in der Erde zersetzenden Körper, keine hängenden Bäuche und kein Talg in den Augenwinkeln; es gab Namen von Blumen, es gab Himmel und Wolken, und einige Male (das war in seinen Gedichten noch nie geschehen!) tauchte auch das Wort Mutter auf.

Dann kam Jaromil nach Hause zurück; als sie seine Schritte die Treppe heraufkommen hörte, stiegen ihr all die leidvollen Jahre in die Augen, und sie konnte das Weinen nicht unterdrücken.

»Was hast du, Mama, um Gottes willen, was hast du?« fragte er sie, und die Mutter lauschte aufmerksam der Zärtlichkeit, die sie in seiner Stimme schon so lange nicht mehr vernommen hatte.

»Nichts, Jaromil, nichts«, antwortete sie unter Tränen, die durch das Interesse des Sohnes noch zahlreicher flossen. Es waren wiederum viele Arten von Tränen, die sie vergoß: Tränen des Bedauerns, wie verlassen sie war; Tränen des Vorwurfs, daß der Sohn sie vernachlässigte; Tränen der Hoffnung, daß er vielleicht endlich (im Einklang mit den melodischen Sätzen der neuen Gedichte) wieder zu ihr zurückkehren würde; Tränen der Wut, weil er linkisch vor ihr stand und ihr nicht einmal über das Haar zu streichen wußte; Tränen der Hinterlist, die ihn rühren und bei ihr festhalten sollten.

Nach einer Verlegenheitsminute nahm er endlich ihre Hand; das war wunderschön; die Mutter hörte zu weinen auf, und dann entflossen ihr die Worte ebenso reichlich wie gerade die Tränen; sie sprach über alles, was sie quälte: über ihr Witwendasein, ihre Verlassenheit, die Mieter, die sie aus dem eigenen Haus ekeln wollten, die Schwester, die sie vernachlässigte (»und das deinetwegen, Jaromil!«) und dann auch über die Hauptsache: daß sich in dieser fatalen Verlassenheit der einzige Mensch von ihr abwende, den sie auf der Welt noch habe.

»Aber das ist nicht wahr, ich wende mich nicht von dir ab!«

Mit einer so billigen Versicherung konnte sie sich nicht zufriedengeben, und sie begann bitter zu lachen; wie denn nicht, wenn er erst spät in der Nacht nach Hause komme, es Tage gebe, an denen sie kein Wort miteinander wechselten, und falls es manchmal dennoch passiere, so merke sie stets sehr genau, daß er ihr nicht zuhöre, sondern an etwas anderes denke. Ja, er entfremde sich ihr.

»Aber Mama, ich entfremde mich nicht.«

Wieder lächelte sie bitter. Er und sich nicht entfremden? Sollte sie es ihm beweisen? Sollte sie ihm sagen, was sie verletzt hatte? Sie habe seine Privatsphäre schließlich stets respektiert; schon als er noch ein kleiner Junge gewesen sei, habe sie mit allen gestritten, nur damit er sein eigenes Kinderzimmer bekäme; und jetzt, was für ein Affront! Jaromil könne sich nicht vorstellen, wie ihr zumute gewesen sei, als sie festgestellt habe (rein zufällig, als sie in seinem Zimmer einmal Staub gewischt habe), daß er die Schublade seines Schreibtischs verschloß! Vor ihr schließe er etwas ab? Meine er denn tatsächlich, sie würde wie irgendeine neugierige Klatschbase die Nase in seine Sachen stecken?

»Aber Mama, das ist ein Mißverständnis! Ich benutze diese Schublade gar nicht! Wenn sie abgeschlossen ist, dann ist das Zufall!«

Die Mutter wußte, daß der Sohn log, aber das war unwichtig; wichtiger als die Lüge in den Worten war die Demut der Stimme, die Versöhnung anbot. »Ich will dir glauben, Jaromil«, sagte sie und drückte seine Hand.

Dann wurde sie sich unter seinem Blick der Tränenspuren auf ihrem Gesicht bewußt und ging ins Badezimmer, wo sie vor ihrem Spiegelbild erschrak; ihr verheultes Gesicht schien ihr häßlich, und sie warf sich nun auch vor, immer noch das graue Kleid anzuhaben, in dem sie aus dem Büro gekommen war. Sie wusch sich schnell mit kaltem Wasser, zog ihren rosa Morgenrock an, ging in die Küche und kam mit einer Flasche Wein zurück. Dann begann sie zu reden: daß sie sich einander wieder anvertrauen sollten, da sie auf dieser trostlosen Welt sonst niemanden hätten. Sie sprach lange über dieses Thema, und die Augen, die Jaromil auf sie heftete, schienen ihr freundschaftlich und zustimmend. Sie wagte deshalb sogar die Bemerkung, sie zweifle nicht daran, daß Jaromil, nun schon Student, seine privaten Geheimnisse habe, die sie respektiere; sie wolle nur nicht, daß die Frau, mit der Jaromil vielleicht verkehre, die Beziehung trübe, die zwischen ihnen beiden existiere.

Jaromil hörte geduldig und verständnisvoll zu. Wenn er der Mutter im letzten Jahr aus dem Weg gegangen war, so deshalb, weil sein Kummer nach Einsamkeit und Dunkelheit verlangte. Doch seit der Zeit, da er auf dem sonnigen Ufer von Rotschopfs Körper gestrandet war, sehnte er sich nach Licht und Frieden; die Mißstimmung zwischen der Mutter und ihm störte ihn. Zu den emotionalen Gründen gesellte sich noch eine praktischere Überlegung: der Rotschopf hatte sein eigenes Zimmer, wogegen er, ein Mann, bei der Mutter wohnte und sein eigenständiges Leben nur dank der Eigenständigkeit des Mädchens verwirklichen konnte. Für ihn war diese Ungleichheit bitter, und er war froh, daß die Mutter jetzt im rosaroten Morgenrock und bei einem Glas Wein mit ihm dasaß und wie eine ganz angenehme junge Frau wirkte, mit der man sich freundschaftlich über seine Rechte verständigen konnte.

Er sagte, er habe vor ihr nichts zu verheimlichen

(die Kehle der Mutter schnürte sich in ängstlicher Erwartung zu) und begann von dem rothaarigen Mädchen zu erzählen. Allerdings verschwieg er, daß die Mutter sie vom Sehen aus dem Geschäft, in das sie einkaufen ging, kannte; er vertraute ihr aber immerhin an, daß das Fräulein achtzehn Jahre alt war und nicht Studentin, sondern ein ganz einfaches Mädchen, für das er (er sagte es fast kämpferisch) den Lebensunterhalt mit seinen eigenen Händen verdienen wolle.

Die Mutter goß sich Wein ein, und es schien, als würde sich alles zum Besten wenden. Das Bild des Mädchens, das der Sohn so gesprächig von ihr entworfen hatte, verjagte ihre Angst: das Mädchen war blutjung (die furchterregende Vision einer älteren, lasterhaften Frau verflüchtigte sich zum Glück), sie war nicht sonderlich gebildet (die Mutter brauchte die Stärke ihres Einflusses also nicht zu fürchten), und Jaromil hatte die Eigenschaften des Einfachen und Angenehmen in fast verdächtiger Weise betont, was sie ahnen ließ, daß das Mädchen nicht gerade zu den hübschesten zählte (folglich konnte sie mit heimlicher Freude voraussetzen, daß das Engagement des Sohnes nicht allzulange dauern würde).

Jaromil spürte, daß die Mutter nicht ablehnend auf das Bild des rothaarigen Mädchens blickte, und er war glücklich: er stellte sich vor, wie er hier am gemeinsamen Tisch sitzen würde, mit der Mutter und mit dem Rotschopf, mit dem Engel seiner Kindheit und dem

Engel seines Erwachsenenalters; das schien ihm schön wie der Friede; Friede zwischen Zuhause und Welt; Friede unter den Fittichen zweier Engel.

Nach langer Zeit waren Mutter und Sohn wieder glücklich und vertraut beisammen. Sie redeten um die Wette, Jaromil verlor jedoch sein kleines praktisches Ziel nicht aus den Augen: das Recht auf ein eigenes Zimmer, in das er sein Mädchen mitbringen und dort mit ihr bleiben durfte, so lange und auf welche Weise auch immer; denn er hatte begriffen, daß nur wahrhaftig erwachsen ist, wer freier Herr über irgendeinen geschlossenen Raum ist, in dem er tun und lassen kann, was er will, von niemandem beobachtet und von niemandem kontrolliert. So sagte er es (indirekt und vorsichtig) der Mutter denn auch; er werde um so lieber zu Hause sein, je mehr er sich hier als sein eigener Herr fühlen dürfe.

Noch unter dem Schleier des Weins blieb die Mutter ein wachsamer Tiger: sie wußte sofort, worauf der Sohn hinauswollte: »Wie das, Jaromil, fühlst du dich etwa nicht als dein eigener Herr?«

Jaromil sagte, es gefalle ihm daheim sehr, er wolle aber das Recht haben, zu sich nach Hause einzuladen, wen er wolle, und daheim ebenso selbständig wohnen können wie der Rotschopf bei seinem Vermieter.

Die Mutter begriff, daß Jaromil ihr hier die große Chance bot: sie hatte schließlich auch verschiedene Verehrer, die sie abweisen mußte, weil sie sich vor einer Verurteilung durch Jaromil fürchtete. Konnte sie sich mit ein bißchen Geschick für Jaromils Freiheit nicht auch ein Stückchen eigener Freiheit erkaufen?

Als sie sich aber Jaromil mit einer fremden Frau im Kinderzimmer vorstellte, stieg eine unüberwindbare Abscheu in ihr hoch. »Du mußt dir darüber im klaren sein, daß ein Unterschied besteht zwischen einer Mutter und einem Vermieter«, sagte sie betroffen und wußte im selben Augenblick, daß sie sich dadurch freiwillig erneut verbot, als Frau zu leben. Sie begriff, daß ihr Ekel vor dem körperlichen Leben ihres Sohnes größer war als das Verlangen ihres Körpers nach einem eigenen Leben, und sie war entsetzt über diese Erkenntnis.

Jaromil, der sein Ziel vehement verfolgte, war sich bewußt, in welcher Gemütsverfassung sich die Mutter befand, und er setzte seinen verlorenen Kampf fort, indem er weitere vergebliche Argumente ins Feld führte. Erst nach einer Weile bemerkte er, daß der Mutter Tränen über die Wangen rannen. Er befürchtete, den Engel seiner Kindheit verletzt zu haben, und verstummte. Im Spiegel der mütterlichen Tränen sah er seinen Anspruch auf Selbständigkeit plötzlich als Vermessenheit, Frechheit, ja sogar als obszöne Unverschämtheit.

Die Mutter war verzweifelt: sie sah, wie sich der Abgrund zwischen ihr und ihrem Sohn wieder auftat. Sie würde nichts gewinnen, nur abermals alles verlieren! Sie überlegte rasch, was zu tun war, um den kostbaren Faden der Verständigung mit dem Sohn nicht ganz abreißen zu lassen; sie ergriff seine Hand und sagte unter Tränen:

»Ach, Jaromil, sei mir nicht böse; es hat mich gequält, wie sehr du dich verändert hast; du hast dich in letzter Zeit unheimlich verändert.«

»Wie soll ich mich verändert haben? Ich habe mich überhaupt nicht verändert, Mama.«

»Du hast dich verändert. Und ich will dir sagen, was mich an dieser Veränderung am meisten schmerzt. Daß du keine Verse mehr schreibst. Du hast doch so schöne Verse geschrieben, und jetzt schreibst du nicht mehr, und das schmerzt mich.«

Jaromil wollte etwas sagen, doch die Mutter ließ ihn nicht zu Wort kommen: »Glaub deiner Mutter: ich kenne mich ein bißchen aus; du bist ungeheuer begabt; es ist deine Berufung; du darfst sie nicht verraten; du bist ein Dichter, Jaromil, du bist ein Dichter, und es tut mir weh, daß du das vergißt.«

Jaromil vernahm die Worte der Mutter geradezu mit Begeisterung. Wahrlich, der Engel der Kindheit verstand ihn von allen Menschen doch am besten! Hatte es nicht auch ihn gequält, daß er keine Gedichte mehr schrieb?

»Mama, ich schreibe wieder Verse, ich schreibe! Ich werde sie dir zeigen!«

»Du schreibst nicht, Jaromil«, sagte die Mutter und

schüttelte betrübt den Kopf, »versuche nicht, mich hinters Licht zu führen, ich weiß, daß du nicht schreibst.«

»Ich schreibe! Ich schreibe!« rief Jaromil, lief in sein Zimmer, schloß die Schublade auf und brachte seine Gedichte.

Und die Mutter las dieselben Verse, die sie einige Stunden zuvor vor Jaromils Schreibtisch kniend gelesen hatte:

»Ach, Jaromil, sind die schön! Du hast große Fortschritte gemacht, große Fortschritte! Du bist ein Dichter und ich bin so glücklich ...«

2.

Alles scheint darauf hinzuweisen, daß Jaromils gewaltige Sehnsucht nach dem Neuen (diese Religion des Neuen) nur ein ins Unbestimmte projiziertes Verlangen des keuschen Mannes nach der Unglaublichkeit des noch unbekannten Beischlafs war; als er zum ersten Mal an dem Ufer von Rotschopfs Körper angelegt hatte, war ihm ein sonderbarer Gedanke durch den Kopf gegangen: er wußte nun, was es hieß, absolut modern zu sein; absolut modern zu sein bedeutete, am Ufer von Rotschopfs Körper zu liegen.

Er war dabei so glücklich und hoffnungsvoll, daß er Lust hatte, dem Mädchen seine Verse zu rezitieren; es gingen ihm alle durch den Kopf, die er auswendig kannte (eigene und fremde), es wurde ihm aber (sogar mit einer gewissen Bestürzung) klar, daß dem Rotschopf keines davon gefallen würde, und ihm kam der Gedanke, daß nur diejenigen Verse absolut modern sein würden, die der Rotschopf, das Mädchen aus der Menge, aufzunehmen und zu verstehen vermochte.

Es war wie eine plötzliche Erleuchtung; warum hatte er eigentlich dem eigenen Lied auf die Kehle treten wollen? warum die Poesie zugunsten der Revolution aufgeben? nun, da er am Ufer des wirklichen Lebens gestrandet war (mit dem Wort wirklich meinte er nur jene Substanz, die aus seiner Mischung von Volksmassen, körperlicher Liebe und revolutionären Parolen entstanden war), genügte es, sich diesem Leben voll und ganz hinzugeben und zu seiner Geige zu werden.

Er spürte, daß er voller Verse war, und versuchte, ein Gedicht zu schreiben, das dem rothaarigen Mädchen gefallen würde. Das war gar nicht so einfach; er hatte bisher reimlose Verse geschrieben und stieß nun auf handwerkliche Probleme; er zweifelte nicht daran, daß die Rothaarige nur etwas, das sich reimte, als Gedicht akzeptieren würde. Übrigens war die Siegreiche Revolution derselben Meinung; rufen wir uns in Erinnerung, daß in jenen Jahren keine reimlosen Verse gedruckt wurden; die ganze moderne Poesie war zum Werk der dahinfaulenden Bourgeoisie erklärt worden, und der freie Vers galt als augenfälligstes Indiz poetischer Fäulnis.

Sollen wir in der Liebe der Siegreichen Revolution zum Reim nur eine zufällige Vorliebe sehen? Wohl kaum. Dem Reim und dem Rhythmus wohnt eine Zaubermacht inne: wird eine formlose Welt in gleichmäßige Verse gezwängt, wird sie mit einem Mal übersichtlich, regelmäßig, klar und schön. Stellt sich in einem Gedicht der *Tod* gerade dann ein, wenn am Ende des vorangegangenen Verses das *Abendrot* zu leuchten begonnen hat, wird auch er zu einem wohlklingenden Bestandteil der Ordnung. Und selbst wenn das Gedicht gegen den Tod protestiert, so ist er zumindest als Anlaß für einen schönen Protest zweifellos gerechtfertigt. Knochen, Rosen, Särge, Wunden, alles verwandelt sich im Gedicht in ein Ballett, und Dichter und Leser sind in diesem Ballett die Tänzer. Wer tanzt, kann den Tanz allerdings nicht mißbilligen. Im Gedicht verwirklicht der Mensch sein Einverständnis mit dem Sein, und Reim wie Rhythmus sind die brutalsten Mittel dieses Einverständnisses. Und braucht die Revolution, die gerade gesiegt hat, nicht eine brutale Bestätigung der neuen Ordnung, also eine Lyrik voller Reime?

»Phantasiert mit mir!« fordert Vítězslav Nezval seine Leser auf, und Baudelaire schreibt: »Man muß beständig betrunken sein ... von Wein, von Poesie oder von Tugend, ganz nach Belieben ...« Lyrik ist Trunkenheit, und der Mensch betrinkt sich, um leichter mit der Welt zu verschmelzen. Die Revolution wünscht nicht, studiert oder beobachtet zu werden, sie wünscht, daß die Menschen mit ihr verschmelzen; in diesem Sinn ist sie lyrisch und braucht den Lyrismus.

Allerdings meint die Revolution eine andere Lyrik als die, die Jaromil früher geschrieben hat; damals war er trunken den stillen Abenteuern und schönen Wunderlichkeiten seines Innenlebens gefolgt; nun aber hatte er seine Seele geleert wie eine Flugzeughalle, damit die lärmenden Musikkapellen der Welt eintreten konnten; die Schönheit des Wunderlichen, die nur er allein verstand, hatte er eingetauscht gegen die Schönheit des Allgemeinen, das jeder verstand.

Leidenschaftlich wünschte er, die alten Schönheiten, über die die moderne Kunst (in entartetem Stolz) die Nase gerümpft hatte, zu rehabilitieren: Sonnenuntergänge, Rosen, taubedecktes Gras, Sterne, Abenddämmerung, von ferne klingender Gesang, Mutter und Heimweh; ach, was war das doch für eine schöne, nahe und verständliche Welt! Jaromil kehrte erstaunt und gerührt in sie heim wie der verlorene Sohn, der nach langen Jahren in sein Vaterhaus heimkehrt, dem er sich entfremdet hat.

Ach, schlicht zu sein, ganz schlicht, schlicht wie ein Volkslied, wie ein Kinderabzählvers, wie ein Bächlein, wie das rothaarige Mädchen!

An der Quelle ewiger Schönheiten zu sein, die Wörter *Ferne, Silber, Regenbogen, Liebe* zu lieben, auch das Wort *ach* zu lieben, dieses so oft verhöhnte Wort!

Auch von einigen Verben war Jaromil fasziniert: insbesondere von solchen, die eine einfache Vorwärtsbewegung ausdrückten: *laufen, gehen* und mehr noch *schwimmen* und *fliegen*. In dem Gedicht, das er zum Jahrestag von Lenins Geburtstag schrieb, warf er einen Apfelbaumzweig in die Wellen (diese Geste bezauberte ihn durch die Anknüpfung an alte Volksbräuche, bei denen Blumenkränze auf das Wasser ausgesetzt wurden), auf daß er in Lenins Land schwimme; zwar fließen aus Böhmen keine Flüsse nach Rußland, doch ein Gedicht ist das Territorium des Zaubers, in dem Flüsse ihre Läufe verändern. In einem anderen Gedicht schrieb er, *die Welt wird eines Tages frei sein wie Tannenduft, der über Bergketten wandert*. In noch einem anderen Gedicht schrieb er über den Jasminduft, der dermaßen stark war, daß er sich in ein unsichtbares Segelboot verwandelte, das durch die Lüfte schwebte; er stellte sich vor, das Deck der Düfte zu besteigen und weit, weit fortzusegeln, bis nach Marseille, wo gerade zu dieser Zeit (wie das *Rudé právo* schrieb) Arbeiter streikten, deren Genosse und Bruder er sein wollte.

Deshalb erscheinen in seinen Gedichten auch unzählige Male die poetischsten aller Instrumente der Fortbewegung, die *Flügel*; die Nacht, von der ein Gedicht erzählte, war *voll von stillem Flügelschlag*; mit

Flügeln bedacht wurden die Sehnsucht, die Wehmut, ja sogar der Haß, und selbstverständlich schwebte auch die Zeit auf Flügeln dahin.

Hinter all diesen Wörtern verbarg sich das Verlangen nach einer *unermeßlichen Umarmung*, in der gleichsam Schillers berühmter Vers *Seid umschlungen, Millionen! Diesen Kuß der ganzen Welt* wieder auflebte. Die unermeßliche Umarmung schloß nicht nur den Raum, sondern auch die Zeit mit ein; Ziel des Segelns war nicht allein das streikende Marseille, sondern auch die *Zukunft*, diese zauberhafte Insel in der Ferne.

Die Zukunft war für Jaromil früher vor allem ein Geheimnis gewesen; sie barg alles Unbekannte; deshalb verlockte und verängstigte sie; sie war das Gegenteil des Sicheren, das Gegenteil des Zuhause (darum hatte er in bangen Momenten von der Liebe alter Menschen geträumt, die glücklich waren, weil sie keine Zukunft mehr hatten). Die Revolution hatte der Zukunft aber den gegenteiligen Sinn verliehen: die Zukunft war kein Geheimnis mehr, der Revolutionär kannte sie auswendig; er kannte sie aus Broschüren, Büchern, Vorträgen, Agitationsreden; sie verängstigte nicht, verlieh vielmehr Sicherheit inmitten einer unsicheren Gegenwart, so daß der Revolutionär zu ihr flüchtete wie ein Kind zu seiner Mama.

Jaromil schrieb ein Gedicht über einen kommunistischen Funktionär, der spät in der Nacht auf dem

Sofa seines Sektretariats eingeschlafen war, als *Morgentau die nachdenkliche Versammlung bedeckte* (die Vorstellung eines militanten Kommunisten ließ sich nicht besser ausdrücken als in der Vorstellung eines Kommunisten auf einer Versammlung); das Klingeln der Straßenbahn unter den Fenstern verwandelte sich im Traum in Glockengeläut, in das Geläut aller Glokken dieser Welt, die verkündeten, daß die Kriege endgültig zu Ende waren und die Erdkugel dem arbeitenden Volk gehörte. Er begriff, daß er durch einen Zaubersprung direkt in die ferne Zukunft gelangt war: er steht irgendwo in den Feldern, und auf dem Traktor kommt eine Frau auf ihn zugefahren (auf allen Plakaten wurde die Frau der Zukunft als Frau auf dem Traktor vorgeführt), und erstaunt erkennt sie in ihm jemanden, den sie noch nie gesehen hat, den abgerackerten Mann der vergangenen Jahre, jenen, der sich geopfert hat, damit sie jetzt glücklich (und singend) Genossenschaftsfelder pflügen darf. Sie steigt von ihrer Maschine herunter, um ihn zu begrüßen; sie sagt zu ihm: »Hier bist du zu Hause, hier ist deine Welt ...«, und sie will ihn belohnen (mein Gott, womit könnte diese junge Frau den alten, abgerackerten Funktionär belohnen?); da klingelten die Straßenbahnen draußen besonders laut, und der Mann, der auf dem schmalen Sofa in einer Ecke des Sekretariats eingenickt war, wachte auf ...

Er hatte inzwischen viele Gedichte geschrieben

und war trotzdem nicht zufrieden; vorläufig kannten nämlich nur er und die Mutter sie. Er schickte sie alle der Redaktion des *Rudé právo* und kaufte die Zeitung jeden Morgen; endlich entdeckte er einmal auf Seite drei rechts oben fünf vierzeilige Strophen mit seinem fettgedruckten Namen unter der Überschrift. Noch am gleichen Tag drückte er das *Rudé právo* seinem Rotschopf in die Hand und sagte, sie solle die Zeitung genau durchschauen; das Mädchen konnte lange nichts Bemerkenswertes finden (sie war es gewohnt, Verse zu übersehen, so daß sie die unter der Überschrift gedruckten Namen schon gar nicht beachtete), und Jaromil mußte schließlich mit dem Finger auf das Gedicht deuten.

»Ich habe nicht gewußt, daß du ein Dichter bist«, sagte sie und sah ihm bewundernd in die Augen.

Jaromil sagte, er schreibe schon sehr lange Verse und zog einige weitere Gedichte aus seiner Tasche, die noch im Manuskript waren.

Der Rotschopf las sie, und Jaromil sagte, er habe vor geraumer Zeit mit dem Verseschreiben aufgehört, und erst jetzt, da er ihr begegnet sei, wieder damit begonnen. Die Begegnung mit ihr sei wie die Begegnung mit der Poesie gewesen.

»Wirklich?« fragte das Mädchen, und als Jaromil bejahte, umarmte und küßte sie ihn.

»Merkwürdigerweise«, fuhr Jaromil fort, »bist du nicht nur die Königin meiner jetzigen Verse, sondern auch derer, die ich schrieb, als ich dich noch nicht kannte. Als ich dich zum ersten Mal sah, war mir, als seien meine alten Gedichte lebendig geworden, als hätten sie sich in eine Frau verwandelt.«

Begierig sah er in ihr neugieriges und verständnisloses Gesicht, und dann begann er ihr zu erzählen, wie er vor Jahren eine lange lyrische Prosa geschrieben habe, eine Art phantastische Erzählung von einem Jungen, der Xaver hieß. Geschrieben? Eigentlich habe er sie nicht geschrieben, sondern die Abenteuer eher nur geträumt und sich gewünscht, sie einmal aufzuschreiben.

Xaver lebte ganz anders als die anderen Menschen; sein Leben war der Schlaf; Xaver schlief, und er träumte einen Traum; in diesem Traum schlief er ein und träumte einen Traum, und auch in diesem Traum schlief er ein und träumte einen neuen Traum; und aus diesem Traum wachte er beispielsweise auf und befand sich dann wieder im vorangegangenen Traum; und so schritt er von einem Traum in den andern und lebte eigentlich abwechselnd mehrere Leben; er wohnte in einigen Leben zugleich und schritt von einem ins andere. Wäre es nicht herrlich zu leben, wie Xaver gelebt hatte? Nicht in einem einzigen Leben gefangen zu sein? Zwar sterblich zu sein, aber dennoch viele Leben zu haben?

»Ja, das wäre schön ...«, sagte der Rotschopf.

Und Jaromil erzählte noch, daß er, als er sie eines

Tages im Laden gesehen habe, verblüfft gewesen sei, denn Xavers größte Liebe habe er sich genau so vorgestellt: zerbrechlich, rothaarig, mit feinen Sommersprossen …

»Ich bin häßlich!« sagte der Rotschopf.

»Nein! Ich liebe deine Sommersprossen und dein rotes Haar! Ich liebe sie, denn sie sind mein Zuhause, meine Heimat, mein alter Traum!«

Der Rotschopf küßte Jaromil, und er fuhr fort: »Stell dir vor, die ganze Erzählung hat so angefangen: Xaver spazierte gern durch verrußte Vorstadtstraßen; er kam jedesmal am Fenster einer Souterrainwohnung vorbei, blieb stehen und träumte davon, daß vielleicht eine schöne Frau dahinter wohnte. Eines Tages war das Fenster hell erleuchtet, und er sah darin ein zärtliches, zerbrechliches, rothaariges Mädchen. Er konnte nicht widerstehen, stieß die Flügel des halboffenen Fensters auf und sprang hinein.«

»Du bist aber vom Fenster weggelaufen!« lachte der Rotschopf.

»Ja, ich bin davongelaufen«, sagte Jaromil, »weil ich fürchtete, mein Traum könnte zurückkehren; weißt du, wie es ist, wenn du dich plötzlich in einer Situation wiederfindest, die du bisher nur aus einem Traum kennst? Darin liegt etwas so Furchtbares, daß man lieber flüchtet!«

»Ja«, bestätigte der Rotschopf glücklich.

»Er ist also zu ihr hineingesprungen, doch dann

kam ihr Mann, und Xaver sperrte ihn in einen schweren Eichenschrank. Dieser Mann ist heute noch dort, er hat sich in ein Skelett verwandelt. Und Xaver führte diese Frau fort in die Ferne, wie auch ich dich fortführen werde.«

»Du bist mein Xaver«, flüsterte der Rotschopf Jaromil dankbar ins Ohr und begann seinen Namen abzuändern, indem sie ihn in Xavi, Xavuschka, Xavitschek verwandelte, sie nannte ihn bei all diesen Namen und küßte ihn lange, lange.

3.

Von Jaromils vielen Besuchen im Souterrainzimmer des Mädchens möchten wir gern den folgenden festhalten, bei dem der Rotschopf ein Kleid trug, das vorn am Kragen bis zum Saum große weiße Knöpfe hatte. Jaromil versuchte, sie aufzuknöpfen, und das Mädchen lachte, da es nur Zierknöpfe waren.

»Warte, ich ziehe mich selbst aus«, sagte sie und hob die Hand, um den Reißverschluß im Nacken zu öffnen.

Jaromil fühlte sich ertappt in seiner peinlichen Ungeschicktheit, und nachdem er das Prinzip des Aufknöpfens endlich begriffen hatte, wollte er das Fiasko rasch wiedergutmachen.

»Nein, nein, ich ziehe mich selbst aus, laß mich!« Sie wich lachend vor ihm zurück.

Er konnte nicht länger drängen, weil er nicht lächerlich wirken wollte, mißbilligte jedoch zutiefst, daß das Mädchen sich selbst auszog. In seinen Vorstellungen unterschied sich das verliebte Entkleiden vom alltäglichen Entkleiden gerade dadurch, daß der Liebhaber die Frau auszog.

Nicht Erfahrungen hatten diese Ansicht in ihm gefestigt, sondern Literatur und suggestive Sätze wie: *er verstand es, eine Frau auszuziehen*; oder *er knöpfte ihr mit Kennergriff die Bluse auf*. Er konnte sich körperliche Liebe ohne die Ouvertüre des verwirrten und drängenden Aufknöpfens, des Aufziehens von Reißverschlüssen und des Ausziehens von Pullovern nicht vorstellen.

»Du bist doch nicht beim Arzt und brauchst dich nicht selber auszuziehen«, protestierte er. Das Mädchen war schon aus dem Kleid geschlüpft und stand in Unterwäsche da.

»Beim Arzt? Warum?«

»Ja, es kommt mir vor wie beim Arzt.«

»Na ja«, lachte das Mädchen, »es ist tatsächlich wie beim Arzt.«

Sie zog den Büstenhalter aus, stellte sich vor Jaromil hin und streckte ihm ihre kleinen Brüste entgegen: »Es sticht mich hier in der Herzgegend, Herr Doktor.«

Jaromil sah sie verständnislos an, und sie sagte entschuldigend: »Verzeihen Sie, Sie sind es sicher gewohnt, Ihre Patienten im Liegen zu untersuchen.« Sie legte sich auf die Couch und fuhr fort: »Schauen Sie bitte, was mit dem Herzen los ist.«

Jaromil blieb nichts anderes übrig, als auf das Spiel einzugehen; er neigte sich über den Brustkorb des Mädchens und legte das Ohr auf ihr Herz; er berührte mit der Muschel das weiche Polster ihrer Brust und hörte aus dem Innern ein gleichmäßiges Pochen. Da fiel ihm ein, daß der Arzt, der den Rotschopf hinter der verschlossenen, geheimnisvollen Tür des Behandlungszimmers untersuchte, ihre Brüste ja tatsächlich genau so berührte. Er hob den Kopf, sah das nackte Mädchen an und wurde von einem schneidenden Schmerz getroffen, denn er sah sie so, wie ein fremder Mann – der Arzt – sie sah. Rasch legte er seine Hände auf ihre Brust (als Jaromil und nicht als Arzt), um das qualvolle Spiel zu verscheuchen.

»Aber Herr Doktor, was tun Sie da! Das dürfen Sie nicht! Das ist keine ärztliche Untersuchung mehr!« wehrte sich der Rotschopf, und Jaromil wurde wütend: er sah das Gesicht seines Mädchens, wie es in dem Moment aussah, als fremde Hände es berührten: er sah sie frivol protestieren und hatte Lust, sie zu schlagen; in diesem Augenblick wurde ihm klar, daß er erregt war, so daß er dem Mädchen den Slip herunterriß und sich mit ihr vereinigte.

Seine Erregung war so maßlos, daß die eifersüchtige Wut darin rasch zerfloß, zumal er das Stöhnen des

Mädchens (diese herrliche Huldigung) hörte und die Wörter, die von da an für immer zu ihren intimen Momenten gehören sollten: »Xavi, Xavuschka, Xavitschek!«

Dann lag er ruhig neben ihr, küßte zärtlich ihre Schulter und fühlte sich wohl. Leider war dieser Tor nicht in der Lage, sich mit einem schönen *Augenblick* zufriedenzugeben; ein schöner Augenblick war für ihn nur dann von Bedeutung, wenn er Bote einer schönen Ewigkeit war; ein schöner Augenblick, der befleckt aus der Ewigkeit fiel, war für ihn nur Lüge. Er wollte sich deshalb vergewissern, daß ihre Ewigkeit unbefleckt war, und fragte sie, eher bittend als aggressiv: »Aber sag mir, das mit dieser ärztlichen Untersuchung war doch nur ein dummer Scherz.«

»Klar«, sagte das Mädchen; was hätte sie auf eine so dumme Frage auch antworten sollen? Nur konnte das Wörtchen *klar* Jaromil nicht beruhigen; er fuhr fort:

»Ich könnte es nicht ertragen, wenn andere Hände als die meinen dich berührten. Das könnte ich nicht ertragen.« Und er streichelte die armseligen Brüste des Mädchens, als läge in deren Unberührtheit sein ganzes Glück.

Das Mädchen lachte (ganz unschuldig): »Aber was soll ich denn tun, wenn ich einmal krank bin?«

Jaromil wußte, daß es schwer war, um eine ärztliche Untersuchung herumzukommen, daß sein Standpunkt nicht zu vertreten war; ebensogut wußte er aber auch, daß seine ganze Welt zerstört wäre, wenn andere Hände die Brüste des Mädchens berührten. Deshalb wiederholte er:

»Ich könnte es einfach nicht ertragen, verstehst du, ich könnte es nicht ertragen.«

»Was soll ich dann tun, wenn ich krank werde?«

Er sagte leise und vorwurfsvoll: »Du kannst schließlich zu einer Ärztin gehen.«

»Seit wann kann ich mir denn jemanden aussuchen? Du weißt doch, wie es ist«, sagte sie, jetzt ganz entrüstet: »Wir sind alle irgendeinem Arzt zugeteilt! Du weißt wohl nicht, was sozialistisches Gesundheitswesen bedeutet? Du kannst dir nicht aussuchen, du mußt gehorchen! Nimm zum Beispiel die gynäkologischen Untersuchungen ...«

Jaromil blieb fast das Herz stehen, aber er sagte ganz beiläufig:

»Hast du denn irgendwelche Beschwerden?« »Aber nein, Vorsorgeuntersuchung. Wegen Krebs. Das ist Vorschrift.«

»Sei still, ich will das nicht hören«, sagte Jaromil und legte ihr die Hand auf den Mund; er tat dies so heftig, daß er beinahe erschrak, denn der Rotschopf hätte es als Schlag auffassen und böse werden können; doch die Augen des Mädchens blickten demütig, so daß Jaromil die ungewollte Brutalität seiner Geste nicht mäßigen mußte; er gefiel sich darin und sagte:

»Du mußt nur wissen, wenn dich noch einmal jemand berühren sollte, werde ich dich nie mehr berühren können.«

Er hielt die Hand noch immer auf ihrem Mund; es war das erste Mal, daß er eine Frau grob anfaßte, und er war dabei wie berauscht; dann legte er ihr beide Hände auf den Hals, als wollte er sie würgen; unter seinen Fingern spürte er die Zerbrechlichkeit ihrer Kehle, und ihm kam der Gedanke, daß er nur die Finger zusammenzudrücken brauchte, und sie würde ersticken.

»Ich würde dich erwürgen, wenn dich jemand berührt«, sagte er und hielt den Hals des Mädchens noch immer mit beiden Händen umschlossen; er genoß das Gefühl, daß in dieser Berührung ein mögliches Nichtsein des Mädchens enthalten war; es schien ihm, als gehöre der Rotschopf ihm wenigstens in diesem Moment ganz, und er war von einem Gefühl glücklicher Macht berauscht, einem Gefühl, das so intensiv war, daß er das Mädchen nochmals zu lieben begann.

Während des Liebesaktes faßte er sie mehrmals grob an, preßte ihr die Hand auf den Hals (es kam ihm der Gedanke, es wäre schön, die Geliebte während der Liebe zu erwürgen) und biß sie mehrere Male.

Dann lagen sie wieder nebeneinander, der Liebesakt hatte jedoch vielleicht nicht lange genug gedauert, um die bittere Wut des Jungen aufzusaugen; der Rotschopf lag ruhig neben ihm, nicht erwürgt, sondern lebendig, mit ihrem nackten Körper, der zu gynäkologischen Untersuchungen ging.

»Sei mir nicht böse.« Sie streichelte seine Hand.

»Ich habe dir gesagt, daß mich ein Körper anekelt, den andere Hände berührt haben.«

Das Mädchen begriff, daß der Junge nicht scherzte; sie sagte eindringlich:

»Um Himmels willen, es war doch nur Spaß!«

»Aber was für ein Spaß! Es war die Wahrheit.«

»Es war nicht die Wahrheit.«

»Wieso denn nicht? Es war die Wahrheit, und ich weiß, daß man nichts dagegen tun kann. Gynäkologische Untersuchungen sind Vorschrift, und du mußt hingehen. Ich werfe es dir auch gar nicht vor. Nur ekelt es mich vor einem Körper, den andere Hände berühren. Ich kann nichts dafür, aber es ist so.«

»Ich schwöre dir, daß kein Wort davon wahr ist! Ich bin nie krank gewesen, nur als Kind. Ich gehe überhaupt nicht zum Arzt. Zur gynäkologischen Untersuchung habe ich eine Vorladung bekommen, sie aber weggeworfen. Ich bin noch nie dort gewesen.«

»Ich glaube dir nicht.«

Sie mußte ihn beruhigen.

»Und was ist, wenn man dich ein zweites Mal vorlädt?«

»Hab keine Angst, bei denen geht es drunter und drüber.«

Er glaubte ihr, doch seine Bitterkeit ließ sich nicht

durch sachliche Argumente besänftigen; es ging schließlich nicht nur um ärztliche Untersuchungen; es ging darum, daß sie sich ihm entzog und er sie nicht ganz besaß. »Ich hab dich so lieb«, sagte sie, er aber traute diesem kurzen Augenblick nicht; er wollte die Ewigkeit; er wollte wenigstens die kleine Ewigkeit ihres Lebens und wußte, daß er sie nicht hatte; und es kam ihm wieder zum Bewußtsein, daß er sie nicht als Jungfrau kennengelernt hatte.

»Es ist unerträglich für mich, daß jemand dich berühren wird und jemand dich berührt hat«, sagte er.

»Es wird mich niemand berühren.«

»Aber es hat dich jemand berührt. Und mich ekelt davor.«

Sie umarmte ihn.

Er stieß sie von sich.

»Wie viele waren es?«

»Einer.«

»Lüg nicht!«

»Ich schwöre, es war nur einer.«

»Hast du ihn geliebt?«

Sie schüttelte den Kopf.

»Und wie konntest du es mit jemandem treiben, den du nicht geliebt hast?«

»Quäl mich nicht«, sagte sie.

»Antworte! Wie konntest du das tun?«

»Quäl mich nicht. Ich habe ihn nicht geliebt, und es war furchtbar.«

»Was war furchtbar?«

»Frag nicht.«

»Warum soll ich nicht fragen?«

Sie brach in Tränen aus und vertraute ihm an, daß es ein älterer Mann bei ihr auf dem Dorf gewesen war, daß er widerlich gewesen war und sie in der Gewalt gehabt hatte (»frag nicht, frag nicht«), daß sie sich nicht einmal mehr an ihn erinnern konnte (»wenn du mich liebst, dann erinnere mich nie mehr an ihn!«).

Sie weinte so heftig, daß Jaromils Wut schließlich verflog; Tränen sind ein ausgezeichnetes Reinigungsmittel gegen die Befleckung.

Endlich streichelte er sie: »Weine nicht.«

»Du bist mein Xavitschek«, sagte sie zu ihm. »Du bist durchs Fenster gekommen und hast ihn in den Schrank gesperrt, und aus ihm wird ein Skelett, du aber wirst mich weit, weit fortführen.«

Sie umarmten und küßten sich. Das Mädchen versicherte ihm, daß es keine Hände auf ihrem Körper dulden werde, und er versicherte ihr, daß er sie liebe. Sie begannen sich noch einmal zu lieben, und sie liebten sich zärtlich, die Körper randvoll mit Seele gefüllt.

»Du bist mein Xavitschek«, sagte sie und liebkoste ihn.

»Ja, ich werde dich weit fortführen, wo du in Sicherheit sein wirst«, sagte er und wußte, wohin er sie entführen würde; ja, er hatte für sie ein Zelt unter dem blauen Segel des Friedens, ein Zelt, über das die Vögel Richtung Zukunft zogen und die Düfte zu den Streikenden von Marseille schwebten; er hatte schließlich ein Haus für sie, umsorgt vom Engel seiner Kindheit.

»Weißt du was, ich möchte dich meiner Mutter vorstellen«, sagte er mit Tränen in den Augen.

4.

Die Familie, die in den Zimmern im Erdgeschoß der Villa wohnte, war stolz auf den wachsenden Bauch ihrer Mutter; das dritte Kind war unterwegs, und der Familienvater sprach eines Tages die Mutter an, um ihr zu sagen, es sei ungerecht, wenn zwei Personen gleich viel Raum bewohnten wie fünf; er schlug ihr vor, ihm eines der drei Zimmer im Obergeschoß abzutreten. Die Mutter antwortete, dies sei unmöglich. Der Mieter sagte, in diesem Fall werde der Volksausschuß überprüfen müssen, ob die Räume der Villa gerecht verteilt seien. Die Mutter sagte, ihr Sohn werde heiraten, und dann seien sie im ersten Stock zu dritt und vielleicht schon bald zu viert.

Als Jaromil ihr bald darauf eröffnete, er wolle ihr sein Mädchen vorstellen, kam ihr das gerade recht; die Mieter würden wenigstens sehen, daß sie sich nicht herausgeredet hatte, als sie von der bevorstehenden Heirat ihres Sohnes sprach.

Als er dann aber gestand, die Mutter kenne das Mädchen aus dem Laden, in dem sie einkaufen gehe, konnte sie einen Ausdruck unangenehmer Überraschung nicht verbergen.

»Ich hoffe«, sagte er kämpferisch, »es macht dir nichts aus, daß sie Verkäuferin ist. Ich habe dir doch gesagt, sie ist eine ganz gewöhnliche, arbeitende Frau.«

Die Mutter mochte sich zunächst nicht mit der Vorstellung abfinden, daß dieses zerfahrene, unfreundliche und nicht gerade hübsche Mädchen die Liebe ihres Sohnes war, beherrschte sich dann aber: »Sei mir nicht böse, daß ich mich gewundert habe«, sagte sie und war bereit, alles hinzunehmen, was der Sohn ihr bieten würde.

So kam es zu drei bitteren Besuchsstunden; alle hatten Lampenfieber, standen es aber durch.

»Also, wie hat sie dir gefallen?« fragte er die Mutter ungeduldig, als er wieder mit ihr allein war.

»Ach ja, sie hat mir ganz gut gefallen, warum sollte sie mir nicht gefallen haben«, antwortete sie und wußte sehr wohl, daß der Ton ihrer Stimme das Gegenteil dessen ausdrückte, was sie sagte.

»Dir hat sie also nicht gefallen?«

»Ich sage dir doch, sie hat mir ganz gut gefallen.«

»Nein, ich höre an deiner Stimme, daß sie dir nicht gefallen hat. Du sagst etwas anderes, als du denkst.«

Dem Rotschopf waren während des Besuchs viele

Ungeschicklichkeiten unterlaufen (sie hatte der Mutter als erste die Hand gegeben, als erste am Tisch Platz genommen, als erste die Kaffeetasse zum Mund gehoben), viele Ungehörigkeiten (sie war der Mutter ins Wort gefallen) und Taktlosigkeiten (sie hatte die Mutter gefragt, wie alt sie sei); als die Mutter dem Sohn diese Mängel vorzuwerfen begann, hatte sie Angst, er könnte sie kleinlich finden (die peinliche Beachtung der Anstandsregeln verurteilte Jaromil als kleinbürgerlich), so daß sie sogleich hinzufügte:

»Das kann man selbstverständlich alles noch nachholen. Es genügt, wenn du sie öfter zu uns bringst. In unserem Milieu wird sie manierlicher und besser erzogen.«

In dem Moment aber, als sie sich vorstellte, diesen häßlichen, rothaarigen, feindlichen Körper regelmäßig sehen zu müssen, wurde sie erneut von unüberwindlichem Widerwillen erfaßt, und sie sagte mit beschwichtigender Stimme:

»Du darfst ihr ja nicht übelnehmen, daß sie ist, wie sie ist. Du mußt dir die Umgebung vorstellen, in der sie aufgewachsen ist und wo sie arbeitet. Ich möchte in so einem Geschäft kein Mädchen sein. Jeder nimmt sich dir gegenüber etwas heraus, du mußt dir von jedem alles gefallen lassen. Wenn der Chef mit dir anbändeln will, kannst du schlecht nein sagen. Zum Glück werden in einer solchen Umgebung Liebeleien auf die leichte Schulter genommen.«

Sie sah, wie das Gesicht ihres Sohnes errötete; eine heiße Welle der Eifersucht durchflutete seinen Körper, und der Mutter schien es, als fühlte sie die Hitze dieser Welle auch in sich (wie auch nicht; es war schließlich die gleiche heiße Welle, die sie in ihrem Innern gespürt hatte, als er ihr den Rotschopf vorgestellt hatte, so daß wir sagen können, Mutter und Sohn standen sich hier gegenüber wie kommunizierende Gefäße, durch die die gleiche ätzende Säure floß). Das Gesicht des Sohnes war jetzt wieder kindlich und fügsam; auf einmal stand nicht mehr ein fremder und selbständiger Mensch vor ihr, sondern ihr geliebtes Kind, das sich quälte, dieses Kind, das einst zu ihr geflüchtet war und das sie besänftigt hatte. Sie konnte ihre Augen nicht von diesem herrlichen Anblick reißen.

Dann ging Jaromil in sein Zimmer, und sie ertappte sich dabei (sie war schon eine Weile allein), wie sie sich mit den Fäusten auf den Kopf schlug und halblaut ermahnte: »Hör auf, hör auf, sei nicht eifersüchtig, hör auf, sei nicht eifersüchtig!«

Doch was geschehen war, war geschehen. Das aus leichten blauen Segeln genähte Zelt, das vom Engel der Kindheit bewachte Zelt der Harmonie war zerrissen. Vor Mutter und Sohn öffnete sich die Epoche der Eifersucht.

Die Worte der Mutter über die Liebeleien, die auf die leichte Schulter genommen würden, gingen ihm nicht aus dem Kopf. Er stellte sich die Kollegen des Rotschopfs vor – Verkäufer, die ihr obszöne Witze erzählten, er stellte sich diesen kurzen, schlüpfrigen Kontakt zwischen Erzähler und Zuhörerin vor und quälte sich fürchterlich. Er stellte sich vor, wie der Geschäftsführer sie mit seinem Körper streifte, unauffällig ihre Brüste berührte oder ihr einen Klaps auf den Hintern gab, und er tobte innerlich, daß solche Berührungen *auf die leichte Schulter* genommen wurden, während sie ihm alles bedeuteten. Als er einmal bei ihr war, bemerkte er, daß sie vergessen hatte, sich auf der Toilette einzuschließen. Er machte ihr eine Szene, weil er sich sofort vorstellte, wie sie auf der Arbeit in der Toilette auf der Schüssel saß und ein fremder Mann sie dort zufällig überraschte.

Solange er sich mit seiner Eifersucht dem Rotschopf anvertraute, verstand sie es, ihn durch Zärtlichkeit und Schwüre zu beruhigen; sobald er aber für einen Moment in seinem Kinderzimmer allein war, wußte er sofort: es gab nirgendwo eine Garantie, daß sie, während sie ihn beschwichtigte, auch die Wahrheit sagte. Zwang er sie nicht geradezu zur Lüge? Wenn er sogar auf diese alberne ärztliche Untersuchung derart böse reagiert hatte, hatte er sie damit nicht für immer daran gehindert zu sagen, was sie dachte?

Wie glücklich war doch die erste Zeit gewesen, als ihre Liebesbeziehung heiter und er ihr dankbar gewesen war, daß sie ihn mit selbstverständlicher Sicherheit aus dem Labyrinth der Keuschheit geführt hatte. Das, wofür er ihr damals so dankbar gewesen war, wurde nun einer bitteren Analyse unterzogen; unzählige Male vergegenwärtigte er sich die öbszöne Geste ihrer Hand, mit der sie ihn bei seinem ersten Besuch so phantastisch erregt hatte; nun prüfte er sie mit mißtrauischen Augen: es war doch unmöglich, sagte er sich, daß sie ausgerechnet ihn zum ersten Mal im Leben auf diese Weise berührt hatte; und da sie diese unzüchtige Geste gleich beim ersten Mal gewagt hatte, eine halbe Stunde, nachdem sie sich kennengelernt hatten, mußte sie für sie etwas ganz Geläufiges und Mechanisches sein.

Es war entsetzlich. Er hatte sich zwar bereits damit abgefunden, daß sie vor ihm einen anderen gehabt hatte, doch hatte er sich nur damit abgefunden, weil er aus den Worten des Mädchens auf eine durch und durch bittere, schmerzliche Bekanntschaft schloß, in der sie das mißbrauchte Opfer gewesen war; diese Vorstellung hatte sein Mitleid geweckt, und dieses Mitleid verscheuchte seine Eifersucht ein wenig. Wenn es aber eine Bekanntschaft gewesen war, in deren Verlauf das Mädchen diese unzüchtige Berührung kennengelernt hatte, konnte es nicht nur eine mißglückte Bekanntschaft gewesen sein. In dieser Geste war zuviel Freude, in dieser Geste lag eine ganze kleine Liebesgeschichte!

Das Thema war viel zu schmerzlich, als daß er den Mut aufgebracht hätte, darüber zu sprechen, zumal allein schon die Erwähnung des vorangegangenen Liebhabers ihm große Qualen verursachte. Dennoch versuchte er auf Umwegen, den Ursprung der Berührung herauszufinden, an die er dauernd dachte (und die er auch immer und immer wieder erlebte, da sie dem Rotschopf gefiel), und er beruhigte sich schließlich mit dem Gedanken, daß eine große Liebe, wenn sie plötzlich wie ein Blitz einschlägt, die Frau mit einem Mal von jeglicher Hemmung und Scham befreit und sie sich dem Geliebten, gerade weil sie rein und unschuldig ist, genauso bald hingibt wie ein leichtes Mädchen; und nicht nur das: die Liebe wird ihr so sehr zum Quell unerwarteter Inspiration, daß ihre Spontaneität durchaus aussehen kann wie die Raffinesse einer durchtriebenen Frau. Der Genius der Liebe ersetzt sämtliche Erfahrung in einem einzigen Augenblick. Diese Betrachtung schien ihm schön und tiefschürfend; in ihrem Licht wurde aus seinem Mädchen eine Heilige der Liebe.

Und dann sagte eines Tages ein Studienkollege zu ihm: »Ich bitte dich, mit was für einem armen Geschöpf bist du denn gestern gegangen?«

Er verleugnete das Mädchen wie Petrus Christus verleugnet hatte; er redete sich heraus, sie sei eine Zufallsbekanntschaft gewesen, nach außen hin brach er den Stab über ihr. Doch wie Petrus Christus treu geblieben war, so blieb auch Jaromil in innerster Seele dem Mädchen treu. Er schränkte zwar die gemeinsamen Spaziergänge durch die Straßen ein und war froh, wenn ihn niemand mir ihr sah, zugleich aber war er mit seinem Kollegen nicht einverstanden und verabscheute ihn. Er war gerührt darüber, daß sein Mädchen ärmliche, unschöne Kleider trug, und er sah darin nicht nur den Reiz des Mädchens (den Reiz des Einfachen und Ärmlichen), sondern vor allem den Reiz seiner eigenen Liebe: er sagte sich, es sei nicht schwer, jemanden zu lieben, der beeindruckt, vollkommen wirkt und gut gekleidet ist: eine solche Liebe sei lediglich bedeutungsloser Reflex und durch die Zufälligkeit der Schönheit automatisch bedingt, die große Liebe jedoch wünsche sich, das geliebte Wesen gerade aus einem unvollkommenen Geschöpf zu erschaffen, das übrigens um so menschlicher sei, je unvollkommener es sei.

Eines Tages, als er ihr wieder einmal (wahrscheinlich nach einem peinlichen Streit) seine Liebe gestand, sagte sie zu ihm: »Ich weiß sowieso nicht, was du an mir findest. Es gibt rundherum so viel schönere Mädchen.«

Er entrüstete sich und erklärte ihr, Schönheit habe nichts mit Liebe zu tun. Er behauptete, er möge an ihr gerade das, was alle anderen als häßlich empfänden; in einer Art Verzückung begann er, dies sogar aufzuzählen; er sagte ihr, ihre Brüste seien klein und kümmerlich, mit großen, geschrumpften Brustwarzen, die eher Mitleid als Begeisterung erregten; er sagte ihr, ihr Gesicht sei sommersprossig und die Haare rot und der Körper mager, aber gerade deshalb liebe er sie.

Der Rotschopf begann zu weinen, denn sie hatte die Fakten (die kläglichen Brüste, die roten Haare) zwar gut, den Gedanken aber schlecht verstanden.

Jaromil hingegen war von diesem Gedanken hingerissen; das Weinen des Mädchens, das sich mit seiner Häßlichkeit quälte, wärmte und inspirierte ihn in seiner Einsamkeit; er sagte sich, er wolle sein ganzes Leben damit ausfüllen, ihr dieses Weinen abzugewöhnen und sie von seiner Liebe zu überzeugen. In seinem großen Gefühlsüberschwang nahm er nun auch ihren früheren Liebhaber nur als eine der Häßlichkeiten wahr, die er an ihr liebte. Das war in der Tat eine bewundernswerte Willensleistung; Jaromil wußte dies und begann, ein Gedicht zu schreiben:

Erzählt mir von ihr, an die dauernd ich denke (das war der Vers, der sich als Refrain wiederholte), *erzählt mir von der Zeit ihres Alterns* (da wollte er sie wieder einmal in ihrer ganzen menschlichen Ewigkeit besitzen), *erzählt mir, wie sie klein einmal war* (er wollte sie nicht nur samt ihrer Zukunft, sondern auch samt ihrer Vergangenheit), *Lasset mich das Wasser der Tränen trinken, die sie einst geweint* (und vor allem samt ihrer Traurigkeit, die ihn von seiner eigenen Traurigkeit befreit hatte), *erzählt mir von der Liebelei, die ihr die Jugend geraubt; alles, was an ihr abgetastet, alles, was verspottet wurde, will ich an ihr lieben* (und dann ein Stück weiter:) *nichts ruht an ihrem Körper, nichts in ihrer Seele, kein Rest alter Liebe, den ich nicht mit Wonne tränke …*

Jaromil war begeistert von dem, was er geschrieben hatte, weil ihm schien, er habe anstelle des großen, bläulichen Zeltes der Harmonie, dieses künstlichen Raums, in dem alle Gegensätze aufgehoben waren und Mutter und Sohn und Schwiegertochter am gemeinsamen Tisch des Friedens saßen, ein anderes Haus des Absoluten, eines grausameren, aber auch wahreren Absoluten gefunden. Denn wenn es das Absolute der Reinheit und des Friedens nicht gab, so gab es doch wenigstens das Absolute des unermeßlichen Gefühls, in dem sich alles Unreine und Fremde auflöste wie in einer chemischen Lösung.

Er war begeistert von dem Gedicht, obwohl er wußte, daß es keine Zeitung drucken würde, da es mit der freudigen Epoche des Sozialismus nichts zu tun hatte; er hatte es einzig für sich und den Rotschopf geschrieben. Als er es ihr vorlas, war sie zu Tränen gerührt, aber einmal mehr aufgeschreckt, da dort von ihrer Häßlichkeit die Rede war, davon, daß jemand sie betastet hatte und sie altern würde.

Die Verlegenheit des Mädchens störte Jaromil nicht. Im Gegenteil, er wünschte sich sehr, diese Verlegenheit zu sehen und auszukosten, er wünschte sich, sie festzuhalten, um sie dem Mädchen lange auszureden. Schlimmer allerdings war, daß das Mädchen nicht daran dachte, länger beim Thema des Gedichts zu verweilen und das Gespräch bald schon in eine andere Richtung brachte.

Wenn er imstande war, ihr die kläglichen Brüste zu verzeihen (die hatte er ihr eigentlich nie verübelt) und auch die fremden Hände, die sie berührt hatten, so vermochte er ihr dennoch eines nicht zu verzeihen: ihre Geschwätzigkeit. Sehen Sie, er hat ihr gerade etwas vorgelesen, das ganz und gar er ist, mit all seiner Leidenschaft, seinen Gefühlen, seinem Blut, und schon erzählt sie wieder etwas völlig anderes.

Ja, er war bereit, alle ihre Fehler in das alles verzeihende Lösungsmittel der Liebe zu werfen, allerdings nur unter der einen Bedingung: daß sie selbst sich gehorsam in diese Lösung legte, daß sie nirgends sonst als in dieser Wanne der Liebe lag und auch nicht mit einem Gedanken aus dieser Wanne flüchtete, daß sie ganz unter der Oberfläche seiner Gedanken und Worte tauchte, daß sie untertauchte in seine eigene Welt und mit keinem einzigen Stückchen ihres Körpers oder ihres Denkens in einer anderen Welt weilte.

Statt dessen erzählte sie schon wieder, und sie erzählte nicht nur irgend etwas, sie erzählte von ihrer Familie, und ihre Familie mochte Jaromil am wenigsten an ihr, weil er nicht recht wußte, wie er gegen sie protestieren sollte (es war eine ganz unschuldige und dazu auch noch proletarische Familie, also eine Familie der Massen), aber gegen sie protestieren wollte, da der Rotschopf ihm gerade durch die Gedanken an sie immer wieder aus der Wanne sprang, die er für sie vorbereitet und mit dem Lösungsmittel der Liebe gefüllt hatte.

Er mußte sich wieder die Geschichten über ihren Vater (einen alten, abgerackerten Landarbeiter) anhören, über ihre Geschwister (das war keine Familie, sondern eine Kaninchensippe, sagte sich Jaromil: zwei Schwestern und vier Brüder!), und vor allem über einen der Brüder (er hieß Jan und schien ein komischer Kauz zu sein, vor dem Februar 1948 hatte er als Fahrer für einen antikommunistischen Minister gearbeitet); nein, es war nicht nur die Familie, es war vor allem ein fremdes, ihm widerstrebendes Milieu, dessen Flaumfedern noch immer am Rotschopf klebten, Federchen, die sie ihm entfremdeten und bewirkten, daß sie ihm noch immer nicht ganz gehörte; und dieser Bruder Jan, das war auch nicht nur ihr Bruder, sondern vor allem ein Mann, der sie volle achtzehn Jahre lang aus der Nähe gesehen hatte, ein Mann, der Dutzende ihrer kleinen Intimitäten kannte, ein Mann, mit dem sie dieselbe Toilette benutzt hatte (wie oft mochte sie vergessen haben, sich einzuschließen!), ein Mann, der sich an die Zeit erinnerte, da sie zur Frau wurde, ein Mann, der sie gewiß oft nackt gesehen hatte …

Mein mußt du sein, um durch die Folter zu sterben, wenn ich es wünsche, schrieb der kranke, eifersüchtige Keats an seine Fanny, und Jaromil, schon wieder zu Hause in seinem Kinderzimmer, schreibt Verse, um sich zu beruhigen. Er denkt an den Tod, an diese große Umarmung, die alles zum Verstummen bringt; er denkt an den Tod harter Männer, großer Revolutionäre, und es fällt ihm ein, daß er den Text für einen Trauermarsch schreiben könnte, den man beim Begräbnis eines Kommunisten singen würde.

Der Tod; er gehörte damals, in jener Zeit der Pflicht zur Freude, ebenfalls zu den fast verbotenen Themen, doch Jaromil überlegte (schließlich hatte er schon früher schöne Verse über den Tod verfaßt, und auf seine Art war er in Sachen Schönheit des Todes Fachmann), daß es möglich sein mußte, jenen besonderen Blickwinkel zu entdecken, unter dem der Tod seine übliche Morbidität verlor; er spürte, daß er fähig war, *sozialistische* Verse über den Tod zu schreiben;

er denkt an den Tod eines großen Revolutionärs: *der Sonne gleich, die hinterm Berg versinkt, stirbt der Kämpfer …*

und er schreibt ein Gedicht, das er *Epitaph* nennt: *Ach, wenn schon sterben, dann mit dir, Geliebte, sterben in einem Flammenmeer, verwandelt in lauter Lichterglanz…*

5.

Die Lyrik ist ein Gebiet, in dem jede Behauptung zur Wahrheit wird. Gestern sagte der Lyriker: *das Leben ist eitel wie das Weinen*, heute sagt er: *das Leben ist lustig wie das Lachen*, und jedesmal hat er recht. Heute sagte er: *alles geht zu Ende und verfällt der Stille*, morgen wird er sagen: *nichts geht zu Ende, alles widerhallt ewig*, und beides gilt. Der Lyriker muß nichts beweisen; einziger Beweis ist das Pathos des Erlebnisses.

Der Genius der Lyrik ist der Genius der Unerfahrenheit. Der Dichter weiß wenig von der Welt, doch die Worte, die aus seinem Mund kommen, formieren sich zu schönen Gebilden, die endgültig sind wie Kristalle; der Dichter ist unreif, und dennoch trägt sein Vers das Endgültige einer Prophezeiung in sich, vor der sogar er selbst dasteht und staunt.

Ach meine Wasserliebe, hatte die Mutter einst in Jaromils erstem Gedicht gelesen und sich dabei (fast beschämt) gesagt, ihr Sohn verstehe mehr von der Liebe als sie; sie ahnte nichts von Magda, die durchs Schlüsselloch hindurch beobachtet worden war, Wasserliebe war für sie ein Name für etwas viel Allgemeineres, eine Art geheimnisvolle, weitgehend unverständliche Kategorie der Liebe, deren Sinn man sich nur hinzudenken konnte wie den Sinn zu den Sätzen der Sibylle.

Auch wenn wir vielleicht über die Unreife des Dichters lächeln, so müssen wir doch auch staunen: an seinen Worten haftet ein Tropfen von seinem Herzblut, der dem Vers den Glanz der Schönheit verleiht. Dieser Tropfen mußte aber nicht von einem wirklichen Erlebnis aus dem Herzen gepreßt werden, es scheint uns vielmehr, als presse der Dichter sein Herz manchmal so aus wie die Köchin eine halbierte Zitrone über dem Salat. Ehrlich gesagt hatte sich Jaromil wegen der streikenden Arbeiter von Marseille kein großes Kopfzerbrechen gemacht, doch als er das Gedicht über die Liebe schrieb, die er für sie empfand, war er tatsächlich ergriffen gewesen, und diese Ergriffenheit hatte seine Worte reichlich strömen und auf diese Weise blutige Wahrheit werden lassen.

Der Lyriker malt in seinen Gedichten ein Selbstportrait; da es aber kein wirklich naturgetreues Portrait gibt, können wir mit gleichem Recht sagen, daß er sein Gesicht mit seinen Gedichten korrigiert.

Korrigiert? Ja, er macht es ausdrucksvoller, denn ihn quält die Unbestimmtheit der eigenen Züge; er kommt sich selbst verwischt, ausdruckslos und unbestimmt vor; er sehnt sich nach einer Form seiner selbst; er sehnt sich danach, daß der fotografische Entwickler des Gedichts seinen Zügen feste Konturen verleiht.

Und er macht sein Gedicht bedeutungsvoller, denn sein Leben ist arm an Ereignissen. Die im Vers materialisierte Welt seiner Gefühle und Träume hat oft eine stürmische Gestalt und ersetzt die Dramatik der Taten, die ihm nicht beschieden ist.

Um seinem Portrait aber auf die Beine zu helfen und damit in die Welt hinauszugehen, muß das Portrait ausgestellt, das Gedicht gedruckt werden. In *Rudé právo* waren zwar schon einige von Jaromils Gedichten veröffentlicht worden, er war aber trotzdem unzufrieden. In dem jeweiligen Begleitschreiben redete er den unbekannten Redakteur in vertraulichem Ton an, da er ihn zu einer Antwort bewegen und ihn persönlich kennenlernen wollte, nur hatte (und das war fast beschämend!) in der Redaktion niemand das Bedürfnis, ihn als lebendiges Wesen kennenzulernen und, obwohl seine Verse gedruckt wurden, in die höheren Ränge aufzunehmen; der Redakteur beantwortete keinen seiner Briefe.

Auch das Echo seiner Kollegen auf die Gedichte war anders, als er erwartet hatte. Hätte er zur Elite der zeitgenössischen Dichter gehört, die bei öffentlichen Lesungen auftraten und deren Konterfeis in den illustrierten Wochenblättern für das Publikum lächelten, dann wäre er vielleicht zur Attraktion seines Studienjahrgangs geworden. Die wenigen, sich auf den Seiten einer Tageszeitung verlierenden Gedichte jedoch fesselten die Aufmerksamkeit der Leser kaum für ein paar Minuten, und so wurde Jaromil für seine Kollegen, die eine politische oder diplomatische Karriere anstrebten, eher zu einem uninteressant wunderlichen als zu einem wunderlich interessanten Wesen.

Dabei sehnte er sich nach nichts so sehr wie nach Ruhm! Er sehnte sich danach wie alle Dichter: *Oh! Ruhm, oh! machtvolle Gottheit! Ah, laß deinen großen Namen mich inspirieren, meine Verse zu dir gelangen*, betete Victor Hugo ihn an; *ich bin ein Dichter, ein großer Dichter, und eines Tages wird die ganze Welt mich lieben, das muß ich mir immer wieder sagen, so muß ich beten zu meinem noch unvollendeten Grabmahl*, tröstete sich Jiří Orten.

Die sehnsuchtsvolle Versessenheit auf Bewunderung ist nicht nur eine dem Talent des Lyrikers beigefügte Untugend (die wir bei einem Mathematiker oder einem Architekten verstehen könnten), sie gehört vielmehr zum Wesen der lyrischen Veranlagung, durch die ein Lyriker geradezu definiert wird: ein Lyriker ist, wer der Welt sein Selbstportrait zeigt, geleitet von der Sehnsucht, sein auf der Leinwand der Verse eingefangenes Gesicht möge geliebt und vergöttert werden.

Meine Seele ist eine exotische Blüte von besonderem, nervigem Duft. Ich besitze große Begabung, vielleicht sogar Genie, schrieb Jiří Wolker in sein Tagebuch, und Jaromil, angewidert von dem wortkargen Redakteur der Zeitung, wählte einige Gedichte aus und schickte sie der angesehensten Literaturzeitschrift. Welch ein Glück! Vierzehn Tage später erhielt er die Antwort, seine Verse verrieten Talent und er möge in der Redaktion vorbeikommen. Auf diesen Besuch bereitete er sich fast so gründlich vor wie einst auf die Rendezvous mit den Mädchen. Er war entschlossen, sich den Redakteuren im wahrsten Sinne vorzustellen und versuchte also, sich klarzuwerden, wer er eigentlich war; wer er als Dichter, wer als Mensch war und welches Programm er hatte, wovon er ausgegangen war, was er überwunden hatte, was er liebte und was er haßte. Er nahm sogar Bleistift und Papier und notierte sich in Stichworten seine Ansichten, seine Standpunkte, seine Entwicklungsetappen. Er schrieb einige Blätter voll, klopfte dann eines Tages an die Redaktionstür und trat ein.

Hinter dem Tisch saß ein ausgemergelter Mann mit Brille und fragte ihn, was er wünsche. Jaromil nannte seinen Namen. Der Redakteur fragte ihn nochmals, was er wünsche. Jaromil nannte nochmals seinen Namen, diesmal lauter und deutlicher. Der Redakteur sagte, er sei erfreut, er kenne Jaromil, wüßte aber trotzdem gern, was er wolle. Jaromil sagte, er habe der Redaktion seine Verse geschickt und sei brieflich zu einem Besuch aufgefordert worden. Der Redakteur sagte, mit Gedichten befasse sich sein Kollege, der aber gerade nicht anwesend sei. Jaromil sagte, das sei schade, er hätte nämlich gern gewußt, wann seine Gedichte gedruckt würden.

Der Redakteur verlor die Geduld, erhob sich vom

Stuhl, faßte Jaromil am Arm und führte ihn vor einen großen Schrank. Er öffnete ihn und wies auf hohe Papierstöße, die sich auf den Regalen türmten: »Lieber Genosse, wir erhalten täglich Verse von durchschnittlich zwölf neuen Autoren. Wieviel macht das pro Jahr?«

»Das kann ich nicht im Kopf ausrechnen«, sagte Jaromil verlegen, als der Redakteur auf einer Antwort beharrte.

»Das macht pro Jahr viertausenddreihundertachtzig neue Dichter. Würdest du gern ins Ausland reisen?«

»Warum nicht«, sagte Jaromil.

»Dann schreib weiter«, sagte der Redakteur. »Ich bin sicher, daß wir früher oder später damit anfangen werden, Dichter zu exportieren. Andere Länder exportieren Monteure, Ingenieure, Getreide oder Kohle, unser größter Reichtum aber liegt in den Lyrikern. Die tschechischen Dichter werden die Lyrik der Entwicklungsländer begründen. Unsere Wirtschaft wird im Tausch für die Dichter wertvolle Meßinstrumente und Bananen bekommen.«

Einige Tage später sagte die Mutter zu Jaromil, der Hausmeisterssohn habe ihn zu Hause gesucht. »Er hat gesagt, du sollst ihn auf der Polizeiwache besuchen. Und ich soll dir ausrichten, daß er dir zu deinen Gedichten gratulierte.«

Jaromil errötete vor Freude: »Das hat er wirklich gesagt?«

»Ja. Als er wegging, hat er ausdrücklich gesagt: Sagen Sie ihm, daß ich ihm zu seinen Gedichten gratuliere. Vergessen Sie nicht, ihm das auszurichten.«

»Das freut mich sehr, ja, das freut mich sehr«, sagte Jaromil mit besonderem Nachdruck: »Schließlich schreibe ich diese Verse gerade für Leute wie ihn. Ich schreibe ja nicht für irgendwelche Redakteure. Ein Tischler macht seine Tische schließlich auch nicht für Tischler, sondern für die Leute.«

Und so betrat er eines Tages das große Gebäude der Staatssicherheit, meldete sich bei dem mit einer Pistole bewaffneten Pförtner, wartete in der Eingangshalle und reichte schließlich seinem alten Kameraden, der die Treppe heruntergekommen war und ihn fröhlich begrüßte, die Hand. Dann gingen sie in sein Büro, und der Hausmeisterssohn wiederholte nun schon zum vierten Mal: »Mensch, ich habe ja nicht geahnt, daß ich einen so berühmten Mitschüler habe. Ich habe mir immer gesagt, ist er es, ist er es nicht, zum Schluß aber habe ich mir gesagt, so ein Name kommt doch nicht allzu häufig vor.« Dann führte er Jaromil durch einen Flur zu einem großen Aushängekasten, in dem einige Fotografien (Polizisten bei der Übung mit Hunden, Waffen, Fallschirmen) und zwei Rundschreiben hingen, dazwischen aber prangte ein Zeitungsausschnitt mit einem Gedicht von Jaromil; dieser Ausschnitt war mit roter Tusche eingerahmt und dominierte den ganzen Kasten.

»Was sagst du dazu?« fragte der Hausmeisterssohn, und Jaromil sagte nichts, war aber glücklich; es war das erste Mal, daß er eines seiner Gedichte sah, wie es unabhängig von ihm sein eigenes Leben lebte.

Der Hausmeisterssohn hakte ihn unter und führte ihn wieder in sein Büro zurück. »Siehst du, das hättest du nicht gedacht, daß auch Polizisten Gedichte lesen«, lachte er.

»Warum denn nicht«, sagte Jaromil, dem gerade der Umstand imponierte, daß seine Verse nicht von alten Jungfern gelesen wurden, sondern von Männern, die an der Hüfte eine Pistole trugen. »Warum nicht, ein Polizist ist ja heute nicht mehr dasselbe wie die Halsabschneider der bourgeoisen Republik.«

»Du meinst vielleicht, Verse passen nicht zu einem Polizisten, aber das ist nicht so«, spann der Hausmeisterssohn seinen Gedanken weiter.

Auch Jaromil spann den seinen weiter: »Die Dichter von heute sind schließlich auch nicht mehr, was die Dichter von früher waren. Sie sind keine verzärtelten Püppchen.«

Und der Hausmeisterssohn spann seinen Gedanken weiter: »Gerade weil wir ein so hartes Handwerk betreiben (Junge, du weißt gar nicht, wie hart es ist), kommt uns etwas Zartes manchmal gelegen. Der Mensch würde sonst oft gar nicht aushalten, was er hier so alles machen muß.«

Dann lud er Jaromil (sein Dienst ging gerade zu

Ende) in die Kneipe gegenüber ein, und sie tranken einige Biere. »Mensch, bei uns gibt's nicht viel zu lachen«, bemerkte er und hielt seinen Humpen fest. »Weißt du noch, was ich dir letztes Mal über diesen Juden gesagt habe? Der sitzt schon im Knast. Ein ganz schön mieses Schwein.«

Jaromil wußte natürlich nichts davon, daß der schwarzhaarige Mann, der den marxistischen Jugendzirkel geleitet hatte, verhaftet worden war; er hatte zwar eine dunkle Vorstellung davon, daß es Verhaftungen gab, ahnte aber nicht, daß es Zehntausende waren, darunter auch Kommunisten, daß die Inhaftierten mißhandelt wurden und ihre Schuld meistens nur fiktiv war; darum konnte er auf diese Nachricht nicht anders als mit Überraschung reagieren, in der weder eine Stellungnahme noch ein Urteil lagen, trotz allem aber ein Stück Bestürzung und Mitleid, so daß der Hausmeisterssohn energisch sagen mußte: »Hier ist jede Sentimentalität fehl am Platz.«

Jaromil erschrak, weil er fürchtete, der Hausmeisterssohn könnte ihm wieder entschwinden, wieder ein Stück voraus sein. »Wundere dich nicht, daß er mir leid tut. Dagegen kann man sich schwer wehren. Aber du hast recht, Sentimentalität könnte uns teuer zu stehen kommen.«

»Furchtbar teuer«, sagte der Hausmeisterssohn.

»Niemand von uns will grausam sein«, sagte Jaromil.

»Gewiß nicht«, pflichtete der Hausmeisterssohn bei.

»Die größte Grausamkeit jedoch würden wir begehen, wenn wir nicht den Mut hätten, grausam zu den Grausamen zu sein«, sagte Jaromil.

»Versteht sich«, pflichtete der Hausmeisterssohn bei.

»Keine Freiheit den Feinden der Freiheit. Das ist grausam, aber ich weiß, es muß so sein.«

»Es muß«, bestätigte der Hausmeisterssohn. »Ich könnte dir viel darüber erzählen, kann und darf es aber nicht. Kamerad, das ist alles geheim, ich darf nicht einmal mit meiner Frau über das sprechen, was ich hier mache.«

»Ich weiß«, sagte Jaromil, »und verstehe es gut«, und wieder beneidete er seinen Mitschüler um diesen Männerberuf, um dieses Geheime und um diese Ehefrau, und auch darum, daß er vor ihr Geheimnisse hatte und sie damit einverstanden sein mußte; er beneidete ihn um das *wirkliche Leben*, dessen grausame Schönheit (und schöne Grausamkeit) Jaromil weiterhin überragte (er verstand überhaupt nicht, weshalb man den schwarzhaarigen Mann verhaftet hatte, wußte nur, daß es so sein mußte), er beneidete den Hausmeisterssohn um das wirkliche Leben, in das er (angesichts des alten Mitschülers wurde ihm das wieder bitter bewußt) noch immer nicht eingetreten war.

Während Jaromil in neidvolle Gedanken versunken

war, sah der Hausmeisterssohn ihm tief in die Augen (sein Mund verzog sich zu einem stumpfsinnigen Lächeln) und begann, die Verse zu rezitieren, die er in den Aushängekasten geheftet hatte; er kannte das ganze Gedicht auswendig und verwechselte kein einziges Wort. Jaromil wußte nicht, wie er sich verhalten sollte (der Mitschüler ließ ihn keinen Augenblick aus den Augen), er errötete (er war sich der Peinlichkeit dieses naiven Vortrags bewußt), doch das stolze Glücksgefühl war um ein Vielfaches stärker als sein Schamgefühl: der Hausmeisterssohn kannte und liebte seine Verse! Seine Verse waren also bereits in die Welt der Männer vorgedrungen, an seiner Stelle, vor ihm, als seine Boten und seine Vorhut! Tränen seliger Selbsttrunkenheit traten ihm in die Augen, er schämte sich ihrer und senkte den Kopf.

Der Hausmeisterssohn hatte zu Ende rezitiert und sah Jaromil noch immer in die Augen; dann sagte er, daß in einer schönen Villa etwas außerhalb von Prag das ganze Jahr junge Polizisten ausgebildet und ab und zu für einen Abend verschiedene interessante Leute zu einer Diskussion eingeladen würden. »Wir möchten an einem Sonntag auch tschechische Dichter dorthin einladen. Einen großen Poesieabend veranstalten.«

Dann bestellten sie noch ein Bier, und Jaromil sagte: »Das ist sehr schön, daß ausgerechnet Polizisten einen Poesieabend veranstalten.«

»Und warum nicht Polizisten? Was ist schon dabei?«

»Natürlich, was ist schon dabei«, sagte Jaromil. »Polizisten und Poesie, das paßt vielleicht besser zusammen, als man glaubt.«

»Warum sollte es nicht zusammenpassen?« sagte der Hausmeisterssohn.

»Warum nicht?« sagte Jaromil.

»Klar, warum nicht«, sagte der Hausmeisterssohn und verkündete, er wolle auch Jaromil unter den geladenen Dichtern sehen.

Jaromil wehrte sich, willigte zuletzt aber gerne ein; schauen Sie, wenn die Literatur gezögert hat, seinen Versen ihre zarte (gebrechliche) Hand zu reichen, so reicht ihnen nun eben das Leben selbst die Hand (und die ist rauh und hart).

6.

Behalten wir ihn noch eine Weile im Blick, wie er dem Hausmeisterssohn gegenüber vor seinem Bier sitzt; hinter ihm in der Ferne liegt die abgeschlossene Welt seiner Kindheit und vor ihm in Gestalt des ehemaligen Mitschülers die Welt der Taten, eine fremde Welt, vor der er sich fürchtet und nach der er sich verzweifelt sehnt.

In diesem Bild liegt die Grundsituation der Unreife; und der Lyrismus ist eine der Möglichkeiten, wie man aus dieser Situation herauskommt: Der aus der sicheren Umfriedung der Kindheit vertriebene Mensch wünscht sich sehnlichst, in die Welt einzutreten, da er sie aber zugleich fürchtet, erschafft er in seinen Versen eine künstliche Welt, eine *Ersatzwelt*. Er läßt sich von seinen Gedichten umkreisen wie die Sonne von den Planeten; er wird zum Mittelpunkt eines kleinen Universums, in dem es nichts Fremdes gibt, in dem er sich zu Hause fühlt wie ein Kind in der Mutter, denn alles hier ist ausschließlich aus der Materie seiner Seele erschaffen. Hier kann er all das verwirklichen, was »draußen« so beschwerlich war; hier kann er, wie der Student Wolker, mit Scharen von Proletariern in die Revolution ziehen und wie der keusche Rimbaud seine »kleinen Geliebten« auspeitschen, aber selbst diese Scharen und diese Geliebten bestehen nicht aus der feindlichen Materie einer fremden Welt, sondern aus der Materie der eigenen Träume, sie sind also er selbst und stören die Einheit des Universums nicht, das er für sich geschaffen hat.

Vielleicht kennen Sie Ortens wunderschönes Gedicht über ein Kind, das im Mutterleib glücklich war und seine Geburt als schrecklichen Tod erlebt, *einen Tod voller Licht und entsetzlicher Gesichter*, so daß es zurückkehren möchte, zurück in die Mutter hinein, zurück *in den süßesten aller Düfte*.

Im unerwachsenen Mann bleibt diese Sehnsucht nach der Sicherheit und Einheit jenes Universums, das er in der Mutter mit sich selbst ganz ausfüllte, noch lange bestehen, und es bleibt auch die Angst (oder die Wut) angesichts der erwachsenen Welt der Relativität, in der er sich verliert wie ein Tropfen in einem Meer der Fremdheit. Darum sind junge Menschen leidenschaftliche Monisten, Botschafter des Absoluten; darum basteln sich Lyriker aus Versen ein privates Universum; darum will der junge Revolutionär eine absolut neue Welt, die geschmiedet ist aus einem einzigen, klaren Gedanken; darum erträgt ein junger Mensch keine Kompromisse, weder in der Liebe noch in der Politik; der revolutionierende Student schreit der Geschichte sein *alles oder nichts* ins Gesicht, und der zwanzigjährige Victor Hugo tobt, wenn er sieht, wie seine Verlobte Adèle Foucher über einem schmutzigen Gehsteig den Rock schürzt, daß man ihren Knöchel sieht. *Mir scheint, die Scham ist kostbarer als ein Rock*, ermahnt er sie in einem strengen Brief und droht: *Befolge, was ich Dir hier sage, willst Du mich nicht dazu treiben, dem erstbesten Frechdachs, der Dich anzusehen wagt, eine Ohrfeige zu geben!*

Die Welt der Erwachsenen bricht angesichts einer solchen pathetischen Drohung in Lachen aus. Der Dichter ist verletzt durch den Verrat des Knöchels seiner Liebsten und durch das Lachen der Massen, und das Drama der Lyrik und der Welt beginnt.

Die Welt der Erwachsenen weiß schließlich, daß das Absolute nur Trug, daß nichts Menschliches groß oder ewig ist und daß es völlig normal ist, wenn Bruder und Schwester im selben Raum schlafen; aber Jaromil quält sich! Der Rotschopf hat ihm mitgeteilt, daß ihr Bruder nach Prag kommen und eine Woche bei ihr wohnen würde; sie hat Jaromil sogar gebeten, sie in dieser Zeit nicht zu besuchen. Das war ihm zuviel, und er entrüstete sich laut: er könne nicht zustimmen, wegen irgendeines Menschen (mit hochmütigem Stolz nannte er ihren Bruder irgendeinen Menschen) eine ganze Woche lang auf sein Mädchen zu verzichten!

»Was wirfst du mir da vor?« wehrte sich der Rotschopf: »Ich bin jünger als du, und wir sind immer bei mir zusammen. Bei dir dürfen wir ja nie!«

Jaromil wußte, daß der Rotschopf recht hatte, und seine Verbitterung wurde noch größer; die Schande seiner Unselbständigkeit wurde ihm von neuem bewußt, und blind vor Wut teilte er der Mutter noch am selben Tag (mit nie dagewesener Härte) mit, er werde seine Freundin zu sich einladen, da er anderswo keine Möglichkeit habe, mit ihr allein zu sein.

Wie ähnlich sie sich doch sind, Mutter und Sohn! Beide sind gleichermaßen besessen von der Sehnsucht nach einem monistischen Paradies der Einheit und der Harmonie; er möchte in den süßesten aller Düfte der mütterlichen Tiefen *zurückkehren*, und sie möchte dieser süßeste aller Düfte (immer wieder und für immer) *sein*. Als der Sohn heranwuchs, versuchte sie, ihn auch weiterhin in eine luftige Umarmung einzuhüllen; nun hat sie alle seine Ansichten übernommen: sie kennt sich aus in moderner Kunst, sie bekennt sich zum Kommunismus, sie glaubt an den Ruhm ihres Sohnes, sie ist entrüstet über die Doppelzüngigkeit von Professoren, die heute etwas anderes sagen als gestern; sie will ihn ständig umgeben wie eine Wolke, sie will immer aus derselben Materie sein wie er.

Wie aber könnte sie, als Verkünderin der harmonischen Einheit, die andersartige Materie einer fremden Frau akzeptieren?

Jaromil sah die Mißbilligung in ihrem Gesicht und wurde störrisch. Ja, er wollte zurück in den süßesten aller Düfte, er suchte das alte, mütterliche Universum, aber er suchte es längst nicht mehr in der Mutter; auf der Suche nach der verlorenen Mutter stand ihm gerade die Mutter am meisten im Weg.

Sie begriff, daß der Sohn nicht nachgeben würde, und fügte sich; der Rotschopf befand sich zum ersten Mal mit Jaromil allein in seinem Zimmer, und dies wäre gewiß schön gewesen, wenn die beiden nicht so nervös gewesen wären; die Mutter war zwar im Kino, war jedoch im Grunde genommen unablässig bei ihnen; sie glaubten, sie zu hören; sie sprachen mit gedämpfteren Stimmen als sonst; als Jaromil versuchte, den Rotschopf zu umarmen, fand er ihren Körper kühl und begriff, daß er sie besser nicht drängen sollte; und statt die Freuden einer solchen Gelegenheit zu genießen, unterhielten sie sich verlegen über dies und das, ohne aufzuhören, die Bewegung der Uhrzeiger zu verfolgen, die ihnen die nahende Rückkehr der Mutter ankündigten; der einzig mögliche Weg aus Jaromils Zimmer führte nämlich durch ihr Zimmer, und der Rotschopf wollte ihr um keinen Preis begegnen; also ging sie mindestens eine halbe Stunde vor deren Rückkehr und ließ Jaromil in übelster Laune zurück.

Aber das entmutigte ihn nicht, es machte ihn nur noch entschlossener. Er hatte begriffen, daß seine Stellung in dem Haus, in dem er lebte, unerträglich war, es war nicht sein Zuhause, es war das Zuhause seiner Mutter und er war darin bloß ein Mitbewohner. Das weckte in seinem Innern starrköpfigen Trotz.

Er lud den Rotschopf ein zweites Mal zu sich ein und begrüßte sie diesmal mit ausgelassenen Worten, mit denen er energisch die Ängste verscheuchen wollte, die sie beim letzten Mal gelähmt hatten. Es stand sogar eine Flasche Wein auf dem Tisch, und da sie Alkohol nicht gewöhnt waren, gerieten sie bald in eine Stimmung, in der sie es schafften, den allgegenwärtigen Schatten der Mutter zu verscheuchen.

Die ganze Woche war die Mutter spät nach Hause gekommen, wie Jaromil es sich wünschte, ja mehr noch: sie war auch an Tagen außer Haus, an denen er es nicht wünschte. Das war weder guter Wille noch klug durchdachter Rückzug; es war eine Demonstration. Ihre häufige späte Heimkehr sollte die Roheit des Sohnes anschaulich unter Beweis stellen, sollte zeigen, daß der Sohn sich benahm, als wäre er der Herr des Hauses und sie selbst dort nur geduldet, als dürfte sie sich nicht einmal mit einem Buch ins eigene Zimmer setzen, wenn sie müde von der Arbeit zurückkam.

An diesen langen Nachmittagen und Abenden, an denen sie außer Haus war, besuchte sie leider keinen Mann, denn der Kollege, der ihr einst den Hof gemacht hatte, war der vergeblichen Belagerung längst überdrüssig geworden, und so ging sie ins Kino, ins Theater, sie versuchte (mit wenig Erfolg), wieder Kontakt mit einigen halbvergessenen Freundinnen aufzunehmen, und mit abartiger Freude steigerte sie sich in die bitteren Gefühle einer Frau hinein, die, nachdem sie Familie und Mann verloren hatte, vom eigenen Sohn aus dem Haus gejagt wurde. Sie saß im dunklen Saale, weit weg von ihr küßten sich auf der Leinwand zwei unbekannte Leute, und ihr rannen Tränen über die Wangen.

Eines Tages kehrte sie etwas früher als gewohnt zurück und war fest entschlossen, eine gekränkte Miene zu machen und den Gruß des Sohnes nicht zu erwidern. Als sie ihr Zimmer betrat, sie hatte die Tür noch nicht hinter sich geschlossen, schoß ihr das Blut in den Kopf; aus Jaromils Zimmer, also von einem wenige

Meter entfernten Ort, war das rasche, laute Atmen ihres Sohnes zu hören, und in dieses Atmen hinein das Stöhnen einer Frau.

Sie konnte sich nicht vom Fleck rühren, gleichzeitig jedoch fiel ihr ein, daß sie nicht hier stehenbleiben und dem Liebesgewimmer zuhören konnte, denn das wäre, als stünde sie direkt neben ihnen, als schaute sie ihnen zu (und sie sah die beiden tatsächlich klar und deutlich vor sich), und das war absolut unerträglich. Sie wurde von einer Welle maßloser Wut erfaßt, die um so rasender wurde, je stärker sie ihre Machtlosigkeit empfand, denn sie konnte weder stampfen noch schreien und auch keine Möbel zertrümmern, sie konnte aber ebensowenig zu ihnen hineingehen und sie schlagen, sie konnte gar nichts tun, außer angewurzelt dazustehen und zuzuhören.

Und in diesem Augenblick verbündete sich der letzte Rest an wachem Verstand mit dieser Welle blinder Wut zu einer plötzlichen, wahnwitzigen Inspiration: Als der Rotschopf im Nebenzimmer wieder aufstöhnte, rief die Mutter mit besorgter Stimme: »Jaromil, um Himmels willen, was fehlt dem Fräulein?«

Das Gestöhne im Nebenraum verstummte augenblicklich, und die Mutter lief zur Hausapotheke; sie entnahm ihr ein Fläschchen und lief zurück zu Jaromils Zimmertür; sie drückte die Klinke; die Tür war abgeschlossen. »Um Himmels willen, macht mir keine Angst, was ist passiert? Ist dem Fräulein etwas passiert?«

Jaromil hielt den vor Angst bebenden Körper des Rotschopfs in seinen Armen und sagte: »Nein, nichts ...«

»Hat das Fräulein einen Anfall?«

»Ja ...« antwortete er.

»Macht auf, ich habe Tropfen für sie«, sagte die Mutter und drückte erneut die Klinke der verschlossenen Tür.

»Warte«, sagte der Sohn und erhob sich rasch von dem Mädchen.

»Solche Schmerzen«, sagte die Mutter, »das ist ja furchtbar!«

»Augenblick«, sagte Jaromil und schlüpfte hastig in Hemd und Hose; über das Mädchen warf er eine Decke.

»Der Magen, nicht wahr?« fragte die Mutter durch die Tür hindurch.

»Ja«, sagte Jaromil und öffnete sie einen Spaltweit, um das Fläschchen von der Mutter entgegenzunehmen.

»Du wirst mich doch hereinlassen«, sagte die Mutter. Die rasende Wut jagte sie weiter und weiter; sie ließ sich nicht abhalten und betrat das Zimmer; das erste, was sie sah, war auf dem Stuhl der weggeworfene Büstenhalter und die übrige Wäsche des Mädchens; dann sah sie das Mädchen; sie krümmte sich unter der Decke und war tatsächlich so blaß, als hätte sie einen Anfall.

Jetzt gab es kein Zurück mehr; sie setzte sich zu ihr: »Was ist bloß los mit Ihnen? Ich komme nach Hause und höre dieses Stöhnen, arme Kleine ...« Sie ließ zwanzig Tropfen auf ein Zuckerstück tropfen: »Aber das kenne ich, diese Magenkrämpfe, nehmen Sie das und es wird Ihnen gleich bessergehen ...« Sie hielt ihr den Zucker vor den Mund, und das Mädchen öffnete ihn gehorsam für den Zucker, wie sie ihn gerade noch für Jaromils Lippen geöffnet hatte.

Wenn betäubende Wut sie ins Zimmer ihres Sohnes getrieben hatte, so war nun nur noch die Betäubung selbst geblieben: sie sah auf diesen kleinen, zärtlich sich öffnenden Mund, und sie hatte plötzlich wahnsinnige Lust, die Decke herunterzureißen und das Mädchen nackt vor sich zu sehen; die abweisende Geschlossenheit jener kleinen Welt zu zerstören, die der Rotschopf und Jaromil bildeten; das zu berühren, was er berührte; die beiden Körper in ihre luftige Umarmung zu schließen; zwischen ihre notdürftig bedeckte Nacktheit zu treten (ihr war nicht entgangen, daß Jaromils Unterhose auf dem Boden lag); dreist und unschuldig zwischen die beiden zu treten, als handle es sich um einen Magenkrampf; mit den beiden zu sein, wie sie mit Jaromil gewesen war, als sie ihm aus ihrer Brust zu trinken gegeben hatte; über dem Steg dieser zweideutigen Unschuld in ihre Liebesspiele einzudringen; wie der Himmel um ihre nackten Körper zu sein, mit ihnen zusammenzusein ...

Dann erschrak sie über ihre eigene Erregung. Sie riet dem Mädchen, tief durchzuatmen, und ging rasch in ihr Zimmer.

7.

Vor dem Polizeigebäude stand ein verschlossener kleiner Autobus, um ihn herum standen die Dichter und warteten auf den Fahrer. Zusammen mit ihnen standen dort zwei Männer von der Polizei, die Organisatoren der vorbereiteten Diskussion, und natürlich Jaromil, der zwar einige Dichter vom Sehen her kannte (zum Beispiel den sechzigjährigen, der vor einiger Zeit bei einem Meeting an der Fakultät aufgetreten war und das Gedicht über die Jugend rezitiert hatte), es aber nicht wagte, jemanden anzusprechen. Seine Unsicherheit wurde etwas durch den Unterschied gemildert, daß vor zehn Tagen in der Literaturzeitschrift endlich fünf seiner Gedichte erschienen waren; er faßte das als amtliche Beglaubigung dafür auf, daß er sich Dichter nennen durfte; für alle Fälle hatte er die Zeitschrift in die Brusttasche seiner Jacke gesteckt, so daß es aussah, als habe er eine stramm männliche und eine gewölbte weibliche Seite.

Dann kam der Fahrer, und die Dichter (mit Jaromil

waren es elf) drängten sich in den Autobus. Nach einer Stunde Fahrt hielt der Bus in einer lieblichen Ausflugsgegend, die Dichter stiegen aus, die Veranstalter zeigten ihnen den Fluß, den Garten, die Villa, sie führten sie durchs ganze Haus, durch die Unterrichtsräume und den Saal (in dem bald schon der Festabend eröffnet werden sollte), man forderte sie auf, in die Dreibettzimmer hineinzuschauen, in denen die Praktikanten wohnten (diese nahmen überrascht Achtungsstellung ein und begrüßten die Dichter mit derselben andressierten Disziplin wie einen dienstlichen Kontrolleur, der die Ordnung in den Zimmern überprüfte), und zuletzt führte man sie in den Raum des Kommandeurs. Dort warteten auf sie bereits belegte Brötchen, zwei Flaschen Wein, der Kommandeur in Uniform und außerdem eine ungewöhnlich schöne junge Frau. Nachdem sie dem Kommandeur einer nach dem andern die Hand gegeben und ihren Namen gebrummt hatten, deutete dieser auf die Frau: »Das ist die Leiterin unseres Filmzirkels«, und er erklärte den elf Dichtern (die nacheinander der Frau die Hand gaben), daß die Volkspolizei einen eigenen Betriebsclub habe, in dem ein vielfältiges Kulturleben gepflegt werde; sie hätten eine Theatergruppe, einen Chor und seit kurzem auch einen Filmzirkel, der von dieser jungen Frau geleitet werde; sie sei Studentin der Filmschule und außerdem so freundlich, jungen Polizisten helfen zu wollen; es stünden ihr hier übrigens alle Möglichkeiten zur Verfügung: eine hervorragende Kamera, eine Beleuchtungsanlage und vor allem begeisterte junge Männer, von denen er nicht wisse, ob ihr großes Interesse dem Film oder der Instruktorin gelte.

Als die Filmerin allen die Hand gedrückt hatte, gab sie den jungen Männern an der Beleuchtungsanlage ein Zeichen, so daß die Dichter und der Kommandeur ihre Brötchen nun im Licht der gleißenden Filmlampen kauten. Das Gespräch, dem der Kommandeur größtmögliche Ungezwungenheit zu verleihen versuchte, wurde immer wieder von den Anweisungen der jungen Frau unterbrochen, die Lampen wurden umgestellt, und schließlich hörte man das leise Surren der Kamera. Dann dankte der Kommandeur den Dichtern für ihr Kommen, sah auf die Uhr und sagte, das Publikum warte bereits ungeduldig.

»Also, Genossen Dichter, antreten bitte«, sagte einer der Veranstalter und las ihre Namen von einem Papier ab; die Dichter stellten sich in eine Reihe, und als der Organisator ihnen ein Zeichen gab, marschierten sie zum Podium; dort stand ein langer Tisch, hinter dem Platz mit dem Namenschild war für jeden Dichter ein Stuhl reserviert. Die Dichter setzten sich, und aus dem (bis auf den letzten Platz gefüllten) Saal kam Applaus.

Es war das erste Mal, daß Jaromil vor den Augen

der Menge auftrat; er wurde von einer Euphorie erfaßt, die ihn bis zum Ende des Abends nicht mehr verlassen sollte. Alles klappte wie am Schnürchen; als jeder Dichter sich auf den für ihn bestimmten Stuhl gesetzt hatte, trat einer der Organisatoren ans Rednerpult am Tischende, er hieß die elf Dichter willkommen und stellte sie vor. Jedesmal, wenn er einen Namen nannte, erhob sich der aufgerufene Dichter und verneigte sich, und der Saal tobte. Auch Jaromil stand auf, verneigte sich und war dermaßen benommen von dem Applaus, daß er den Hausmeisterssohn, der in der ersten Reihe saß und ihm zuwinkte, erst nach einer Weile bemerkte; er nickte ihm zu, und diese Geste, ausgeführt auf einem Podium vor aller Augen, ließ ihn den Zauber gespielter Spontaneität spüren, so daß er im Laufe des Abends dem Mitschüler noch mehrmals von oben zuwinkte, wie jemand, der sich auf einem Podium frei fühlt wie zu Hause.

Die Dichter waren in alphabetischer Reihenfolge plaziert worden, und Jaromil fand sich zur linken Seite des Sechzigjährigen wieder: »Junge, ist das eine Überraschung, ich habe gar nicht gewußt, daß Sie das sind! Sie hatten ja neulich Gedichte in der Zeitschrift!« Jaromil lächelte freundlich, und der Dichter fuhr fort: »Ich habe mir Ihren Namen gemerkt, das sind ausgezeichnete Gedichte, ich habe mich sehr darüber gefreut!«, doch da hatte bereits der Organisator wieder das Wort ergriffen, er forderte die Dichter auf, dem Alphabet nach zum Mikrophon zu kommen und einige der neuesten Gedichte zu rezitieren.

Und so traten die Dichter vor, lasen, erhielten Applaus und kehrten auf ihre Plätze zurück. Jaromil schauderte es vor seinem Auftritt; er fürchtete zu stottern, er fürchtete, nicht die nötige Stimmkraft aufzubringen, er fürchtete sich vor allem; doch dann stand er auf und ging wie geblendet nach vorn; er hatte keine Zeit, an irgend etwas zu denken. Er begann zu lesen, und gleich nach den ersten Versen wurde er von einem Gefühl der Sicherheit erfüllt. Und tatsächlich, der Applaus nach seinem ersten Gedicht war der längste, der bis jetzt aus dem Saal gekommen war.

Der Applaus machte Jaromil kühn, so daß er das zweite Gedicht mit noch größerer Sicherheit vortrug, und es störte ihn nicht im geringsten, als in seiner Nähe plötzlich zwei große Scheinwerfer aufleuchteten, ihn anstrahlten und zehn Meter vor ihm eine Kamera lossurrte. Er tat, als nähme er das alles nicht wahr, kam nirgends ins Stocken, brachte es sogar fertig, den Blick vom Blatt zu lösen und nicht nur unbestimmt in den Saal zu schauen, sondern auch auf eine ganz bestimmte Stelle, wo (einige Schritte von der Kamera entfernt) die hübsche Filmerin stand. Und wieder rauschte der Beifall, Jaromil las noch zwei Gedichte, er hörte das Surren der Kamera, sah das Gesicht der Filmerin, verneigte sich und kehrte an seinen Platz zurück; und da erhob sich der Sechzigjährige von seinem Stuhl, und während er feierlich den Kopf reckte, breitete er seine Arme aus und drückte Jaromil ans Herz: »Mein Freund, Sie sind ein Dichter! Sie sind ein Dichter!«, und da der Beifall noch nicht verstummt war, wandte er selbst sich dem Saal zu, nickte und verneigte sich.

Als der elfte Dichter zu Ende rezitiert hatte, betrat der Organisator wieder das Podium, dankte allen Dichtern und gab bekannt, daß sich die Interessenten nach einer kurzen Pause wieder im Saal einfinden und mit den Dichtern diskutieren könnten. »Diese Diskussion ist nicht mehr Pflicht, sondern freiwillig und richtet sich nur an die Interessenten.«

Jaromil war wie berauscht; alle drückten ihm die Hand und umringten ihn; einer der Dichter sagte, er sei Lektor eines Verlags und wunderte sich, daß von Jaromil noch keine Gedichtsammlung erschienen sei, er bat ihn um Texte; ein anderer lud ihn herzlich ein, mit ihnen an einem vom Studentenverband organisierten Meeting teilzunehmen; dann kam natürlich auch der Hausmeisterssohn zu ihm, wich ihm nicht mehr von der Seite und gab so allen zu verstehen, daß sie sich schon von Kindheit an kannten; sogar der Kommandeur kam zu ihm und sagte: »Mir scheint, daß heute der Jüngste den Lorbeerkranz des Sieges nach Hause trägt!«

Anschließend wandte sich der Kommandeur an die

übrigen Dichter und verkündete, zu seinem großen Bedauern könne er an der Diskussion nicht mehr teilnehmen, da er bei dem Tanzabend anwesend sein müsse, den die Praktikanten der Schule gleich nach der Beendigung des Dichterprogramms im Nebensaal veranstalteten. Schließlich seien aus diesem Anlaß viele Mädchen der umliegenden Dörfer hierhergefahren, bemerkte er schelmisch lächelnd, denn die Männer von der Polizei seien allgemein als Herzensbrecher bekannt. »Nichts für ungut, Genossen, ich danke Ihnen für die schönen Verse und hoffe, wir haben uns nicht zum letzten Mal gesehen!« Er reichte allen die Hand und ging in den Nebensaal, aus dem man bereits eine Blaskapelle zum Tanz aufspielen hörte.

Dafür war in dem Saal, wo eben noch stürmischer Applaus erklungen war, das Grüppchen der aufgeregten Dichter allein vor dem Podium zurückgeblieben; einer der Veranstalter trat zum Mikrophon und kündigte an: »Verehrte Genossen, ich erkläre die Pause für beendet und erteile wieder unseren Gästen das Wort. Ich bitte alle, die sich an der Diskussion mit den Genossen Dichtern beteiligen möchten, Platz zu nehmen.«

Die Dichter nahmen also wieder ihre Plätze auf dem Podium ein, und ihnen gegenüber nahmen unten in der ersten Reihe des leeren Saals etwa zehn Personen Platz: unter ihnen der Hausmeisterssohn, die beiden Veranstalter, die die Dichter im Autobus begleitet hatten, zudem ein alter Mann mit Holzbein und Krücken und neben einigen weniger auffälligen Leuten auch zwei Frauen: die eine war gegen Fünfzig (vielleicht die Schreibkraft aus dem Büro), die andere war die Filmerin, die die Aufnahmen beendet hatte und nun ihre großen, ruhigen Augen auf die Dichter heftete; die Anwesenheit einer schönen Frau war hier um so bedeutungsvoller und für die Dichter ermunternder, als die Blasmusik und der wachsende Lärm des Tanzfestes immer lauter und verlockender durch die Wand drangen.

Die beiden einander gegenübersitzenden Reihen waren gleich stark, und sie saßen sich gegenüber wie zwei Fußballmannschaften; Jaromil hatte das Gefühl, als wäre das Schweigen, das eingekehrt war, ein Schweigen vor einem Match; und weil das Schweigen nun schon fast eine halbe Minute währte, schien es ihm, als verliere die Dichterelf die ersten Punkte.

Jaromil hatte seine Kollegen jedoch unterschätzt; einige von ihnen absolvierten schließlich im Laufe eines Jahres über hundert solcher Diskussionen, so daß das Diskutieren ihr Hauptgebiet, ihre Spezialität, ihre Kunst geworden war. Rufen wir uns folgenden historischen Umstand in Erinnerung: es war die Zeit der Diskussionsrunden und Meetings; die unterschiedlichsten Institutionen, Betriebsclubs, Partei- und Jugendorganisationen veranstalteten Abende, zu denen die verschiedensten Maler, Dichter, Astronomen oder Ökonomen eingeladen wurden; die Veranstalter solcher Abende wurden für ihre Arbeit gebührend gewürdigt und belohnt; die Zeit verlangte revolutionäre Aktivität und trieb, da sie sich nicht auf Barrikaden austoben konnte, in Versammlungen und Diskussionsrunden ihre Blüten. Und auch die verschiedenen Maler, Dichter, Astronomen und Ökonomen stellten sich gern für solche Veranstaltungen zur Verfügung, weil sie dadurch bewiesen, keine Fachidioten, sondern revolutionär und volksverbunden zu sein.

Daher kannten die Dichter die Fragen, die aus dem Publikum kamen, bestens, sie wußten sehr gut, daß diese mit der erschlagenden Gesetzmäßigkeit statistischer Wahrscheinlichkeit ständig wiederkehrten. Sie wußten, daß mit Sicherheit jemand fragen würde: Wie haben Sie zu schreiben begonnen, Genosse? Sie wußten, daß jemand anderer fragen würde: Wie alt waren Sie, als Sie ihr erstes Gedicht geschrieben haben? Sie wußten, daß jemand fragen würde, wer ihr Lieblingsautor sei, und sie mußten auch damit rechnen, daß sich jemand fand, der mit seiner marxistischen Bildung prahlte und ihnen die Frage stellen würde: Wie würdest du, Genosse, den sozialistischen Realismus definieren? Und sie wußten, daß sie über diese Fragen hinaus ermahnt würden, mehr Verse zu schreiben 1. über den Beruf derer, mit denen die Diskussion gerade geführt wurde, 2. über die Jugend, 3. darüber, wie schlecht das Leben unter dem Kapitalismus war, 4. über die Liebe.

Die einleitende halbe Schweigeminute war also keine Folge einer Verlegenheit; es war eher Fahrlässigkeit, zu der die Dichter durch ihre allzu professionale Routine verführt wurden, oder mangelnde Koordination, da die Dichter noch nie in dieser Zusammensetzung aufgetreten waren und einer dem anderen beim Anstoß den Vortritt lassen wollte. Schließlich ergriff der sechzigjährige Dichter das Wort, er redete erhebend und schön, und nach zehn Minuten der Improvisation forderte er die Reihe gegenüber auf, ungeniert Fragen zu stellen, welche auch immer. Und so konnten die Dichter endlich ihre Eloquenz und ihre Begabung zum improvisierten Zusammenspiel vorführen, das von diesem Moment an tadellos klappte: einer löste den anderen reibungslos ab, einer ernsten Antwort folgte geschickt eine witzige Anekdote. Selbstverständlich wurden sämtliche grundlegenden Fragen gestellt, und in den Antworten waren sämtliche grundlegenden Antworten enthalten (wen würde die Erzählung des Sechzigjährigen nicht interessieren, der auf die Frage, wie und wann er sein erstes Gedicht geschrieben habe, antwortete, daß er ohne die Katze Mizzi nie ein Dichter geworden wäre, denn er habe sein erstes Gedicht mit fünf Jahren über sie geschrieben; dann rezitierte er dieses Gedicht, und da die Reihe gegenüber nicht wußte, ob sie es ernst nehmen oder lachen sollte, begann er sofort selber zu lachen, worauf alle, Dichter und Fragestellende, lange und fröhlich lachten).

Und selbstverständlich kam es auch zu Ermahnungen. Es war Jaromils Mitschüler, der aufstand und bedächtig zu erzählen begann. Ja, der Dichterabend sei hervorragend und sämtliche Gedichte seien erstklassig gewesen. Aber ob denn jemandem bewußt geworden sei, daß hier mindestens dreiunddreißig Gedichte rezitiert worden seien (wenn man zugrunde legte, daß jeder Dichter ungefähr drei vorgelesen hatte), darunter aber kein einziges gewesen sei, das sich irgendwie, und sei es auch nur am Rande, mit dem Korps der Staatssicherheit beschäftigt habe? Und lasse sich etwa behaupten, das Korps der Staatssicherheit nehme in unserem Leben einen kleineren Platz ein als ein Dreiunddreißigstel?

Dann stand die Fünfzigjährige auf und sagte, sie sei durchaus mit dem einverstanden, was Jaromils Mitschüler gesagt habe, sie habe aber eine andere Frage: Warum man heutzutage so wenig über die Liebe schreibe. In der Reihe der Fragesteller erklang unterdrücktes Lachen, und die Fünfzigjährige fuhr fort: Schließlich würden sich die Menschen doch auch im Sozialismus lieben und gerne etwas über die Liebe lesen.

Der Sechzigjährige stand auf, warf den Kopf zurück und sagte, die Genossin habe vollkommen recht. Warum sollte sich der Mensch im Sozialismus schämen zu lieben? Ob das vielleicht etwas Schlechtes sei? Er sei ein alter Mann und scheue sich nicht zu gestehen, daß er es nicht lassen könne, Frauen in leichten Sommerkleidern nachzusehen, unter denen man so schön die jungen, reizenden Körper erkenne. Die Reihe der elf Fragenden ließ ein einstimmiges Sünderlachen hören, so daß der Dichter ermuntert fortfuhr: Was könne man diesen schönen jungen Frauen denn anbieten? Und soll er, wenn er sie zu sich in die Wohnung einlade, etwa eine Sichel in die Vase stecken? Nie und nimmer; Rosen müsse er ihnen schenken; die Liebeslyrik gleiche den Rosen, die man den Frauen schenke.

Ja, ja, pflichtete die Fünfzigjährige dem Dichter eifrig bei, so daß dieser ermutigt ein Papier aus der Brusttasche zog und ein langes Liebesgedicht vorlas.

Ja, ja, das ist wundervoll, schwärmte die Fünfzigjährige, worauf sich sogleich einer der Veranstalter erhob und sagte, diese Verse seien zwar schön, es sollte aber auch in der Liebeslyrik klar erkennbar sein, daß sie von einem sozialistischen Dichter geschrieben worden sei.

Woran aber könne man das klar erkennen? fragte die Fünfzigjährige, noch immer berauscht vom pathetisch zurückgeworfenen Kopf des alten Dichters und seinem Gedicht.

Jaromil hatte die ganze Zeit geschwiegen, obwohl alle andern schon gesprochen hatten, wußte dabei aber, daß er sprechen mußte; ihm schien, sein Augenblick sei nun gekommen; diese Frage hatte er schließlich mehrfach durchdacht; und zwar schon vor langer Zeit, als er noch zum Maler gegangen und hingebungsvoll dessen Reden über die neue Kunst und die neue Welt gelauscht hatte. Ach Gott, es ist schon wieder der Maler, es sind schon wieder dessen Worte und dessen Stimme, die Jaromils Mund hervorbringt!

Was der gesagt hatte? Die Liebe sei in der alten Gesellschaft dermaßen von Geldinteressen, gesellschaftlicher Rücksichtnahme und Vorurteilen deformiert gewesen, daß sie eigentlich nie sie selber habe sein können, sondern stets nur ein Schatten ihrer selbst. Erst die neue Zeit, von der die Macht des Geldes und der Einfluß der Vorurteile hinweggefegt worden seien, erlaube es dem Menschen, ganz Mensch zu sein, und die Liebe werde größer sein denn je. Die sozialistische Liebeslyrik sei die Stimme dieses befreiten, großartigen Gefühls.

Jaromil war zufrieden mit dem, was er gesagt hatte, und er bemerkte zwei große, schwarze, reglos starrende Augen; ihm schien, daß die Worte »große Liebe« und »befreites Gefühl« wie beflaggte Segelschiffe aus seinem Mund in den Hafen dieser großen Augen glitten.

Als er aber zu Ende gesprochen hatte, sagte einer der Dichter boshaft lächelnd: »Du glaubst tatsächlich, in deinen Gedichten lägen größere Liebesgefühle als in den Gedichten von Heinrich Heine? Oder sind dir Victor Hugos Liebesgeschichten zu klein? War etwa die Liebe Karel Hynek Máchas oder Jan Nerudas von Geld und Vorurteilen verstümmelt?«

Das hätte nicht passieren dürfen; Jaromil wußte nicht, was er antworten sollte; er errötete und sah vor sich die zwei großen schwarzen Augen, die Zeugen seiner Schmach.

Die Fünfzigjährige nahm die sarkastischen Fragen von Jaromils Kollegen mit Genugtuung zur Kenntnis und sagte: »Was wollt ihr an der Liebe verändern, Genossen? Die wird bis in alle Ewigkeit gleich bleiben.«

Der Veranstalter erhob wieder seine Stimme: »Das nicht, Genossin, das bestimmt nicht!«

»Nein, das habe ich wirklich nicht behaupten wollen«, sagte der Dichter rasch, »aber der Unterschied zwischen der Liebeslyrik von gestern und der von heute beruht auf etwas anderem als der Größe der Gefühle.«

»Worauf denn?« fragte die Fünfzigjährige.

»Darauf, daß selbst die allergrößte Liebe in vergangenen Zeiten eine Art Flucht vor dem gesellschaftlichen Leben war, dessen die Menschen überdrüssig waren. Die Liebe des heutigen Menschen hingegen ist mit unseren Bürgerpflichten, unserer Arbeit und unserem Kampf zu einem Ganzen verbunden; und darin liegt ihre *neue* Schönheit.

Die gegenübersitzende Reihe pflichtete der Meinung von Jaromils Kollegen bei, während Jaromil in boshaftes Lachen ausbrach: »Diese Schönheit, mein Freund, ist nicht sehr neu. Haben denn die Klassiker nicht ein Leben gelebt, in dem die Liebe mit ihrem gesellschaftlichen Kampf vermählt war? Die Liebenden in dem berühmten Gedicht Shelleys waren beide Revolutionäre, und sie starben gemeinsam auf dem Scheiterhaufen. Ist das deiner Ansicht nach etwa eine vom gesellschaftlichen Leben isolierte Liebe?«

Genauso wie Jaromil, der vor einer Weile nicht gewußt hatte, was er auf die Einwände seines Kollegen erwidern sollte, war jetzt leider der Kollege am Ende seiner Weisheit, so daß tatsächlich der Eindruck (der unzulässige Eindruck) entstehen konnte, es gebe zwischen dem Gestern und dem Heute keinen Unterschied und somit auch keine neue Welt. Schließlich war die Fünfzigjährige wieder aufgestanden und fragte begierig lächelnd: »Dann sagt mir doch endlich, worin liegt der Unterschied zwischen der Liebe von heute und der von gestern?«

In diesem entscheidenden Moment, da alle in Verlegenheit geraten waren, griff der alte Mann mit dem Holzbein und der Krücke ein; er hatte die Debatte die ganze Zeit aufmerksam, ja sichtlich ungeduldig verfolgt; nun stand er auf und stützte sich fest auf den Stuhl. »Genossinnen und Genossen, erlaubt, daß ich mich vorstelle«, sagte er, und die Leute in seiner Reihe riefen, das brauche er nicht zu tun, man kenne ihn schließlich zur Genüge. »Ich stelle mich nicht euch vor, sondern den Genossen, die wir zur Diskussion geladen haben«, fiel er ihnen ins Wort, und weil er wußte, daß sein Name den Dichtern nichts sagte, schilderte er ihnen kurz seinen Lebenslauf; er sei seit dreißig Jahren in dieser Villa angestellt; schon zu Zeiten des Fabrikanten Kocvara, der hier seinen Sommersitz gehabt habe; er sei hier auch im Krieg gewesen, als der Fabrikant inhaftiert worden sei und die Gestapo dessen Villa als Ferienhaus benutzt habe; nach dem Krieg sei die Villa von den Volkssozialisten konfisziert worden, und nun sei die Polizei da. »Aber nach allem, was ich hier gesehen habe, kann ich bezeugen, daß sich keine Regierung so sehr um das arbeitende Volk kümmert wie die Kommunisten.« Doch auch heute war für ihn nicht alles in Ordnung: »Zur Zeit des Kocvara, unter der Gestapo und auch unter den Volkssozialisten war die Bushaltestelle immer gegenüber der Villa.« Jawohl, das sei sehr praktich gewesen, und er selbst habe von seiner Souterrainwohnung hier in der Villa bis zur Haltestelle zehn Schritte gemacht. Und auf einmal habe man sie um zweihundert Meter verlegt. Er habe schon überall protestiert, wo man protestieren könne. Alles vollkommen vergebens. »Sagt mir«, rief er und schlug mit der Krücke auf den Boden, »warum muß ausgerechnet heute, wo die Villa dem arbeitenden Volk gehört, die Haltestelle so weit weg sein?«

Die Leute in der ersten Reihe wandten ein (teils ungeduldig, teils amüsiert), man habe ihm doch schon hundertmal erklärt, daß der Bus jetzt vor der Fabrik halte, die in der Zwischenzeit gebaut worden sei.

Der Mann mit dem Holzbein antwortete, dies sei ihm bekannt, er wolle aber vorschlagen, der Bus solle an beiden Orten halten.

Die Leute aus seiner Reihe antworteten, es sei Unsinn, den Autobus auf eine Entfernung von zweihundert Metern zweimal halten zu lassen.

Das Wort Unsinn beleidigte den Mann mit dem Holzbein; er erklärte, ein solches Wort müsse ihm niemand sagen; er schlug mit der Krücke auf den Boden und bekam einen feuerroten Kopf. Es stimme übrigens gar nicht, daß es unmöglich sei, zweihundert Meter voneinander entfernte Haltestellen einzurichten. Er wisse, daß andere Autobuslinien in so kurzen Entfernungen hielten.

Einer der Veranstalter stand auf und wiederholte dem Mann mit dem Holzbein Wort für Wort (offensichtlich hatte er dies schon oft tun müssen) einen Erlaß der tschechoslowakischen Autobus-Verkehrsbetriebe, demgemäß es ausdrücklich verboten war, Haltestellen in so kurzer Entfernung anzulegen.

Der Mann mit dem Holzbein antwortete, er habe ja auch schon eine Kompromißlösung vorgeschlagen; es wäre möglich, die Haltestelle genau in die Mitte zwischen Polizeivilla und Fabrik zu legen.

Dann hätten es aber die Arbeiter ebenso weit zum Bus wie die Polizisten, wandte man ein.

Der Streit zog sich bereits zwanzig Minuten hin, und die Dichter versuchten vergeblich, in die Debatte einzugreifen; die Gesprächspartner waren so sehr von ihrem Thema gefesselt, in dem sie sich so glänzend auskannten, daß sie niemanden zu Wort kommen ließen. Erst in dem Augenblick, da der Mann mit dem Holzbein durch den Widerspruch seiner Arbeitskollegen derart verärgert war, daß er sich beleidigt wieder auf seinen Stuhl setzte, trat eine große Stille ein, in die aus dem Nebenraum laut die Blasmusik drang.

Lange sagte niemand etwas, bis schließlich einer der Veranstalter aufstand und den Dichtern für ihren Besuch und die interessante Diskussion dankte. Im Namen der Gäste erhob sich der sechzigjährige Dichter und sagte, die Diskussion sei (übrigens wie immer) viel anregender für sie, für die Dichter, gewesen, und es sei an ihnen, sich zu bedanken.

Aus dem Nebenraum ertönte die Stimme eines Sängers, die Diskussionsteilnehmer umringten den Mann mit dem Holzbein, um seine Wut zu besänftigen, und die Dichter standen allein da. Erst nach geraumer Zeit trat der Hausmeisterssohn mit den beiden Veranstaltern zu ihnen und geleitete sie zum Autobus.

8.

In dem Autobus, mit dem sie ins dunkel gewordene Prag zurückkehrten, saß außer den Dichtern auch die schöne Filmerin. Die Dichter umringten sie, und jeder versuchte, sie so stark wie möglich für sich einzunehmen. Ein unglücklicher Zufall hatte Jaromil auf einen zu weit entfernten Sitz verschlagen, als daß er sich an dem Spaß hätte beteiligen können; er dachte an seinen Rotschopf, und ihm wurde endgültig klar, daß sie unverbesserlich häßlich war.

Dann hielt der Bus irgendwo im Zentrum von Prag, und einige Dichter beschlossen, noch eine Weinstube aufzusuchen. Jaromil und die Filmerin gingen mit; sie saßen an einem großen Tisch, redeten und tranken, und als sie das Lokal verließen, schlug die Filmerin vor, noch zu ihr nach Hause zu gehen. Es war nur noch eine Handvoll Dichter übriggeblieben: Jaromil, der sechzigjährige Dichter und der Verlagslektor. Im ersten Stock einer modernen Villa, in der die junge Frau in Untermiete wohnte, machten sie es sich in Sesseln bequem und tranken weiter.

Mit einer Inbrunst, mit der niemand konkurrieren konnte, widmete sich der alte Dichter der Filmerin. Er saß neben ihr, pries ihre Schönheit, rezitierte für sie Gedichte, improvisierte poetische Oden auf ihren Liebreiz, kniete von Zeit zu Zeit vor sie hin und nahm ihre Hände. Fast auf dieselbe Weise widmete sich der

Verlagslektor Jaromil; er pries zwar nicht dessen Schönheit, wiederholte aber unzählige Male; *du bist ein Dichter, du bist ein Dichter!* (Wir wollen anmerken, daß, wenn ein Dichter jemanden einen Dichter nennt, es nicht dasselbe ist, wie wenn wir einen Ingenieur Ingenieur oder einen Bauer Bauer nennen, denn ein Bauer ist jemand, der Felder bestellt, ein Dichter jedoch ist nicht jemand, der Gedichte schreibt, sondern – merken wir uns dieses Wort! – der dazu *auserwählt* ist, sie zu schreiben, und nur ein Dichter ist befähigt, diese Berührung durch die Gnade an einem anderen mit Sicherheit zu erkennen, denn – erinnern wir uns an Rimbauds Brief –: *Dichter sind Brüder*, nur ein Bruder erkennt am Bruder das geheime Zeichen der Familie.)

Die Filmerin, vor der der Sechzigjährige kniete und deren Hände Opfer seiner emsigen Berührungen waren, sah Jaromil unverwandt an. Jaromil bemerkte dies bald, war davon über alle Maßen entzückt und sah sie seinerseits unentwegt an. Ein herrliches Viereck! Der alte Dichter in die Filmerin versunken, der Lektor in Jaromil, Jaromil und die Filmerin ineinander.

Nur einmal wurde diese Geometrie der Blicke unterbrochen, nämlich als der Lektor Jaromil am Arm nahm und auf den Balkon hinausführte, der ans Zimmer grenzte; er bat ihn, zusammen mit ihm über das Geländer in den Hof hinunterzupinkeln. Jaromil tat ihm den Gefallen gern, zumal er sich innig wünschte, der Lektor möge sein Versprechen nicht vergessen, einen Band seiner Gedichte zu veröffentlichen.

Als die beiden vom Balkon zurückkamen, erhob sich der alte Dichter und sagte, es sei Zeit, nach Hause zu gehen; er sehe schließlich sehr gut, daß nicht er es sei, nach dem die junge Frau sich sehne. Er forderte den Lektor auf (dieser war weit weniger aufmerksam und taktvoll), diejenigen, die sich das wünschten und es auch verdienten, endlich allein zu lassen, seien sie doch, wie der alte Dichter sich ausdrückte, Prinz und Prinzessin dieses Abends.

Nun hatte auch der Lektor begriffen, worum es ging, und war bereit zu gehen, der alte Dichter nahm ihn am Arm und zog ihn zur Tür, und Jaromil sah, wie er allein zurückbleiben würde mit dieser Frau, die mit untergeschlagenen Beinen auf einem Sessel saß, mit schwarzem, offenem Haar, die Augen unverwandt auf ihn gerichtet ...

Die Geschichte zweier Menschen, die im Begriff sind, sich ineinander zu verlieben, ist so ewig, daß wir darüber fast die Zeit vergessen hätten, in der sie spielt. Wie angenehm ist es, gerade solche Geschichten zu erzählen! Wie beseligend wäre es, jene vergessen zu können, die den Saft unseres kurzen Lebens aufsaugen, um ihn für ihre eitlen Werke zu verwenden, wie schön wäre es, die Zeitgeschichte vergessen zu können!

Doch ihr Phantom klopft an die Tür und tritt in unsere Geschichte. Sie kommt jedoch weder in Gestalt der Geheimpolizei noch in der eines plötzlichen Umsturzes; sie schreitet nicht nur über die dramatischen Gipfel des Lebens, sondern sickert wie schmutziges Wasser auch in den Alltag hinein; in unsere Geschichte tritt sie in Form von Unterhosen.

Zu der Zeit, von der wir hier erzählen, galt Eleganz in Jaromils Land als politisches Vergehen; die Kleider, die man trug (übrigens lag der Krieg erst ein paar Jahre zurück, und es herrschte noch Not), waren abscheulich, und in eleganter Unterwäsche sah diese strenge Zeit geradezu eine strafwürdige Ausschweifung! Männer, sie sich an den gräßlichen Unterhosen stießen, die damals verkauft wurden (breite, bis zu den Knien reichende Unterhosen mit einem komischen Schlitz auf dem Bauch), trugen statt dessen kurze baumwollene Shorts, sogenannte *Turnhosen*, die (wie das Wort besagt) zum Turnen, beim Sport benutzt wurden, also auf dem Spielfeld und in der Gymnastikhalle. Es wirkte komisch, wie Böhmens Männer damals in Fußballkleidung in die Betten ihrer Geliebten stiegen, sie gingen zu ihren Geliebten, wie sie aufs Spielfeld gingen, doch vom Standpunkt der Eleganz aus war das nicht das Schlimmste: die Turnhosen sahen irgendwie sportlich aus und fröhlich bunt, blau, grün, rot, gelb.

Jaromil kümmerte sich nicht um seine Bekleidung,

da er von seiner Mutter versorgt wurde; sie wählte die Kleider für ihn aus, sie wählte die Unterwäsche für ihn aus, sie kümmerte sich darum, daß er sich nicht erkältete und entsprechend warme Unterhosen trug. Sie wußte genau, wie viele in seinem Wäscheschrank lagen, und konnte mit einem einzigen Blick feststellen, welche er gerade trug. Wenn sie sah, daß keine Unterhose im Schrank fehlte, wurde sie sofort böse; sie mochte es nicht, daß Jaromil Turnhosen trug, da sie der Meinung war, Turnhosen seien keine Unterhosen und gehörten einzig in die Turnhalle. Wenn Jaromil sich wehrte, Unterhosen seien häßlich, antwortete sie ihm mit verhaltener Gereiztheit, er brauche sich darin ja wohl niemandem zu zeigen. Und so nahm Jaromil jedesmal, wenn er zum Rotschopf ging, eine Unterhose aus dem Wäscheschrank, versteckte sie in der Schublade seines Schreibtisches und zog heimlich eine Turnhose an.

Nur hatte er diesmal nicht gewußt, was an diesem Abend auf ihn zukommen würde, und er trug eine furchtbar häßliche Unterhose, dick, ausgeleiert, schmutziggrau!

Sie werden sagen, das sei keine besondere Komplikation, er brauche schließlich nur das Licht zu löschen. Es brannte im Zimmer jedoch ein kleines Lämpchen mit rosa Schirm, das bereits ungeduldig darauf wartete, den beiden Liebenden bei der Liebe zu leuchten, und Jaromil konnte sich nicht vorstellen, mit welchen Worten er die Frau dazu bewegen könnte, das Licht zu löschen.

Oder Sie werden einwenden, er könnte die häßliche Unterhose doch zusammen mit der Hose ausziehen. Nur war es für Jaromil unvorstellbar, Unterhose und Hose gleichzeitig auszuziehen, da er dies noch nie getan hatte; ein so plötzlicher Sprung in die Nacktheit erschreckte ihn; er entkleidete sich immer in Etappen und schmuste mit dem Rotschopf lange in der Turnhose, die er erst unter der Schutzdecke der Erregung auszog.

Und so stand er erschrocken den schwarzen Augen gegenüber und verkündete, er müsse ebenfalls gehen.

Der alte Dichter wurde fast böse; er sagte zu ihm, er dürfe die Frau nicht beleidigen, und schilderte ihm flüsternd die Wonnen, die ihn erwarteten; diese Worte jedoch wiesen Jaromil nur noch mehr auf die Erbärmlichkeit seiner Unterhose hin. Er sah die herrlich schwarzen Augen und wich gespaltenen Herzens zur Tür zurück.

Kaum stand er auf der Straße, überkam ihn sentimentale Reue; er konnte sich nicht vom Bild der wunderbaren Frau lösen. Und der alte Dichter (sie hatten sich an der Straßenbahnhaltestelle vom Lektor verabschiedet und gingen nun allein durch die nächtlichen Gassen) quälte ihn, indem er ihm immer und immer wieder vorwarf, er habe eine Dame beleidigt und töricht gehandelt.

Jaromil sagte zum Dichter, er habe die Dame nicht beleidigen wollen, sei aber in das Mädchen verliebt, das ihn unsterblich liebe.

»Sie sind ein Narr«, sagte der alte Dichter. »Sie sind doch Dichter, Liebhaber des Lebens, Sie verletzen Ihr Mädchen nicht, wenn Sie mit einer anderen schlafen; das Leben ist kurz, und verpaßte Gelegenheiten kehren nicht wieder.«

Es war qualvoll, das zu hören. Jaromil antwortete dem alten Dichter, seiner Meinung nach bedeute eine große Liebe, in die man alles lege, was man besitze, mehr als tausend kurze Liebschaften; in dem einen Mädchen besitze er alle anderen Frauen; sein Mädchen sei so wandelbar, ihre Liebesfähigkeit so unerschöpflich, daß er mit ihr mehr unerwartete Abenteuer erleben könne als Don Juan mit tausend und einer Frau.

Der alte Dichter blieb stehen; Jaromils Worte hatten ihn sichtlich getroffen. »Vielleicht haben Sie recht«, sagte er, »aber ich bin ein alter Mensch, und ich gehöre der alten Welt an. Ich gestehe Ihnen, daß ich, obwohl verheiratet, schrecklich gern an Ihrer Stelle bei dieser Frau geblieben wäre.«

Als Jaromil seine Betrachtungen über die Großartigkeit der monogamen Liebe fortführte, senkte der alte Dichter den Kopf: »Ach, vielleicht haben Sie recht, mein Freund, ja, Sie haben sogar sicher recht. Habe nicht auch ich von der großen Liebe geträumt?

von einer einzigen Liebe? einer Liebe, die unendlich ist wie das Weltall? Aber ich habe sie versaut, Kamerad, denn in dieser alten Welt, der Welt des Geldes und der Huren, konnte die große Liebe nicht gedeihen!«

Beide waren betrunken, und der alte Dichter faßte den jungen Dichter um die Schultern und blieb mit ihm zwischen den Straßenbahngeleisen stehen. Er reckte eine Hand in die Höhe und rief: »Nieder mit der alten Welt, es lebe die große Liebe!«

Das kam Jaromil großartig, bohèmehaft und poetisch vor, und so riefen sie beide begeistert und lange in die Finsternis von Prag hinein: »Nieder mit der alten Welt, es lebe die große Liebe.«

Dann kniete der alte Dichter plötzlich vor Jaromil nieder und küßte ihm die Hand: »Mein Freund, ich verneige mich vor deiner Jugend! Mein Alter verneigt sich vor deiner Jugend, denn die Jugend wird die Welt erlösen!«, und dann verstummte er für eine Weile, und während er mit seinem kahlen Kopf Jaromils Knie berührte, fügte er mit äußerst melancholischer Stimme hinzu: »Und vor deiner großen Liebe verneige ich mich auch.«

Schließlich verabschiedeten sie sich voneinander, und Jaromil war wieder zu Hause in seinem Zimmer. Und erneut tauchte vor seinen Augen das Bild der schönen, verschmähten Frau auf. Getrieben vom Wunsch nach Selbstbestrafung, trat er vor den Spiegel. Er zog die Hose aus, um sich in seiner gräßlichen, ausgeleierten Unterhose zu sehen; lange und haßerfüllt betrachtete er seine lächerliche Häßlichkeit.

Und dann wurde ihm bewußt, daß nicht er selbst es war, an den er haßerfüllt dachte. Er dachte an die Mutter; an die Mutter, die ihm die Wäsche zuteilte, die Mutter, vor der er die Turnhose heimlich anziehen und die Unterhose im Schreibtisch verstecken mußte, er dachte an die Mutter, die über jede seiner Socken und jedes seiner Hemden Bescheid wußte. Er dachte haßerfüllt an die Mutter, die ihn an einer langen, unsichtbaren, in den Hals schneidenden Leine festhielt.

9.

Von da an war er zu dem rothaarigen Mädchen noch grausamer; es war allerdings eine Grausamkeit im Festgewand der Liebe: Wie kommt es, daß sie nicht begreift, woran er jetzt gerade denkt? Wie kommt es, daß sie nicht weiß, in welcher Laune er gerade ist? Ist sie ihm so fremd, daß sie nicht ahnt, was in seinem Innern vorgeht? Wenn sie ihn wirklich liebte, wie er sie liebte, müßte sie es doch spüren! Wie kommt es, daß sie von Dingen eingenommen ist, die er nicht mag? Wie kommt es, daß sie immerzu über ihren Bruder und noch einen Bruder und eine Schwester und noch eine Schwester spricht? Spürt sie denn nicht, daß Jaromil gerade jetzt ernste Sorgen hat und Anteilnahme und Verständnis und nicht ihr ewiges egozentrisches Gerede braucht?

Das Mädchen jedoch wehrte sich. Warum sollte sie zum Beispiel nicht von ihrer Familie erzählen können? Sprach Jaromil etwa nicht auch von der seinen? Und war seine Mutter nicht etwa schlimmer als die ihre? Und sie rief ihm (zum ersten Mal seit jener Zeit) in Erinnerung, wie die Mutter in sein Zimmer gedrungen war und ihr den Zucker mit den Tropfen in den Mund gestopft hatte.

Jaromil haßte und liebte die Mutter; vor dem Rotschopf begann er sie augenblicklich zu verteidigen: was war schon schlimm daran, daß die Mutter sie hatte pflegen wollen? Es zeugte doch nur davon, daß die Mutter sie mochte, sie wie ein eigenes Kind angenommen hatte!

Der Rotschopf begann zu lachen: die Mutter sei schließlich nicht so dumm, Liebesgestöhn nicht von Magenkrämpfen unterscheiden zu können! Jaromil war beleidigt, er verstummte, und das Mädchen mußte um Verzeihung bitten.

Einmal gingen sie auf der Straße spazieren, der Rotschopf hatte sich bei ihm eingehakt, und sie schwiegen wieder einmal verstockt (denn wenn sie sich gerade keine Vorwürfe machten, schwiegen sie, und wenn sie nicht schwiegen, machten sie sich Vorwürfe); da sah Jaromil, daß ihnen zwei schöne Frauen entgegenkamen. Die eine war jünger, die andere älter;

die jüngere war eleganter und hübscher, doch auch die ältere war (erstaunlicherweise) sehr elegant und überraschend hübsch. Jaromil kannte beide Frauen: die jüngere war die Filmerin, die ältere seine Mutter.

Er errötete und grüßte. Die beiden Frauen grüßten ebenfalls (die Mutter betont freundlich), und Jaromil fühlte sich mit dem häßlichen Mädchen, als hätte ihn die schöne Filmerin in der Schande seiner gräßlichen Unterhosen gesehen.

Zu Hause fragte er die Mutter, woher sie die Filmerin kenne, und die Mutter antwortete in koketter Laune, sie kenne sie schon seit geraumer Zeit. Jaromil fragte weiter, doch die Mutter wich ihm aus; es war, als fragte der Geliebte die Geliebte nach einem intimen Detail und sie ließe sich für die Antwort aufreizend viel Zeit; schließlich sagte sie es ihm: die sympathische Frau habe sie vor ungefähr zwei Wochen besucht. Sie bewundere ihn, Jaromil, sehr als Dichter und wolle einen Kurzfilm über ihn drehen; es sei zwar eine Amateurarbeit, die unter der Schirmherrschaft des Betriebsclubs der Volkspolizei produziert werde, doch auch so sei ein beachtlicher Zuschauerkreis garantiert.

»Warum ist sie zu dir gekommen? Warum hat sie sich nicht direkt an mich gewandt?« wunderte sich Jaromil.

Sie habe ihn angeblich nicht belästigen und so viel wie möglich von ihr erfahren wollen. Denn wer wisse mehr über einen Sohn als die Mutter? Im übrigen sei die junge Dame so nett gewesen, sie, die Mutter, um konkrete Mithilfe beim Drehbuch zu bitten; ja, sie hätten sich (und sie hatten es beide vor Jaromil verheimlicht) das Drehbuch über den jungen Dichter gemeinsam ausgedacht.

»Warum habt ihr es mir nicht gesagt?« fragte Jaromil, dem die Verbindung zwischen Mutter und Filmerin instinktiv unangenehm war.

»Es war Pech, daß wir dir begegnet sind; es sollte eine Überraschung für dich werden. Eines Tages wärst du nach Hause gekommen, und die Filmleute mit der Kamera wären dagewesen und hätten nur noch zu drehen brauchen.«

Was sollte Jaromil tun? Eines Tages kam er nach Hause und gab der jungen Frau die Hand, in deren Wohnung er vor einigen Wochen gesessen hatte, und er fühlte sich ebenso elend wie damals, obwohl er nun unter der Hose eine rote Turnhose trug (seit dem Dichterabend bei der Polizei hatte er die häßlichen Unterhosen nie mehr angezogen). Nur übernahm immer etwas anderes deren Funktion, wenn er der Filmerin von Angesicht zu Angesicht gegenüberstand: als er ihr und der Mutter auf der Straße begegnet war, schien es ihm, als umgäben ihn die roten Haare seines Mädchen wie eine häßliche Unterhose, und diesmal verwandelten sich die koketten Reden und die verkrampfte Geschwätzigkeit seiner Mutter in Clownsunterhosen.

Die Filmerin gab bekannt (nach seiner Meinung fragte ihn niemand), daß sie heute das dokumentarische Material aufnehmen würden, Fotografien aus der Kindheit, zu denen die Mutter den Kommentar sprechen werde, denn der ganze Film sei, wie man ihm beiläufig mitteilte, als Erzählung einer Mutter über einen Dichtersohn konzipiert. Er wollte fragen, was die Mutter zu erzählen gedenke, fürchtete aber, es anhören zu müssen; er errötete. Im Raum standen außer ihm und den beiden Frauen noch drei Männer, die bei der Kamera und den zwei großen Lampen standen, er hatte das Gefühl, daß sie ihn beobachteten und hämisch lächelten; er wagte nicht zu sprechen.

»Von Ihnen gibt es wunderbare Kinderfotos. Am liebsten würde ich alle verwenden«, sagte die Filmerin und blätterte im Familienalbum.

»Wird das auf der Leinwand überhaupt wirken?« fragte die Mutter mit sachkundigem Interesse, und die Filmerin versicherte ihr, sie brauche keine Bedenken zu haben; dann erklärte sie Jaromil, die erste Sequenz des Films sei eine reine Montage seiner Fotografien, zu denen die unsichtbare Mutter über ihre Erinnerungen sprechen werde. Danach sehe man die Mutter selbst und erst dann den Dichter; den Dichter im Garten mit Blumen und schließlich den Dichter in der Natur, an den Orten, die er am meisten möge; wo er in einem Lieblingswinkel in offener Landschaft ein Gedicht rezitiere, mit dem der Film enden werde.

(»Und welchen Ort mag ich am meisten?« fragte er trotzig und erfuhr, daß ihm jene Gegend unweit von Prag am liebsten sei, wo der Boden gewellt war und drei Felsblöcke in die Höhe ragten. »Wie das? Die mag ich überhaupt nicht«, fiel er ihnen ins Wort, aber niemand nahm ihn ernst.)

Jaromil gefiel dieses Drehbuch überhaupt nicht, und er schlug vor, selbst daran mitzuarbeiten; er wandte ein, daß es zuviel Konventionelles enthalte (es sei doch lächerlich, Fotografien eines einjährigen Kindes zu zeigen!); er behauptete, er kenne wichtigere Probleme, auf die sich zu konzentrieren lohnender wäre; sie fragten ihn, was er damit meine, und er antwortete, das könne er nicht aus dem Stegreif sagen, aber gerade deshalb wollte er ja mit den Dreharbeiten noch warten.

Er wollte die Dreharbeiten um jeden Preis hinausschieben, zog aber den kürzeren. Die Mutter legte ihm den Arm um die Schulter und sagte zu ihrer schwarzhaarigen Mitarbeiterin: »Das ist mein ewig Unzufriedener! Nie ist er mit etwas zufrieden ...« und neigte sich ihm dann zärtlich zu: »Ist es nicht so?« doch Jaromil antwortete nicht, und sie wiederholte: »Du bist doch mein kleiner Unzufriedener, gib es ruhig zu, es ist so!«

Die Filmerin sagte, bei Autoren sei Unzufriedenheit eine Tugend, nur sei diesmal nicht er der Autor, sondern sie beide, und sie seien bereit, jedes Risiko auf sich zu nehmen; er solle sie den Film nur so machen lassen, wie sie ihn sich vorstellten, wie ja auch sie ihn seine Verse so schreiben ließen, wie er sie sich vorstellte.

Und die Mutter fügte hinzu, Jaromil brauche nicht zu fürchten, daß der Film zu seinem Nachteil ausfallen könnte, denn sie beide, Mutter und Filmerin, würden ihn mit größter Sympathie für seine Person machen; sie sagte es sehr kokett, und es war unklar, ob sie mehr mit ihm oder mit ihrer neuen Freundin kokettierte.

Auf jeden Fall aber kokettierte sie. Jaromil hatte sie so noch nie gesehen; am Vormittag war sie beim Friseur gewesen und hatte sich eine auffällig jugendliche Frisur machen lassen; sie sprach lauter als sonst, lachte ständig, gebrauchte alle witzigen Wendungen, die sie in ihrem Leben gelernt hatte, und spielte mit großem Genuß die Rolle der Gastgeberin, die den Männern mit den Lampen Kaffee servierte. An die schwarzäugige Frau wandte sie sich in betont vertraulichem Ton (dadurch glich sie sich ihr altersmäßig an), und gleichzeitig legte sie Jaromil nachsichtig den Arm um die Schulter und nannte ihn ihren kleinen Unzufriedenen (dadurch stieß sie ihn zurück in seine Keuschheit, seine Kindheit, seine Windeln). (Ach, welch schöner Anblick, wie die beiden sich gegenüberstehen und im Zurückstoßen übertrumpfen möchten: sie stößt ihn in die Windeln und er sie ins Grab, wahrlich, ein schöner Anblick der beiden ...)

Jaromil resignierte; er sah, daß die beiden Frauen in Fahrt waren wie Lokomotiven und er gegen ihre geschwätzige Beredsamkeit nicht ankam; er sah die drei Männer bei den Lampen und an der Kamera, und sie kamen ihm vor wie ein höhnisches Publikum, das bei jedem Versprecher zu pfeifen beginnen würde; darum sprach er fast flüsternd, während sie ihm laut antworteten, damit das Publikum sie hörte, war doch dessen Gegenwart ihr Vorteil und sein Nachteil. Er sagte also, daß er sich füge, und wollte gehen; sie wandten jedoch (wieder kokett) ein, er solle bleiben; es freue sie, wenn er ihnen bei der Arbeit zusehe, und so schaute er zu, wie der Kameramann die einzelnen Fotografien aus dem Album aufnahm, und ging zwischendurch immer wieder in sein Zimmer, um so zu tun, als würde er lesen oder arbeiten; wirre Gedanken schwirrten ihm durch den Kopf; er bemühte sich, dieser ganz und gar unguten Situation etwas Gutes abzugewinnen, und es fiel ihm ein, daß sich die Filmerin diese ganzen Dreharbeiten vielleicht nur ausgedacht hatte, um ihn wiederzusehen; er sagte sich, seine Mutter sei hier nicht mehr als ein Hindernis, das es geduldig zu umgehen gelte; er versuchte sich schnell zu beruhigen und herauszufinden, auf welche Weise er diese dämlichen Filmarbeiten zu seinen Gunsten ausnutzen könnte, was hieß: zur Wiedergutmachung des Mißerfolgs, der ihn seit jener Nacht quälte, da er die Wohnung der Filmerin überstürzt verlassen hatte;

er überwand seine Scham und schaute von Zeit zu Zeit nach, wie die Dreharbeiten vorangingen, damit sich wenigstens einmal die wechselseitige Versunkenheit wiederholte, dieser lange, unverwandte Blick, der ihn in ihrer Wohnung so bezaubert hatte; die Filmerin aber war an diesem Tag vollkommen sachlich und nur von ihrer Arbeit eingenommen, so daß sich ihrer beider Blicke nur selten und flüchtig streiften; deshalb gab er seine Versuche auf, entschlossen, der Filmerin nach Beendigung der Arbeiten seine Begleitung anzubieten.

Als die drei Männer die Kamera und die Lampen in den Lieferwagen zurücktrugen, kam er aus dem Zimmer. Und hörte, wie die Mutter zur Filmerin sagte: »Komm, ich begleite dich. Wir können auch noch irgendwo einkehren.«

Im Laufe dieses Arbeitsnachmittags, während er in seinem Zimmer eingeschlossen gewesen war, hatten die beiden Frauen sich zu duzen begonnen! Als ihm das klar wurde, war ihm, als hätte ihm jemand diese Frau vor der Nase ausgeblasen. Er verabschiedete sich kühl von der Filmerin, und als die beiden Frauen gegangen waren, ging auch er und machte sich rasch und wütend auf zu dem Mietshaus, in dem der Rotschopf wohnte; sie war nicht daheim; er ging, in zunehmend düsterer Laune, ungefähr eine halbe Stunde vor dem Haus auf und ab, bis er sie endlich kommen sah; ihrem Gesicht war die glückliche Überraschung anzusehen, seinem ein boshafter Vorwurf; wie konnte sie nicht zu Hause sein? wie konnte sie auf die Idee kommen, daß er nicht zu ihr kommen würde? wo war sie gewesen, daß sie erst am Abend zurückkehrte?

Sie hatte die Tür noch nicht hinter sich geschlossen, als er ihr schon die Kleider vom Leib riß; und dann liebte er sie und stellte sich vor, unter ihm liege die Frau mit den schwarzen Augen; er hörte das Stöhnen des Rotschopfs, und da er zugleich die schwarzen Augen sah, meinte er, das Stöhnen gehöre zu diesen Augen, und er war so erregt, daß er sie mehrmals hintereinander liebte, aber immer nur ganz kurz. Für das rothaarige Mädchen war das so ungewohnt, daß sie lachen mußte; nun war Jaromil an diesem Tag besonders empfindlich gegen Spott und bemerkte die freundschaftliche Nachsicht in ihrem Lachen nicht; er fühlte sich beleidigt und schlug ihr ins Gesicht; sie begann zu weinen, und Jaromil war grenzenlos selig, sie weinte und er schlug sie noch mehrere Male; die Tränen des Mädchens, das unseretwegen weint, bedeuten Erlösung; sie sind Jesus Christus, der für uns am Kreuz stirbt; Jaromil labte sich eine Weile an den Tränen des Rotschopfs, dann küßte er sie, besänftigte sie und ging einigermaßen beruhigt nach Hause.

Zwei Tage später wurden die Dreharbeiten fortgesetzt; wieder kam der Lieferwagen, die drei Männer (dieses höhnische Publikum) stiegen aus, und es stieg auch die schöne junge Frau aus, deren Stöhnen er in der Wohnung des Rotschopfs gehört hatte; und natürlich war auch die Mutter wieder da, die immer jünger wurde und wie ein Musikinstrument wirkte, das schallte, brauste, lachte, aus dem Orchester lief und ein Solo spielen wollte.

Diesmal sollte sich das Auge der Kamera direkt auf Jaromil richten; er mußte in der häuslichen Umgebung gezeigt werden, am Schreibtisch, im Garten (denn Jaromil liebe angeblich Beete, Rasen, Blumen); er mußte mit der Mutter gezeigt werden, die, wie gesagt, vor dieser langen Sequenz ausführlich von ihrem Sohn erzählt hatte. Die Filmerin setzte die beiden auf eine Gartenbank und zwang Jaromil, sich ungezwungen mit der Mutter zu unterhalten; die Einübung der Ungezwungenheit dauerte eine Stunde, und die Mutter verlor keinen Augenblick ihre gute Laune; sie redete ununterbrochen (im Film würde man nicht hören, was sie sich erzählten, zu ihrer stummen Unterhaltung würde immer noch der Kommentar der Mutter zu hören sein), und als sie feststellte, daß Jaromils Gesichtsausdruck nicht freundlich genug war, sagte sie ihm, daß man es als Mutter eines Jungen, der so schüchtern, so eigenbrötlerisch, so verschämt sei wie er, nicht leicht habe.

Dann setzten sie ihn in einen Lieferwagen und fuhren in jene romantische Gegend unweit von Prag, wo Jaromil, die Mutter war überzeugt davon, empfangen worden war. Die Mutter war viel zu schamhaft, als daß sie je jemandem hätte sagen können, weshalb ihr diese Landschaft so teuer war: sie wollte es nicht sagen und wollte es doch sagen, also sprach sie jetzt vor allen mit verkrampfter Zweideutigkeit davon, daß gerade diese Gegend für sie persönlich immer eine Landschaft der Liebe, eine Liebeslandschaft gewesen sei: »Schauen Sie bloß, wie wellig die Erde hier ist, wie sehr sie einer Frau gleicht, ihren Rundungen, ihren mütterlichen Formen! Achten Sie auch auf diese Felsblöcke, diese Findlinge, die hier in die Einsamkeit ragen! Haben diese aufragenden, steif dastehenden steilen Felsblöcke nicht etwas Männliches? Ist es nicht eine Landschaft von Mann und Frau? Ist es nicht eine erotische Landschaft?«

Jaromil dachte an Aufstand; er wollte herausschreien, daß der Film Blödsinn sei; in seinem Innern bäumte sich der Stolz desjenigen auf, der wußte, was guter Geschmack war; vielleicht wäre er imstande gewesen, einen kleinen Skandal zu provozieren oder doch wenigstens davonzulaufen, wie er es damals im Strandbad an der Moldau getan hatte, nur konnte er diesmal nicht; gegen die schwarzen Augen der Filmerin war er wehrlos; er fürchtete, sie ein zweites Mal zu verlieren; die Augen versperrten ihm den Fluchtweg.

Schließlich wurde er vor einen großen Felsblock gestellt, wo er sein Lieblingsgedicht rezitieren sollte. Die Mutter war sehr aufgeregt. Wie lange war sie nicht mehr hiergewesen! Genau an der Stelle, an der sie an einem längst vergangenen Sonntagvormittag den jungen Ingenieur geliebt hatte, genau hier ragte nun ihr Sohn empor, als wäre er nach Jahren aus dem Boden gewachsen wie ein Pilz (ach ja, als würden an der Stelle, wo die Eltern ihren Samen verstreuten, die Kinder wie Pilze geboren!); die Mutter war hingerissen vom Anblick dieses sonderbaren, schönen, unmöglichen Pilzes, der mit zitternder Stimme Verse darüber vorlas, daß er in einem Flammenmeer sterben wolle.

Jaromil fühlte, daß er furchtbar schlecht rezitierte, wußte sich aber nicht zu helfen; er rief sich in Erinnerung, daß er nicht jemand war, der unter Lampenfieber litt, daß er an dem Abend in der Polizeivilla doch auch souverän und glänzend rezitiert hatte; diesmal jedoch gelang es ihm nicht; in eine unsinnige Landschaft vor einen unsinnigen Felsblock gestellt, in der Angst, es könnte irgendein Prager kommen und einen Hund oder ein Mädchen ausführen (sehen Sie, er hatte ähnliche Sorgen wie vor zwanzig Jahren die Mutter!), war er beim besten Willen nicht in der Lage, sich zu konzentrieren, und sprach die Wörter mühsam und unnatürlich aus.

Die beiden Frauen zwangen ihn, sein Gedicht noch einmal und noch einmal zu wiederholen, gaben es aber schließlich auf. »Mein ewiger Angsthase«, seufzte die Mutter, »auch auf dem Gymnasium fürchtete er sich vor jeder Prüfung; wie oft mußte ich ihn buchstäblich in die Schule jagen, weil er Angst hatte!«

Die Filmerin sagte, in der Synchronisierung könne auch ein Schauspieler das Gedicht lesen, so daß es genüge, wenn Jaromil vor dem Felsblock stehe und mit dem Mund stumm die Sprechbewegungen mache.

Er tat es.

»Herrgott«, rief die Filmerin, schon langsam ungeduldig, »Sie müssen den Mund genau nach den Wörtern Ihres Gedichts öffnen und nicht einfach so, wie es Ihnen einfällt. Dieser Schauspieler muß es schließlich Ihren Mundbewegungen nachsprechen!«

Und so stand Jaromil vor dem Felsen, öffnete (gehorsam und genau) den Mund, und endlich surrte die Kamera.

10.

Noch vor zwei Tagen hatte er draußen in einer leichten Jacke vor der Kamera gestanden, und heute mußte er bereits Wintermantel, Schal und Hut tragen; es war Schnee gefallen. Sie hatten sich um sechs vor ihrem Haus treffen wollen. Es war nun aber schon Viertel nach sechs, und der Rotschopf kam immer noch nicht.

Wenn man sich ein wenig verspätet, ist das gewiß

keine ernste Sache; doch Jaromil war im Laufe der letzten Tage zu oft gedemütigt worden und hatte keine Kraft mehr, auch nur ein Gran einer weiteren Demütigung zu ertragen; er mußte vor dem Haus auf und ab gehen auf einer Straße, die voller Passanten war; alle Vorbeigehenden konnten sehen, daß er auf jemanden wartete, der es nicht eilig hatte zu kommen, daß er öffentlich seine Niederlage zur Schau stellen mußte.

Er fürchtete sich, auf die Armbanduhr zu sehen, da dieser vielsagende Blick ihn vor der ganzen Straße als versetzten Liebhaber kenntlich gemacht hätte; er schob den Mantelärmel etwas hoch und steckte ihn so unter das Uhrband, daß er die Zeit ganz unauffällig ablesen konnte; als er beobachtete, daß der große Zeiger schon um fünf Minuten über die Drei hinausgewandert war, wurde er schier rasend: wieso kam er immer vor der vereinbarten Zeit, sie dagegen, die Dümmere, Häßlichere, mit Verspätung?

Endlich kam sie und fand Jaromil mit steinernem Gesicht. Sie gingen in ihr Zimmer, setzten sich, und das Mädchen entschuldigte sich: sie sei bei einer Freundin gewesen. Das war das Schlimmste, was sie sagen konnte. Allerdings hätte sie sich wohl mit überhaupt nichts rechtfertigen können, am wenigsten jedoch mit irgendeiner Freundin, die für ihn der Inbegriff des Bedeutungslosen war. Er sagte, er verstehe die Wichtigkeit ihrer Unterhaltung mit der

Freundin sehr gut und schlage ihr deshalb vor, wieder zu ihr zurückzukehren.

Das Mädchen sah: es stand schlimm; sie sagte, sie habe mit der Freundin sehr wichtige Dinge besprochen; die Freundin trenne sich von ihrem Geliebten; es sei wahnsinnig traurig, die Freundin habe geweint und sie habe sie trösten müssen und nicht weggehen können, bevor die Freundin sich nicht etwas beruhigt habe.

Jaromil sagte, es sei sehr edel von ihr, daß sie der Freundin die Tränen getrocknet habe. Wer aber werde jetzt ihre Tränen trocknen, wenn Jaromil sich von ihr trenne, weil er sich weigere, weiter mit einem Mädchen zu gehen, der die albernen Tränen einer dummen Freundin mehr bedeuteten als er?

Das Mädchen begriff: es wurde immer schlimmer; sie sagte, sie entschuldige sich, es tue ihr leid, Jaromil möge ihr verzeihen.

Das war nach dieser Demütigung zu wenig für seine Unersättlichkeit; er verkündete, ihre Entschuldigungen änderten nichts an seiner Überzeugung: was das rothaarige Mädchen Liebe nenne, sei keine Liebe; nein, verwahrte er sich im voraus, es sei nicht Kleinlichkeit seinerseits, wenn er aus einer anscheinend banalen Episode so weitreichende Schlüsse ziehe; gerade in den Details verrate sich das Wesen ihrer Beziehung zu ihm; dieses unerträglich Legere, dieses sorglos Selbstverständliche, mit dem sie Jaromil genauso behandelte wie eine Freundin, einen Kunden im Laden, einen Passanten auf der Straße! Sie solle nie mehr wagen, ihm zu sagen, sie liebe ihn! Ihre Liebe sei lediglich eine klägliche Imitation der Liebe!

Das Mädchen sah: es konnte nicht schlimmer werden. Sie versuchte, Jaromil mit einem Kuß aus seiner haßerfüllten Traurigkeit zu reißen; fast brutal stieß er sie fort, und sie nutzte die Gelegenheit dazu, um vor ihm auf die Knie zu fallen und ihren Kopf an seinen Bauch zu pressen; Jaromil schwankte einen Augenblick, hob sie dann aber vom Boden auf und bat sie kühl, ihn nicht anzurühren.

Der Haß, der ihm in den Kopf gestiegen war wie Alkohol, war schön und verzauberte ihn; und er war um so mehr verzaubert, als dieser Haß von dem Mädchen zurückschlug und auch ihn verletzte; seine Wut war selbstquälerisch, denn er wußte gut, daß er, wenn er das rothaarige Mädchen fortjagte, die einzige Frau verjagte, die er hatte; er ahnte wohl, daß seine Wut nicht gerechtfertigt war und er das Mädchen ungerecht behandelte; vielleicht war er aber gerade deshalb so grausam, weil das, was ihn anzog, der Abgrund war; der Abgrund der Vereinsamung, der Abgrund der Selbstverurteilung; er wußte, daß er ohne das Mädchen nicht glücklich sein würde (er würde allein sein) und auch nicht mit sich selbst zufrieden (er würde wissen, daß er unrecht getan hatte), doch dieses Wissen war machtlos gegen den schönen Rausch der

Wut. Er sagte dem Mädchen, daß das, was er gerade gesagt habe, nicht nur für diesen Augenblick gelte, sondern für immer: er wolle nie mehr, daß ihre Hand ihn berühre.

Es war nicht das erste Mal, daß sich das Mädchen Jaromils erbarmungsloser Wut und Eifersucht gegenübersah; nur hörte sie diesmal in seiner Stimme eine fast rasende Entschlossenheit; sie ahnte, daß Jaromil zu allem fähig war, um seine unverständliche Wut zu besänftigen. Darum sagte sie, fast im letzten Augenblick, fast am äußersten Rand des Abgrunds: »Bitte, sei mir nicht böse. Sei mir nicht böse, daß ich dich angelogen habe. Ich war nicht bei einer Freundin.«

Das verwirrte ihn: »Wo warst du dann?«

»Du wirst böse sein, du magst ihn nicht, aber ich kann nichts dafür, ich mußte zu ihm.«

»Bei wem bist du gewesen?«

»Bei meinem Bruder. Bei dem, der hier gewohnt hat.«

Das erzürnte ihn: »Was hast du denn dauernd mit dem?«

»Sei nicht böse, er bedeutet mir nicht viel, verglichen mit dir ist er für mich nichts, aber begreif doch, er ist nun mal mein Bruder, wir sind fünfzehn Jahre miteinander aufgewachsen. Er fährt weg. Für lange. Ich mußte mich von ihm verabschieden.«

Dieses sentimentale Abschiednehmen von ihrem Bruder war ihm zuwider: »Wohin verreist dein Bruder denn, daß du dich so lange von ihm verabschieden mußt, daß du darüber alles andere vergißt? Fährt er für eine Woche auf Dienstreise? Oder sogar übers Wochenende ins Landhaus?«

Nein, er fahre weder ins Landhaus noch auf eine Dienstreise; es sei etwas viel Ernsteres, und sie könne es Jaromil nicht sagen, weil sie wisse, wie sehr er sich ärgern würde.

»Und das nennst du Liebe? Wenn du etwas vor mir verbirgst, das ich nicht billige? Wenn du etwas vor mir verheimlichst?«

Ja, sie wisse gut, daß Liebe bedeute, einander alles zu sagen, doch er müsse sie begreifen: sie habe Angst, ganz einfach Angst ...

»Was kann es sein, das dir Angst macht? Wohin könnte dein Bruder fahren, daß du Angst hast, es zu sagen?«

Ahnt Jaromil denn tatsächlich nichts? Kann er wirklich nicht erraten, worum es geht?

Nein, Jaromil kann es nicht erraten (und in diesem Moment hinkt sein Zorn nur noch seiner Neugier hinterher).

Endlich vertraut sich ihm das Mädchen an: ihr Bruder hat beschlossen, das Land heimlich, illegal, gesetzeswidrig zu verlassen; schon in zwei Tagen wird er jenseits der Grenzen sein.

Was? Der Bruder will die junge sozialistische Republik verlassen? Der Bruder will die Revolution verraten? Der Bruder will ein Emigrant werden? Weiß er denn nicht, was es bedeutet, Emigrant zu sein? Weiß er denn nicht, daß jeder Emigrant automatisch von ausländischen Spionagediensten angeheuert wird, die dieses Land vernichten wollen?

Das Mädchen senkte den Kopf und stimmte zu. Ihr Instinkt sagte ihr, daß Jaromil ihr eher die verräterische Flucht ihres Bruders als ein fünfzehnminütiges Warten verzeihen würde. Darum nickte sie und sagte, sie stimme allem zu, was Jaromil gesagt habe.

»Was hat es für einen Sinn, daß du mir zustimmst? Du hättest es ihm ausreden sollen! Hättest ihn zurückhalten müssen!«

Ja, sie habe es ihm auszureden versucht; sie habe alles getan, was sie habe tun können, um es ihm auszureden; genau deshalb sei sie schließlich zu spät gekommen; jetzt begreife Jaromil vielleicht, weshalb sie sich verspätet habe; vielleicht könne er ihr jetzt verzeihen.

Erstaunlicherweise sagte Jaromil tatsächlich, er verzeihe ihr die Verspätung; er könne ihr aber nicht verzeihen, daß ihr Bruder ins Ausland reise: »Dein Bruder steht auf der anderen Seite der Barrikade. Darum ist er mein persönlicher Feind. Falls ein Krieg ausbrechen sollte, wird dein Bruder auf mich und ich auf ihn schießen. Bist du dir dessen bewußt?«

»Ja, ich bin mir dessen bewußt«, sagte das rothaarige Mädchen und versicherte, sie werde immer nur auf seiner Seite stehen; bei ihm und bei niemand anderem.

»Wie willst du auf meiner Seite stehen? Wenn du wirklich auf meiner Seite stündest, könntest du deinen Bruder nicht ins Ausland gehen lassen!«

»Was hätte ich denn tun sollen? Habe ich etwa die Kraft, ihn zurückzuhalten?«

»Du hättest auf der Stelle zu mir kommen sollen, ich hätte schon gewußt, was zu tun ist. Statt dessen hast du gelogen! Hast eine Freundin erfunden! Mich hinters Licht führen wollen! Und zugleich sagst du, daß du auf meiner Seite stehst!«

Sie schwor ihm, wirklich immer nur auf seiner Seite zu stehen, was immer auch kommen möge.

»Wenn es wahr wäre, was du sagst, hättest du die Polizei benachrichtigt!«

Was, die Polizei? Sie könne doch nicht den eigenen Bruder bei der Polizei anzeigen! Das gehe doch nicht!

Jaromil duldete keinen Widerspruch: »Warum soll das nicht gehen? Wenn du sie nicht benachrichtigst, werde ich es tun!«

Das Mädchen wiederholte abermals, Bruder sei Bruder und es sei ihr unvorstellbar, ihn bei der Polizei anzuzeigen.

»Bedeutet dir dein Bruder also mehr als ich?«

Bestimmt nicht, aber das heiße doch deshalb nicht, daß sie ihn anzeigen müsse.

»Liebe bedeutet alles oder nichts. Liebe ist entweder total, oder sie ist nicht. Ich stehe hier, und er steht auf der anderen Seite. Du mußt auf meiner Seite stehen und nicht irgendwo in der Mitte zwischen uns. Und wenn du auf meiner Seite stehst, mußt du tun, was ich tue, wollen, was ich will. Für mich ist das Schicksal der Revolution mein eigenes Schicksal. Wer gegen die Revolution handelt, handelt gegen mich. Und wenn meine Feinde nicht auch deine Feinde sind, bist du ebenfalls mein Feind.«

Nein, nein, sie sei nicht sein Feind; sie wolle in allem mit ihm eins sein; schließlich wisse auch sie, daß Liebe alles oder nichts bedeute.

»Ja, Liebe bedeutet alles oder nichts. Neben einer wahrhaftigen Liebe verblaßt alles, wird alles andere zu nichts.«

Ja, sie sei seiner Meinung, ja, sie empfinde es genauso.

»Ja, genau daran erkennt man die wahre Liebe, daß sie für das, was der Rest der Welt sagt, völlig taub ist. Nur hörst du immerfort, was jemand dir sagt, immer nimmst du auf alle Rücksicht, und mit dieser Rücksicht trittst du auf mir herum.«

Großer Gott, sie wolle doch nicht auf ihm herumtrampeln, sie sei nur entsetzt bei dem Gedanken, sie könne dem Bruder schreckliches Unrecht antun, das er schrecklich würde büßen müssen.

»Und wenn er dafür büßen wird? Wenn er dafür

büßt, büßt er zu Recht. Oder fürchtest du dich etwa vor ihm? Fürchtest du, dich von ihm zu trennen? Fürchtest du, dich von deiner Familie zu trennen? Willst du ewig an ihr kleben? Wenn du wüßtest, wie sehr ich deine Halbheiten hasse, deine fürchterliche Unfähigkeit zu lieben!«

Nein, das sei nicht wahr, daß sie unfähig sei zu lieben; sie liebe ihn, wie sehr sie nur könne.

»Ja, du liebst mich, wie sehr du nur kannst«, lachte er, »nur kannst du überhaupt nicht lieben! Du kannst überhaupt nicht lieben!«

Von neuem schwor sie ihm, das stimme nicht.

»Könntest du ohne mich leben?«

Sie schwor, es nicht zu können.

»Könntest du leben, wenn ich gestorben wäre?«

Nein, nein, nein.

»Könntest du leben, wenn ich dich verließe?«

Nein, nein, nein, schüttelte sie den Kopf.

Was konnte er noch mehr wollen? Sein Zorn war verflogen, zurückgeblieben war nur eine große Erregung; ihrer beider Tod war plötzlich bei ihnen; ein süßer, überaus süßer Tod, den sie sich gegenseitig versprachen, falls einer vom anderen verlassen werden sollte. Er sagte mit vor Rührung gebrochener Stimme: »Auch ich könnte ohne dich nicht leben.« Und sie wiederholte, daß sie ohne ihn nicht leben könnte und nicht leben würde, und beide wiederholten diesen Satz so lange, bis eine große, wolkige Berauschung sie in die Arme nahm; sie rissen sich gegenseitig die Kleider vom Leib und liebten sich; plötzlich spürte er ihre Wange unter seiner Hand naß werden; das war wunderbar; es war ihm noch nie widerfahren, daß eine Frau aus Liebe zu ihm weinte; Tränen waren für ihn etwas, das sich im Menschen auflöste, wenn er nicht nur Mensch sein, sondern über sein Schicksal hinausschreiten wollte; es schien ihm, als flüchte der Mensch in der Träne aus seinem materiellen Schicksal, aus seinen Grenzen, als verwandle er sich, werde Ferne und Unermeßlichkeit. Die Nässe ihrer Tränen rührte ihn zutiefst, und auf einmal spürte er, daß auch er weinte; sie liebten sich und waren am ganzen Körper und im ganzen Gesicht feucht, sie liebten sich und lösten sich gleichsam auf, ihre Feuchtigkeit vermengte sich und floß an ihnen hinunter wie zwei Flüsse, sie weinten und liebten sich und waren in diesem Augenblick außerhalb der Welt, sie waren wie ein See, der sich von der Erde gelöst hatte und dem Himmel entgegenschwebte.

Als sie dann wieder ruhig nebeneinanderlagen, streichelten sie einander noch lange die Gesichter; die roten Haare des Mädchens waren strähnig und verklebt und ihr Gesicht gerötet; sie war häßlich, und Jaromil erinnerte sich an sein Gedicht, in dem er geschrieben hatte, daß er alles trinken wolle, was in ihr sei, auch ihre ehemaligen Liebhaber und ihre Häßlichkeit, ihre verklebten roten Haare und die Kotspritzer ihrer Sommersprossen; er streichelte sie und nahm liebevoll ihre rührende Armseligkeit wahr; er wiederholte, daß er sie liebe, und sie wiederholte es ebenso.

Und da er sich nicht von diesem Moment vollkommener Befriedigung verabschieden wollte, in dem der wechselseitig versprochene Tod ihn berauschte, sagte er noch einmal: »Ich könnte wirklich nicht ohne dich leben; ich könnte nicht ohne dich leben.«

»Ja, auch ich wäre wahnsinnig traurig, wenn ich dich nicht hätte, wahnsinnig traurig.«

Er horchte auf: »Du kannst dir also doch vorstellen, ohne mich zu leben?«

Das Mädchen witterte den gestellten Hinterhalt nicht: »Ich wäre furchtbar traurig.«

»Aber leben könntest du.«

»Was sollte ich tun, wenn du mich verließest? Aber ich wäre furchtbar traurig.«

Jaromil begriff, daß er Opfer eines Mißverständnisses geworden war; der Rotschopf hatte ihm nicht ihren Tod versprochen, und als sie gesagt hatte, sie könne ohne ihn nicht leben, hatte sie das nur als Liebesschmeichelei, als ausschmückende Phrase, als Metapher verstanden; das arme Dummerchen, es ahnte überhaupt nicht, worum es ging; sie versprach ihm ihre Trauer, ihm, der nur absolute Maße kannte, alles oder nichts, Leben oder Tod. Voll bitterer Ironie fragte er sie: »Und wie lange wärst du traurig? Einen Tag? Oder gar eine ganze Woche?«

»Eine Woche«, lächelte sie bitter, »mein Xavuschek, wie denn eine Woche …« Sie schmiegte sich an ihn, um ihm mit dieser Berührung des Körpers anzudeuten, daß ihre Trauer sich kaum in Wochen messen ließ.

Und Jaromil überlegte: Was wiegt ihre Liebe? Einige Wochen Trauer, gut. Aber was ist Trauer überhaupt? Ein bißchen schlechte Laune, ein bißchen Wehmut. Und was ist schon eine Woche Trauer? Niemand ist schließlich in der Lage, ununterbrochen zu klagen. Wäre sie einige Minuten am Nachmittag und einige Minuten am Abend traurig, wie viele Minuten ergäbe das insgesamt? Wie viele Minuten Trauer wiegt ihre Liebe? Auf wie viele Minuten Trauer schätzt sie ihn ein?

Er stellte sich seinen Tod vor, und er stellte sich ihr Leben vor, gleichgültig, durch nichts erschüttert, wie es sich fröhlich und fremd über sein Nichtsein erhob.

Er wollte den gereizten, eifersüchtigen Dialog nicht noch einmal aufnehmen; er hörte ihre Stimme, die ihn fragte, warum er traurig sei, und er antwortete nicht. Er nahm die Zärtlichkeit dieser Stimme als wirkungslosen Balsam wahr.

Dann stand er auf und zog sich an; er war ihr nicht mehr böse; sie fragte ihn immer wieder, weshalb er böse sei, und statt einer Antwort streichelte er nur wehmütig ihr Gesicht. Und dann sagte er, während er ihr aufmerksam in die Augen sah: »Willst du allein zur Polizei gehen?«

Sie hatte geglaubt, der herrliche Liebesakt habe seinen Zorn auf den Bruder ein für allemal beschwichtigt; sie war überrascht über die Frage und wußte nicht, was sie antworten sollte.

Wieder fragte er (traurig und ruhig): »Gehst du allein zur Polizei?«

Sie stotterte etwas; sie wollte ihn von seinem Vorhaben abbringen, fürchtete aber zugleich, das klar zu sagen; das Ausweichende ihres Stotterns war jedoch so unüberhörbar, daß Jaromil sagte: »Ich verstehe es, daß du nicht hingehen willst. Ich werde es also selbst erledigen«, und er steichelte wieder (mitleidig, traurig und enttäuscht) ihr Gesicht.

Sie war verwirrt und brachte kein Wort hervor. Sie küßten sich, und er ging.

Am Morgen erwachte er erst, als die Mutter schon fort war. Ganz früh, als er noch geschlafen hatte, hatte sie ihm Hemd, Krawatte, Hose, Jackett und natürlich auch eine Unterhose auf dem Stuhl zurechtgelegt. Es war unmöglich, diese zwanzig Jahre dauernde Gewohnheit zu durchbrechen, und Jaromil hatte sie immer passiv hingenommen. Doch als er an diesem Tag die zusammengefaltete hellbeige Unterhose mit den breiten, flatternden Beinen und dem großen Schlitz auf dem Bauch sah, der fast laut zum Urinieren aufforderte, wurde er von einer feierlichen Wut gepackt.

Ja, diesmal stand er auf, wie man an einem großen und entscheidenden Tag aufsteht. Er nahm die Unterhose in seine ausgestreckten Hände und betrachtete sie; er betrachtete sie aufmerksam und mit fast liebevollem Haß; dann steckte er den Rand eines Hosenbeins in den Mund und biß die Zähne zusammen; er faßte das andere Bein mit der rechten Hand und riß heftig daran; er hörte das Reißen des Stoffs; die zerrissene Unterhose warf er auf den Boden, mochte sie dort liegenbleiben, bis die Mutter sie fand.

Dann zog er eine gelbe Turnhose an, dann das bereitgelegte Hemd, die Krawatte, die Hose und das Jackett und verließ das Haus.

11.

In der Pförtnerloge gab er seinen Personalausweis ab (das war Pflicht für jeden, der das große Haus, in dem die Staatssicherheit untergebracht war, betreten wollte) und stieg die Treppen hinauf. Schauen Sie ihn an, wie er geht, wie er auf jeden Schritt achtet! Er geht, als trüge er sein ganzes Schicksal auf den Schultern; er schreitet empor, als ginge er nicht nur in das nächsthöhere Stockwerk eines Gebäudes, sondern zugleich auch in ein höheres Stockwerk seines eigenen Lebens, von dem aus er würde sehen können, was er bisher noch nicht gesehen hatte.

Alles schien ihm gewogen zu sein; als er das Büro

betrat, sah er das Gesicht des Mitschülers, und es war dies das Gesicht eines Kameraden; es lächelte ihm freudig entgegen; es war angenehm überrascht; es war froh.

Der Hausmeisterssohn sagte, er freue sich sehr, daß Jaromil ihn besuche, und in Jaromils Seele breitete sich Wohlgefühl aus. Er nahm auf dem angebotenen Stuhl Platz und hatte zum ersten Mal tatsächlich das Gefühl, seinem Mitschüler hier von Mann zu Mann gegenüberzusitzen; wie ein Gleichberechtigter einem Gleichberechtigten, ein Harter einem Harten.

Ein Weilchen redeten sie, wie Kameraden miteinander reden, doch war dies für Jaromil nur die wunderschöne Ouvertüre, während der er ungeduldig wartete, bis der Vorhang hochgehen würde. »Ich möchte dir etwas sehr Wichtiges mitteilen«, sagte er dann mit ernster Stimme, »ich weiß von jemandem, der in den nächsten Stunden über die Grenze gehen will. Da müssen wir etwas unternehmen.«

Der Hausmeisterssohn wurde sehr aufmerksam und stellte Jaromil einige Fragen. Jaromil beantwortete sie rasch und präzise.

»Das ist eine sehr ernste Sache«, sagte der Hausmeisterssohn, »das kann ich allein nicht entscheiden.«

Er führte Jaromil durch einen langen Flur in ein anderes Büro, wo er ihn einem älteren Herrn in Zivil vorstellte; er stellte ihn als seinen Freund vor, so daß jener ältere Herr Jaromil freundschaftlich zulächelte; sie riefen eine Schreibkraft und setzten ein Protokoll auf; Jaromil mußte alles genau angeben; wie sein Mädchen hieß; wo sie angestellt war; wie alt sie war; woher er sie kannte; wie ihre Familie war; wo ihr Vater, ihre Brüder und Schwestern arbeiteten; wann sie ihm die geplante Flucht des Bruders mitgeteilt hatte; wer dieser Bruder war; was Jaromil über ihn wußte.

Jaromil wußte viel über ihn, das Mädchen hatte oft von ihm erzählt; gerade das sei der Grund, weshalb er die ganze Sache für äußerst wichtig halte und sich beeilt habe, seine Genossen, seine Mitkämpfer, seine Freunde zu informieren. Der Bruder hasse nämlich die hiesige politische Ordnung; wie traurig das doch sei! Der Bruder stamme aus einer ganz bescheidenen, armen Familie, habe früher aber als Fahrer eines bourgeoisen Politikers gearbeitet und sei so auf Leben und Tod mit Leuten verbündet, die gegen diesen Staat etwas im Schilde führten; ja, das könne er mit absoluter Sicherheit bezeugen, da sein Mädchen ihm die Ansichten ihres Bruders sehr genau wiedergegeben habe; der Bruder sei bereit, auf Kommunisten zu schießen; Jaromil könne sich sehr gut vorstellen, was dieser Bruder tun werde, wenn er emigriere; Jaromil wisse, daß seine einzige Leidenschaft darin bestehe, den Sozialismus zu vernichten.

Mit männlicher Sachlichkeit diktierten die drei der

Schreibkraft das Protokoll, und dann sagte der ältere Mann zum Hausmeisterssohn, er solle sofort das Notwendige veranlassen. Als sie allein im Raum waren, dankte er Jaromil für seine Dienste. Er sagte, wenn das ganze Volk so wachsam wäre wie er, wäre das sozialistische Vaterland uneinnehmbar. Und er sagte weiter, es würde ihn freuen, wenn es nicht bei dieser einen Begegnung zwischen ihnen bliebe. Jaromil wisse gewiß selbst sehr gut, wie viele Feinde dieser Staat überall habe; Jaromil bewege sich an der Fakultät unter Studenten und kenne möglicherweise auch Leute aus literarischen Kreisen. Ja, man wisse, daß es größtenteils ehrbare Leute seien; es bewegten sich unter ihnen aber auch subversive Elemente.

Jaromil sah dem Polizisten begeistert ins Gesicht; es schien ihm schön; es war von tiefen Falten zerfurcht und zeugte von einem harten Männerleben. Ja, auch Jaromil werde es sehr freuen, wenn es nicht bei dieser einen Begegnung bliebe. Er wünschte sich nichts mehr als das; er wisse, wo sein Platz sei.

Sie reichten einander die Hände und lächelten sich zu.

Mit diesem Lächeln in der Seele (dem wunderbar zerfurchten Lächeln eines Mannes) verließ Jaromil das Polizeigebäude. Er stand auf den Stufen, die zum Gehsteig hinunterführten, und er sah, wie sonnig der frostige Vormittag über den Dächern der Stadt schwebte. Er atmete die kalte Luft ein und fühlte sich übervoll von Männlichkeit, die durch all seine Poren nach außen drang und Lust hatte zu singen.

Zunächst wollte er gleich nach Hause gehen, sich an den Arbeitstisch setzen und ein Gedicht schreiben. Nach drei Schritten jedoch kehrte er um; er wollte nicht allein sein. Er hatte das Gefühl, seine Gesichtszüge seien in der vergangenen Stunde härter, sein Schritt bestimmter, seine Stimme rauher geworden, und er wünschte sich sehr, in dieser Veränderung gesehen zu werden. Er ging in die Fakultät und fing mit jedem zu reden an. Zwar sagte ihm niemand, er sei anders als vorher, doch die Sonne schien noch immer, und über den Schornsteinen der Stadt schwebte noch immer das ungeschriebene Gedicht. Er ging nach Hause und schloß sich in sein Zimmer ein. Er schrieb einige Blätter voll, war aber nicht sonderlich zufrieden.

Deshalb legte er die Feder weg und begann zu träumen; er träumte von der geheimnisvollen Schwelle, die es für einen Jungen zu überschreiten galt, um ein Mann zu werden; es schien ihm, als kenne er den Namen dieser Schwelle; es war nicht die Liebe, die Schwelle hieß: Pflicht. Über die Pflicht ließen sich nur schwer Gedichte schreiben; welche Phantasie sollte durch dieses strenge Wort entzündet werden? Jaromil wußte jedoch, daß gerade eine von diesem Wort geweckte Phantasie neu war, noch nie dagewesen und unerwartet; er meinte zudem nicht den alten Begriff der Pflicht, nicht die verordnete, von außen auferlegte Pflicht, sondern jene, die der Mensch sich selbst aufgab, die er frei wählte, die freiwillige Pflicht, die Zeugnis ablegte von der Kühnheit und dem Stolz des Menschen.

Diese Betrachtungen erfüllten Jaromil mit Stolz, denn er skizzierte auf diese Weise ein ganz neues Portrait von sich selbst. Schon wünschte er sich wieder, in seiner wunderbaren Verwandlung gesehen zu werden, und eilte zum rothaarigen Mädchen. Es war wieder ungefähr sechs Uhr, und sie hätte längst zu Hause sein müssen. Doch vom Vermieter erhielt er die Auskunft, daß sie noch nicht aus dem Geschäft zurückgekommen sei. Vor einer halben Stunde hätten bereits zwei Herren nach ihr gefragt, und er habe ihnen mitteilen müssen, seine Untermieterin sei noch nicht zu Hause.

Jaromil hatte Zeit im Überfluß, und so schlenderte er die Straße des Rotschopfs hinauf und hinunter. Nach einiger Zeit bemerkte er zwei Männer, die ebenso wie er hin- und herspazierten; wahrscheinlich waren es, fiel Jaromil ein, die beiden, von denen der Vermieter gesprochen hatte; dann sah er, wie auf der anderen Straßenseite das rothaarige Mädchen kam. Er wollte nicht, daß sie ihn sah; er stellte sich in einen Hauseingang und beobachtete, wie sein Mädchen mit raschen Schritten auf ihr Haus zuging und darin verschwand. Dann sah er, daß die beiden Männer ihr folgten. Er war verunsichert und wagte nicht, sich von der Stelle zu rühren. Etwa eine Minute später kamen alle drei aus dem Haus; erst jetzt bemerkte er, daß ganz in der Nähe ein Auto stand; die beiden Männer und das Mädchen stiegen ein und fuhren davon.

Jaromil begriff, daß die beiden Herren mit größter Wahrscheinlichkeit Polizisten waren, und neben einem eisigen Erschrecken spürte er das erhebende Erstaunen, daß das, was er am Morgen getan hatte, eine wahrhaftige Tat gewesen war, auf deren Befehl hin sich die Dinge in Bewegung gesetzt hatten.

Am nächsten Tag beeilte er sich, um sein Mädchen sofort abfangen zu können, wenn sie von der Arbeit kam. Doch der Vermieter teilte ihm mit, daß der Rotschopf seit dem Zeitpunkt, da sie die zwei Herren weggeführt hätten, nicht mehr nach Hause zurückgekehrt sei.

Jaromil war irritiert. Am folgenden Tag ging er gleich in der Früh zur Polizei. Der Hausmeisterssohn verhielt sich immer noch kameradschaftlich, drückte ihm die Hand, lächelte jovial, und als Jaromil fragte, was mit seinem Mädchen los sei, sie sei bis jetzt nicht nach Hause zurückgekehrt, sagte der Hausmeisterssohn, er solle sich keine Sorgen machen. »Du hast uns auf eine sehr wichtige Fährte geführt. Wir müssen den beiden gründlich auf den Zahn fühlen«, sagte er und lächelte vieldeutig.

Und wieder trat Jaromil aus dem Polizeigebäude in

den frostig sonnigen Vormittag, und wieder atmete er die eisige Luft ein und fühlte sich groß und erfüllt von seinem Schicksal. Und doch war es anders als zwei Tage zuvor. Erst jetzt fiel ihm auf, daß er durch seine Tat *in eine Tragödie getreten war.*

Ja, so sagte er sich das wörtlich, als er die breite Treppe zur Straße hinunterstieg: ich schreite in eine Tragödie. Immer wieder hörte er das jovial bedrohliche *Wir müssen den beiden gründlich auf den Zahn fühlen*, und diese Worte erregten seine Phantasie; es wurde ihm klar, sein Mädchen war jetzt in den Händen fremder Männer, sie war ihnen ausgeliefert, sie schwebte in Gefahr, und ein mehrtägiges Verhör war gewiß kein Honiglecken; er erinnerte sich daran, was seine Mitschüler ihm von dem schwarzhaarigen Juden und der Härte seiner eigenen Arbeit erzählt hatten. Alle diese Gedanken und Vorstellungen erfüllten ihn mit einer Art süßer, duftender und erhabener Substanz, so daß ihm schien, er werde größer und schreite durch die Straßen wie ein mobiles Monument der Trauer.

Und dann fiel ihm ein, daß er nun wußte, weshalb er vor zwei Tagen einige Blätter mit Versen vollgeschrieben hatte, die nichts wert waren. Heute erst verstand er seine eigene Tat, sich selbst und sein Schicksal. Vor zwei Tagen hatte er im Grunde noch nicht gewußt, was er getan hatte. Vor zwei Tagen hatte er Verse über die Pflicht schreiben wollen, heute jedoch wußte er mehr: der Ruhm der Pflicht erblühte auf dem abgehackten Haupt der Liebe.

Jaromil ging durch die Gassen und war betäubt von seinem eigenen Schicksal. Und dann kam er nach Hause und fand dort einen Brief vor. Ich würde mich sehr freuen, wenn Sie nächste Woche dann und dann zu einer kleinen Party kämen, wo Sie eine Gesellschaft vorfinden werden, die Sie vielleicht interessieren wird. Unterschrift der Filmerin.

Obwohl die Einladung nichts Bestimmtes versprach, freute sich Jaromil über die Maßen, bewies sie doch, daß die Filmerin keine verpaßte Gelegenheit und ihrer beider Geschichte nicht abgeschlossen war, sondern das Spiel weitergespielt wurde. Und ihm drängte sich ein eigenartiger, unklarer Gedanke auf, es müsse ein tieferer Sinn darin liegen, daß dieser Brief ausgerechnet an dem Tag eingetroffen war, an dem er die Tragik seiner Situation erkannt hatte; er hatte das unbestimmte, erhebende Gefühl, daß all das, was er in den vergangenen zwei Tagen erlebt hatte, ihn endlich dazu befähigte, der strahlend schönen, schwarzhaarigen Filmerin Aug in Auge gegenüberzustehen und selbstsicher, ohne Lampenfieber und als Mann auf ihrer Party erscheinen zu können.

Er fühlte sich gut wie nie zuvor. Er fühlte sich voller Verse und setzte sich an den Tisch. Nein, Liebe und Pflicht durften nicht zu Gegensätzen gemacht werden, sagte er sich, das wäre die alte

Auffassung des Problems gewesen. Liebe oder Pflicht, Geliebte oder Revolution, nein, nein, so ging das nicht. Er hatte den Rotschopf schließlich nicht in Gefahr gebracht, weil ihm die Liebe nichts bedeutet hätte; gerade er wollte doch, daß die Welt von morgen eine Welt war, in der die Menschen mehr lieben würden als je zuvor. Ja, so war es: Jaromil hatte sein Mädchen gerade deshalb in Gefahr gebracht, weil er sie mehr liebte als andere Männer ihre Frauen, gerade weil er wußte, was die Liebe und die künftige Welt der Liebe waren. Allerdings war es schrecklich, eine konkrete Frau (rothaarig, sommersprossig, zierlich und geschwätzig) der künftigen Welt zu opfern, aber vielleicht war gerade das die einzige wirkliche Tragödie unserer Tage, die großer Verse, eines großen Gedichts würdig war!

Und er saß am Tisch, schrieb, stand vom Tisch auf und ging durchs Zimmer, und er glaubte, daß das, was er schrieb, das Größte sei, was er bisher geschrieben hatte.

Es war ein rauschhafter Abend, rauschhafter als alle Liebesabende, die er sich vorstellen konnte, es war ein rauschhafter Abend, auch wenn er ihn in seinem Kinderzimmer verbrachte; die Mutter war im Nebenzimmer, und Jaromil hatte völlig vergessen, daß er ihr je böse gewesen war; als sie an die Zimmertür klopfte und ihn fragte, was er mache, nannte er sie sogar zärtlich *Mama* und bat sie, ihm Ruhe und Konzentration zu gönnen: »Denn heute schreibe ich das größte Gedicht meines Lebens.« Die Mutter lächelte (mütterlich, rücksichtsvoll, verständig) und gönnte ihm die Ruhe.

Dann legte er sich ins Bett, und es kam ihm der Gedanke, daß sein Mädchen in diesem Moment von lauter Männern umgeben war: Polizisten, Untersuchungsbeamten, Wärtern; daß sie mit ihr tun konnten, was sie wollten; daß sie zuschauten, wie sie sich die Häftlingskleider anzog; daß der Wärter durchs Gucklock in der Tür beobachtete, wie sie sich in der Zelle auf den Eimer setzte und urinierte.

Er glaubte nicht wirklich an diese extremen Möglichkeiten (vielleicht wurde sie nur verhört und bald wieder freigelassen), doch die Phantasie konnte er nicht bändigen: immer und immer wieder stellte er sich vor, wie sie in der Zelle auf dem Eimer saß und ein fremder Mann sie beobachtete; wie die Untersuchungsbeamten ihr die Kleider vom Leib rissen; eines aber machte ihn stutzig: bei all diesen Vorstellungen empfand er überhaupt keine Eifersucht!

Mein mußt du sein, um durch die Folter zu sterben, wenn ich es wünsche, fliegt Keats Aufschrei durch den Raum der Jahrhunderte. Warum sollte Jaromil eifersüchtig sein? Der Rotschopf gehörte ihm jetzt mehr denn je: ihr Schicksal war seine Schöpfung; es war sein Auge, das sie beobachtete, wenn sie in den Eimer urinierte; es waren seine Hände, die sie durch die

Hände der Wärter berührten; sie war sein Opfer, sein Werk, sie war sein, sein, sein.

Jaromil war nicht eifersüchtig; er schlief in dieser Nacht den Schlaf der Männer.

Sechster Teil
oder
Der Vierzigjährige

I.

Der erste Teil unserer Geschichte umfaßt fünfzehn Jahre von Jaromils Leben, der fünfte dagegen, obwohl viel länger, kaum ein Jahr. Die Zeit durchfließt dieses Buch folglich in umgekehrtem Tempo wie im wirklichen Leben: sie verlangsamt sich.

Das kommt daher, daß wir Jaromils Geschichte von einer Warte aus betrachten, die wir am Punkt seines Ablebens errichtet haben. Seine Kindheit ist für uns eine Ferne, in der die Monate und die Jahre zerfließen; er ist mit seiner Mutter von diesem nebligen Horizont bis zu der Warte gewandert, in deren Nähe schon alles deutlich sichtbar ist, wie der Vordergrund eines alten Gemäldes, auf dem man an den Bäumen jedes Blatt und auf den Blättern die zarten Äderungen sieht.

Wie Ihr Leben durch den Beruf und die Ehe bestimmt wird, für die Sie sich entschieden haben, so ist unser Roman vom Blickwinkel der Warte bestimmt, von der aus wir nur Jaromil und seine Mutter sehen, während wir die übrigen Personen nur dann zu Gesicht bekommen dürfen, wenn sie in Gegenwart dieser beiden Protagonisten auftreten. Wir haben dieses Vorgehen gewählt, wie Sie Ihr Schicksal gewählt haben, und unsere Wahl ist ebenso unwiderruflich.

Jeder Mensch bedauert, nicht auch ein anderes Leben als das eine, einzige, leben zu können; auch Sie würden gerne alle Ihre nicht verwirklichten Möglichkeiten durchleben, alle Ihre möglichen Leben. (Ach, unerreichbarer Xaver!) Unser Roman ist wie Sie. Auch er wünscht sich sehr, andere Romane zu sein, jene, die er hätte werden können, aber nicht war.

Deshalb träumen wir unablässig von anderen möglichen, aber nicht errichteten Warten. Was wäre, wenn wir Sie zum Beispiel in das Leben des Malers, des Hausmeisterssohns oder des Rotschopfs gestellt hätten? Was wissen wir denn von Ihnen? Kaum mehr als der törichte Jaromil, der eigentlich nie von jemandem etwas gewußt hat! Was wäre das wohl für ein Roman, der die Karriere des verpönten Hausmeisterssohns verfolgte und in dem der ehemalige Mitschüler, der Dichter, nur ein- oder zweimal in einer Episode aufträte! Oder wenn wir die Geschichte des Malers verfolgten und endlich erfahren könnten, was er in Wirklichkeit von seiner Geliebten hielt, deren Bauch er mit Tusche bemalte!

Wenn der Mensch also auf keine Weise aus seinem Leben springen kann, ist dann der Roman nicht doch viel freier? Was wäre, wenn wir die Warte schnell und heimlich niederrissen und sie wenigstens für eine Weile anderswohin stellten? Vielleicht weit hinter Jaromils Tod! Vielleicht sogar in unsere Tage, wo sich niemand, gar niemand mehr (vor einigen Jahren ist auch die Mutter gestorben) an Jaromils Namen erinnert ...

2.

Ach Gott, wenn wir die Warte hierher stellten! Und zum Beispiel alle zehn Dichter besuchten, die am Poesieabend der Polizisten mit ihm auf dem Podium saßen! Wo sind die Gedichte, die damals rezitiert wurden? Niemand, niemand erinnert sich mehr daran, und die Dichter selbst würden sie vor uns verleugnen; denn sie schämen sich ihrer, alle schämen sich ihrer...

Was ist eigentlich geblieben von dieser fernen Zeit? Heute sind es für alle die Jahre der politischen Prozesse, der Verfolgung, der verbotenen Bücher und der Justizmorde. Wir aber, die wir uns erinnern, wir müssen Zeugnis ablegen: es war nicht nur eine grauenvolle, sondern auch eine lyrische Zeit! Dichter und Henker regierten Hand in Hand.

Die Mauer, hinter der die Menschen eingekerkert wurden, war ganz aus Versen gebaut, und entlang dieser Mauer wurde getanzt. Nein, keine Dance macabre. Damals tanzte die Unschuld! Die Unschuld mit ihrem blutigen Lächeln.

Es sei eine Zeit schlechter Lyrik gewesen? Nicht so ganz! Ein Romancier, der mit den blinden Augen des Konformismus über jene Zeit schrieb, schuf Lügenwerke, die bereits bei ihrer Geburt tot waren. Ein Lyriker jedoch, der mit jener Zeit genauso blind verschmolzen war, hinterließ oft schöne Gedichte. Weil im magischen Feld der Poesie, wie bereits gesagt, jede Behauptung zur Wahrheit wird, falls die Kraft eines Erlebnisses dahintersteht. Und die Lyriker lebten ihre Erlebnisse, bis sich ihre Gefühle in Dunst verwandelten und sich ein Regenbogen über den Himmel spannte, ein wunderbarer Regenbogen über den Gefängnissen ...

Aber nein, wir werden die Warte nicht in unsere Tage stellen, denn es geht uns nicht darum, jene Zeit zu schildern und ihr noch einen weiteren Spiegel vorzuhalten. Wir haben diese Epoche nicht gewählt, weil wir sie gerne portraitiert hätten, sondern einzig und allein darum, weil sie uns als einzigartige Falle für Rimbaud und Lermontow, als einzigartige Falle für die Lyrik und die Jugend vorkam. Was anderes ist ein Roman als eine Falle für den Helden? Wir pfeifen auf eine Beschreibung der Zeit! Uns interessiert der junge Mann, der dichtet!

Dieser junge Mann, den wir Jaromil genannt haben, darf deshalb nie ganz aus unserem Blickfeld verschwinden. Ja, verlassen wir unseren Roman für einen Augenblick, tragen wir die Warte bis ans Ende von Jaromils Leben und stellen wir sie in die Gedanken einer anderen Person, die aus ganz anderem Holz geschnitzt ist. Stellen wir sie aber nicht weiter als zwei, drei Jahre hinter Jaromils Tod, solange er noch nicht von allen vergessen ist. Wir wollen ein Kapitel konstruieren, das zum Rest des Romans etwa im selben Verhältnis steht wie ein Gartenhaus zu einer Villa:

Das Gartenhaus steht einige Dutzend Meter von der Villa entfernt, es ist ein selbständiges Gebäude, auf das die Villa verzichten kann; es ist auch längst von jemand anderem gemietet worden und wird von den Bewohnern der Villa nicht benutzt. In diesem Gartenhaus jedoch steht ein Fenster offen, so daß die Küchendüfte und Menschenstimmen aus der Villa hineinströmen.

3.

Machen wir ein Junggesellenapartment aus diesem Gartenhaus: ein Vorraum mit einem Wandschrank für Kleider, der nachlässig offensteht, ein Badezimmer mit sorgfältig sauberer Wanne, eine Kochnische mit herumstehendem Geschirr und ein Zimmer; in diesem Zimmer eine sehr breite Couch, gegenüber ein großer Spiegel, rundherum Bücherwände, etwa zwei Bilder hinter Glas (Reproduktionen antiker Gemälde oder Skulpturen), ein längliches Tischchen mit zwei Sesseln und ein Fenster mit Ausblick in den Hof, auf Dächer und Kamine.

Es ist Nachmittag, und der Besitzer des Apartments kehrt gerade nach Hause zurück; er öffnet die Aktentasche, entnimmt ihr einen zerknüllten Overall und hängt ihn in den Schrank; dann betritt er das

Zimmer und öffnet sperrangelweit das Fenster; es ist ein sonniger Frühlingstag, ein frisches Lüftchen weht in den Raum, er betritt das Badezimmer, läßt heißes Wasser in die Wanne laufen und zieht sich aus; er betrachtet seinen Körper und ist damit zufrieden; zwar ist er schon Anfang Vierzig, doch seit er körperlich arbeitet, fühlt er sich hervorragend; sein Kopf ist leichter, seine Arme sind kräftiger geworden.

Schon liegt er in der Wanne; er legt ein Holzbrett quer darüber, es dient ihm als Tisch; vor sich hat er Bücher (diese sonderbare Vorliebe für antike Autoren!), er wärmt sich im heißen Wasser und liest in einem der Bücher.

Und dann hört er die Klingel. Zuerst einmal kurz, dann zweimal lang und nach einer kurzen Unterbrechung nochmals kurz.

Er läßt sich ungern durch ungebetene Besucher stören und hat deshalb mit seinen Geliebten und Freunden Signale vereinbart, an denen er erkennt, wer gekommen ist. Zu wem aber gehört dieses Signal?

Er denkt, vielleicht bin ich schon alt und habe ein schlechtes Gedächtnis.

»Augenblick!« ruft er, steigt aus der Wanne, trocknet sich ab, zieht gemächlich seinen Bademantel an und geht die Tür öffnen.

4.

Vor der Tür stand ein Mädchen im Wintermantel.

Er erkannte sie sofort, war aber so überrascht, daß er nicht wußte, was er sagen sollte.

»Man hat mich entlassen«, sagte sie.

»Wann?«

»Heute morgen. Ich habe gewartet, bis du von der Arbeit kommst.«

Er half ihr aus dem Mantel, der braun war und schäbig und schwer; er hängte ihn auf einen Kleiderbügel, den Bügel in die Garderobe. Das Mädchen trug ein Kleid, das der Vierzigjährige gut kannte; er erinnerte sich, daß sie genau in diesem Kleid zum letzten Mal bei ihm gewesen war, ja, in diesem Kleid und in diesem Mantel, und ihm war, als träte in diesen Frühlingsnachmittag ein drei Jahre alter Wintertag.

Auch das Mädchen war überrascht, daß das Zimmer immer noch genauso aussah, wo sich in der Zwischenzeit in ihrem Leben doch so viel verändert hatte. »Hier ist noch alles, wie es war«, sagte sie.

»Ja, alles ist, wie es war«, pflichtete er bei und setzte sie in den Sessel, in dem sie immer gesessen hatte; dann begann er überstürzt zu fragen: hast du Hunger? hast du wirklich gegessen? wann hast du gegessen? und wohin gehst du danach? fährst du nach Hause?

Sie sagte ihm, sie habe nach Hause fahren wollen,

sei sogar schon auf dem Bahnhof gewesen, dann aber zurückgekehrt und zu ihm gekommen.

»Warte, ich geh mich umziehen.« Es war ihm auf einmal bewußt geworden, daß er nur den Bademantel trug; er ging in den Vorraum und schloß die Tür hinter sich; noch bevor er sich umzog, hob er den Telefonhörer ab; er wählte eine Nummer, und als eine Frauenstimme sich meldete, entschuldigte er sich, heute keine Zeit zu haben.

Er hatte gegenüber dem Mädchen, die im Zimmer saß, keine Verpflichtungen; dennoch wollte er nicht, daß sie das Gespräch höre, und er dämpfte seine Stimme. Er blickte dabei auf den schweren, braunen Mantel, der in der Garderobe hing und den Vorraum mit einer melancholischen Melodie erfüllte.

5.

Es waren ungefähr drei Jahre vergangen, seit er sie zum letztenmal, und ungefähr fünf, seit er sie zum erstenmal gesehen hatte. Er hatte viel schönere Frauen gehabt, doch diese Kleine zeichneten einige seltene Vorzüge aus: als er sie kennenlernte, war sie knapp siebzehn gewesen, auf amüsante Weise direkt, erotisch begabt und anpassungsfähig: sie hatte genau das getan, was sie ihm von den Augen ablesen konnte; sie hatte nach einer Viertelstunde begriffen, daß man bei ihm nicht über Gefühle sprechen durfte, und ohne daß er ihr irgend etwas hatte erklären müssen, war sie gehorsam nur dann gekommen (das kam kaum einmal im Monat vor), wenn er sie zu sich eingeladen hatte.

Der Vierzigjährige machte keinen Hehl aus seiner Vorliebe für lesbische Frauen; einmal hatte das Mädchen ihm im Liebesrausch ins Ohr geflüstert, sie habe im Schwimmbad in einer Umkleidekabine eine fremde Frau überfallen und geliebt; dem Vierzigjährigen hatte das ungemein gefallen, und als ihm später die Unwahrscheinlichkeit dieser Begebenheit aufging, war er um so mehr gerührt von dem Ausmaß ihrer Anpassungsfähigkeit. Das Mädchen ließ es dann übrigens nicht bei Hirngespinsten bewenden, sie machte den Vierzigjährigen gern mit ihren Freundinnen bekannt und wurde zur Inspiratorin und Organisatorin vieler netter erotischer Vergnügungen.

Sie hatte begriffen, daß der Vierzigjährige nicht nur keine Treue verlangte, sondern sich auch sicherer fühlte, wenn seine Freundinnen ernsthafte Bekanntschaften unterhielten. Sie erzählte ihm deshalb mit argloser Indiskretion von ihren vergangenen und gegenwärtigen Männern, was den Vierzigjährigen interessierte und amüsierte.

Jetzt saß sie ihm gegenüber im Sessel (der Vierzigjährige hatte eine leichte Hose und einen Pullover an) und sagte: »Als ich aus dem Gefängnis trat, kamen mir Pferde entgegen.«

6.

»Pferde? Was für Pferde?«

Sie war früh am Morgen aus dem Tor getreten, und Reiter des Sportvereins waren vorbeigeritten. Hochaufgerichtet und fest saßen sie auf ihren Tieren, als wären sie aus ihnen gewachsen und bildeten mit ihnen, hoch und übermenschlich, einen einzigen Leib. Das Mädchen hatte das Gefühl, tief unter ihnen zu sein, klein und unscheinbar. Hoch über ihr waren Schnauben und Gelächter, und sie preßte sich an die Mauer.

»Und wohin bist du dann gegangen?«

Sie war zur Endstation der Straßenbahn gegangen. Es war Vormittag, und die Sonne schien schon warm; sie trug einen schweren Wintermantel und schämte sich vor den Blicken der Passanten. Sie fürchtete, an der Haltestelle könnten viele Leute warten und sie mustern. Zum Glück wartete jedoch nur eine alte Frau. Das war gut; es war wie Balsam, daß dort nur eine alte Frau wartete.

»Und du hast gleich gewußt, daß du zuerst zu mir kommen würdest?«

Die Pflicht hatte sie nach Hause gerufen, zu den Eltern. Sie war bereits auf dem Bahnhof, stand schon in der Schlange vor dem Schalter, doch als sie an der Reihe war, rannte sie davon. Sie hatte Angst vor ihrem Zuhause. Dann wurde sie hungrig und kaufte sich eine Wurstsemmel. Sie setzte sich in den Park und wartete, bis es vier Uhr war und der Vierzigjährige von der Arbeit zurückkehren würde.

»Ich bin froh, daß du zuerst zu mir gekommen bist; es ist lieb, daß du zu mir gekommen bist«, sagte er.

»Und erinnerst du dich«, fügte er nach einer Weile hinzu, »daß du feierlich verkündet hast, du würdest nie mehr im Leben zu mir kommen?«

»Das stimmt nicht«, sagte das Mädchen.

»Es stimmt sehr wohl«, sagte er lächelnd.

»Nein.«

7.

Natürlich stimmte es. Sie war damals zu ihm gekommen, und der Vierzigjährige hatte sogleich die Hausbar geöffnet; als er in zwei Gläser Cognac einschenken wollte, schüttelte das Mädchen den Kopf: »Nein, ich werde nicht trinken, ich werde nie mehr bei dir trinken.«

Der Vierzigjährige wunderte sich, und das Mädchen fuhr fort: »Ich werde nie mehr zu dir kommen, und heute bin ich nur da, um es dir zu sagen.«

Als er nicht mehr aus dem Wundern herauskam, sagte sie, daß sie den jungen Mann, über den der Vierzigjährige schließlich gut Bescheid wisse, wirklich liebe und ihn nicht länger betrügen wolle; sie sei gekommen, ihn zu bitten, das zu verstehen und ihr nicht böse zu sein.

Obwohl der Vierzigjährige ein buntes erotisches Leben führte, war er in seinem Innersten ein Idylliker und legte Wert auf Ruhe und Ordnung in seinen Abenteuern; das Mädchen kreiste zwar nur als bescheidenes, flackerndes Sternchen am Sternenhimmel seiner Liebschaften, doch vermag auch ein kleiner Stern, wird er plötzlich von seinem Platz gerissen, die Harmonie des Universums empfindlich zu stören.

Darüber hinaus fühlte er sich gekränkt, weil er mißverstanden wurde: Er war schließlich immer froh darüber gewesen, daß das Mädchen einen jungen Mann hatte, der sie liebte; er hatte sich von ihm erzählen lassen und ihr Ratschläge erteilt, wie sie mit ihm umgehen sollte. Der junge Mann hatte ihn so sehr amüsiert, daß er sogar die Gedichte, die das Mädchen von ihm bekam, in einer Schublade aufbewahrte; sie waren ihm zuwider, interessierten ihn aber gleichwohl, so wie die Welt, die um ihn herum entstanden war und die er aus dem heißen Wasser seiner Wanne heraus beobachtete, ihn zugleich interessierte und anwiderte.

Er war bereit gewesen, mit seiner ganzen zynischen Güte über dem Liebespaar zu wachen, und empfand deshalb den plötzlichen Entschluß des Mädchens als Undank. Er konnte sich nicht so weit beherrschen, daß er es sich nicht anmerken ließ, und als das Mädchen sah, wie seine Miene sich verfinsterte, redete sie immer weiter, um ihren Entschluß zu rechtfertigen; immer und immer wieder beteuerte sie, daß sie den jungen Mann liebe und ehrlich zu ihm sein wolle.

Und nun saß sie dem Vierzigjährigen gegenüber (im selben Sessel, in denselben Kleidern) und behauptete, nichts dergleichen je gesagt zu haben.

8.

Sie log nicht. Sie gehörte zu jenen seltenen Seelen, die zwischen dem, was ist, und dem, was sein sollte, keinen Unterschied machen und für die moralische Wunschvorstellungen Wirklichkeit sind. Natürlich erinnerte sie sich an das, was sie dem Vierzigjährigen gesagt hatte; sie wußte aber auch, daß sie es nicht hätte sagen sollen, und sprach jetzt der Erinnerung das Recht auf eine wirkliche Existenz ab.

Aber sie erinnerte sich genau daran, wie auch nicht: sie war damals etwas länger als vorgesehen hiergeblieben und zu spät zu ihrer Verabredung gekommen. Der junge Mann war tödlich beleidigt, und sie spürte, daß sie ihn nur mit einer ebenfalls todernsten Ausrede beschwichtigen konnte. Sie dachte sich aus, ihr Bruder beabsichtige, ins Ausland zu flüchten, und sie habe sich von ihm verabschieden müssen. Sie hatte nicht geahnt, daß der junge Mann sie zwingen würde, ihren Bruder anzuzeigen.

Und so lief sie gleich am nächsten Tag nach Arbeitsschluß wieder zu dem Vierzigjährigen und bat ihn um Rat; der Vierzigjährige war lieb und freundlich; er riet ihr, bei ihrer Lüge zu bleiben und den jungen Mann davon zu überzeugen, daß der Bruder ihr nach einer dramatischen Szene geschworen habe, das Land nicht zu verlassen. Er dachte sich bis in alle Einzelheiten für sie aus, wie sie die Szene schildern sollte, in der sie den Bruder vom illegalen Grenzübertritt abhielt, wie sie dem jungen Mann einreden sollte, daß gerade er indirekt zum Retter ihrer Familie geworden sei, denn ohne seinen Einfluß und ohne sein Eingreifen wäre ihr Bruder in diesem Moment vielleicht schon an der Grenze verhaftet oder sogar von einer Grenzwache erschossen worden.

»Wie ist denn damals dein Gespräch mit dem jungen Mann überhaupt ausgegangen?« fragte er sie jetzt.

»Ich habe nicht mehr mit ihm gesprochen. Man hat mich in dem Moment verhaftet, da ich von dir nach Hause kam. Sie haben vor dem Haus auf mich gewartet.«

»Du hast also danach nie mehr mit ihm gesprochen?«

»Nein.«

»Aber man hat dir sicher gesagt, was mit ihm passiert ist ...«

»Nein ...«

»Du weißt wirklich nichts?« wunderte sich der Vierzigjährige.

»Ich weiß nichts.« Das Mädchen zuckte mit den Schultern, ohne Neugier, als wollte sie sagen, daß sie nichts davon wissen wolle.

»Er ist gestorben«, sagte der Vierzigjährige. »Er ist gestorben, kurz nachdem du abgeführt worden bist.«

9.

Das hatte das Mädchen nicht gewußt; aus weiter Ferne drangen die pathetischen Worte des jungen Mannes zu ihr, der Liebe und Tod gern auf dieselbe Waagschale gelegt hatte.

»Hat er sich etwas angetan?« fragte sie mit leiser Stimme, die plötzlich bereit war zu verzeihen.

Der Vierzigjährige lächelte: »Aber nein, er ist ganz einfach krank geworden und gestorben. Seine Mutter ist von hier weggezogen. Du würdest in ihrer Villa keine Spur mehr von den beiden finden. Nur auf dem Friedhof steht ein großes schwarzes Grabmal. Es sieht aus wie das Grab eines großen Schriftstellers. Seine Mutter hat *Hier ruht der Dichter* ... in den Stein meißeln lassen. Unter seinem Namen steht das Epitaph, das du mir einst gegeben hast: daß er in einem Flammenmeer sterben möchte.«

Dann schwiegen die beiden wieder; das Mädchen

dachte daran, daß der junge Mann sich nicht das Leben genommen hatte, sondern ganz einfach gestorben war; daß selbst sein Tod ihr den Rücken zuwandte. Nein, sie hätte ihn nach der Entlassung aus dem Gefängnis nie mehr sehen wollen, hatte jedoch nicht damit gerechnet, daß es ihn gar nicht mehr gab. Denn wenn er nicht mehr existierte, gab es auch keinen Grund mehr für ihre drei Jahre Haft, und alles wurde einzig und allein zu einem bösen Traum, einem Unsinn, etwas Unwirklichem.

»Weißt du was«, schlug er ihr vor, »wir machen uns ein Abendbrot, komm, hilf mir.«

10.

Die beiden gingen in die Kochnische und schnitten Brot; schmierten Butter auf die Brote und belegten sie mit Schinken- und Wurstscheiben; sie öffneten mit einem Konservenschlüssel eine Dose Sardinen; sie fanden eine Flasche Wein; aus dem Geschirrschrank nahmen sie zwei Gläser.

So hatten sie es immer gemacht, wenn sie den Vierzigjährigen besucht hatte. Es war ein tröstliches Gefühl, daß dieses stereotype Stück Leben hier stets auf sie gewartet hatte, unverändert, unzerstört, und sie es bedenkenlos betreten konnte; in diesem Moment schien ihr, es sei das schönste Stück Leben, das sie je gekannt hatte.

Das schönste? Warum?

Es war ein Stück Leben voller Sicherheit. Dieser Mann war gut zu ihr gewesen und hatte nie etwas von ihr verlangt; sie war ihm nichts schuldig und zu nichts verpflichtet; sie war bei ihm immer in Sicherheit, wie man in Sicherheit ist, wenn man sich für einen Moment außer Reichweite des eigenen Schicksals befindet; sie war hier in Sicherheit wie die Figur eines Dramas, wenn nach dem ersten Akt der Vorhang fällt und die Pause beginnt; dann legen auch die übrigen Figuren ihre Masken ab, und darunter kommen sorglos plaudernde Menschen zum Vorschein.

Der Vierzigjährige hatte schon lange das Gefühl, außerhalb seines Lebensdramas zu stehen: er war bei Ausbruch des Krieges mit seiner jungen Frau nach England geflohen, hatte in der englischen Luftwaffe gegen die Deutschen gekämpft und seine Frau bei einem Bombenangriff auf London verloren; dann war er zurückgekehrt und beim Militär geblieben, und in derselben Zeit, als Jaromil sich entschloß, an der Hochschule für Politik zu studieren, entschieden seine Vorgesetzten, daß er sich während des Krieges zu eng mit dem kapitalistischen England verbündet habe und für eine sozialistische Armee nicht verläßlich genug sei. Und so fand er sich in einer Fabrikhalle wieder, den Rücken der Geschichte und deren dramatischen Vorstellungen zugekehrt, den Rücken dem eigenen Schicksal zugewandt und den Blick in sich selbst versenkt, in seine unverbindlichen Vergnügungen und in seine Bücher.

Vor drei Jahren war das Mädchen gekommen, um sich von ihm zu verabschieden, weil er ihr bloß eine Pause bot, während der junge Mann ihr das Leben versprach. Und jetzt saß sie ihm gegenüber, kaute Schinkenbrot, trank Wein und war überaus glücklich darüber, daß ihr der Vierzigjährige eine Pause gönnte, deren wunderbare Stille sich langsam in ihrem Innern ausbreitete.

Sie fühlte sich auf einmal freier und begann zu erzählen.

11.

Auf dem Tisch standen nur noch leere Teller mit Brotkrümeln und eine halbvolle Flasche, und sie erzählte (frei und ohne Pathos) vom Gefängnis, von den mitinhaftierten Frauen und den Aufsehern, und sie hielt sich, wie sie es immer getan hatte, bei Details auf, die ihr interessant schienen und die sie zu einem unlogischen, aber liebenswert erzählten Bericht verflocht.

Und dennoch lag in ihrer heutigen Redseligkeit etwas anderes; früher war sie im Gespräch naiv immer direkt auf den Kern der Dinge zugesteuert, während ihr diesmal, so jedenfalls kam es dem Vierzigjährigen vor, die Worte dazu dienten, das Wesentliche der Ereignisse zu umgehen.

Was aber war das Wesentliche der Ereignisse? Schließlich fiel es dem Vierzigjährigen ein, und er fragte: »Und was ist mit deinem Bruder?«

Das Mädchen sagte: »Ich weiß nicht ...«

»Ist er entlassen worden?«

»Nein ...«

Und erst jetzt wurde dem Vierzigjährigen klar, weshalb das Mädchen vom Fahrkartenschalter weggelaufen war und sich vor zu Hause so fürchtete; sie war schließlich nicht nur unschuldiges Opfer, sondern auch Schuldige, die Unglück über ihren Bruder und die ganze Familie gebracht hatte; er konnte sich vorstellen, auf welche Weise man bei den Verhören ein Geständnis aus ihr herausgepreßt hatte und wie sie sich beim Versuch, sich herauszuwinden, in immer neue und immer verdächtigere Lügen verstrickt hatte; wie sollte sie heute jemandem erklären, daß nicht sie ihren Bruder eines erfundenen Verbrechens bezichtigt hatte, sondern irgendein junger Mann, von dem niemand etwas wußte und den es heute gar nicht mehr gab?

Das Mädchen schwieg, und der Vierzigjährige wurde von einer Welle des Mitleids gepackt: »Fahr heute nicht mehr nach Hause. Du hast noch Zeit. Du mußt dir alles gut überlegen. Wenn du willst, kannst du bei mir bleiben.«

Dann neigte er sich zu ihr hinab und legte seine Hand auf ihr Gesicht; er streichelte es nicht, er hielt die Hand nur lange und sanft an ihre Haut gedrückt.

Das war eine so liebevolle Geste, daß das Mädchen zu weinen begann.

12.

Seit dem Tod seiner Frau, die er geliebt hatte, mochte er Frauentränen nicht; er fürchtete sie, so wie er die Gefahr fürchtete, Frauen könnten ihn zu einem Bestandteil ihrer Lebensdramen machen; Tränen waren für ihn Fangarme, die ihn umschlingen und aus seiner idyllischen Schicksalslosigkeit reißen wollten, er verabscheute sie.

Deshalb war er verblüfft, als er die ungeliebte Tränennässe auf seiner Handfläche spürte. Und noch mehr war er dann verblüfft, daß er sich diesmal überhaupt nicht gegen dieses Gerührtsein wehren konnte, zumal er wußte, daß es nicht Tränen der Liebe, nicht für ihn bestimmte Tränen waren, daß sie keine List, keine Erpressung und auch kein Theater waren; er wußte, daß sie ganz einfach da waren, sich selbst genügten, und sie entflossen dem Mädchen, wie uns Trauer oder Freude unsichtbar entfließen. Gegen die Unschuld dieser Tränen hatte er keinen Panzer, und er wurde in der Tiefe seines Herzens getroffen.

Er dachte daran, daß er und das Mädchen einander seit der Zeit, da sie sich kannten, nie unrecht getan hatten; daß sie einander immer entgegengekommen waren; daß sie einander immer einen kurzen Moment der Ruhe geschenkt und nichts anderes gewollt hatten; daß sie sich gegenseitig nichts vorzuwerfen hatten. Und er empfand nun besondere Genugtuung darüber, daß er damals, als das Mädchen verhaftet worden war, alles getan hatte, was er zu ihrer Rettung hatte tun können.

Er trat auf das Mädchen zu und zog sie vom Sessel hoch. Er wischte mit einem Finger ihre Tränen fort und umarmte sie zärtlich.

13.

Hinter den Fenstern dieses Augenblicks, irgendwo weit weg und drei Jahre vorher, tritt in dieser Geschichte, die wir verlassen haben, bereits ungeduldig der Tod von einem Fuß auf den anderen: seine knochige Gestalt hat die beleuchtete Bühne bereits betreten und wirft ihren Schatten so weit voraus, daß sich die Dämmerung sogar in das Apartment senkt, in dem sich das Mädchen und der Vierzigjährige gegenüberstehen.

Er hält ihren Körper zärtlich umarmt, und sie schmiegt sich an ihn, liegt unbeweglich und starr in seinen Armen.

Was bedeutet dieses Sichanschmiegen?

Es bedeutet, daß sie sich ihm hingibt; sie hat sich ihm in die Arme gelegt und will dort bleiben.

Ihre Hingabe ist jedoch keine Öffnung! Sie hat sich verschlossen und verriegelt in seine Arme begeben; die gegeneinandergepreßten Schultern verbergen ihre Brust, und ihr Kopf ist nicht seinem Gesicht zugewandt, sondern auf seine Brust gesenkt, sie schaut in das Dunkel seines Pullovers. Sie hat sich ihm versiegelt in die Arme gelegt, damit er sie in seiner Umarmung verstecke wie in einem Stahlsafe.

14.

Er hob ihr feuchtes Gesicht und begann sie zu küssen. Es war nicht sinnliche Lust, sondern eine mitfühlende Sympathie, die ihn bewegte, doch es gibt Situationen, die einen Automatismus haben, dem man nicht entrinnen kann; er versuchte, ihr beim Küssen mit der Zunge den Mund zu öffnen; es gelang ihm nicht; ihre Lippen blieben geschlossen und weigerten sich, seinem Mund zu antworten.

Erstaunlicherweise aber verstärkte sich die Welle des Mitleids in dem Maße, wie es ihm nicht gelang, sie zu küssen, denn es wurde ihm klar, daß das Mädchen, das er in den Armen hielt, verflucht war, daß man ihr die Seele ausgerissen hatte und sie nach dieser Amputation eine blutende Wunde in sich trug.

Er spürte diesen abgemagerten, knochigen, armseligen Körper in seinen Händen, die milde Welle der Sympathie verwischte mit Hilfe der einbrechenden

Dämmerung jedoch Züge und Konturen und nahm ihnen beiden das Bestimmte, Materielle. Und das war der Augenblick, da er in seinem Körper fühlte, daß er imstande wäre, sie physisch zu lieben.

Es war ganz unerwartet: er war sinnlich ohne Sinnlichkeit, erregt ohne Erregung. Vielleicht war es nur seine reine Güte, die sich in geheimnisvoller Transsubstantiation in eine körperliche Erregung verwandelt hatte!

Vielleicht aber wurde er gerade vom Unerwarteten und Unverständlichen dieser Erregung so ganz und gar überwältigt. Er begann gierig ihren Körper zu streicheln und ihr Kleid aufzuknöpfen.

»Nein, nein! Ich bitte dich, nein! Nein!« wehrte sie sich.

15.

Da sie sein Drängen mit bloßen Worten nicht bremsen konnte, riß sie sich los und lief in eine Ecke des Raums.

»Was hast du? Was ist los mit dir?« fragte er.

Sie drückte sich an die Wand und schwieg.

Er trat zu ihr und streichelte ihr Gesicht: »Hab keine Angst vor mir, hab doch keine Angst. Und sag mir, was ist los mit dir? Was ist dir passiert? Was ist mit dir geschehen?«

Sie stand da, schwieg und fand keine Worte. Und

vor ihren Augen tauchten die Pferde auf, die am Gefängnistor vorbeigeritten waren, hochgewachsene, stattliche Pferde, mit den Reitern zu stolzen Doppelkörpern verwachsen. Sie war so tief unter ihnen und so wenig mit deren animalischer Vollkommenheit zu vergleichen, daß sie sich danach sehnte, mit irgendeinem Gegenstand, der in der Nähe lag, zu verschmelzen, zum Beispiel mit dem Stamm eines Baumes oder mit der Wand, in deren Leblosigkeit sie sich hätte verbergen können.

»Was hast du?« drängte er weiter.

»Schade, daß du nicht eine alte Frau oder ein alter Mann bist«, sagte sie schließlich.

Und dann nochmals: »Ich hätte nicht herkommen dürfen, weil du keine alte Frau und kein alter Mann bist.«

16.

Er streichelte lange wortlos ihr Gesicht (im Zimmer war es schon dunkel), und dann forderte er sie auf, ihm zu helfen, das Bett zu machen; sie lagen nebeneinander auf der großen breiten Couch, und er sprach mit leiser, tröstender Stimme zu ihr, wie er schon seit Jahren zu niemandem mehr gesprochen hatte.

Das Verlangen nach körperlicher Liebe war völlig verschwunden, geblieben war eine tiefe Sympathie, die nicht zum Schweigen gebracht werden konnte und auf ihrem Recht bestand; der Vierzigjährige knipste das Lämpchen an und betrachtete das Mädchen von neuem.

Sie lag verkrampft und angespannt da und starrte an die Decke. Was war mit ihr geschehen? Was hatte man ihr dort angetan? Hatte man sie geschlagen? Bedroht? Mißhandelt?

Er wußte es nicht. Das Mädchen schwieg, und er streichelte ihre Haare, ihre Stirn, ihre Wangen.

Er streichelte sie so lange, bis er glaubte, das Entsetzen sei aus ihren Augen gewichen. Er streichelte sie so lange, bis ihre Augen sich schlossen.

17.

Das Fenster des Apartments stand offen, und die Luft der Frühlingsnacht wehte herein; das Lämpchen brannte nicht mehr, und der Vierzigjährige lag reglos neben dem Mädchen, er hörte ihren Atem, ihr unruhiges Einschlafen, und als ihm schien, sie schlafe nun, streichelte er noch einmal sanft ihre Hand, glücklich darüber, daß er ihr in der neuen Ära ihrer traurigen Freiheit den ersten Schlaf hatte schenken dürfen.

Auch das Fenster des Gartenhauses, das wir in diesem Kapitel gebaut haben, steht noch offen, so daß die Düfte und Klänge des Romans, den wir kurz vor seinem Höhepunkt verlassen haben, fortwährend hineindringen. Hören Sie den Tod, wie er in der Ferne ungeduldig mit den Füßen stampft? Mag er warten, noch sind wir hier, in einem fremden Apartment, versteckt in einem anderen Roman, einer anderen Geschichte.

In einer anderen Geschichte? Nein. Im Leben des Vierzigjährigen und des Mädchens handelt es sich eher um eine Pause in der Geschichte denn um eine eigentliche Geschichte. Ihre Begegnung wird sich kaum zu einer gemeinsamen Handlung in ihrer beiden Leben entwickeln. Es ist nur eine kurze Erholung, die der Vierzigjährige dem Mädchen gönnt, vor dem weiteren Kesseltreiben, das sie erwartet.

Auch in unserem Roman ist dieses Kapitel nur eine stille Pause, während der ein unbekannter Mann unverhofft ein Licht der Güte angezündet hat. Lassen wir es noch einige Sekunden auf uns wirken, dieses friedliche Licht, dieses gütige Licht, bevor das Gartenhaus unserem Blickfeld entschwindet ...

Siebter Teil
oder
Der Dichter stirbt

1.

Nur ein echter Dichter weiß, welche Bangigkeit im Spiegelhaus der Poesie herrscht. Hinter dem Fenster ertönt der ferne Lärm von Geschossen, und das Herz krampft sich zusammen in dem sehnlichen Wunsch wegzugehen; Lermontow zwängt sich in die Militäruniform; Byron legt einen Revolver in die Schublade seines Nachttischchens; Wolker marschiert in seinen Versen mit den Massen; Halas flucht in Reimen; Majakowskij tritt dem eigenen Lied auf die Kehle; in den Spiegeln tobt eine prachtvolle Schlacht.

Aber aufgepaßt! wenn die Dichter irrtümlich die Grenze des Spiegelhauses überschreiten, gehen sie zugrunde, denn sie können nicht schießen, und wenn sie es doch tun, treffen sie bloß ihren eigenen Kopf.

Oh weh, hören Sie sie? Sie kommen! Das Pferd stürmt auf Serpentinen den Kaukasus hinauf, und auf ihm sitzt Lermontow mit der Pistole. Und wieder das Stampfen von Hufen, das Rattern einer Kutsche! Da kommt Puschkin, auch er mit einer Pistole, auch er zum Duell!

Und was hört man jetzt? Eine Straßenbahn; eine langsame, rumpelnde Prager Straßenbahn; darin fährt Jaromil, er fährt von einer Vorstadt in die andere; er trägt einen dunklen Anzug, eine Krawatte, einen Wintermantel und einen Hut.

2.

Welcher Dichter hat nicht von seinem Tod geträumt? Welcher Dichter hat ihn nicht in seinen Vorstellungen ausgemalt? *Ach wenn ich sterbe, dann mit Dir, Geliebte, sterben in einem Flammenmeer, verwandelt in lauter Lichterglanz ...* Glauben Sie etwa, es sei nur ein zufälliges Spiel der Phantasie gewesen, das Jaromil darauf gebracht hatte, sich seinen Tod in Flammen vorzustellen? Keineswegs; der Tod ist schließlich eine Botschaft; der Tod spricht; der Todesakt hat seine Semantik, und es ist nicht gleichgültig, auf welche Art und Weise und in welchem Element der Mensch zugrunde geht.

Jan Masaryk setzt seinem Leben im Jahre achtundvierzig durch einen Sturz aus dem Fenster in den Hof eines Prager Palais ein Ende, nachdem er gesehen hatte, wie sein Schicksal am harten Kiel der Geschichte zersplitterte. Drei Jahre später springt Konstantin Biebl, verfolgt von jenen, die er für seine Genossen gehalten hatte, aus dem fünften Stock auf das Pflaster derselben Stadt (dieser Stadt der Fensterstürze), um wie Ikarus durch das Element der Erde zu sterben und so in seinem Tod den tragischen Zwist zwischen Raum und Schwere, zwischen Traum und Erwachen zu veranschaulichen.

Magister Jan Hus und Giordano Bruno konnten weder durch den Strang noch durch das Schwert sterben, sondern einzig auf dem Scheiterhaufen. Ihr Leben verwandelte sich auf diese Weise in ein Feuersignal, in das Licht eines Leuchtturms, in eine Fackel, die weit in die Zeiten hinein leuchtete; denn der Leib ist zeitlich und der Gedanke ewig, und das flackernde Sein der Flamme ist das Bild des Gedankens. Jan Palach, der sich zwanzig Jahre nach Jaromils Tod auf einem Prager Platz mit Benzin übergoß und verbrannte, hätte als Ertrunkener schwerlich ins Gewissen des Volkes schreien können.

Dafür ist Ophelia in Flammen undenkbar, sie mußte im Wasser enden, denn die Tiefe des Wassers entspricht der Tiefe im Menschen; Wasser ist das todbringende Element für all jene, die sich in sich selbst verloren haben, in ihrer Liebe, ihren Gefühlen, ihrem Wahnsinn, in ihren Spiegeln und in ihren Wirbeln; ins Wasser gehen die Mädchen aus den Volksliedern, deren Liebste nicht aus dem Krieg zurückkehren; ins Wasser hat sich Harriet Shelley gestürzt; in der Seine hat sich Paul Celan ertränkt.

3.

Er steigt aus der Straßenbahn und geht auf die Villa zu, aus der er einmal überstürzt vor der schönen Schwarzhaarigen davongelaufen ist.

Er denkt an Xaver:

Am Anfang war nur er allein, Jaromil.

Dann hat Jaromil Xaver geschaffen, seinen Doppelgänger, und zusammen mit ihm auch sein zweites, traumhaftes und abenteuerliches Leben.

Und jetzt ist der Moment gekommen, da der Gegensatz zwischen Traum und Wirklichkeit, zwischen Poesie und Leben, zwischen Tat und Gedanke aufgehoben wird. Der Gegensatz zwischen Xaver und Jaromil ist verschwunden. Beide sind zu einem Wesen verschmolzen. Der Mann der Träume ist zu einem Mann der Taten geworden, das Abenteuer des Traums zum Abenteuer des Lebens.

Er näherte sich der Villa und spürte wieder seine alte Unsicherheit, die noch dadurch verstärkt wurde, daß er Halsschmerzen hatte (die Mutter hatte ihn nicht zur Party gehen lassen wollen, weil er angeblich ins Bett gehörte).

Vor der Tür zögerte er und mußte im Geiste all die vergangenen großen Tage rekapitulieren, um sich Mut zu machen. Er dachte an den Rotschopf und daran, wie man sie verhörte, er dachte an die Polizisten und den Lauf der Dinge, die er durch eigene Kraft und eigenen Willen in Bewegung gesetzt hatte ...

»Ich bin Xaver, ich bin Xaver ...«, sagte er sich und klingelte.

4.

Die versammelte Gesellschaft bestand aus jungen Schauspielern und Schauspielerinnen und aus Malern und Studenten der Prager Kunstschulen; der Besitzer der Villa war auf der Party anwesend und hatte sämtliche Räume zur Verfügung gestellt. Die Filmerin stellte Jaromil einigen Leuten vor, drückte ihm ein Glas in die Hand, damit er sich selber aus einer der reichlich vorhandenen Flaschen Wein einschenke, und überließ ihn dann sich selbst.

Jaromil kam sich im Abendanzug, dem weißen Hemd und der Krawatte peinlich steif vor; die Gäste um ihn herum waren ungezwungen und lässig gekleidet, viele trugen sogar Pullover. Er rutschte auf dem Stuhl hin und her, bis er es nicht mehr aushalten konnte; er zog das Jackett aus, warf es über die Lehne, lockerte die Krawatte und öffnete den Kragenknopf; danach fühlte er sich etwas besser.

Einer versuchte den andern zu übertrumpfen, um die Aufmerksamkeit auf sich zu lenken. Die jungen Schauspieler gebärdeten sich wie auf der Bühne, sie redeten laut und gekünstelt, jeder versuchte, seine Witzigkeit oder die Originalität seiner Ansichten herauszustellen. Auch Jaromil, der bereits einige Gläser Wein getrunken hatte, versuchte, den Kopf über das Niveau der Unterhaltung hinauszustrecken; einige Male gelang es ihm, einen Satz zu sagen, der ihm frech und witzig vorkam und für einen Moment die Aufmerksamkeit der anderen fesselte.

5.

Aus einem Radio ist durch die Wand laute Tanzmusik zu hören; der Volksausschuß hat das dritte Zimmer im Obergeschoß vor einigen Tagen der Familie der Mieter zugesprochen; die zwei Zimmer, in denen die Witwe und ihr Sohn wohnen, sind eine Oase der Stille, die vom Lärm umzingelt ist.

Die Mutter hört die Musik, sie ist allein und denkt an die Filmerin. Gleich bei der ersten Begegnung hat sie von fern die Gefahr einer Liebe zwischen ihr und Jaromil gewittert. Sie hat einfach versucht, sich mit ihr anzufreunden, um von Anfang an eine günstige Position zu haben, von der aus sie um den Sohn kämpfen kann. Und jetzt muß sie sich beschämt eingestehen, daß ihr all das nichts genützt hat. Die Filmerin hat nicht einen Augenblick daran gedacht, auch sie zur Party einzuladen. Man hat sie zur Seite geschoben.

Die Filmerin hatte ihr anvertraut, daß sie nur im Betriebsclub der Polizei arbeite, weil sie aus einer reichen Familie stamme und politische Protektion benötige, um studieren zu können. Und der Mutter kommt der Gedanke, daß diese berechnende junge Frau alles zu ihrem Vorteil verwandelt; die Mutter ist für sie nur eine Stufe gewesen, die sie betreten hat, um dem Sohn näherzukommen.

6.

Der Wettkampf ging weiter; jeder wollte die Aufmerksamkeit auf sich lenken. Jemand spielte Klavier, einige Paare tanzten, die übrigen Grüppchen machten sich durch laute Gespräche und Gelächter bemerkbar; jemand bemühte sich, witzige Bonmots von sich zu geben, und jeder versuchte, sich mit seinen Geistesblitzen von den anderen abzuheben, damit man ihn auch wirklich sah.

Auch Martynow war da; hochgewachsen, schön, ein bißchen operettenhaft elegant in seiner Uniform mit dem großen Dolch, und umschwärmt von Frauen. Oh, wie dieser Mensch Lermontow reizte! Gott ist ungerecht, hat er doch einem Idioten ein schönes Gesicht und Lermontow kurze Beine gegeben. Hat der Dichter aber keine langen Beine, so hat er einen sarkastischen Geist, der ihn emporhebt.

Er trat zu Martynows Grüppchen und wartete auf seine Gelegenheit. Dann erzählte er einen frechen Witz und beobachtete, wie die Umstehenden erstarrten.

7.

Endlich (sie war so lange weggewesen) erschien sie im Raum. »Wie gefällt es Ihnen hier?« Sie trat zu ihm und schaute ihn lange mit ihren großen schwarzen Augen an.

Jaromil glaubte, es kehre jener wunderbare Moment wieder, da sie zusammen in ihrem Zimmer gesessen und die Blicke nicht hatten voneinander losreißen können.

»Es gefällt mir nicht«, anwortete er und sah ihr in die Augen.

»Langweilt Sie die Gesellschaft?«

»Ich bin Ihretwegen hier, und Sie sind ständig weg. Warum haben Sie mich eingeladen, wenn ich nicht mit Ihnen zusammensein kann?«

»Es gibt so viele interessante Leute hier.«

»Aber sie alle sind für mich nur der Vorwand, um in Ihrer Nähe zu sein. Sie sind für mich die Stufen, auf denen ich zu Ihnen emporsteigen möchte.«

Er kam sich kühn vor und war zufrieden mit seiner Schlagfertigkeit.

»Heute sind es aber viele Stufen!« lachte sie.

»Möglicherweise könnten Sie mir statt des Treppenhauses einen Geheimgang zeigen, durch den ich schneller zu Ihnen gelange.«

Die Filmerin lächelte. »Versuchen wir es«, sagte sie, nahm ihn bei der Hand und führte ihn aus dem Raum.

Sie geleitete ihn die Treppe hinauf zur Tür ihres Zimmers, und Jaromils Herz begann zu klopfen.

Es hatte vergeblich geklopft. Im Zimmer, das er kannte, saßen mehrere Männer und Frauen.

8.

Das Radio im Nebenraum ist längst verstummt, es ist tiefe Nacht, die Mutter wartet auf den Sohn und denkt an ihre Niederlage.

Doch dann sagt sie sich, daß sie weiter kämpfen will, selbst wenn sie diese Schlacht verloren haben sollte. Ja, sie empfindet es so: sie wird kämpfen, sie wird sich ihn nicht nehmen lassen, sie wird sich nicht beiseite schieben lassen, sie wird weitergehen, mit ihm und ihm nach. Sie sitzt im Sessel, doch ihr ist, als ginge sie; als ginge sie durch eine lange Nacht, um ihn einzuholen, ihn zurückzuholen.

9.

Das Zimmer der Filmerin ist angefüllt mit Reden und mit Rauch, durch den einer der Männer (er mochte um die dreißig sein) Jaromil schon lange aufmerksam beobachtete.

»Ich glaube, ich habe von dir gehört«, sagte er endlich zu ihm.

»Von mir?« fragte Jaromil erfreut.

Der Dreißigjährige fragte Jaromil, ob er mit jenem Jungen identisch sei, der von klein auf den Maler besucht habe.

Jaromil war froh, sich durch Vermittlung eines gemeinsamen Bekannten enger an die Gesellschaft der Unbekannten anschließen zu können, und bejahte eifrig.

Der Dreißigjährige sagte:

»Aber jetzt bist du schon lange nicht mehr bei ihm gewesen.«

»Nein, schon lange nicht mehr.«

»Und weshalb?«

Jaromil wußte nicht, was er sagen sollte, und zuckte mit den Schultern.

»Ich weiß warum. Es würde deiner Karriere schaden.«

»Meine Karriere?« versuchte Jaromil zu lachen.

»Deine Verse werden publiziert, du rezitierst auf öffentlichen Lesungen, unsere Gastgeberin hat einen Film über dich gedreht, nur um ihre politische Reputation zu verbessern. Aber der Maler hat Ausstellungsverbot. Du weißt doch, daß die Presse ihn einen Volksfeind genannt hat.«

Jaromil schwieg.

»Weißt du es, oder weißt du es nicht!«

»Ja, ich habe es gehört.«

»Seine Bilder sollen bourgeoise Entartung sein.«

Jaromil schwieg.

»Weißt du überhaupt, was der Maler jetzt macht?«

Jaromil zuckte mit den Schultern.

»Man hat ihn von der Schule geworfen, und er arbeitet als Hilfsarbeiter am Bau. Weil er nicht gewillt ist zu widerrufen, woran er glaubt. Er malt nur noch abends, bei künstlichem Licht. Aber er malt trotzdem schöne Bilder, während du widerliche Scheiße zusammenschreibst!«

10.

Noch ein frecher Witz und noch einer, bis der schöne Martynow beleidigt ist. Er weist Lermontow vor der ganzen Gesellschaft zurecht.

Was? Lermontow soll auf seine Witze verzichten? Er soll sich entschuldigen? Niemals!

Die Freunde warnen ihn. Es ist unsinnig, wegen einer Dummheit ein Duell zu riskieren. Es ist besser, alles beizulegen. Dein Leben, Lermontow, ist wertvoller als das lächerliche Irrlicht der Ehre.

Was? Etwas soll wertvoller sein als die Ehre?

Jawohl, Lermontow. Dein Leben, dein Werk.

Nein, es gibt nichts, was über der Ehre steht!

Die Ehre ist nur der Hunger deiner Eitelkeit, Lermontow. Die Ehre ist nur eine Illusion der Spiegel, die Ehre ist nur Theater für dieses unbedeutende Publikum, das morgen nicht mehr hier sein wird!

Doch Lermontow ist jung, und die Sekunden, in denen er lebt, sind geräumig wie die Ewigkeit, und diese wenigen Damen und Herren, die ihn anschauen, sind das Amphitheater der Welt; entweder geht er mit dem festen Schritt eines Mannes durch diese Welt, oder er verdient es nicht zu leben!

11.

Er spürte, wie der Schlamm der Schande über sein Gesicht rann, und er wußte, daß er mit einem so beschmutzten Gesicht keine Minute länger bei diesen Leuten bleiben konnte. Vergeblich versuchte man ihn zu beruhigen, vergeblich versuchte man ihn zu besänftigen.

»Es ist sinnlos, uns versöhnen zu wollen«, sagte er. »Es gibt Dinge, die unversöhnlich sind.« Und dann stand er erregt auf und wandte sich an den Dreißigjährigen: »Persönlich tut es mir leid, daß der Maler als Hilfsarbeiter arbeitet und bei schlechtem Licht malt. Aber objektiv gesehen ist es völlig gleichgültig, ob er bei Kerzenlicht malt oder überhaupt nicht. Die ganze Welt seiner Bilder ist nämlich längst tot. Das wirkliche Leben ist anderswo! Ganz anderswo! Und das ist der Grund, weshalb ich den Maler nicht besuchte. Es macht mir keinen Spaß, über Probleme zu streiten, die nicht existieren. Möge es ihm so gut wie nur möglich gehen. Ich habe nichts gegen Tote. Die Erde sei ihm leicht. Und das sage ich auch dir«, er wies auf den Dreißigjährigen, »die Erde sei dir leicht. Du bist tot und weißt es nicht einmal.«

Der Dreißigjährige erhob sich ebenfalls und sagte: »Es wäre vielleicht interessant zu sehen, wie ein Kampf zwischen einer Leiche und einem Dichter ausgeht.«

Jaromil schoß das Blut in den Kopf. »Bitte, wir können es probieren«, sagte er und wollte mit der Faust auf den Dreißigjährigen einschlagen, doch dieser faßte seinen Arm, drehte ihn mit einem Ruck auf den Rücken, packte Jaromil mit der rechten Hand am Kragen und hob ihn mit der linken hinten am Hosenbund in die Höhe.

»Wo hinaus soll ich den Herrn Dichter tragen?« fragte er.

Die anwesenden jungen Männer und Frauen, die vor einer Weile noch versucht hatten, die beiden Widersacher zu versöhnen, konnten sich das Lachen nicht verbeißen; der Dreißigjährige schritt durchs Zimmer und schüttelte Jaromil, der hoch über dem Boden in der Luft zappelte wie ein verzweifelter zärtlicher Fisch. Schließlich trug er ihn zur Balkontür. Er öffnete sie, stellte den Dichter auf die Schwelle und versetzte ihm einen Fußtritt.

12.

Ein Schuß fiel, Lermontow faßte sich ans Herz, und Jaromil stürzte auf den eiskalten Beton des Balkons.

Oh, Böhmen, du verwandelst den Ruhm von Schüssen so oft in eine Posse der Fußtritte!

Aber sollen wir über Jaromil lachen, weil er Lermontow parodierte? Sollen wir über den Maler lachen, weil er André Breton nachgeahmt hat, indem er sich wie dieser einen Ledermantel anzog und einen Schäferhund hielt? War nicht auch André Breton Imitation von etwas Erhabenem, dem er ähnlich sehen wollte? Ist die Parodie nicht das ewige Los des Menschen?

Übrigens ist nichts einfacher, als die Situation zu verändern:

13.

Ein Schuß fiel, Jaromil faßte sich ans Herz, und Lermontow stürzte auf den eiskalten Beton des Balkons.

Er trägt die Paradeuniform eines zaristischen Offiziers und erhebt sich vom Boden. Er ist katastrophal verlassen. Es gibt keine Literaturgeschichte mit ihrem Balsam, die seinem Sturz einen höheren Sinn verliehen hätte. Es gibt keine Pistole, in deren Knall er seine jungenhafte Erniedrigung hätte verschwinden lassen können. Es gibt nur das Lachen, das durch die Fenstertür dringt und ihn für immer entehrt.

Er geht zum Geländer und schaut hinunter. Aber oh weh, der Balkon ist nicht hoch genug, man hat, wenn man springt, nicht die Gewißheit zu sterben. Es ist kalt, die Ohren erfrieren, die Füße erfrieren, er tritt von einem Bein aufs andere und weiß nicht, was tun. Er hat entsetzliche Angst, daß die Balkontüre sich öffnen und darin die lachenden Gesichter erscheinen könnten. Er sitzt in einer Falle. Er sitzt in der Falle der Farce.

Lermontow fürchtet nicht den Tod, er fürchtet die Lächerlichkeit. Er möchte springen, springt aber nicht, denn er weiß, Selbstmord ist tragisch, mißlungener Selbstmord hingegen lächerlich.

(Wie das, wie das? Was war das für ein wunderlicher Satz? Ob ein Selbstmord gelingt oder nicht, es bleibt immer dieselbe Tat, zu der dieselben Beweggründe und derselbe Mut führen! Was unterscheidet hier das Tragische vom Lächerlichen? Nur der Zufall des Gelingens? Was unterscheidet eigentlich das Kleine vom Großen? Sag, Lermontow! Nur die Requisiten? Pistole oder Fußtritt? Nur die Kulissen, die den Abenteuern von Historie der Menschen untergeschoben werden?)

Genug! Auf dem Balkon steht Jaromil, er trägt ein weißes Hemd mit gelockerter Krawatte und zittert vor Kälte.

14.

Alle Revolutionäre lieben die Flammen. Auch Percy Shelley träumte von einem Tod im Feuer. Die Liebenden seines großen Gedichts starben gemeinsam auf dem Scheiterhaufen.

Shelley hat sich und seine Frau in das Bild dieses Liebespaares hineinprojiziert, fand seinen Tod aber trotzdem in den Fluten. Doch seine Freunde, als wollten sie diesen semantischen Irrtum des Todes berichtigen, errichteten am Meeresstrand einen großen Scheiterhaufen und ließen seinen von den Fischen angefressenen Leib darauf verbrennen.

Will sich der Tod aber auch über Jaromil lustig machen, wenn er ihm Frost statt Glut entgegenschickt?

Denn Jaromil möchte sterben; der Gedanke an Selbstmord lockt ihn wie die Stimme der Nachtigall. Er weiß, er ist erkältet hierhergekommen, er wird krank, doch er kehrt nicht in den Raum zurück, er kann keine Demütigung mehr ertragen. Er weiß, nur noch die Umarmung des Todes kann ihn trösten, diese Umarmung, die er mit seinem Körper und seiner Seele ganz ausfüllen und in der er unendlich groß sein wird; er weiß, nur der Tod wird ihn rächen und die sich über ihn lustig machen des Mordes anklagen.

Ihm kommt der Gedanke, sich vor die Tür zu legen und durch die Kälte von unten rösten zu lassen, um dem Tod die Arbeit zu erleichtern, sie zu beschleunigen. Er setzt sich auf den Boden; der Beton ist so eisig, daß er nach einer Weile seinen Hintern nicht mehr spürt; er will sich hinlegen, hat aber nicht den Mut, den Rücken auf den frostigen Boden zu legen, also steht er wieder auf.

Der Frost hält ihn fest umschlungen, er ist in seine leichten Halbschuhe, unter seine Hose und auch unter die Turnhose gedrungen, er hat ihm von oben eine Hand unters Hemd geschoben. Jaromil klappert mit den Zähnen, er hat Halsschmerzen, kann kaum mehr schlucken, niest und muß pinkeln. Mit klammen Fingern knöpft er sich den Hosenschlitz auf; er pinkelt vor sich auf den Boden und sieht, wie die Hand, die sein Glied hält, vor Kälte zittert.

15.

Vor Schmerzen trat er auf dem Betonboden von einem Fuß auf den anderen, doch um nichts in der Welt hätte er die Tür geöffnet, die zu denen führte, die gelacht hatten. Und sie? Warum kamen sie ihn nicht holen? Waren sie so bösartig? Oder bloß so betrunken? Und wie lange stand er eigentlich schon hier im Frost?

Im Raum erlosch auf einmal der Leuchter, und es war nur noch gedämpftes Licht zu sehen.

Jaromil trat ans Fenster und sah, daß über der Couch ein kleines Lämpchen mit einem rosa Schirm brannte; er blickte lange ins Innere und sah dann zwei engumschlungene, nackte Körper.

Er klapperte mit den Zähnen, zitterte und schaute; der halb zugezogene Vorhang verhinderte, daß er mit Sicherheit erkannte, ob der von einem Männerkörper bedeckte Frauenkörper der der Filmerin war, alles sprach jedoch dafür; die Haare dieser Frau waren schwarz und lang.

Wer aber ist dieser Mann? Mein Gott, Jaromil weiß doch, wer er ist! Er hat das alles doch schon einmal gesehen! Winter, Schnee, Gebirgslandschaft und im erleuchteten Fenster Xaver mit einer Frau! Aber von heute an hätte Xaver und Jaromil doch ein und dasselbe Wesen sein sollen? Wie kommt es, daß Xaver ihn verrät? Mein Gott, wie kommt es, daß er vor seinen Augen mit seinem Mädchen schläft?

16.

Nun war es finster im Zimmer. Es war weder etwas zu hören noch zu sehen. Und auch in seinem Geist gab es nichts: weder Wut noch Bedauern noch Demütigung; in seinem Geist gab es nur noch entsetzliche Kälte.

Und jetzt konnte er es wirklich nicht mehr aushalten; er öffnete die Glastür und trat ein; er wollte nichts sehen, schaute weder rechts noch links und durchquerte rasch das Zimmer.

Im Flur brannte Licht. Er lief die Treppe hinunter und öffnete die Tür des Raums, in dem er sein Jackett gelassen hatte; es war dunkel, nur schwacher Lichtschimmer drang aus dem Vorzimmer und beleuchtete undeutlich einige Schläfer, die schwer atmeten. Er zitterte noch immer vor Kälte. Er griff mit den Händen nach den Stühlen, um das Jackett zu ertasten, konnte es aber nicht finden. Er mußte niesen; einer der Schläfer erwachte und schnauzte ihn an.

Er ging in den Vorraum. Hier hing sein Wintermantel. Er zog ihn übers Hemd an, setzte den Hut auf und verließ eilig die Villa.

17.

Der Zug hat sich in Bewegung gesetzt. Vorn zieht ein Pferd den Wagen mit dem Sarg. Hinter dem Wagen geht Frau Wolker und sieht, wie ein Zipfel des weißen Kissens unter dem schwarzen Deckel hervorschaut; dieser eingeklemmte Zipfel wirkt wie ein Vorwurf, daß die letzte Ruhestätte ihres Sohnes (ach, er ist erst vierundzwanzig Jahre alt) schlecht hergerichtet sei; sie verspürt ein unwiderstehliches Verlangen, ihm das Kissen unter dem Kopf zurechtzurücken.

Dann liegt der Sarg in der Kirche, umringt von Kränzen. Die Großmutter hat einen Schlaganfall hinter sich und muß, um zu sehen, das Augenlid mit dem Finger hochheben. Sie mustert den Sarg, mustert die

Kränze; an einem hängt eine Schleife mit Martynows Namen; »Werft ihn weg«, befiehlt sie. Ihr altes Auge, über dem der Finger das gelähmte Lid festhält, wacht getreu über den letzten Weg Lermontows, der sechsundzwanzig Jahre alt war.

18.

Jaromil (ach, er ist noch keine zwanzig Jahre alt) liegt in seinem Zimmer und hat hohes Fieber. Der Arzt diagnostiziert eine Lungenentzündung.

Durch die Mauer klingt laut ein Streit der Mieter herüber, und die zwei Zimmer, in denen die Witwe und ihr Sohn wohnen, sind eine umzingelte Oase der Stille. Doch die Mutter hört den Lärm aus dem Nebenraum nicht. Sie denkt nur an die Medikamente, an heißen Tee und kalte Umschläge. Als er noch ganz klein gewesen ist, hat sie schon einmal viele Tage lang ununterbrochen bei ihm gesessen, um ihn, rot und heiß, aus dem Reich der Toten zurückzuholen. Jetzt wird sie ebenso leidenschaftlich, lange und treu bei ihm sitzen.

Jaromil schläft, phantasiert, erwacht und phantasiert wieder; das Feuer des Fiebers zerfrißt seinen Körper.

Also doch Flammen? Wird er doch noch in Glanz, in lauter Lichterglanz verwandelt?

19.

Vor der Mutter steht ein unbekannter Mann und will mit Jaromil sprechen. Die Mutter weigert sich. Der Mann ruft ihr den Namen des rothaarigen Mädchens in Erinnerung. »Ihr Sohn hat ihren Bruder angezeigt. Jetzt sind sie beide verhaftet. Ich muß mit ihm sprechen.« Sie stehen sich im Zimmer der Mutter gegenüber, doch für die Mutter ist dieses Zimmer jetzt nur noch Vorraum zur Kammer des Sohnes; sie bewacht es wie ein bewaffneter Engel das Tor zum Paradies. Die Stimme des Besuchers ist schroff und macht sie wütend. Sie öffnet die Tür zum Zimmer des Sohnes: »Dann sprechen Sie mit ihm.«

Der Mann sah das gerötete Gesicht eines fiebernden Jungen, und die Mutter sagte mit leiser, aber fester Stimme: »Ich weiß zwar nicht, wovon Sie sprechen, kann Ihnen aber versichern, daß mein Sohn wußte, was er tat. Alles, was er tut, tut er im Interesse der Arbeiterklasse.«

Nachdem sie diese Worte, die sie so oft von ihrem Sohn gehört hatte und die ihr bisher fremd gewesen waren, ausgesprochen hatte, spürte sie, wie sie von einem unermeßlichen Gefühl der Stärke erfüllt wurde; sie war jetzt stärker denn je mit dem Sohn verbunden; sie war mit ihm eine Seele und ein Geist; sie bildete mit ihm ein aus einem einzigen, homogenen Stoff gewobenes Universum.

20.

Xaver hielt die Mappe in der Hand, in der das Tschechischheft und das Naturkundebuch lagen.

»Wohin willst du gehen?«

Xaver lächelte und wies zum Fenster hinaus. Das Fenster stand offen, die Sonne schien, und aus der Ferne drangen die Abenteuer verheißenden Stimmen der Stadt herein.

»Du hast versprochen, mich mitzunehmen ...«

»Das ist lange her«, sagte Xaver.

»Du willst mich verraten?«

»Ja, ich verrate dich.«

Jaromil rang nach Luft. Er fühlte nur, daß er Xaver maßlos haßte. Unlängst noch hatte er gedacht, er und Xaver seien ein einziges Wesen in zwei Gestalten, nun aber begriff er, Xaver war jemand ganz anderer, er war sein Todfeind! Und Xaver neigte sich über ihn und streichelte sein Gesicht: »Du bist schön, du bist ein wunderschönes Weib ...«

»Was redest du mit mir wie mit einer Frau! Bist zu verrückt geworden?« schrie Jaromil.

Xaver ließ sich jedoch nicht beirren: »Du bist ein wunderschönes Weib, aber ich muß dich verraten.«

Dann wandte er sich um und ging auf das geöffnete Fenster zu.

»Ich bin keine Frau! Ich bin doch keine Frau!« schrie Jaromil hinter ihm her.

21.

Das Fieber hat für eine Weile nachgelassen, und Jaromil sieht um sich; die Wände sind leer, die gerahmte Fotografie des Mannes in Offiziersuniform ist verschwunden.

»Wo ist Papa?«

»Papa ist nicht da«, sagt sie mit zärtlicher Stimme.

»Wieso nicht? Wer hat ihn abgehängt?«

»Ich, Liebling. Ich möchte nicht, daß du das Foto anschaust. Ich möchte nicht, daß jemand zwischen uns beide tritt. Jetzt ist es nicht mehr nötig, daß wir uns anlügen. Du mußt es wissen. Dein Vater hat nie gewollt, daß du geboren wirst. Er hat nie gewollt, daß du lebst. Er wollte mich zwingen, dich nicht zur Welt zu bringen.«

Jaromil ist vom Fieber erschöpft, hat weder die Kraft zu fragen noch zu streiten.

»Mein schöner Junge«, sagt die Mutter, und ihre Stimme zittert. Jaromil wird bewußt, daß die Frau, die zu ihm spricht, ihn stets geliebt und sich ihm nie entzogen hat, nie mußte er um sie fürchten, nie auf sie eifersüchtig sein.

»Nicht ich, Mama, nicht ich bin schön. Du bist schön, du siehst so jung aus.«

Die Mutter hört, was der Sohn ihr sagt, und sie hätte vor Glück weinen mögen: »Findest du, daß ich schön bin? Du siehst mir aber ähnlich. Du hast es nie hören wollen, daß du mir ähnlich siehst. Aber du siehst mir ähnlich, und ich bin froh darüber.« Und sie streicht über sein feines Haar, gelb und zart wie Flaum, und sie küßt dieses Haar: »Du hast das Haar eines Engels, mein Liebling.«

Jaromil spürt, wie müde er ist. Er hätte keine Kraft mehr gehabt, zu einer anderen Frau zu gehen, alle sind sie weit weg, und der Weg zu ihnen ist endlos lang. »Eigentlich hat mir nie eine Frau gefallen«, sagt er, »nur du, Mama. Du bist die Schönste von allen.«

Die Mama weint und küßt ihn: »Erinnerst du dich an das Badestädtchen?«

»Ja, Mama, dich habe ich von allen am meisten geliebt.«

Die Mutter sieht die Welt durch eine große Träne des Glücks hindurch; alles ringsum ist feucht und verschwommen; die Dinge sind aus den Fesseln ihrer Formen gesprungen, tanzen und freuen sich. »Wirklich, mein Liebling?«

»Ja«, sagt Jaromil, hält die Hand der Mutter in seiner heißen Hand und ist müde, unendlich müde.

22.

Schon häuft sich Erde auf Wolkers Sarg. Schon kehrt Frau Wolker vom Friedhof zurück. Schon bedeckt ein Stein Rimbauds Sarg, doch seine Mutter hat die Familiengruft in Charleville bekanntlich nochmals öffnen lassen. Sehen Sie sie, diese strenge Frau im schwarzen Kleid? Sie sieht sich den dunklen, feuchten Raum an und vergewissert sich, daß der Sarg an seinem Platz steht und verschlossen ist. Ja, es ist alles in Ordnung. Arthur liegt da und läuft nicht davon. Arthur wird nie mehr davonlaufen. Es ist alles in Ordnung.

23.

Also doch nur Wasser? Keine Flammen?

Er schlug die Augen auf und sah über sich ein Gesicht mit leicht fliehendem Kinn und feinem, gelbem Haar. Dieses Gesicht war so nahe, daß es ihm vorkam, als läge er über einem Brunnen und sähe darin sein eigenes Spiegelbild.

Nein, keine Flammen. Er würde im Wasser ertrinken.

Er schaute auf sein Gesicht auf der Wasseroberfläche. Dann sah er in diesem Gesicht plötzlich ein großes Erschrecken. Und das war das letzte, was er sah.

Beendet 1970 in Böhmen

Nachwort

»Das Leben ist anderswo«, so lautet ein berühmter Satz von Rimbaud. Er wird von André Breton als Fazit seines Surrealistischen Manifests zitiert. Im Mai 1968 schrieben ihn die Pariser Studenten als ihre Parole an die Wände der Sorbonne. Doch der ursprüngliche Titel meines Romans lautete eigentlich »Das lyrische Alter«. Ich änderte ihn im letzten Augenblick, als ich die Angst in den Gesichtern meiner Verleger sah, die offensichtlich bezweifelten, daß irgend jemand ein Buch mit einem derartig abstrusen Titel kaufen würde.

Das lyrische Alter ist die Jugend. Mein Roman ist ein Epos der Jugend und eine Analyse all dessen, was ich die »lyrische Haltung« nenne. Die lyrische Haltung ist ein Standpunkt, den jedes menschliche Wesen einnehmen kann; sie ist eine der grundlegenden Kategorien der menschlichen Existenz. Als literarisches Genre gibt es die lyrische Dichtung schon seit Jahrhunderten, weil man schon seit Jahrhunderten zu einer lyrischen Haltung fähig ist. Sie wird verkörpert durch den Dichter.

Seit Dante ist auch der Dichter eine bedeutende Figur, die gemessen durch die europäische Geschichte schreitet. Er ist ein Symbol der nationalen Identität (Camões, Goethe, Mickiewicz, Puschkin), er ist das Sprachrohr der Revolution (Béranger, Petöfi, Majakowskij, Lorca), er ist die Stimme der Geschichte (Hugo, Breton), und er ist ein mythologisches Wesen und Gegenstand eines fast religiösen Kultes (Petrarca, Byron, Rimbaud, Rilke), vor allem aber repräsentiert er einen unantastbaren Wert, der in vielen Sprachen mit einem großen Anfangsbuchstaben geschrieben wird: die Dichtung.

Doch was ist mit dem europäischen Dichter während des letzten halben Jahrhunderts passiert? Seine Stimme ist heute kaum noch zu hören. Von uns fast unbemerkt hat er sich vom großen, lärmenden Schauplatz der Welt abgewandt. (Sein Verschwinden ist, wie es scheint, eines der Symptome in dieser gefährlichen Zeit des Übergangs, in der Europa sich selbst findet und die zu benennen uns bis heute nicht gelungen ist.) Aufgrund einer teuflischen Ironie war die letzte kurze Periode in Europa, in der der Dichter noch eine öffentliche Rolle gespielt hat, die Zeit der kommunistischen Umstürze nach 1945 in Mitteleuropa.

Dabei muß betont werden, daß diese eigenartigen, von Rußland importierten und unter Militär- und Polizeischutz vollzogenen Pseudo-Revolutionen tatsächlich einer authentischen revolutionären Psychologie gehorchten und ihre Anhänger sie mit großem Pathos, mit Enthusiasmus und in sendungsbewußtem Glauben in einer vollkommen neuen Welt erlebten. Die Dichter fanden sich zum letzten Mal auf dem Proszenium ein. Sie glaubten, die gewohnte Rolle im glorreichen europäischen Drama zu spielen, und hatten nicht die leiseste Ahnung, daß der Intendant das Programm in letzter Minute geändert und durch eine triviale schwarze Farce ersetzt hatte.

Ich war Zeuge dieser Ära, als »Henker und Dichter Hand in Hand regierten«. Ich hörte, wie sich der von mir bewunderte französische Dichter Paul Éluard öffentlich und in aller Form von seinem Prager Freund distanzierte, den die stalinistische Justiz an den Galgen brachte. Diese Episode (ich schrieb darüber in dem »Buch vom Lachen und Vergessen«) traf mich wie ein Trauma: Wenn ein Henker tötet, dann ist das mehr oder weniger normal; wenn aber ein Dichter (und noch dazu ein großer) dazu singt, dann gerät unser ganzes Wertsystem, das wir für sakrosankt hielten, ins Wanken. Nichts ist mehr sicher. Alles wird zum Problem, wird fragwürdig und zum Gegenstand von Analyse und Zweifel: Fortschritt und Revolution. Jugend. Mutterschaft. Sogar das Menschsein. Und auch die Dichtung. Ich schaute auf eine Welt durcheinandergeratener Werte, und nach und nach, über viele Jahre, nahmen die Figuren von Jaromil, seiner Mutter und seinen Geliebten in meiner Vorstellung Form an.

Sagen Sie nicht, Jaromil sei ein schlechter Dichter! Das wäre eine zu einfache Erklärung seiner Lebensgeschichte! Jaromil ist ein talentierter Dichter, mit großer Phantasie und mit Gefühl. Und er ist ein sensibler junger Mann. Dennoch ist er auch ein Monster. Aber seine Monstrosität haben wir auf die eine oder andere

Weise alle in uns. Sie steckt in mir. Sie steckt in Ihnen. Sie steckt auch in Shelley, in Hugo. In allen jungen Menschen, egal in welcher Epoche und unter welchem Regime. Jaromil ist keine Hervorbringung des Kommunismus. Der Kommunismus brachte lediglich seine versteckten Seiten ans Tageslicht, Dinge, die unter anderen Umständen nur im Verborgenen geschlummert hätten.

Obwohl die Geschichte von Jaromil und seiner Mutter in einer bestimmten historischen Epoche stattfindet, die ganz realistisch dargestellt wurde (ohne die geringste satirische Absicht), war es dennoch nicht mein Ziel, eine Epoche zu beschreiben. »Wir haben diese Epoche nicht gewählt, weil wir sie gerne portraitiert hätten, sondern einzig und allein darum, weil sie uns als einzigartige Falle für Rimbaud und Lermontow, als einzigartige Falle für die Lyrik und die Jugend vorkam« (S. 299). Mit anderen Worten: Für den Romancier ist eine gegebene historische Situation ein *anthropologisches Laboratorium*, in dem er seiner Grundfrage nachgeht: *Was macht die menschliche Existenz aus?* Im Falle dieses Romans ergeben sich viele in einem Zusammenhang stehende Fragen von selbst: Was ist die lyrische Haltung? Was bedeutet Jugend? Welche mysteriöse Rolle spielt eine Mutter hinsichtlich der Entstehung der lyrischen Welt ihres Sohnes? Und wenn die Jugend die Zeit der Unerfahrenheit ist, worin besteht dann der Zusammenhang zwischen Unerfahrenheit und Absolutheitsanspruch? Oder zwischen dem Streben nach Vollkommenheit und revolutionärem Eifer? Wie äußert sich die lyrische Haltung in der Liebe? Gibt es »lyrische Formen« der Liebe? usw. usw.

Der Roman gibt natürlich keine Antwort auf diese Fragen. Die Fragen sind für sich schon eine Antwort, und zwar im Sinne von Heidegger: Das Wesentliche des Menschen hat die Form einer Frage.

Milan Kundera

Inhalt

Zu dieser Ausgabe

insel taschenbuch 2347: Milan Kundera, Das Leben ist anderswo. Titel der tschechischen Originalausgabe: Zivot je Jinde. Die Erstausgabe erschien bei Editions Gallimard, Paris 1973. Der vorliegende Text folgt der Ausgabe: Milan Kundera. Das Leben ist anderswo. Roman. Aus dem Tschechischen von Susanna Roth, mit einem Nachwort des Autors. Carl Hanser Verlag, München Wien 1990. Umschlagabbildung: Mario Sironi: Erscheinung; um 1929–30. Öl auf Leinwand.

Das schöne insel taschenbuch im Großdruck

it 2315

it 2306

André Kaminski
Nächstes Jahr in Jerusalem
it 2334

André Kaminski
Der Sieg über die Schwerkraft und andere Geschichten
it 2319

Marie Luise Kaschnitz
Jennifers Träume
it 2336

Heinrich von Kleist
Die Marquise von O...
it 2307

Milan Kundera
Abschiedswalzer
it 2335

Katherine Mansfield
Der Mann ohne Temperament
it 2325